# Lectures on The Maltese Falcon

# 『マルタの鷹』講義

諏訪部 浩一
Suwabe Koichi

研究社

# 目次

〈凡　例〉

・本書は「講義」に導かれつつ『マルタの鷹』を精読することを想定しています。まず「第一講」を読んでから、語注を参考に『マルタの鷹』第一章に当たり、次に「第二講」を読んでから、また語注を参考に『マルタの鷹』第二章に当たり……という流れに沿って初出文献の書誌情報を示してあります。

　ただし、参考文献は巻末に「文献一覧」としてまとめてありますので、そちらでも書誌情報を参照することができます。

・本書は『Web 英語青年』における連載に加筆修正をほどこしたものですが、単行本化にあたって語注の一部を割愛せざるを得ませんでした。収録しなかった語注は、研究社ホームページ（http://www.kenkyusha.co.jp）より電子ファイルの形でダウンロードできますので、ご活用ください。

# イントロダクション

# Introduction

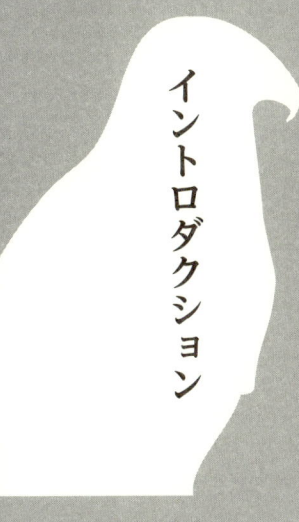

この「講義」の目的は、小説『マルタの鷹』を精読することである。

探偵小説に多少なりとも興味を持つ人にとっては、ダシール・ハメットが「ハードボイルド探偵小説」を一つのジャンルとして確立させた作家であることは周知の事実といっていいだろうし、彼の代表作である『マルタの鷹』はそのジャンルにおける最高傑作の一つとして認められてきた。話を日本に限定してみても、『マルタの鷹』は少なくとも七回の翻訳が試みられており、[1] これは広く一般の読者、そしてとりわけミステリ・ファンのあいだで、『マルタの鷹』の人気が決して一過性のものではないことの何よりの証拠であるだろう。

ただし、こうした「人気」と対比すると目立ってしまうのだが、日本においては、アメリカ文学を専門とする研究者が『マルタの鷹』を真剣な考察対象として取りあげることは、これまであまりなかった。[2] もっとも、これは一つの象徴的な現象に過ぎないとひとまずは見なし得るものである。というのは、探偵小説に限らず、SFであれ、ウェスタンであれ、一般に「大衆小説」と分類される「ジャンル」に属する個別の作品に関する研究は、いわゆる「純文学作品」に比較すると、どうしても遅れがちとなってしまうからだ。その意味においては、『マルタの鷹』が特に冷遇されているわけではないということになるし、それが「精読」の対象になってこなかったことにしても、ある程度は仕方がないというべきかもしれない。

しかしながら、「仕方がない」といって片づけて(あるいは先送りにし続けて)しまうには、私にとって『マルタの鷹』という小説はあまりにも重要であったし、この作品の魅力には研究者的なアプローチによってのみ見えてくるところもあるように思っていた。そこで、いささか韜晦めくのだが、私は以下の「講義」と銘打った議論を通して、アメリカ文学の研究者が『マルタの鷹』のような「大衆小説」を読むとどうなるかを、なるべく「そのまま」の形で出してみたい。それはすなわち、原典を細かく読み、難しい表現があれば調べ、登場人物の言動を精査し、必要であれば伝記的・時代的・文化的背景に言及するといった「当たり前」の諸作業を、ハードボイルド探偵小説というジャンルについてあれこれと考えつつ、同時並行的にしてみるということである。やがて誰かの手によって書かれるべき『マルタの鷹』論のための「叩き台」を提示する、といってもいい。

だから特に奇をてらったことを目指すわけではないし、斬新な解釈をしてみせようと気負っているわけでもない。もちろん『マルタの鷹』に関して自分なりに正しいと思う読み方はあるし、以下の議論が十分に説得的であればと願ってはいるが、しかし何よりもこの小説が——ミステリ・ファンであろうとなかろうと——誰もが読むべき名作であることをわかってもらえればそれでいい（そして他の誰かに一読を勧めてもらえればさらによい）というのが、私の基本的な立場である。そしてそのような目的のためには、アメリカ文学の研究者が、ある小説をどのようにして読んでいるのかを無粋に開示してみせることにも、それなりの効用があるのではないかと信じてみたいのである。

実際、アメリカ小説の研究者にとって、『マルタの鷹』を題材にして考えるべきことはいくらでもある。なるほど、個々の探偵小説を扱った論はそれほど多くないかもしれない。だが、そもそも探偵小説とは「あらゆる大衆文学ジャンルの中で、最も頻繁に、そして最も徹底的に理論化されてきたジャンルである」のだし、[3]それはこの本質的に「近代」のジャンルが、「小説」そのものの起源に、そしてその発展に、歴史的な必然性をもって深く関わっているからに他ならないはずだ。小説全体の歴史をここで総括することなどできないが、それでもゲオルク・ルカーチの『小説の理論』などを念頭に置き、近代とは「叙事詩」的な前近代への「郷愁」を宿命として持つ時代であり、それはすべてが調和した「故郷」へと帰れることを（空しく）願って「小説」を生み出したといっておくことは許されるだろう。ドロシー・L・セイヤーズは、探偵小説が他の小説ジャンルよりも優れている点として「発端、中間部、結末というアリストテレス的な完璧さを有している」ことをあげている。[4]この指摘は彼女自身がいわゆる「本格」派のミステリ作家であることと関連しているのだろうが、同時にそれは小説そのものの起源と繋がっているのだ。

このようにして探偵小説を「歴史化」してみると、その歴史がアメリカ人エドガー・アラン・ポーの「モルグ街の殺人」（一八四一）に始まったという事実、そして世紀転換期のヨーロッパにおける洗練を経て大戦間に「黄金時代」を迎えた探偵小説に対するアンチテーゼとして、ハメットに代表されるハードボイルド探偵小説がアメリカで生まれたことが、この「講義」の文脈においては興味深く想起されるかもしれない。探偵小説の歴史において真に画期的といっていい二つの「事件」がともにアメリカで起こったことは、おそらく偶然ではない。ここでは問題提起にとどめざるを得ないが、探偵小説とは、常に新しさを求めるジャンルであるという点において、典型的に「アメリカ的」なものではないだろうか。

ポーが（「理性の時代」と呼ばれる十八世紀を経た）十九世紀の中葉に探偵小説を創始したことに歴

史的必然性があると思われるのと同様に、ハメットが第一次世界大戦の直後（といういわば「狂気の時代」）にハードボイルド探偵小説の創始者となったことにも歴史的必然性があると考えるべきだろう。こうした「歴史」にアメリカ文学史を重ね合わせてみれば、探偵小説の誕生はロマンティシズムの時代に起こり、ハードボイルド探偵小説の起源は（リアリズムを通過して登場することとなる）モダニズムの時代にある、という見取り図が得られることになる。事実、一八九四年生まれのハメットは、F・スコット・フィッツジェラルド（一八九六年生まれ）、ウィリアム・フォークナー（一八九七年生まれ）、そしてアーネスト・ヘミングウェイ（一八九九年生まれ）といった、アメリカのモダニズム期を代表する小説家達と、ほぼ正確に同時代人なのである。

もちろん、モダニズム期の作家の多くは、まさしくそれが大衆文化の栄えた時代であるために、自分達が純文学の担い手であると強く意識していた。そうしたエリート意識を支えるために探偵小説を代表とする大衆文学があったことは、例えばエドマンド・ウィルソンが探偵小説を批判した有名なエッセイにおいて、「友人諸君、我々は少数派ではあるが、『文学』は我らの側にあるのだ」と宣言したことに、[5] あるいはハメットを一九二〇年代の看板作家としたパルプ・マガジン『ブラック・マスク』が、H・L・メンケンとジョージ・ジーン・ネイサンによって高級文芸誌『スマート・セット』の資金繰りのために創刊されたという象徴的な事実などにも、窺うことができるだろう。

しかしながら、今日の文学研究の水準においては、こういった大衆文化の「他者化」を含めた上でモダニズムという現象を理解することが求められているはずである。つまり、右に述べたような事象を、純文学による大衆文学の排除として納得するだけでは不十分なのだ。だとすれば、一方では純文学の中に埋めこまれた大衆性（への怯え）を丹念に読みこむ作業が必要であり、またそうしたプロジェクトは様々な形でおこなわれてもいるだろうが、もう一方においては、大衆文学とされる作品をそのまま純文学の地平で読むという地道な作業をしてみる時期が来ているように思われるのである。

以下の『マルタの鷹』精読は、こういった問題意識を持ちつつおこなわれる。「精読」に相応しいものとして、テクストは「永遠に活字として残し、広く読者の手に届くようにする」プロジェクトとしての「ライブラリー・オヴ・アメリカ」版（一九九九）を使用する。[6] これは一九三〇年の初版に基づいたテクストであり、そこにはいくつかの語注に加え、一九三四年出版のモダン・ライブラリー版への序文——自作に関して極めて寡黙であったハメットが『マルタの鷹』の創作について書いた唯一の文章——も収められている。さらには必要に応じて雑誌に掲載された「オリジナル版」も参照しつつ、一回の「講義」につき一章程度のペースで、なるべく丁寧に読んでいくことにしたい。

それほどまでの「精読」に『マルタの鷹』が値するのかという疑問を抱く人がまだいるかもしれないが、右に述べたこととの関連であえていっておけば、ハメットは自分を「単なる探偵小説家」とは考えていなかったし、[7] 方法論に関しても、モダニスト的な意識が極めて強い作家であった。確かにハメットは一九三四年の「序文」で『マルタの鷹』を明確なプロットの計画を持たずに書き始めたと述べているし（九六四）、レイモンド・チャンドラーは彼が芸術的意図を持って小説を書いたこと自体を疑っている。[8] だが、遅くとも『サタデイ・レヴュー・オヴ・リテラチャー』で五十冊以上の犯罪小説についてかなり辛辣な書評を書いていた時期（一九二七年一月から二九年十月）、ハメットが探偵小説の「詩学」について意識していなかったとは考えにくい。事実、「序文」において、彼は過去に書いた二つの短編――「フージズ・キッド」と「クッフィニャル島の夜襲」――で十分に生かし切れなかった素材を再利用したと述懐しているのだし（九六四）、そして何より、『マルタの鷹』を書こうとしている時期（一九二八年三月）に編集者に宛てた手紙では、探偵小説に「意識の流れ」の手法を応用したいと記し、自分の手で探偵小説を「文学」にできればとまで示唆しているのだ。[9]
いうまでもなく、『マルタの鷹』には「意識の流れ」というハイ・モダニスト的な技法は用いられていない。だが、そういった方法論的な問題意識が深く内面化されていたからこそ、「意識の流れ」をいわば裏返す形で、探偵の内面を直接にはいっさい開示しない三人称をハメットが採用することになったと考えることは可能だろう。そうであるとすれば、そういった（実験的な）スタイル――いわゆる「モダニスト・アンダーステートメント」である――が、しばしばヘミングウェイのそれに比されるというのも当然のことである。
こういった『マルタの鷹』の「文学性」については後の議論に譲ることにするが、『ブラック・マスク』に五回に分けて掲載されたこの物語を単行本化するにあたって、ハメットが半年にわたって徹底的に改稿したという事実については、ここで強調しておくべきかもしれない。例えば小説の最終盤における次のような一節でさえ、雑誌掲載時には存在していなかったのだ（未読の読者のために、今回は文脈なしに引用する）。[10]

彼は彼女の両肩をつかんでのけぞらせ、のしかかった。「俺がいっていることがわからないならそれでいい。それならこういうことにしておこう。俺がそうしないのは、俺のすべてがそうしたがってる——結果なんて糞くらえでやっちまえといっている——からなんだ。それに——くそっ、おまえが——きみが、俺がてっきりそうするだろうと当てこんでいやがるからなんだ。他の男どもに対して、そうするだろうって当てこんできたのと同じようにな」彼は彼女の肩から手を離し、だらりと脇に垂らした。（五八三）

探偵小説史上、屈指の名場面であるが、これは探偵小説家としての複雑な自意識を持つ作家が、労を厭わず誠実に改稿を続けたことによって生まれたのである。

だが、こうしたハメットの書き手としての真摯さに、読み手としての我々は八十年経っても追いついていないように思う。自戒をこめていえば、小説というものは、きちんと書くにも、きちんと読むにも、一般に考えられているよりも遥かに手間がかかり、時間がかかるものなのだ。探偵小説が「読むこと」についてのメタ言説という性格を持つことをここで強調する必要はないだろうが、それは精読という面倒な作業をその本質として要求するジャンルだとはいっていいだろうし、だからこそハメットは「形式」としての探偵小説を「文学」としてシリアスに考えることができたはずなのだ。[11]

本稿の目標の一つは、右に引用した場面において、ハードボイルド探偵の自意識とそれゆえの宿命的な悲哀が見事に描かれていることを「実感」として理解することである。そのためには、そこに至るまでのプロセスを辛抱強く追跡し、作者の残した「手がかり」を拾っていかなくてはならない。「プライヴェート・アイ」の「眼」は、ハメットが働いていたピンカートン探偵社のロゴと同じく、常に開かれている。「我々は眠らない」という宣伝文句はあまりにも有名だが、ここではそれを「夢を見ない」と解釈しておこう。夢を見ないと決意するハードボイルド探偵が、その閉じられない「眼」で宿命的に見続けるものとは、リアルな世界であり、そして——彼自身の姿である。ハードボイルド探偵小説におけるペーソスとは、自意識を捨てられない現代人の悲哀なのである。

だから結局のところ、ハードボイルド探偵小説とは幻滅のドラマであるのだし、その「幻滅」を小説の強度として受け取るために相応しい賭金は、おそらくはある種の「覚悟」といったもの以外にはない。サム・スペード（主人公）が見たものを、そしてダシール・ハメット（作者）が見たものを垣間見たければ、彼らの苦労を感じられる程度の骨折り作業は必要なのだ。私にはいくら頑張ってもせいぜい彼らの孤独な背中しか見ることができないかもしれないが、よろしければ泥臭い「捜査」にしばらくのあいだお付き合いいただきたい。

〔1〕ダイアン・ジョンソン『ダシール・ハメットの生涯』小鷹信光訳（早川書房、一九八七年）に付された「書誌」五三三頁を参照。

〔2〕ただし、アメリカ本国においては、一九三〇年に出版されたアメリカ小説で、『マルタの鷹』より批評的に注目されてきた作品はウィリアム・フォークナーの『死の床に横たわりて』のみだという指摘もある。Richard Layman, "*The Maltese Falcon* at Seventy-Five," *Clues* 23.2 (2005): 6.

〔3〕David Trotter, "Theory and Detective Fiction," *Critical Quarterly* 33.2 (1991): 66.

〔4〕Dorothy L. Sayers, "The Omnibus of Crime," *The Art of the Mystery Story: A Collection of Critical Essays*, ed. Howard Haycraft (New York: Universal Library, 1947) 101.

〔5〕 Edmund Wilson, *Classics and Commercials: A Literary Chronicle of the Forties* (New York: Vintage, 1962) 264.『マルタの鷹』への低評価は、同書の二三五—二三六頁を参照。

〔6〕 Dashiell Hammett, *Complete Novels* (New York: Library of America, 1999). 以下、*The Maltese Falcon* からの引用は本書により、頁数は本文中で括弧に入れて示すことにする。『マルタの鷹』に限らず既訳のあるものは随時参照／利用するが、訳文は文脈に応じて試訳したものである。

〔7〕 明確な理由は不明というしかないだろうが、作家活動を始めた頃（一九二二—二三年）のハメットは、パルプ・マガジンでは「ピーター・コリンスン (Peter Collinson)」名義で書いていた。同時期に『スマート・セット』（一九九二年一〇月号）に載せた小品は「ダシール・ハメット」名義である。彼が本名で探偵小説を書くようになったのは、三つ目の「コンチネンタル・オプ」もの（『ブラック・マスク』一九二三年一〇月一五日号）からのことである。William F. Nolan, *Hammett: A Life at the Edge* (New York: Congdon and Weed, 1983) 34–35, 38, 48 などを参照。

〔8〕 Raymond Chandler, *The Simple Art of Murder* (New York: Vintage, 1988) 14.

〔9〕 Dashiell Hammett, *Selected Letters of Dashiell Hammett: 1921–1960*, ed. Richard Layman with Julie M. Rivett (Washington D.C.: Counterpoint, 2001) 46–47.

〔10〕 Richard Layman, The Maltese Falcon (Detroit: Gale, 2000) 56–58 を参照。

〔11〕 Hammett, *Selected Letters* 47.

# 第一講（第一章）

## Spade & Archer

探偵がオフィスにいると、ある女性がやってきて、悪い男に騙されて家を出た妹を取り戻すのを手伝ってほしいと依頼する――こうした『マルタの鷹』の始まりは、ストーリーの骨子だけを取り出してみるなら、極めて典型的というしかない。「失踪」とは、古典的探偵小説において、おそらくは「殺人」や「脅迫」と並んで定番の事件であるのだから。また、失踪という事態を「何かが欠けている状態」と表現してみれば、この小説は、教科書的なナラトロジーの基本に従順な始まり方をしているということになるだろう。

このように「定番」や「基本」に沿っているという事実が示すのは、（探偵）小説の読者としては、取り立てて何かを意識する必要などないということである。だとすれば、『マルタの鷹』の第一章は、少なくともその枠組みに関しては、読み飛ばしても構わないように書かれているといえそうであるし、実際、最初の頁に依頼人が登場し、最後の頁で探偵が依頼を引き受けるというこの章は、見事なまでに自然に、そしてスピーディーに展開されているといっていい。性急な読者であれば、ハメットのストーリーテラーとしての技量に感嘆することさえないまま、それ自体としては凡庸な事件がどのように発展していくかを期待して、そそくさと第二章に進むのかもしれない。

しかし、このように述べてはみたものの、そうした「性急な読者」とは、おそらくは『マルタの鷹』の「普通の読者」ではない。より正確ないい方をすれば、この探偵小説は――精読に値する、優れた小説が常にそうであるように――「普通の読者」が「性急な読者」になれないように書かれているのである。作者ハメットはこの第一章で、読者の内面にいわば一種のブレーキを埋めこんでくる。『マルタの鷹』を読むという営みには、この「ブレーキ」を意識し続けるという意味において、作品世界への忘我と、そこからの覚醒という、二律背反的なスタンスが要求されるのだ。

もちろん、このアンビヴァレントな立ち位置とは、事件に個人的に関与するハードボイルド探偵自身のそれに他ならない。没我（ロマンティシズム）と覚醒（リアリズム）の葛藤は、「ハードボイルド探偵小説」というジャンルの核心にさえ通じる大きな問題であり、その点に関しては本稿も何度も足を止めて詳しく論じることになるだろう。ただし、というべきか、読者と主人公の「立ち位置」の類似をぼんやりと意識した現在の文脈では、一見いかにも小さく感じられる点に注目しておきたい。つまり、探偵小説の読者がほとんど無意識のうちに同一化／感情移入を果たそうとするはずの探偵＝主人公サム（サミュエル）・スペードが、物語のまさしく最初の段落で「金髪の悪魔（blond satan）」（三九一）として登場しているということである。

探偵小説の主人公を指す言葉としては、この「悪魔」という語は「普通の読者」をいささか戸惑わせるものであるだろう。このインパクトのある表現は、二頁後で念を押すように（しかも苦境を訴える依頼人に共感を示す身振りを描写する際に）再度用いられており（三九三）、[1] 意味もなく使われているものではあり得ない。そこには明らかに、これから物語を読み進めようとしている読者に、スペードという人物を「悪魔」としてまず印象づけようという作者の意図が読み取れるのである。

このように考えてみると、この小説においては、「悪魔」を主人公＝中心に据えた世界を、読者という「人間」が戸惑いながら見させられ、体験させられることになると予測できるだろう。この「戸惑い」を右では「ブレーキ」と呼んでおいたわけだが、それはすなわち、『マルタの鷹』が、「探偵＝正義の味方」という常識的かつ通俗的な前提が崩されているところから出発しているということである。ある批評家がいうように、伝統的な探偵が「天使（angel）」の側にいるのだとすれば、[2]「V」という（「A」を反転させた）アルファベットを基調とするこの探偵は（三九一）、いわば「堕ちた存在」としてアンチ・ヒーローの匂いとともに登場しているのだ。[3]

なるほど、例えばかのシャーロック・ホームズも彼の「復活」を描いた「空家の冒険」において「悪魔（fiend）」と呼ばれたりするのだが、この場合はその台詞を発する人物が大悪党モーラン大佐であるため、ホームズの「正義」が揺らぐことはない。[4] もちろんホームズという探偵の設定に、その世紀末という背景に相応しい陰影を、あるいはヴィクトリア時代の深い矛盾を読みこむことはできようし、そうした視座からは宿敵モリアーティ教授などはほとんど探偵の「ダブル」としか思えなくもなるのだが、[5] ホームズという存在に感じられる「闇」は、探偵が個人的に抱える実存的な問題というより、いわば外側から与えられたものに過ぎないように思える。コナン・ドイルの「普通の読者」としては、ホームズというキャラクターは時代の産物であると了解しておけば、ひとまずはすむといっていいはずである。

だが、スペードの場合はそうはいかない。彼を「悪魔」と形容しているのは中立的立場にいるはずの語り手であり、それゆえに読者はなぜ彼がそのように呼ばれるのかを考えるように誘われるためである。しかも、そのようにして「探偵＝正義の味方」という等式が揺らがされていると意識させられた上で読むと気づかされるのは、『マルタの鷹』の第一章が示すのは、哀れな依頼人を、探偵達がほとんど「食い物」にしようとしているのではないかということなのだ。

例えば、来客を知らせる秘書エフィ・ペリンに対して、スペードは「客（customer）」なのかと訊ねる（三九一）。これは何気ない、機械的な反応ではあるのだが、それゆえに看過すべきでない事実だろう――その語が「依頼人（client）」ではない、ということは。[6] スペードにとって、オフィスを訪れる人物が置かれている苦境とは、身を投じて解決してやるべき「問題」などではなく、ましてや叡智を傾けて解くべき「謎」でもない。そこにはロマンティシズムの萌芽など、まるで期待されていないといってもよい。困っている人間は、スペードにとっては何よりもまず、リアリスティックな「飯の種」なのである。

そのような探偵のもとに、ミス・ワンダリーという若い女性が「助けを必要としている金持ちの女相続人」という（ステレオタイプ的な）依頼人としてやってくる。[7] 小説に出てくる私立探偵の報酬が日給二十～二五ドルを相場としていた時代に二百ドルを気前よく払うというのが最も直接的な例だろうが、[8] 両親がヨーロッパにいるという説明も彼女が裕福であることをほのめかす（三九二）。また、彼女が滞在するホテル「セント・マーク」（三九三／地図⑥）は、「セント・フランシス」という当時のサンフランシスコでの最高級ホテルがモデルである。[9] 少なくとも作家の心中においては、それはミス・ワンダリーなる依頼人が選ぶ逗留場所に相応しいとイメージされていたはずであるし、その所在地を彼女が説明せず、スペードも確認しないということからも、作品世界では誰もが知っているとされるようなホテルであると推定されるだろう。

したがって、乱雑な机の上では煙草の灰が舞い、開いた窓からはアンモニア臭が漂ってくる（三九二）というように、さして繁盛しているようには見えない探偵事務所の経営者としてはなおさらのことというべきだろうが、スペードはミス・ワンダリーという「上客」を逃すわけにはいかない。そのためには、この「金髪の悪魔」は同情深げに眉を寄せ（三九三）、営業用の愛想のいい笑みを始終浮かべて（三九四）、「金づる」を安心させる必要もあるわけだ。あるいはまた、こういった文脈において考えてみると、話題となっている悪漢フロイド・サーズビーを尾行するためにホテルに（自分やパートナーではなく）「男を一人」張りこませるという提案の仕方にしても（三九五、三九六）、一種の見栄、あるいはブラフのように聞こえなくもない。「スペード＆アーチャー探偵事務所」に、彼ら以外の探偵がいるようには思えないし、[10] そもそも彼らが多忙であるようにはとても見えないのだが、そのあたりの事情は隠しておいた方が取引においては好都合だろう——実際、かくのごとくにして、震える手で引き出された二枚の百ドル紙幣を、探偵達はまんまと山分けすることになるのである。

こうしたスペードの抜け目のなさが、そこまで露骨に悪辣な印象を与えないとすれば、それは一つにはその「抜け目のなさ」という資質が、探偵としての有能さと判別しがたいからである。依頼人を安心させることは、それ自体としては非難されることではないし、さらには事件の要点を把握するという目的に合致する行為でもあるだろう。実際、スペードは「もちろんあなたにできることは何もありませんでしたよ」や、「何をすべきかなんて、いつも簡単にわかるとは限りませんからね」といった、いかにも無難な相槌を打ち（三九三）、ミス・ワンダリーの（いささかディフェンシヴにも響く）見解を一貫して否定せず、話の先をスムーズに促そうとする。そしてパートナーのマイルズ・アーチャーが部屋に入ってきたときには、わかりやすいとはとてもいえない彼女の話を、的確に要約してみせることができるのだ（三九四）。

しかしながら、第一章におけるスペード＝「悪魔」が読者の悪印象からかなりの程度守られているのは、おそらくはもう一つの要因によるところが大きく、それはいま名前を出したアーチャーの存在である。三十代のスペードより十歳ほど年長とされるこの「パートナー」は、哀れな依頼人を顔から足まで「値踏みするような目つき」でじろじろと眺めて気に入ったというように口笛を吹く真似をするという場面や（三九五）、ミス・ワンダリーが去ったあとで、札びらを眺めて「バッグの中にはこいつの兄弟達がいたぞ」（三九七）などというシーンに端的に表れているように、あからさまに下劣な印象を与える人物として、つまりあからさまにスペードの「引き立て役」として登場してくるのだ。そもそもオフィスに入ってきたとき、来客がいるとわかって「おお、これは失礼」などと「紳士的」に部屋を出ようとするというシーンからして胡散臭い（三九四）。外のオフィスにはエフィがいるはずであり、だとすれば彼女から「すごい美人」（三九一）がいると聞いたからこそ入ってきたようにも思えるのである。

スペード自身が「女好き」であることについては、ここでは措いておく――というより、それを「措いておく」ことがひとまずできる（あるいは、そうせざるを得ない）のは、アーチャーという存在があるためなのだ。本章の終わりを見てみよう。

　スペードは、もう一枚の札をポケットに入れて腰を下ろし、それから口を開いた。「おい、あまりえげつないことはしないでくれよ。あの女のこと、どう思う？」

「いいねえ(Sweet)!　だからおまえはえげつないことをするなっていうんだろう」アーチャーは突然、楽しくもなさそうに高笑いした。「会ったのはおまえが先かもしれんけどな、サム、話をつけたのは俺の方だぜ」……

「ひどいことをする――ってわけか」スペードは奥の方の歯を少しのぞかせ、狼のようににやりと笑った。「おつむがいいからな――あんたはまったく」彼は煙草を巻き始めた。　(三九七)

会ったのはそっちが先だが話をつけたのは俺だというアーチャーの口ぶりに、「上客」を争うセールスマン的な雰囲気がこの探偵事務所にあるとあらためて確認もできるが、ここで問題となっているのはもちろん、その上客が「上玉(sweet)」だということである。ミス・ワンダリーが美人だからえげつないことをするなというのだろうというアーチャーの揶揄は、彼女が「すごい美人」なので「客」でなくてもスペードは会いたがるだろうというエフィの言葉を想起させるが(三九二)、美人だから興味を持ち、優しくするとされるスペードの「女好き」ぶりは、美人だから「ひどいことをする」とされるアーチャーのそれによって、いわば「常識的」なものという印象を与えるように提示されているのだ。スペード自身がアーチャーという人物を低く見ているのはこの引用文から――とりわけ最後の皮肉(そのアイロニーがはっきりと理解されるためには先を読み進めなくてはならないが)に――感じられるが、[11] そうしたスペードの与える印象を、読者が疑うべき理由もないということになるだろう。依頼人の「金」と「性」に即座に惹きつけられるという点においては、スペードもアーチャーも変わらない。だが、この二人をパートナーとして並置することによって、ハメットは差異化をおこなっているわけである。

登場人物達を「対比」させて考えるのは、小説読みの初歩的な手続きである。小説家は複数のキャラクターを対比的に配置することにより、それぞれの人物に関する情報を効率よく（いわば相乗効果的に）提示できるのだ。だが、右で見た「差異化」は、主人公の人物像を明瞭にするというよりも、むしろ曖昧にするものだといえるかもしれない——作品冒頭で「悪魔」と呼ばれたこの人物は、パートナーよりも遙かに「常識的」であったのだから。かくして読者は、スペードというキャラクターについての不十分な理解とともに、つまり彼自体が一つの「謎」としてとどまっているという不安定な状況とともに、導入の章を読み終えることになるのだ。

もちろん、「謎」といえば、「ワンダリー（Wonderly）」という「不思議な事物／疑念（wonder）」という意味を含む名前を持つ依頼人についても考えなくてはならないだろうが、彼女についてはまだ情報が少なすぎる——というより、情報が意図的に制限されている感がある（ファースト・ネームさえ記されていない）ということだけを、ここでは認識しておきたい。依頼（人）が「謎」であること自体は、探偵小説においてはむしろ当然であるだろうし、その「謎」が探偵の手によってどう解かれていくかについては、今後の楽しみとしたいからである。事実、第二章においては、まさしくその「謎」がさらなる「謎」を呼ぶことになるのだから。

〔1〕　第六章においても、スペードの表情が“a wooden satan's face”（四三八）と形容される箇所がある。

〔2〕 John Paterson, "A Cosmic View of the Private Eye," Layman, The Maltese Falcon 139.

〔3〕 William Ruehlmann, *Saint with a Gun: The Unlawful American Private Eye* (New York: New York UP, 1974) 73を参照。

〔4〕 Arthur Conan Doyle, *The Complete Sherlock Holmes*, vol. 2 (New York: Doubleday, 1930) 570.「悪魔の足」や「マザリンの宝石」でも、ホームズは「悪魔そのもの」("I believe [that] you are the devil himself" [1139, 1204]) と呼ばれるが、そう呼ぶ相手はいずれも「犯人」である。

〔5〕 例えば、山田勝『孤高のダンディズム——シャーロック・ホームズの世紀末』(早川書房、一九九一年) の第六章を参照。

〔6〕 Christopher Metress, "Dashiell Hammett and the Challenge of New Individualism: Rereading *Red Harvest* and *The Maltese Falcon*," *Discovering* The Maltese Falcon *and Sam Spade: The Evolution of Dashiell Hammett's Masterpiece, Including John Huston's Movie with Humphrey Bogart*, ed. Richard Layman, Rev. ed. (San Francisco: Vince Emery, 2005) 222を参照。

〔7〕 Robert Shulman, "Dashiell Hammett's Social Vision," Layman, *Discovering* The Maltese Falcon 212を参照。

〔8〕 小鷹信光『ハードボイルドの雑学』(グラフ社、一九八六年) 八七頁を参照。

〔9〕 Don Herron, *The Dashiell Hammett Tour: Thirtieth Anniversary Guidebook* (San Francisco: Vince Emery, 2009) 139. このホテルで一九二一年九月に人気コメディアンのロスコー・アーバックルがパーティーを開き、ある女優が死んで大スキャンダルとなった。ハメットがその事件をピンカートン社の探偵として調査したとしていることは (虚実は不明)、よく知られている。

〔10〕 もっとも、ジョー・ゴアズが書いた『マルタの鷹』の「前日譚」(『スペード&アーチャー探偵事務所』)

において、人手が欲しければコンチネンタル探偵社から雇えばいいと弁護士シド・ワイズがスペードにいう場面があるように、そうしたやり方自体は珍しくないものだったのかもしれない（ただしゴアズの作品では、スペードの前職はコンチネンタル探偵社勤務である）。Joe Gores, *Spade and Archer* (New York: Knopf, 2009) 233.

〔11〕 Julian Symons, *Dashiell Hammett* (San Diego: Harcourt Brace Jovanovich, 1985) 63.

映画版『マルタの鷹』（1941）より
謎の依頼人とスペード
（写真協力　公益財団法人川喜多記念映画文化財団）

# 第二講（第二章）

# Death in the Fog

『マルタの鷹』の第二章は、深夜、探偵が眠りを妨げられる場面に始まり、明け方になって再びの眠りに落ちる場面で終わる。パートナーの死を知らされて現場に行く前半と、アパートに戻ってきて警察の訪問を受ける後半という、綺麗な二部構成になっているといってもいい。

第一章が依頼人の出現に始まり、依頼の承諾で終わるという枠組みを持っていたことを思い出していえば、小説の出だしにおけるこうした「整った形式」への配慮は、読者を物語世界へと自然に導かなくてはならないエンターテインメント作家としての（あるいは構成美を重んじるモダニスト作家としての）ハメットの技量を確かに示すものと感じられる。だがそのテクストを精読しようという立場からは、むしろ「整った形式」が作者の「目的」などではないということこそ強調しておくべきだろう。小説の「文法」が守られていることは、作品が「秀作」であるための基本条件に過ぎない。しかし我々が「傑作」に――あるいは単に「小説」に、といってもいいはずだが――求めるものは、それ以上の何かなのだ。

その「何か」がいったい何であるのかについては、読み手によって変わってくるところがあるだろう。だが、当面の文脈において強調したいのは、小説の歴史が「小説」の「文法＝形式」の歴史として我々の前にあるということ、つまり小説史というものが、優れた作家達による「形式」への深い敬意と大胆な挑戦を縦糸に紡がれてきたということである。ジャンルの発生から百年弱を経てエスタブリッシュされた探偵小説に、「ハードボイルド探偵小説」としてやがて（例えばレイモンド・チャンドラーにより）「形式」化＝様式化される（されてしまう）ことになるものをもって向かっていったハメットの野心的な試みには、こうした「小説家」としての自意識が必然的に含まれていたと考えるべきである。探偵小説というジャンルが整備してきた「文法」は、ハメットにとっては守るべきものではなく、とりあえず守っておけばいいものに過ぎなかった――といえばいいだろうか。

このようなことを考えさせられるのは、『マルタの鷹』という作品が、それが様々な点で規範的探偵小説の文法を遵守していることが「おためごかし」にさえ思えてくるほどに大胆な「小説」だからである。例えば第二章において、最初の殺人が「メタナラティヴ」の水準で生じて「謎」になることは、探偵小説では極めて「文法通り」の自然な出来事である。だが、スペードが電話を受けて「死んだって?」と応対してから（三九八）、その死者がアーチャーであると読者に判明するまで二頁が要されるというのは、「自然」なこととはとても思えないだろう。『マルタの鷹』が単なる「謎解き」の物語ではないことはこの「不自然」な一例からだけでもかなりの程度意識させられるはずであるが、それは取りも直さず、こうした「不自然さ」に『マルタの鷹』が『マルタの鷹』であることの意味がこめられているということでもある。

実際、このように考えてみると、アーチャーの死に関する開示の遅延は、この小説がいわゆる「ワトソン」役の語り手が報告するという古典的探偵小説における常套的なスタイルを用いていないことはもとより、ハメット自身が「コンチネンタル・オプもの」で確立し、ハードボイルド小説の定番となった一人称小説という形式さえとっておらず、かなり厳密に徹底された三人称客観の視点から書かれているという事実と繋がっていると理解されることになるだろう。[1]

その三人称客観視点の「徹底ぶり」を確認するには、第二章の冒頭の段落を眺めてみれば十分である。このシーンは暗闇であるために、「語り手」による描写は厳しく制限されており、その場面で落ちたもの（ライター）は「音」から判断されて「何か小さくて硬いもの」としか記述されず、電話に出た人物（スペード）についても「男の声」という情報しか与えられない（三九八）。あるいはここで第一章に戻り、小説冒頭の段落においては椅子に（おそらく深くもたれて）座っているスペードの顔だけが描写され、ミス・ワンダリーを迎えて立ち上がると上半身が描かれることになるのを見ておいてもいいかもしれない（三九一―九二）。

しかしこのように確認してくると、当然一つの疑問が生じてくる――ハメットが「オプもの」の作者として慣れ親しんだ一人称小説という形式を捨て、フィルム・カメラ的な、[2] だが小説において用いるにはかなり「窮屈」といっていいスタイルを採用して、いったいどのような効果が得られたのだろうか。この問いに対して明確な答を出すことは、「視点」という問題が作品全体と抜きがたく関係している以上、現時点においては不可能なはずではある。だが、とにかく第二章の冒頭において視点の問題がその存在を読者に意識させるように提出されているのだから、ここでは想定される効果をいくつか（決して網羅的にではなく）並べてみることにしたい。

まず考えられるのは、一人称から三人称へのシフトが、探偵自身を描写することを可能にしたという点である。ある批評家が指摘するように、オプの場合は中年で太っていることしかわからないのに対し、『マルタの鷹』では最初の段落だけで、『赤い収穫』と『デイン家の呪い』を合わせたよりも多く探偵についての描写がある。[3] プロットよりもキャラクターを重視するというのはハードボイルド小説に関する一つの定説であるし、ハメットの場合にはそこに『ブラック・マスク』の編集者ジョゼフ・T・ショーの影響があったことも指摘されているが、[4] 探偵を見える肉体として対象化するためには、三人称の採用は不可避であったといえる。[5]

このように客観描写の「対象」となることは、作品がひとまずリアリズム的に語られているとすれば、[6] 探偵が神秘化・神格化されにくくなることを意味するだろう。ホームズについては（帽子とパイプに加えて）「鷹のような顔」をしているというイメージさえあればよく、[7] E・S・ガードナーは弁護士探偵ペリー・メイスンの容姿を描かなかった。[8] 彼らは語り手＝作者によっていわばデフォルト的に「現実」から守られている「ヒーロー」なのである。それに対し、スペードの場合は小説冒頭の「V」というモチーフで形作られた「不可能な顔」が、[9] 仮に（鷹のように）シャープな「イメージ」を与えるとしても、そのイメージは第二章で服を着替えるときの「［彼の身体］は毛を剃られた熊のようだった――胸毛もない。肌は子供のように柔らかく、桃色をしていた」（三九八）といった描写によって崩されてしまうことになるだろう。前回「金髪の悪魔」という表現をめぐって詳しく述べたことと関連するが、『マルタの鷹』の語り手は、主人公を完全無欠のヒーローとして提示しようなどとはしていないのだ。

それでは、この「完全無欠のヒーローではない存在」（あるいは「金髪の悪魔」）が考えているのは何なのか――このような意識が強く喚起されるのは、まさしく叙述が「外見」に限られているためである。「外見」描写が積み重ねられていくほど、その背後に隠されているはずの「内面」が「不可視＝不可解」なものとして気になってくるというわけだ。パートナーの死を知らされた直後、スペードが示す唯一の反応は電話機に向かって顔をしかめるというものであり（三九八）、しかもそれが何を意味するかは判然としない。同様に、悔やみの言葉を述べる部長刑事トム・ポルハウスに「まったく心のこもらない調子」で相槌を打ち、遺体を見ることさえせずに去るという彼の振る舞いに（四〇二）、読者は小説中随一の「常識人」であるポルハウスとともに戸惑うしかないだろう。

　この主人公の「内面」の不透明性は、一つにはスペードが語り手にさえも心を開かない「ハードボイルド」な人物であるという形で理解されるはずだが、[10]それは逆の観点からすれば、三人称客観というスタイルが、主人公の人物造型と密接に関連している、さらにいえば主人公によって要請されていると考えられるということでもある。『マルタの鷹』という小説の「形式」は、その「内容」の中心となる主人公の存在と、不可分に結びついているのだ。

「形式」と「内容」の一致――このように考えてみることで、いわゆる「ハードボイルド的」とされる「感情」を省いたスタイルは、少なくとも『マルタの鷹』においては「モダニスト・アンダーステートメント」として、特定の大衆文学ジャンルを超え、同時代のモダニズム文学に接続されるだけの資格を十分に持つだろう。第二章における最も有名な一節、アーチャーの死を知ったスペードが煙草を巻くシーンを、ここでは原文で引用しよう。

Spade's thick fingers made a cigarette with deliberate care, sifting a measured quantity of tan flakes down into curved paper, spreading the flakes so that they lay equal at the ends with a slight depression in the middle, thumbs rolling the paper's inner edge down and up under the outer edge as forefingers pressed it over, thumbs and fingers sliding to the paper cylinder's ends to hold it even while tongue licked the flap, left forefinger and thumb pinching their end while right forefinger and thumb smoothed the damp seam, right forefinger and thumb twisting their end and lifting the other to Spade's mouth.（スペードの太い指が、煙草を慎重かつ入念に巻き始めた——褐色の葉をふるい分けて曲げた紙の内側に適量を落とし、葉を中央はわずかに少なめにしながら両端に均等に行き渡るようにならし、二本の人差し指が押し上げた外側の縁の下に二本の親指が紙の内側の縁を巻きあげ、垂れた部分を舌が舐めているあいだに親指と人差し指が紙の筒の両端に滑るように移動してそれを水平に支え、左手の人差し指と親指がそちらの端をひねっているときには右手の人差し指と親指が湿った合わせ目を撫で、それから右手の人差し指と親指がそちらの端をひねり、反対の端をスペードの口へと持っていった。）　（三九八）

我々はもちろん、この場面でスペードが何を感じ、何を考えているのかを「知る」ことなどできはしない。この文章の主体（主語）はスペードではなく、彼の指なのだから。[11] しかも結局のところ、ここでおこなわれているのは、単に煙草を巻くということに過ぎないし、それはスペードが小説を通して幾度となく繰り返すありふれた仕草でしかないのである。

しかしそもそも重要なのは、ここで我々が、「指」の背後にいるスペードが何かを感じ、何かを考えていると思わされるということだろう。というのは、煙草を巻くというだけの単純な所作がこれほど入念に——段落を一つ使って——焦点化されることによって、この場面には文字通り息が詰まるような――この段落はワン・センテンスで綴られている――緊張感が生まれるためである。その緊張感は、ヘミングウェイがアンダーステートメントを駆使してニック・アダムズの姿を描いた「二つの心臓の大きな川」を想起させるかもしれない。[12]

それにしても、ここで起こっていることは、かなり複雑である。パートナーの死を知らされたときに（すぐ現場に駆けつけるのではなく）とりあえず手巻き煙草を一服するという探偵の「ハードボイルド」ぶりは、それが描写される際に伝わってくる緊張感の中に溶けこんで曖昧になっていくことになる。しかも、そうした文脈において、煙草を吸うという行為を緊張緩和のための儀式的行為として解釈するにしても、それは同時に緊張感を作品に漲らせるという逆説に、やはり曖昧なまま回収されていくことになるのだ。

こういった「曖昧さ」と結びついた「逆説」は、「ハードボイルド」というジャンル／文体（を突きつめた『マルタの鷹』の三人称客観というスタイル）の核にある。感情を厳密に排するがゆえに何らかの感情が存在していることが感じられるにもかかわらず、その感情がどのようなものかははっきりとわかることがない。『マルタの鷹』を読むという行為は、かなりの程度、こうした不安定な状態に付き合うということを意味するし、それはもちろん骨の折れる作業である。いってみれば、スペードが煙草を吸うたびに、[13] 読者はそれが彼の感情の発露であり、同時に隠蔽でもあるという可能性を意識しなくてはならないのだから。

しかしながら、それは実り豊かな作業でもあるはずだ。キャラクターの思考をトレースしようとすることが小説を読む醍醐味の一つであるというだけではなく、『マルタの鷹』が何よりもまず「探偵小説」という「形式」を採用しているためである。アンダーステートメントというモダニスト的な技巧が探偵小説というジャンルと宥和性があることについては、説明はひとまず不要であるだろう（例えば「ワトソン」の使用にしても、アンダーステートメントの一種と考えられる）。

スペードのいる場所に「カメラ」が据えられている『マルタの鷹』は、探偵小説としてはかなりフェアな（「文法通り」の）作りになっている。実際、第一の殺人については、サーズビーを尾行中であったアーチャーが小路で、銃を後ろポケットに残したまま、（現場に放置された）イギリス製の三八口径の銃で正面から心臓を撃たれ、コートには焼け跡が残り、金は盗られていなかったことを、そして第二の殺人については、サーズビーがやはり銃をホルスターに残したまま、ホテルの前で背後から四四口径か四五口径の銃で四発撃たれたことを、読者はスペードとあくまで同時に知るのである。

このようにして『マルタの鷹』の第二章は、物語の水準においては、「文法通り」の事件が「文法通り」のやり方で提示されている。作品の序盤で刑事達が出てきて誤った判断をするというのも、やはり「文法通り」であるだろう。あらためて強調しておくなら、『マルタの鷹』という「小説」のオリジナリティは、そういった「文法」を守った上で、それ以上の「何か」として発揮されているのであり、その「何か」が読者に精読を要求してくるのだ。

最後にいささか教訓的な例として、ダンディ警部補の「誤判断」をあげておこう。ダンディがスペードをサーズビー殺しの犯人だと考えたのは、彼が単に無能であったり、スペードを嫌っていたりするためではなく（あるいは少なくともそればかりではなく）、パートナーの死に関して自分で復讐を果たしたというように、この「悪魔」にいかにも「人間的」な動機を読みこんだためである。これはつまり、スペードの「内面」を(あるいは「ハードボイルド」な「外見」を)「誤読」したということであり、ダンディはポルハウス(と読者)が感じている「戸惑い」を、いささか性急に解消しようとしたためにしくじったというわけだ。批評家の中には、この章においてスペードが既に犯人の目星をつけたという者もいるのだが、[14] しかしこの点に関しては反論もあり、[15] ダンディの拙速な「誤読」を教訓にできる立場としては、やはりもう少し慎重でありたいと思う。いずれにしても、単なる「謎解き」を主眼としないハードボイルド探偵小説においては、「誰が」よりも「なぜ」が問題となるはずであるし、その「なぜ」という問いに対する答は、探偵の事件との個人的な関わり、そしてそのような事件が起きる世界との葛藤を通して見えてくるからこそ意味を持つはずなのである。

〔1〕 Sinda Gregory, *Private Investigations: The Novels of Dashiell Hammett* (Carbondale: Southern Illinois UP, 1985) 92. この厳密な三人称客観というスタイルが一九二三年に書かれた「ダン・オダムズを殺した男」に最初に見られることについては、Vince Emery, "Hammettisms in *The Maltese Falcon*," Layman, *Discovering The Maltese Falcon* 254 を参照。

〔2〕 当時のハメットが映画という新興ジャンルを意識していたことは、経済的事情もあり、『赤い収穫』を含む自作の映画化に期待を持っていたことを示す一九二八年四月九日付の編集者への手紙などからも窺える。Hammett, *Selected Letters* 48 を参照。

〔3〕 Gregory 93.

〔4〕 Richard Layman, *Dashiell Hammett* (Detroit: Gale, 2000) 49.

〔5〕 Mark McGurl, "Making 'Literature' of It: Hammett and High Culture," *American Literary History* 9.4 (1997): 716n8.

〔6〕 第二章のスペードが煙草を入念に巻く場面や（三九八）、アーチャーの殺害現場近くの描写など（三九九）、ストーリー的には重要でないシーンを細かく描くことで語りが客観的である印象が成立する点については William Marling, *The American Roman Noir: Hammett, Cain, and Chandler* (Athens: U of Georgia P, 1995) 129を、ユニークな指摘として、『マルタの鷹』には色彩語の出現頻度が非常に高く、しかもその色が古典的探偵小説のように「観念」を表現するのではなく、具体的事物の形容として用いられていることについては福田邦夫『ミステリーと色彩』（青娥書房、一九九一年）二一、五二頁を参照。

〔7〕 Sayers 78; Stephen Leacock, "Murder at $2.50 a Crime," Haycraft, *The Art of the Mystery Story* 331などを参照。

〔8〕 小鷹信光『サム・スペードに乾杯』（東京書籍、一九八八年）一四五頁。

〔9〕 Marling 133.

〔10〕 参考までに付言すれば、一九四一年のジョン・ヒューストン監督の映画では、全カットのほぼ六分の一までもがスペードの背中を含む形で撮られており、ここにはハードボイルド小説のスタイルが見事に映画に移植されている様を見ることができるだろう。

〔11〕 渡辺利雄『講義アメリカ文学史 補遺版』（研究社、二〇一〇年）二六四—六五頁を参照。

〔12〕 Irving Malin, "Focus on *The Maltese Falcon*: The Metaphysical Falcon," *Tough Guy Writers of the Thirties*, ed. David Madden (Carbondale: Southern Illinois UP, 1968) 106.

〔13〕 例えば第二章では、アパートに戻ってきたスペードが立て続けに煙草を吸う場面や（四〇二—〇三）、訪問した刑事達の意図がわかったとき煙草を巻き始める場面がある（四〇七）。

〔14〕 最初にその主張をしたのは、Robert I. Edenbaum, "The Poetics of the Private Eye: The Novels of Dashiell Hammett," *Tough Guy Writers of the Thirties* 82.
〔15〕 Marling 144.

# 第三講（第三章）

# Three Women

『マルタの鷹』の第三章には、「三人の女」というタイトルがついている。その三人とはもちろんアーチャーの妻アイヴァ、スペードの秘書エフィ、そして依頼人ミス・ワンダリー（もしくはミス・ルブラン）であるのだが、足を止めて考えてみると、この章題はいささか妙である。小説冒頭で登場したミス・ワンダリーは、スペードが会いに行ってもホテルをチェックアウトしていて本章には姿を見せず、この「謎」の女性の再登場は第四章に持ち越されてしまうためだ。したがって、ここではあくまで「二人の女性」のスペードとの関わりが開示されているのである。

このように、第三章はタイトルと内容とのあいだに若干のズレがあるようにも感じられる。けれども、これまでの議論からもある程度は明らかとなっているはずだが、こうした「不自然さ」を感じるときにこそ、読者は小説の「小説性」に触れているのである。だとすれば、ここではこの「ズレ」を逆の観点から見てみるべきだろう。つまり、「二人の女性」しか出てこない章に、ハメットがどうしてあえて「三人の女」という題をつけたのかと考えてみたいのだ。

ここで思い出しておきたいのは、キャラクターを対比させてみることが、小説を読むに際してしばしば有効に働くということである。例えば第一章においては、スペードとアーチャーという二人の探偵が対比されていた。そして同じように考えてみると、第二章についても、ポルハウスとダンディという二人の刑事に関して、いわゆる「グッド・コップ／バッド・コップ」のルーティーンが用いられていると気づくことは、決して難しくないはずである。

そのように振り返ってみるとなおさら、「三人の女」と題された章における女性達は、やはり互いに「対比」されていると考えるべきだろう。実際、ミス・ワンダリーについてはひとまず措くにしても、第三章の中心人物はアイヴァとエフィという対照的な二人であるし、この章の読みどころは、彼女達がアーチャー（とサーズビー）の殺害に関してスペードに見せるそれぞれの反応、そして何よりそこから浮かび上がるスペードの彼女達それぞれとの「関係」に他ならない。ストーリー的にはさして進展しないものの、前章における二人の刑事に続いて、スペードの最も近くにいる人物の位置づけが彼との関係性において確定されるという点で、第三章は小説の序盤に相応しい重要な役割を果たしているのだ。

それでは、まずアイヴァとスペードの関係から考えてみよう。事件が起こった翌朝、スペードが事務所に着くと喪服姿のアイヴァが待っている。読者にとって、そのこと自体は取り立てて不思議なことではないかもしれないが――。

彼は手をエフィ・ペリンの頭から離し、奥のオフィスに入り、ドアを閉めた。アイヴァはすぐ近づいてきて、悲しげな顔を上げてキスを求めた。彼が抱きしめる前に、女の腕は彼に回されていた。キスを交わすと、離れようとするように彼は少し身体を動かしたが、彼女は顔を胸に押しつけ、すすり泣きを始めた。

彼は彼女の丸い背中を撫でながら、「気の毒だったね、ダーリン」といった。その声は優しかった。自分の机から部屋を横切ったところにある、パートナーのものであった机を睨みつけている

目は、怒っていた。(四〇九)

この小説を初めて読む多くの人にとって、このキスシーンは不意打ちであるだろう。実際、主人公がパートナーの妻と情事を営んでいたなどという可能性は、すぐには頭に浮かばないかもしれない。なるほど、第一章において、この主人公は「悪魔」と呼ばれていたし、彼が「女好き」であることも指摘されてはいただろう。けれども「悪魔」という呼称は探偵の「タフ」ぶりを示唆するものでもあり、必ずしもネガティヴ一辺倒という印象は与えない――というより、探偵小説の読者は主人公に対してなるべく好印象を持ちたいはずであり、そうした読者の心情をいわば利用する形で、「女好き」のスペードの「悪魔性」は、アーチャーというあからさまに下劣な男との対比によって曖昧にされるところがあったのだ。しかしスペードがアイヴァと密通していたという突然の情報開示は、こういった読者の感情移入をかなり強烈に突き放し、相対化してしまうことになる。平たい言葉でいえば、読者はスペードという人物をどう考えればいいのか、ますますわからなくなる――あるいは、スペードという主人公の「人物」それ自体について、ますます真剣に考えざるを得なくなるのである。

引用箇所を含むアイヴァとのやり取り(四〇九—一一)からすぐ読み取れるのは、彼女の訪問をスペードが喜んでいないことである。第二章において、彼がアイヴァへの連絡をエフィに依頼していたこと(四〇二)、そして深夜にドアベルが鳴ったときに「しょうがない女だ(Damn her)」(四〇三)と罵っていた相手がアイヴァであることの意味/理由が、ここで確認されるはずだ。自分のために彼がアーチャーを殺したと考えるほどに自己陶酔的な女性を、スペードが疎ましく思う気持ちもわからなくはない。だが、そうであるとすればなおさら、どうしてそもそもスペードはそのような面倒な相手と関係を持っているのか、という疑問が生まれてくることになる。

ここで『マルタの鷹』が「ハードボイルド小説」と呼ばれていることを思い出し、パートナーの妻と寝るという行為がスペードの「非情」な性格を表すと考えることができるだろうか。例えば彼が第一章の終わりの場面でアーチャーに「おつむがいいからな——あんたはまったく」（三九七）などと皮肉をいっていることなどを想起すれば、そのように判断したくなるかもしれない。しかし、彼がそのように「非情」であるのなら、どうしてアイヴァに対して優しい声で語りかけるのだろうか。あるいはまた、彼女を抱きながら、どうして死んだパートナーの机を苦々しく見つめているのだろうか（しかも、この身振りは何度も繰り返される）。

誤解を避けるために述べておけば、スペードという人物の人間性を弁護しようなどと思っているわけではない。そうではなく、『マルタの鷹』という小説においては、「悪魔」と呼ばれる探偵の「人間性」そのものが焦点化され、「問題」とされていることを強調したいのだ。実際、アーチャーの机を見るという反復される仕草にしても、それが罪悪感からのものかどうかは判然としない。アーチャーが死んだせいで重荷を背負わされたことを迷惑に思っているようにも感じられるだろうし、そもそも人妻に手を出すこと自体、スペードが女性とシリアスな関係を持つ気がない「人間」であることを示唆するようにも思えるのである（彼がアイヴァを鬱陶しく思うようになった理由の一つは、彼女が独身に戻ってしまったことかもしれない）。[1]

パートナーの妻を寝取る主人公に（厳密には「不倫」しているのはアイヴァであり、スペードではないとしても）嫌悪感を抱く読者はいるかもしれないが、いずれにしてもアイヴァとの関係は、スペードの「人間性」を前景化するものであるといっていいだろう。彼自身の説明は「マイルズが嫌いだった」（四二二）というものだが、この言い訳はそれ自体として極めて「人間的」であるし、加えていえば、エフィに即座に「それは嘘よ」と反駁されているように、ほとんど説得力がないところもまた何とも「人間的」だ。エフィは続けて「あの女のことを、私がシラミだと思っていることは知っているわよね。でも、あんなカラダになれるなら、私だってシラミになるわ」（四一二）といっているが、こちらの方が——スペードがアイヴァという「しょうがない女」の肉体的な魅力にやられてしまったということだが——よほど説得的であるだろう。[2]

エフィの言葉にスペードが反論できないことをふまえた上で、ひと言で総括してしまえば、スペードは「女に弱い」のである。第二章において、ポルハウスと「女のことは全然わからんよ」／「よくいうぜ、まったく」などという会話が交わされていたが（四〇四）、そこには「女にもてる男」としてのスペードの本音（あるいは潜在的な願望といってみたい気もするのだが）が出ていると見なすべきではないだろうか。事実、彼は小説を通して「女」に振り回され続けることになるのだし、そういった主人公のあまりにも「人間的」なところこそが、『マルタの鷹』という小説に深みを、そして最終的にはペーソスを付与することになるのだ。

タフなハードボイルド探偵の代名詞ともされるサム・スペードが女に弱いなどといえば、意外に思う人もいるかもしれない。この点についてジェンダー論とジャンル論を交えて原理的に説明することもできるだろうが、当面の具体的な文脈においては、スペードがアイヴァを避けようとして、エフィにそれを繰り返し依頼することを指摘しておきたい。「二人の女」に対するスペードの関係は、アイヴァを避けてエフィのところに逃げこむ、という構造を持っているのである。

こうした「避難所」としての役割を担う秘書が、スペードとの関係において、あるいは彼の生活において、アイヴァと対照的な位置を占めることは当然だろう。エフィは「男をたらしこむ女」としてのアイヴァを「シラミ(louse)」と呼ぶが、同時代的により一般的ないい方は「牝犬(bitch)」ということになるだろう——例えば『日はまた昇る』(一九二六)のブレット・アシュリーが、若い恋人と別れた自分が「子供」を破滅させる「牝犬」にならなかったことを嬉しく思うといい、[3]『響きと怒り』(一九二九)のジェイソン・コンプソンが、「女」というものは「いったん牝犬になったら一生牝犬なんだ」と紋切型のフレーズで決めつけてしまうように。[4]

「牝犬」の反意語が「母」であることを、ここで詳述する必要はないだろう。というより、アイヴァに対置される存在としてのエフィを考えることが、そのままこの点に関する考証になるといっていい。エフィがスペードの「母親役」をいかに担っているかについては、この小説を読み進めるにつれて幾度も目にすることになるが、第二章においても彼女が彼に煙草を巻いてやり(四一一)、自分の方を向かせて「心配なのよ」(四一三)とはっきり口にする場面などは、作中で最も「優しさ」に満ちたシーンである。[5] アイヴァとの関係について彼女が口にする小言や、アーチャーを殺したのはアイヴァ自身ではないかという疑念の表明にしても、単なる嫉妬に駆られた言葉というより、「息子」にたかる「悪い虫《シラミ》」に対する心配/憤懣の発露であるように思える。

こういった態度でスペードに接するエフィについて、研究者達はしばしば「脱性化された母親」という表現を用いてきた。[6] そのこと自体に異議はないのだが、念のために強調しておきたいのは、その「脱性化」が、彼女がときにいわば「男性的な言葉」で描写されることの、[7] 直接的な帰結ではないということである。例えば彼女が「ボーイッシュな顔」を持つことは第一章と第三章のどちらの冒頭でも記されているし(三九一、四〇九)、そういった特徴から彼女を既存のジェンダー概念を超えるような存在と見なす論者もいるのだが、[8] こうした「中性的」とも感じられるところは、当時の「フラッパー」の「女性的」な特徴でもあり、エフィに「女性」としての(性的)魅力が欠落していることの証拠にはならないはずだ。むしろ、スペードが与えるスキンシップの多さに鑑みれば、この日焼けしたスリムな秘書は、時代の趣味/風俗を反映した魅力的なフラッパーとして造型されていると考える方が妥当だろう。[9]

性的魅力を失わせないまま、非性的な「母」とする――ハメットがエフィをこのような人物に造型し得ているのは、主として彼女がアイヴァと「対比」されているためである。先に引用したアイヴァの「カラダ」についての言葉は、エフィの劣等感の表明であるが、それゆえにわかりやすく彼女を相対的に「脱性化」するものである。アイヴァのような「カラダ」を持たない彼女は、アイヴァとは違って「シラミ/牝犬」にはなり得ず、したがってアイヴァとは違ってスペードと性的関係を持つこともないというわけだ。いくらスキンシップが重ねられてもそこに性的な空気がほとんど感じられないのは、[10] こうしたキャラクター間の「関係」ゆえである。

しかしながら、ここで機能している「ロジック」――エフィが「母」であるのは、彼女が「牝犬」ではないからだ――は、実のところはトートロジーでしかないはずである。別のいい方をすれば、この

「二人の女性」の造型は、ともするとこの小説が女性を「牝」と「母」に分類する性差別的なイデオロギーに依存／荷担していることを意味しかねないのだ。しかしここでは、そのセクシスト的な二項対立にハメットが無意識のうちに「依存／荷担」しているのではなく、それをあくまでも意識的に「利用」していると考えておきたい。

実際、そのように考えてみると、エフィを「秘書」にするという設定も、いかにも「意識的」な感じがするのではないだろうか。秘書とは、二十世紀に入って急増した南欧・東欧からの「新移民」には容易に手が届かないポジションであるために、当時の女性にとってステータス・シンボルともなる仕事であったが、[11] この「ガール・フライデイ」とも、そして「オフィス・ワイフ」とも呼ばれた職業は、まさしく「フラッパー」にして「母」であるようなキャラクターに、この上なく相応しいものと思われるためである。

もちろん、そういったキャラクターに相応しい職業としての秘書が、当時の女性にとって花形的職種となったということは、それ自体としてジェンダー・イデオロギー的な問題をはらんでいる。女性が職を持つことがいまだ「問題」であった時代、女性が秘書として働くことをいわば「許可」した男性の視点からは、「オフィス・ワイフ」とは自分の父親が結婚した女性（つまり自分の母親）の職場におけるレプリカに他ならなかった。[12] ここには一九二〇年代から三〇年代という激動の時代に潜在していた保守性を看取できるはずだ。

こうした文脈においては、E・S・ガードナーやフレデリック・ネベルといった『ブラック・マスク』派の作家達の作品に、秘書が頻繁に出てくることは興味深い事実である。だがここではそれよりも、『マルタの鷹』と同年に出版された、ベストセラー作家フェイス・ボールドウィンによる『オフィス・ワイフ』という作品が、キャリア志向であった「オフィス・ワイフ」がボスの「ワイフ」になるまでを予定調和的に描くロマンスであることを記しておくべきだろうか。秘書なる存在をめぐって当時流通していたイメージは、そういった（男性の権威に従順な）ものだったのであり、『オフィス・ワイフ』の登場人物がいみじくも解説してくれるように、実際の「妻」とは違って「夫」の人生にトラブルをもたらすこともなく、常にサポート役を担うことができる「オフィス・ワイフ」とは、メイル・ファンタジー的存在だったのである。[13]

そうした歴史的存在としての秘書エフィについては、まさしくそのような存在であるがゆえに、ハードボイルド小説における秘書のプロトタイプともなり得たわけだが、この点に関する考察は措いておこう。今回の議論、つまり「三人の女」と題された章の文脈においては、典型的な秘書であるエフィが、時代のステレオタイプ的二項対立のもとでは「母」として、典型的な「牝犬」としてのアイヴァと対置されていることが確認されればよい。そしてこの点を理解した上でさらに重要となるのは、このようにしてわかりやすく「母」と「牝犬」である「二人の女性」こそが、「人間」としてのスペードが生きる世界を構成するということなのだ。

スペードが生きる「世界」を、彼が生きる「現実」あるいは「日常」と呼び換えてもいい。そしてそのように考えてみれば、この章では「不在」の存在であるミス・ワンダリー／ミス・ルブランが「第三の女性」であることの意義が、自ずと浮上してくることになる。「二人の女性」を通してスペードの日常を描いた「三人の女」の章で、「第三の女性」はまさに不在であることによって他の二人と「対比」されているのである。ありふれた「二項対立」に象徴される「日常」に、この「謎」の女性は「第三項」として亀裂を入れることができるのか——そうした興味を持ちながら、我々は第四章に進んでいくことになる。

〔1〕したがって、ゴアズの『スペード&アーチャー探偵事務所』では、アイヴァとスペードは第一次大戦前から関係があり、スペードの従軍中にアイヴァがアーチャーと結婚してしまったという設定になっているが、この「解釈」に本稿は同意しない。

〔2〕アイヴァの「顔」の美しさが峠を越していると冷たく書かれることが（四〇九）、彼女という存在が男性的有用性の観点から見られていることの証左だと考える論者もいるが、本稿の視点からは、その直後に記される「カラダ」の魅力にスペードが屈するという「俗っぽさ」がポイントとなる。Josiane Peltier, "Economic Discourse in *The Maltese Falcon*," *Clues* 23.2 (2005): 24を参照。

〔3〕Ernest Hemingway, *The Sun Also Rises* (New York: Scribner, 2006) 247, 249.

〔4〕William Faulkner, *The Sound and the Fury* (New York: Vintage, 1990) 180, 263.

〔5〕Layman, "*The Maltese Falcon* at Seventy-Five" 7.

〔6〕この点に関する先駆的な指摘としては、Stephen F. Bauer, Leon Balter, and Winslow Hunt, "The Detective Film as Myth: The Maltese Falcon and Sam Spade," *American Imago* 35.3 (1978): 282を参照。

〔7〕Marc Seals, "Thin Man, Fat Man, Union Man, Thief: Constructions of Depression-Era Masculinities in *Red Harvest* and *The Maltese Falcon*," *Storytelling* 2.1 (2002): 77.

〔8〕Peter J. Rabinowitz, "'How Did You Know He Licked His Lips?': Second Person Knowledge and First

Person Power in *The Maltese Falcon*," Layman, The Maltese Falcon 162.

〔9〕 エフィのフラッパーぶりは、「スペードという男」（一九三二）の冒頭、ケーキをほおばりながらスペードのオフィスに入ってくるところなどにも見られる——が、これを含む三つの「スペードもの」の短編は金目当てに書かれた感が強く、ダンディがスペードを「サム」とファースト・ネームで呼んでいるところなどもあり、『マルタの鷹』との連続性をどこまで見られるのかは判断が難しいところである。Dashiell Hammett, *Nightmare Town*（New York: Vintage, 2000）277, 298.

〔10〕 William Marling, *Dashiell Hammett*（Boston: Twayne, 1983）78.

〔11〕 Erin A. Smith, *Hard-Boiled: Working-Class Readers and Pulp Magazines*（Philadelphia: Temple UP, 2000）151–52. ただし、というべきか、エフィはその名前（Effie = Euphemia, ギリシャ語で "good repute" の意味）からギリシャ系と思われる（ゴアズの小説でもそのような設定となっている）。

〔12〕 Ellen Wiley Todd, *The "New Woman" Revised: Painting and Gender Politics on Fourteenth Street*（Berkeley: U of California P, 1993）305 を参照。

〔13〕 Faith Baldwin, *The Office Wife*（Philadelphia: Triangle Books, 1945）224–25. ちなみに、*OED* ではこの小説のタイトルが "office wife" という表現の初出例とされている。

# 第四講（第四章）

# The Black Bird

第四章は急展開の章である。第一章に現れるパートナー、第二章で登場した二人の刑事、第三章で詳しく描かれた二人の女性（そして第四章で出てくる弁護士シド・ワイズ）は、スペードにとって身近な人物であり、まず彼らを登場させることで、ハメットは主人公の「日常」ないし作品舞台を手際よく提示した。そういった主要キャラクターの紹介が完了し、いわば準備段階が終わったということで、物語をいよいよ本格的に始動させるのである。実際、（ミス・ワンダリー改めミス・ルブラン改め）ブリジッド・オショーネシーがついに再登場する場面で始まる第四章は、「黒い鳥」像探しの依頼人ジョエル・カイロにスペードが銃を突きつけられる場面に至るまで、読者を一気に物語に没入させるはずだ。

そのような章に相応しくというべきだろうが、第四章の終わりをもって、『マルタの鷹』という探偵小説における三つの関心事が出揃うことになっている。すなわち――

①アーチャーを殺したのは誰なのか。
②スペードとブリジッドの関係はどうなるのか。
③スペードは「黒い鳥」を見つけることができるのか。

という三点である。そしてこのように列挙した上で強調しておかねばならないのは、これら三つのトピックが、互いに密接に連関しつつ、スペードという探偵にとって個人的な関心事となっていることである。

いわゆる伝統的な探偵小説においては、原則として探偵は事件に対する（刺激的な知的パズルであること以上の）個人的興味を持たず、その意味において、安楽椅子に座る探偵はいわば超越的な場所に鎮座しているといっていい。ハードボイルド探偵小説の新しさの一つは、こうした「超越性」を探偵に与えないということにあった。この点にハメットが自覚的であったことは、記念すべき第一長編である『赤い収穫』において、あくまでも組織の人間として事件に取り組んでいたはずのコンチネンタル・オプが、[1] 次第に個人的な（＝感情的な）動機に駆られ、ほとんど自分自身を抑えることができないかのように「ポイズンヴィル」の粛清にのめりこんでいくという「変化」を描いていることからも推されるだろう。

探偵による事件へのこうした直接的関与という特徴は、ハードボイルド探偵小説が志向する「リアリティ」に関連している。というのは、探偵が事件解決のための捜査をすることは、彼（もしくは彼女）の関わりによって（探偵自身のみならず）事件が変容してしまうという、「現実」的な可能性を内包するはずだからだ。[2] むろん伝統的探偵小説では、こうした「変容の可能性」という「現実」を排除するべく事件はしばしば「密室」で既に「起こってしまったこと」として提示されるのだが（ただし、この「取り返しのつかなさ」も、紛れもなくまた一つの「現実」であるのだが）、そのように考えてみればなおさら、ハードボイルド小説においては事件とは常に「進行中のもの」であることが、その意義とともに理解されることになるはずだ。

こうした点を意識しつつ、右にあげた三つの関心事が、スペードにとっていったいどのように「個人的」な関心事であるのかを考えていくことにする。まず「①アーチャーを殺したのは誰なのか」であるが、この点に彼が関心を抱くのは、殺されたパートナーが友人だったためではない。第二章や第三章において、スペードが相棒の死に心を痛めているようには見えなかったし、本章でもアーチャーが死んでくれたおかげで運が開けるという旨の発言をしているくらいである（四二四）。

こうした「ビジネス」の問題については最終章におけるスペード自身の説明に言及するのが通例なのだが、当面の文脈で注目したいのは、パートナーが殺されたという事実が、スペード自身が殺されかけたことを意味するということである。ブリジッドの希望は、アーチャーかスペードのどちらかに事件を担当してほしいということだった。したがって、（スペードの探偵としての手腕を問わないとすれば）アーチャーは「たまたま」殺されたのであり、アーチャーが依頼の場面に「たまたま」居合わせることがなければ、凶弾に「たまたま」狙われ、倒れたのはスペード自身だったかもしれない。こういった意味において、彼にとってアーチャーの死は「他人事」というわけではないのだ。

議論の便宜上、続いては「③スペードは『黒い鳥』を見つけることができるのか」という点について考えておこう。この「黒い鳥」が重要となるのは、読者にとってはこれが第四章の章題であり、またそれが「マルタの鷹」という書名になっているものを指すことも容易に推測できるために、それ自体としては自明であるだろう。だが、この問題がスペードにとって重要となるのは、まず一つにはそれがアーチャー殺しに関係しているはずだからである。この点に関しては、カイロが「黒い鳥」捜索を依頼するためにスペードの事務所を訪れた理由が、アーチャー殺しがサーズビー殺しと関連していると考えたためであることだけ確認しておけばいいだろう（四二六）。

そしてもう一つ、第一章で確認したように、スペードという私立探偵には「ビジネスマン」的なところがあるということがある。本章で注目すべきは、カイロが登場したときの「スペードは椅子の背にもたれかかり、『どのようなご用件でしょうか、ミスター・カイロ』と訊ねた」（四二五）という叙述が、「ミスター・カイロ」を「ミス・ワンダリー」に換えれば、ブリジッドの相手をするところと完全に同一だということである（三九二）。依頼人が「すごい美人」であろうが、あるいは怪しげなゲイ男性であろうが、「ビジネスマン」のスペードにとっては変わりがないのだ。[3] そのような人物にしてみれば、登場時のミス・ワンダリーが「金づる」であったのと同様に、成功報酬に五千ドルという大金が約束される「黒い鳥」探しが重要な関心事になるのは、当然のことだというべきだろう。[4]

このように考えてくると興味深く思われるのは、①と③の関連性が、「黒い鳥」の捜索がアーチャー殺しの真相を解明するのに繋がるというようなストーリー上のものにとどまらないということである。キャラクターを対比させることの重要性は前回の議論で強調しておいたが、③で見たようなスペードの「ビジネスライク」な姿勢が、第一章におけるアーチャーには欠如していたことは明らかであり、だとすればその違いが①についてのところでは「たまたま」と呼んでおいたスペードとアーチャーの運命の違いに繋がっていると考えていいように思われる。

したがって、俗に「金と色」といわれるが、スペードが生きる世界では、その二つは等しい地平に置かれているわけではない。「金」への欲は「色」への欲から身を守るための鎧ないし安全弁と見なし得るし、そのように考えてみれば、この探偵小説において「②スペードとブリジッドの関係はどうなるのか」という極めて個人的なトピックが、「殺人」や「宝探し」にも勝る最大の関心事となる理由が多少なりとも理解されるだろう。この二人の関係を指す語として「色欲」という表現が極端、あるいはストレートに過ぎるなら、それを「恋愛」といい換えてもいい。問題は、その目《アイ》を曇らせ、我《アイ》を忘れさせてしまう「感情」が、この「非情」な私立探偵《プライヴェート・アイ》にとって何よりも危険なものであるということなのだ。

　こうした点を確認するために、本章で展開されるブリジッドの「誘惑」と、スペードの応対を見てみよう。再登場したブリジッドは、そもそもの依頼内容がまったくの作り話であったことを認めながらも引き続いての助力を乞うのだが、それでいてスペードの質問にまともに答えることはほとんどない。この物語がブリジッドの嘘に始まっていることを思えば皮肉であり、またそれゆえに当然でもあるというべきかもしれないが、[5] 彼女は「信頼してください」と繰り返すばかりで（四一八頁から次頁にかけての長台詞で、"trust"という単語は合計七回も使われる）、[6]「フェアでないことはわかっておりますが、どうぞ寛大でいてください」と懇願する（四一九）。警察に話をするくらいなら「死んだ方がまし」という彼女の秘密主義について（四一八）、身分の高さに由来する可能性を考える読者もいるかもしれないが、それに対するスペードの反応は――

　彼女がこうして話しているあいだ、スペードはほとんど息を詰めていたが、結ばれた唇の隙間から長いため息をつき、肺を空にしていった。「あなたには誰の助けもたいしていりませんね。見事ですよ。実に見事です。特に目が素晴らしいと思いますが、声を震わせて『寛大でいてください、スペードさん』などというところもいい」　（四一九）

――というものである。もちろんスペードは皮肉をいっているのだし、「寛大でいてください」という台詞を繰り返すところなど、「優しくしてよ」というアイヴァに向かって同じような応対をしていたことを想起せずにはいられない（四一〇）。だが、「息を詰めていた」ことからわかるように、哀れな口調で苦境を訴え、他に頼れる人がいないと助力を懇願するブリジッドに、彼はそれが男を惹きつける「演技」であるという可能性を承知していたとしても、[7] それでも心を動かされているのだ。[8]

そうであるとすれば、スペードの「皮肉」は、まさに彼が心を動かされてしまっていることを隠そうとしての「ハードボイルド」な振る舞いであるように思えてくるだろう。実際、シニカルな態度を取られても仕方がないというブリジッドのしおらしい言葉に対し、彼は顔を紅潮させ、俯いて「あなたは危険な人ですよ」とつぶやくばかりなのであり、彼女が手にする帽子を受け取ってその場を辞すことができない（四一九）。ホテルの部屋が荒らされたことについてさえ訊かないでほしいという彼女に、「あなたのことを無条件で信じてあげてもいっこうに構わないんだが、何が起こっているのかをわからないと、たいしたことはしてあげられないんですよ」（四二〇）というところからも察せられるように、スペードはブリジッドのことを信じたいと思って（しまって）いるのである。[9]

このあたりまで見てくると、前回指摘したスペードの「女に弱い」ところが、いよいよはっきりしてきたのではないだろうか。とどのつまり、スペードは「女に弱い」からこそ、いかにも「ハードボイルド」的に振る舞わなくてはならないのである。例えばいま見たような、「男」の騎士道精神に（メロドラマティックに）訴えるといういかにも「女」らしい女性に対するスペードの皮肉な、「ハードボイルド」な態度は、それがアイヴァとブリジッドの両方に対して、ほとんど自動的にとも思われるように発現していることからもわかるように、彼の身に染みついている態度であるのだろう。

あるいはまた、ワイズの事務所を訪れたときに、スペードがそこにいる秘書に「ダーリン」と呼びかけて、すぐさまスキンシップをおこなうところなども見ておきたい(四二―三)。この場面が示唆しているのは、彼が自身の秘書エフィに対して必ずといっていいほど愛称で呼びかけることが、[10] それ自体としては彼女を特権的な存在にしないということである(誤解を避けるために付言しておけば、それはエフィが彼にとって特別な存在ではないことを意味するわけでもない)。それは「形式的」な振る舞いに過ぎず、「愛称」が本来持つはずの温かさとは反対の印象を読者に与えるといってもいいほどだ。[11] 彼には女性をパトロナイズする身振りがやはり習慣として(ほとんど反復強迫的に)身に染みついていると考えるべきだろう。

前章において、スペードの「日常」には「牝」と「母」しかいないことを確認しておいた我々としては、このハードボイルド探偵が女性に対してときに「非情」に振る舞い、ときにパトロナイズするのが矛盾する態度ではないと理解できるはずである。フィリップ・マーロウの「ハードでなくては生きていけない」というあまりにも有名なテーゼが、「ジェントルでなくては生きる資格がない」という下の句を矛盾なくともない得ることを想起してもよいのだが、[12] ともあれそうした定型的な振る舞いが日常のものとしてスペードの身に染みついてしまっていることに、ペーソスさえも感じられるだろう。探偵がサヴァイヴするべくして身に纏う「定型的」な振る舞いとは、「現実」に対する妥協、あるいは絶望の顕現に他ならないのだから。それは醜くもありふれた「日常」の彼岸に「夢」を見ることを最初から断念し、そうしたロマンティシズムを自己検閲的に抑圧する態度なのである。

だが——抑圧されたものは回帰する。そうした「抑圧されたものの回帰」を体現する存在が、ファム・ファタールとしてのブリジッドである。第四章の段階では、彼女の「ファム・ファタール性」について詳細に論じることなどできないが、それでも「ロマンティックな女性性の権化」のような人物として登場した彼女が、[13] そのような女性であるかもしれないし、そうではないかもしれないという疑念は「ミス・ワンダリー」が偽名であるということからも既に「問題」になっている。[14] この「かもしれない」というところ、複数の偽名が象徴するアイデンティティの複数性／可変性といってもいいが、[15] それがブリジッドという女性を「牝」と「母」という凡庸な二項対立＝スペードの「日常」を超える存在かもしれないと思わせることになるわけである。ファム・ファタールとは、ひと言でいってしまえば、男のロマンティシズムを抗いがたくかき立てる「非日常」的な存在なのだ。

しかしもちろん、スペードはそのロマンティシズムに習慣的に抗おうとしなくてはならない。だからこそ彼は、ブリジッドの理不尽な依頼を、あくまで「金の問題」にしてしまおうとするのだ——「金で買えない物に、ろくな物はない」という格言に「心」を隠すように。[16]「これまでしてくださったことに感謝申し上げます。私は——運に任せるしかないのですね」（四二二）というブリジッドに対して、彼は苛立たしく喉を鳴らし、さらなる金を請求する。だが、装身具を質に入れろといい、手持ちの現金からきっかり五百ドルを奪うスペードは、非情に、そしてドライに見えるかもしれないが（四二三）、その「非情さ／ドライさ」は、自分が彼女を（仕事のためではなく個人的感情から）救おうとしてしまっていることに対する（ほとんど自己欺瞞的な）演技であり、自分に対する「言い訳」に過ぎないというべきだろう。

この地点から振り返ってみれば、最初に依頼を引き受けたときも自分（達）はブリジッドの話ではなく「あなたの二百ドルを信じたのです」（四一六）という（あとづけ的な）言葉も、スペードが最初からブリジッドの演技を鋭く見抜いていたというより、[17] 一種の虚勢／見栄のように響くのだが（事実、アーチャーはあっさり殺されてしまうのだから）、いずれにしてもことさらに「金」に還元してしまおうとすること自体が、ハメットがピンカートン社で叩きこまれた「依頼人、あるいは事件のあらゆる関係者と、感情的な関わりあいを持ってはならない」という探偵の職業的規範を、[18] スペードが半ば侵犯してしまいつつあることの証左となっているのだ。

主人公がこうした探偵としてのコードを「半ば侵犯してしまいつつある」という不安定な状態に置かれているということが、『マルタの鷹』というハードボイルド探偵小説の最大の魅力であり、その読みどころとなっていく。例えばこの経験豊かな探偵が、秘書に過ぎない人物の「女の直感」をつい訊ねてしまうことや、彼女のナイーヴな返答に対して「二日で七百ドルも吐き出してくれたのだからよしとしよう」とタフぶってみても、そのことへの（「母」の）譴責には不自然な笑顔や不自然なしかめ面しか作ることができないという有様にしても（四二四―二五）、探偵の「人間的」な「揺らぎ」を感じさせるところであり、それゆえに味読に値するものになっているのである。次章からは「活劇」がいよいよ始まることになるわけだが、探偵の活躍の背後に、そうした「揺らぎ」を読み取っていければと思う。

〔1〕 オプの "When I say *me*, I mean the Continental" という台詞はとりわけ有名である。Hammett, *Complete Novels* 39.

〔2〕 Gregory 21.

〔3〕 Gregory 95.

〔4〕 この五千ドルという金額は、『赤い収穫』で殺されたドナルド・ウィルソンがダイナ・ブランド宛ての小切手に書きこんだ金額でもあり、ハメットにとって「大金」の目安となるものだったのかもしれない。示唆的なことに、ハメットの長年のパートナーだったリリアン・ヘルマンによれば、ピンカートン時代のハメットは、スト破りに雇われたとき、組合側のリーダー（フランク・リトル）を五千ドルで殺してくれないかと持ちかけられたことがあり（リトルはその後リンチにより殺される）、その経験は彼に自分が腐敗した社会に生きているという確信をトラウマ的に与えたのではないかと推測されるとのことである（Lillian Hellman, *Scoundrel Time* [Boston: Little Brown, 1976] 49–50）。なお、このリトル殺害にハメットが実際に関わっていたという可能性については、Herron 21–22 を参照。

〔5〕 Leslie H. Abramson, "Two Birds of a Feather: Hammett's and Huston's *The Maltese Falcon*," Layman, *Discovering* The Maltese Falcon 307 を参照。

〔6〕 小説全体で三〇回ほど繰り返して使われる "trust" という語は、この裏切りに満ちた物語において、アイロニカルなライトモチーフとして機能する。Dennis Dooley, *Dashiell Hammett*（New York: Frederick Ungar, 1984）105–06 を参照。

〔7〕 Stephen Cooper, "Sex/Knowledge/Power in the Detective Genre," *Film Quarterly* 42.3（1989）: 25 を参照。

〔8〕 Peter Wolfe, *Beams Falling: The Art of Dashiell Hammett*（Bowling Green: Bowling Green U Popular

P, 1980) 118–19を参照。

〔9〕 小説前半の主な力点が、スペードが何とかして（そうできない証拠が多々あっても）ブリジッドを信じたいと思っていることに置かれていることについては、George J. “Rhino” Thompson, *Hammett's Moral Vision* (San Francisco: Vince Emery, 2007) 102を参照。

〔10〕 例えば第三章においては、“angel” (409, 412), “honey” (411), “darling” (412), “sweetheart,” “sweet” (413), “good girl,” “dear” (415) などがある。ちなみに、アイヴァにも “darling” (409), “precious” (410) と呼びかけている。

〔11〕 Marling, *Dashiell Hammett* 81を参照。ちなみに、こうした効果を与える好例としては、ヘミングウェイの「医者とその妻」において、アダムズ医師の（あまり肯定的には描かれていない）妻が “dear” と繰り返すことなどがある。

〔12〕 もっとも、マーロウ／チャンドラーの場合はその点を（いわばぬけぬけと）言語化できてしまうという点において、スペード／ハメットという先達の場合とはいささか立ち位置が異なっているといわねばならない。『プレイバック』からの引用は、Raymond Chandler, *Later Novels and Other Writings* (New York: Library of America, 1995) 861.

〔13〕 Jasmine Yong Hall, “Jameson, Genre, and Gumshoes: *The Maltese Falcon* as Inverted Romance,” Layman, *Discovering* The Maltese Falcon 234.

〔14〕 しかも、本名とされる「オショーネシー」はもちろんアイルランド系の名前であり、そうなるとその特徴的な赤毛もアイルランド系の特徴として理解されることになり、気性の激しさや性的な積極性といった、アイルランド女性のステレオタイプ的イメージが喚起されることになる。

〔15〕 Marling, *The American Roman Noir* 133を参照。

〔16〕 引用文は、大藪春彦『野獣死すべし』（新潮文庫、一九七二年）三二頁。ちなみに、大藪の主人公伊達邦彦が書いた卒業論文の題目は「ハメット＝チャンドラー＝マクドナルド派に於けるストイシズムの研究」（三一頁）。

〔17〕 Cooper 24.

〔18〕 W. Nolan, *Hammett* 9.

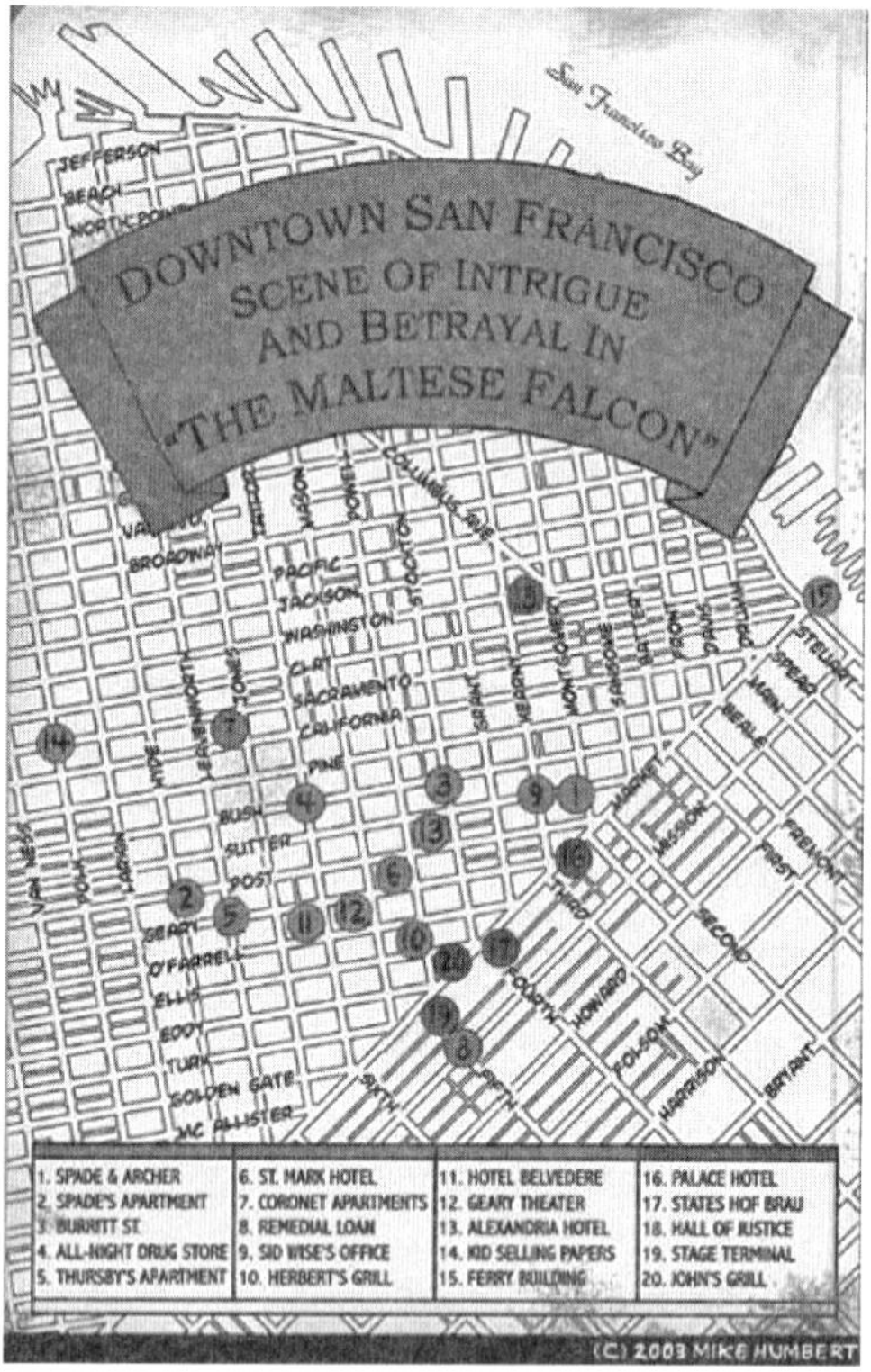


『マルタの鷹』の舞台となった
サンフランシスコのダウンタウン
© Mike Humbert

# 第五講（第五章）

## The Levantine

第四章は、スペードが新たな「依頼人」ジョエル・カイロに銃を突きつけられるというドラマティックな場面で終わっていた(雑誌掲載時も、一回目の分載はここまでであった)。こうした「サスペンス」が、「活劇」としてのハードボイルド小説に相応しいものであることは論を俟たないし、おそらく大半の読者はその危機を探偵がどう切り抜けるかと期待しつつ、今回の章へと進むことになっただろう。実際、この第五章という短い章で起こったことを要約すれば、スペードがカイロの脅迫を見事にいなし、事件に関する知識を多少なりとも獲得したというものになるはずである。そしてその情報をもとに、次の第六章で彼はブリジッドと交渉することになるのだ。

だが、もちろん、読み取られるべきはこうしたストーリー展開(だけ)ではない。ハードボイルド探偵が身に迫った危機を脱してみせるなどというのは、そもそも予定調和に過ぎないはずだからである。その観点からすれば、むしろ注目すべきは、例えば「お互いのカードをテーブルの上に広げた方がいいんじゃないか」(四三二)というスペードの誘導に抗してカイロが肝腎な情報は渡さなかったこと、そして章の終わりでは再びスペードに銃を突きつけて、当初の目的であった部屋の捜索を結局は果たすことであるだろう。その初登場の場面において、カイロがスペードと堂々と渡り合うことができる知的能力を備えたしたたかなキャラクターとして提示されていることは、まず強調しておきたいと思う。[1]

このようにしてカイロという人物の「したたかさ」を強調しておいた上で考えたい点は、いま述べたようにカイロが形勢の再逆転を果たして章が閉じられるにもかかわらず、全体としてスペードが「してやられた」とは感じられないということである。これは途中でカイロをあっさりと殴り倒していることに加え、とりわけ最後のシーンで笑い声をあげていることから、探偵には「余裕」があるという印象を受けるためだろう。その「余裕の笑い声」が、章構成の円環性と相まって、この章に最終的に「喜劇」的な性格を付与することになるのだし、この「喜劇」を俯瞰する視点（＝余裕）を、読者はスペードとひとまずは共有することになるわけだ。けれども、このようにして読者が主人公と心情的視点を「共有」させられてしまうとき、そこにはイデオロギー的な「共犯関係」があるのではないかと疑ってみることが可能であるだろう。

ここで考えようとしているのは、ハードボイルド探偵小説における「男らしさ」をめぐるジェンダー・イデオロギーである。整理しておけば、この章でスペードはカイロに二回銃を突きつけられるわけだが、その際に相手を殴り倒して銃を奪い取ることも、笑い飛ばして余裕を見せることも、どちらも彼を「タフ」な探偵として印象づける。その意味において、カイロという「したたかな敵」はハードボイルド探偵としての主人公の「男らしさ」を脅かすように機能しないどころか、むしろそれを引き立てるように思えるし、それはストーリー展開の「予定調和性」にいささかも矛盾しない。格闘（と呼べるほどのものではないが）の最中にカイロが「小さい方の男（the smaller man）」と繰り返し呼ばれることにしても（四二八）、目に涙を浮かべることにしても、そして殴られると一発で気を失ってしまうことにしても（四二九）、彼と必然的に「対比」されるスペードの男性性を際立たせるばかりであるといっていい。

しかし、そのようにしてスペードの「男性性」がカイロとの対比によって前景化されるということは、取りも直さずカイロという人物の「男性性」が犠牲にされるということでもある。もちろんここにおいて注目されるのは、カイロが同性愛者として設定されている点だろう。[2] 同性愛を志向する人間が現実に存在することはいうまでもないし、二十一世紀の現在においては、作品にいわゆる「同性愛者」を登場させることに特別な「意味」をわざわざ読みこもうとすること自体、あるいは差別的な営みになりかねないかもしれない。けれども、一九三〇年のアメリカで発表された小説においてゲイ男性をキャラクターとして使用するというのは、やはり意識的な選択と見なされなくてはならないはずである。

二十世紀の初頭は、ハヴロック・エリスやリヒャルト・フォン・クラフト＝エビングなどに代表される「性科学」が興隆した時代であったが、中でも関心を集めたトピックの一つがこの同性愛という問題だった。ハメット自身が（多読家として知られてはいても）性科学の知識をどの程度持っていたかは定かではないが、そうした知的風土のもと、一般大衆の水準においても、とりわけ「性」について語ることのタブーが急速に薄れた「一九二〇年代から一九三〇年代初頭にかけて、ジャーナリズムにもゲイ・スラングにみちたヘッドラインが踊るようになり、ゲイは『見える文化』になった」のである。[3]

しかしながら、この同性愛者の「可視化」は、いわば「他者化」でもあった。第一次大戦以前のアメリカでは、公的な場で同性愛について語られることは無政府主義者の講演や集会を除いてほとんどあり得なかったし、そもそもアナーキストが同性愛を擁護したことには、同性愛者が公的権力による取り締まりの対象になったという背景がある。[4] そして大戦後の二〇年代アメリカが以前と比べて性的にオープンになったという通説が事実であるとしても、「同性愛」が小説の主題となるには三〇年代を待たねばならなかったし、[5] この「タイムラグ」は、同性愛というトピックが、「道徳」が問題ではなくなったとしても、おいそれとは口にできないものであったことを示唆するだろう。

では、どうして「おいそれとは口にできないもの」だったのか。詳述する余裕はないものの、本稿の文脈で理由の一つとして考えておきたいのは、この話題がそれを口にする当人に跳ね返ってくるものであったということである。同時代の小説に例を見れば、『日はまた昇る』（一九二六）における性的不能のジェイク・バーンズは、性的能力を「正しく」使わないゲイ男性を憎々しげに「奴ら（they）」としか呼ぶことができない。[6] あるいはジェイムズ・M・ケインの『セレナーデ』（一九三七）においては、主人公のオペラ歌手、ジョン・ハワード・シャープが、過去の同性愛関係を「どの男にも五パーセントは『それ』があるんだ」と性科学的な言説をもって正当化しつつも、「俺はずっとそのことを恥じてきたし、それをぬぐい去ろうとしてきたんだ」と「苦渋」の「告白」をすることになる。[7] 同性愛者の可視化は、いわゆる「ホモセクシュアル・パニック」を誘発することとなったし、当時の男性達に自らの「男らしさ」を——というより、それが自分には不足／欠如しているかもしれないという不安を——意識させたのだ。

そういった「不安」を抑圧しようとして（右記の「タイムラグ」が示唆するように）同性愛の存在を「無視」するというのは、なるほど一つの方策だったのだろう。だが、当面の議論にとって問題となるのは、可視化された同性愛者がどのように「他者化」されたかということである。ここでも同時代の小説を例として参照してみると、同性愛を主題とした最初期の作品として知られるブレア・ナイルズの『奇妙な兄弟』（一九三一）において、同性愛者がステレオタイプ化されていることに憤る主人公のゲイ男性が、かつては口にされもしなかったそのトピックが現在ではジョークの種にされるくらいにはなった、といささか自虐的な解説をしていることが興味深い。[8] ここで問題とされているのは、同性愛なるものを真剣に受け取ることなどせず、同性愛者などはひとしなみに「オカマ（fairy）」として——つまり「女性化」して——「他者化」して笑っておけばいいのだとする「男性的」な態度である。[9] 第二章において、スペードにポルハウスの「彼氏（boy-friend）」と呼ばれて腹を立ててしまったダンディは（四〇六）、「笑う」だけの「余裕」を持てなかったわけだが、それはすなわち「男」としてスペードに一本取られてしまったということでもある。

既に指摘したように、スペードとカイロの（予定調和めいた）「対決」を描いた第五章は、スペードの「男らしい余裕」のおかげで、全体として「喜劇的」なものとなっている。ここまでの話をふまえてみれば、本章で働いているこのような力学には、同性愛者との関係性において規定される同時代の「男らしさ」をめぐるジェンダー・イデオロギーが、深く浸透していると考えていいだろう。振り返ってみれば、第四章で「奇妙な男（queer）」として——滑稽な存在として——登場したときのカイロは、凝った服装や香水、そして「ふっくらした尻」や「気取った歩き方」や「高い声」といった特徴により（四二五）、既に「女性化」されていた。[10]

あるいは「カイロ」という名前自体にも、西洋が「オリエント」を「女性化」するオリエンタリズム的なまなざしを読みこむことができるかもしれない。[11]『マルタの鷹』には（小説であれ映画であれ）「アメリカ人」の「異性愛者」である「アングロサクソン系」の「男性」としての主人公が、そこから逸脱する存在としての「敵」と戦うという構図があることはときに指摘されてきているが、[12] そのような「正しい」探偵が第五章で見せる「余裕」とは、カイロのようなステレオタイプ的＝「女性的」なゲイ男性から彼を（そして読者を）差異化する「男らしさ」の証なのである。

第五章は「カイロの章」といっていいだろうが、そこにおけるカイロの「したたかさ」は、「喜劇」に回収されてスペードの男性性を引き立てることになってしまった。このような形でこの二人の「関係」が導入されていることを思えば当然かもしれないが、以後の章においても、カイロというキャラクターは、その肉体的な（「男性的」な）力の欠如にもかかわらず「したたか」に振る舞うことによって、皮肉にも概してこの小説におけるコミック・リリーフ的な機能を担わされてしまう。平たい言葉でいえば、カイロという同性愛者は、「弱っちいくせに、懲りずによくやるよ」というようにして、スペードに（そして読者に）パトロナイズされる役割を与えられているのだ。

このような登場人物の利用法に、『マルタの鷹』というハードボイルド探偵小説の時代的制約、さらにはその限界を見て取るというのは、いともたやすいことである。[13] 事実、右の議論はゲイ男性の表象／機能を見ることによって、スペードの男性性を脱構築するものだった——結局のところ、ここで確認されたスペードの（そして読者の）「男らしさ」は、「女性的」なゲイ男性を笑うことによって獲得・補強される（程度の）ものだったのだから。

だが、前回までの議論を思い起こしてみれば、話はそれほど単純ではないように見えてくる——というより、スペードのハードボイルド探偵としての「男らしさ」を、こうした「脱構築」によって切り捨てることが簡単ではないと思えるはずである。「三人の女」との関係が示唆していたのは、そもそもスペードの（「非情」な）「男らしさ」が決して盤石のものなどではなく、むしろ演技ないし仮面に近いものだということだった。別言すれば、スペードの「男らしさ」がこの作品においては常に「問題」となっている以上、右の議論で施した「脱構築」など、小説自体が既に受け入れているものでしかなかったのだ。そのゲイ／男性表象が時代の限界を露呈させていることは確かだとしても、『マルタの鷹』はその限界を抱えこんだ上で書かれている、懐が深い小説なのである。

このように考えてみると、スペードの「余裕」が実はかなりの程度「演技」に過ぎなかったことが第六章の冒頭でのスペードのしかめ面で示唆されているというのは（四三四）、興味深く、また当然でさえあるというべきかもしれない。いたずらに話が循環的になるのを避けるために、ジェンダーの問題についてはは当面これ以上の議論を控えたいが、そもそもスペードがカイロを容赦なく殴り倒すことにしても、それがほとんど過剰防衛であったとは付言しておこう。カイロは無抵抗で銃から手を離すのだし（四二八）、そうして丸腰となった相手（しかも「女性的」な同性愛者）を「夢見るような」笑みを浮かべて殴りつけることなど（四二九）、カイロが文句をいっているように（四三〇）、本来は必要なかったはずだろう。

この男性性を誇示するいささかサディスティックな殴打は、それが「やり過ぎ」という印象を与えることによって、我々にとっては馴染みのあるもう一つのトピック、つまりスペードの「悪魔」と呼ばれる面を想起させるかもしれない（もちろん、彼の「悪魔性」はその「男性性」と無関係ではあり得ないが）。なるほど、カイロを気絶させることで彼は相手の身元を手際よく調べられたわけだし、さらには黙って部屋を荒らさせるわけにはいかないという彼の言葉にも一理あるというべきかもしれない(四三一)。だが、意識を取り戻すや「したたか」なところを見せ始めるカイロとのやり取りは、スペードに「正義の味方」であってもらいたいという読者の潜在的な期待を、あらためて揺らがすものとなっているのである。

例えば、警察に突き出されたくなければ雇い主の名をいえというスペードに対して、カイロはスペードが(正義感よりも)利益を優先させる人間だということは「調査済み」だと述べる(四三一)。つまり、カイロはスペードと自分が「同類」であると確信できるだけの情報を得たからこそオフィスを訪れたのである。実際、スペードは「黒い鳥」探しの手付金を受け取る――百ドルといわれるが、二百ドル(「ミス・ワンダリー」の場合と同額)をせしめる――のだし、その行為はそれが二つの殺人と関係する胡散臭い仕事であり、しかもおそらくはブリジッドというもう一人の依頼人の利益と相容れないものであることを思えば、スペードの意図に関して読者をいささか不安な気持ちにさせるところだろう。

そして何より、カイロからの依頼を承諾するにあたっての次のような会話である。

「わかった。で、これは合法的な取引だぞ」目尻の皺を除いてスペードは真顔だった。「おまえが俺を雇うのは、殺人やら強盗やらをさせるためではなく、単にそれを取り戻すためだ。可能ならまっとうな、法にかなったやり方で」

「可能でしたらね」とカイロは同意した。彼もまた、目を除いては真顔だった。(四三二)

これを読んで、スペードが「法にかなったやり方」を取るなどとは誰も予想しないはずだ。三〇年代のアメリカで最も人気があった探偵はおそらくE・S・ガードナーのペリー・メイスンだろうが、[14]この「法」を尊重し、「法廷」を司る裁判長を味方につけることさえできる弁護士探偵とは対極にいるような存在がサム・スペードなのである。

とりわけ重要なのは、いま引用したスペードの言葉が、彼が「法」を無視するのではなく、その存在を意識していることを示唆するという点である。スペードは物語を通して警察――英語ではしばしば"the law"と表現される――の目を気にし続けるのだし、近いところから例を取れば、第四章でワイズの事務所を訪れ、弁護士とともに安全のために「しかるべき連中(the right people)」に会いに行き(四二四)、おそらくはブリジッドからむしり取った金のいくらかを賄賂として渡したことを想起できるだろう。

このように「法」を常に意識せねばならない人間は、一般に「無法者」と呼ばれるだろうし、だからこそ読者は、怪しい依頼を引き受けるスペードの振る舞いに、落ち着かない気持ちをかき立てられることになる。それは「メイスンもの」を読むときの「安心感」とは正反対の心情であるだろう。ピンカートン探偵社においてハメットの上司であったジミー・ライトは、「自分の潔白(integrity)を損なう違法行為をしてはならない」と部下に教えたそうだが、[15]ある批評家が指摘しているように、それは私立探偵が往々にして法を侵犯することを示唆するという点において、問題含みの「指示」であるといわねばならない。[16]

だがもちろん、この「問題含み」であるところが、私立探偵を主人公とするハードボイルド小説の読みどころということになる。『マルタの鷹』を読む行為が、主人公が「善」なのか「悪」なのか判然としないという不安定な状態に耐えることであるとは繰り返し述べてきたが、その不安定さは、私立探偵にとってはほとんど実存的な宿命であるといえるかもしれない。そうであるとすれば、スペードという探偵がいったいどのように「事件」に関わっていくのかという興味は、第五章をもって彼が「信頼できない依頼人」を複数抱えたことによって、ますます高まってきたはずである。

〔1〕 Miller 72を参照。
〔2〕 以下の議論における「同性愛」は、便宜上、基本的に「男性」の同性愛を指すものとする。
〔3〕 巽孝之『ニューヨークの世紀末』（筑摩書房、一九九五年）六三頁。
〔4〕 Terence Kissack, *Free Comrades: Anarchism and Homosexuality in the United States, 1895–1917* (Oakland: AK P, 2008) 16, 39–40. なお、オスカー・ワイルドの有名な同性愛裁判は（この本の副題にも示唆されているように）一八九五年のことである。
〔5〕 James Levin, *The Gay Novel in America* (New York: Garland, 1991) 22.
〔6〕 Hemingway 28.
〔7〕 James M. Cain, *Three by Cain: Serenade, Love's Lovely Counterfeit, The Butterfly* (New York: Vintage, 1989) 144, 145.
〔8〕 Blair Niles, *Strange Brother* (New York: Liveright, 1931) 156.
〔9〕 『マルタの鷹』にも、後にスペードがカイロを指してそのように呼ぶ場面がある（四七一）。

〔10〕 Miller 68–69 を参照。

〔11〕 カイロの名とオリエントの関連性については、Wadia 189 などを参照。

〔12〕 William Luhr, "Tracking *The Maltese Falcon*: Classical Hollywood Narration and Sam Spade," Layman, *Discovering* The Maltese Falcon 317–18; Wadia 188 などを参照。

〔13〕 同時代の類例として見ておけば、チャンドラーの長編第一作『大いなる眠り』（一九三九）にもゲイ男性が探偵を殴る場面があるが、「ホモ（pansy）には筋金というものがない」ということで、やはりマーロウの「余裕」を前景化するものとなっている。Raymond Chandler, *Stories and Early Novels* (New York: Library of America, 1995) 663. Levin 50–51 を参照。

〔14〕 アメリカのベストセラーに関するある研究書に付された一八八〇年から一九四五年までのベストセラー・リストには、ガードナーの本が十一冊も載っているが、そのすべてが一九三〇年代に出版されたペリー・メイスン・シリーズである。Alice Payne Hackett, *Fifty Years of Best Sellers 1895–1945* (New York: R. R. Bowker, 1945) 103–14 を参照。

〔15〕 W. Nolan, *Hammett* 9.

〔16〕 Rippetoe 35. ピンカートン探偵社の探偵がしばしば「超法規的な行動」を取ったことについては、久田俊夫『ピンカートン探偵社の謎』（中公文庫、一九九八年）を参照。

# 第六講（第六章）

# The Undersized Shadow

探偵小説とは、当たり前のことではあるが、「探偵」が「事件」を「解決」するという原則に基づいたジャンルである。何らかの事件が生じたことで乱れてしまった「調和」なり「秩序」なりを、探偵は「回復」しなくてはならない――この一大原則は、まさしくそれが「一大原則」であるために、いわゆる伝統的な探偵小説とハードボイルド探偵小説との根本的な差異を映し出す鏡ともなるはずである。ここではその極めて大きな問題を全面的に論じることはできないが、しかしそこへの足がかりという意味もこめて第六章の文脈で考えておきたい点は、ハードボイルド探偵が事件をど、の、よ、う、に解決するのかという問題である。

探偵が事件を解決するには様々な方法があるだろうが、いずれにしても集められた「手がかり」をもとに事件の真相を推理するという手続きは必須であるといっていい。しかし、前回の第五章をもって依頼人が出揃い、小説の序盤がほぼ終了したと見なし得るときに明らかになっているのは、物語最初の「活劇」を終えてさえも、まだほとんど何も明らかになっていないという事態である。最初の依頼人であるブリジッドは、そもそもスペードに何を「依頼」しているのかがわからない。そして第二の依頼人カイロも、「黒い鳥」を手に入れてくれというだけで、その彫像に関する具体的な情報を与えてくれるわけではない。彼らは、探偵の助力を得るために手持ちの情報すべてを進んで与えてくれるような普通の依頼人ではなく、そして彼らが「普通」の依頼人ではないために、探偵（と読者）は濃さを増す霧の中で、フラストレーションをつのらせていくことになる。

では、ハードボイルド探偵は、そういったカオス的な状況を打開するためにどうすればよいか。ハメットが出した答は極めてシンプルだった——とにかく「かきまわす（stir things up）」ということである。「単にかきまわしてみるだけで、うまくいくこともある」と『赤い収穫』のオプはいう。「——生きのびて、求めているものが浮かび上がってきたときに見られるように、ちゃんと目を開いておけるくらいタフであればの話だがな」。[1] この——発想の転換というべきか——方策が、ハメット以後の「タフ」なハードボイルド探偵達にとっての「常道」になっていくわけである。

しかしながら、主人公にこうした、平たくいえば「行き当たりばったり」のやり方をさせるというのは、そのベクトルとしては事件を「収束」に向かわせるというよりむしろ「拡散／拡大」させるものであるため、「探偵小説」にとってはリスキーなこと、あるいはほとんど反ジャンル的なことでさえある。ポーに始まり、また代表される「正式」な「純血」の探偵小説が短編にあるとされる一方、[2] ハードボイルド探偵小説に傑作と呼ばれる短編があまりないという事実は、こうしたことからも原理的に説明されるだろうし、ハードボイルド探偵小説が一種の「風俗小説」であるという定説にしても、それが事件解決のためには均衡が失われた作品世界にさらなる波風を立たせ、様々な「ノイズ」を浮上させざるを得ないジャンルであることを思えば、当然であるといっていいだろう。

あらためて強調するまでもないかもしれないが、ハードボイルド探偵の「反探偵小説的」な捜査方法は、その世界観と密接に関係している。単純化して整理しておけば、十九世紀に誕生した伝統的探偵小説における「超越的」探偵が「閉じた、統御された、静的な世界」の住人であり、[3] それゆえに、つまり犯罪とは秩序ある世界に一時的な逸脱をもたらすものに過ぎないという前提（あるいは願望）に依拠できるために「理性」的に事件にアプローチすることができるのに対し、二十世紀の大戦間という時代に登場したハードボイルド探偵は、そうした前提が揺らいでいる「狂気」の世界で生き抜かなくてはならない。[4] 第四章や第六章においてスペードがブリジッドという「信頼できない依頼人」に対して見せる苛立ちは、部分的にはそうした「タガ」の外れた世界で生きることへの憤懣の発露として解釈できるはずである。

このスペードの苛立ちにおいて示唆されているように、ハードボイルド探偵は、何も好んで「かきまわす」わけではない。カイロが去った直後に尾行者が現れたから、その人物を引き連れたままカイロに会い、ブリジッドからの依頼を引き受けた直後にカイロがアーチャー／サーズビー殺害に興味を示しつつ登場したから、カイロの依頼を引き受けた上でその名前をブリジッドの前で出してみる――こういった「かきまわし」は、他に何をすればよいかわからないために仕方なく取られた手段なのである。ここで重要となるのは、この「かきまわし」が、二人の依頼人がどちらも嫌がっているという事実からもわかるように（四三五、四三八）、関係者の誰にとっても好ましいものではないことだ（そもそもブリジッドもカイロもことを秘密裏に進めてもらいたがっていたことを思い出しておいてもいい）。このように考えてみると、ハードボイルド小説において、事件の「解決」が完全な「ハッピー・エンディング」にならず、苦い後味を残すことになるのは、ほとんど不可避の事態であるというべきだろう。

そしてもちろん、事件を「かきまわす」ことによって生じてしまう「リスク」を直接、心身両面においてそ背負わされることになるのは、探偵自身に他ならない。安楽椅子に座ったまま「謎」を解いてしまえば、事件の解決を誰に邪魔されることもないだろう。だが、「かきまわす」ことによって事件を解決しようとするなら、その「解決」を（あるいはその「かきまわし」自体を）好ましく思わない人が出てくるのは当然のことである。したがって、ハードボイルド探偵小説において「敵」が登場することになるのは必然なのであるし、「かきまわし」の章である第六章が、尾行者という形で初めて「敵」の存在が認知される章であるというのも、単なる偶然の一致ではあり得ないだろう。

この「敵」については、章題に「小柄（undersized）」とあることや、二十～二十一歳程度の若者であること、そしてスペードがその気になればいつでも尾行を撒けることが証明されているなどといった点において、スペードの探偵としての有能さや「男らしさ」を前景化する存在でもあるのだが、いまはその点については措いておこう。現在の文脈で問題とすべきなのは、五里霧中の状態にあるスペードが「敵」までも利用しなくてはならないということである。カイロのもとに尾行者をいわば引き連れていくという「かきまわし」は、誰よりもスペード自身にとって危険な行為である。この尾行者が、既に起こっている二つの殺人事件（の少なくとも一つ）に何らかの形で関わっているのはほぼ明らかであるし、しかもギアリー通りという広い道路の反対側から大口径の銃でサーズビーを四回撃つなどという芸当ができるというのは（四〇八）、尾行者がサーズビー殺しの犯人であれば、かなり腕の立つ拳銃使いであることを意味するはずだ。[5] あえて尾行を撒かないという「選択」は、状況打開のためには自分の身を囮にすることもやむを得ないという、ハードボイルド探偵の宿命的苦境を示す一例なのである。

しかしながら、余儀なく「かきまわす」ことによってハードボイルド探偵が引き受けさせられるリスクは、「身」の危険だけではない。これまでの議論においても繰り返し示唆してきたように、探偵が本当に警戒しなくてはならないのは、むしろ「心」の危険なのだ。例えば固有名を持たないコンチネンタル・オプは、本来は「組織人」であるがゆえに事件に対して「感情的に巻きこまれないためにスペードよりも優れた探偵である」はずにもかかわらず、[6]『赤い収穫』においては「個人」として振る舞ってしまい、その結果引き起こされた大量殺人の渦中で、神経をすり減らしていくことになる。「ハードボイルド探偵」として捜査をおこなうことは、それが探偵自身の「かきまわし」によって展開していく以上、事件に「個人的」に、「感情的」に関わることとほとんど同義となるわけだ。

『マルタの鷹』の場合、あらためて強調すれば、スペードは何も好きこのんで「かきまわし」をおこなうわけではない。そもそも右で述べた「ハードボイルド探偵の宿命的苦境」を彼が引き受けさせられることになるのは、ブリジッドという女性が、助けを求めておきながら何も話してくれないという矛盾した、不可解な態度によって、彼を「カオス」的な状況にとどめておくからであった。そのような意味においても、彼女はまさしくハードボイルド探偵にとっての「宿命の女（＝ファム・ファタール）」であるといっていい。

第四章を扱った議論において、スペードがブリジッドの依頼を「金」の問題に収斂させようとしている点については触れておいたが、その試みが内包していた心的葛藤は、第六章でさらに高まることになる。というのは、カイロとの会見を終えたあとのスペードは、ブリジッドのヘルプレスな立ち振る舞いが「演技」に過ぎないという確信を深めてしまっているからだ。彼女のアパートを再度訪ねた彼は、腰を下ろすなり「あんたは……見せかけようとしているような人じゃないんだろう」とストレートに訊き（四三六）、たたみかけるようにして、カイロに会ったという事実を突きつける。「淑女」らしく「女学生のような振る舞い」（四三七）をしていた彼女が、一九二〇年代の「新しい女」的に煙草を初めて吸う場面などを、[7] 横目で眺めつつ「無表情な悪魔の顔」（四三八）ですましこんでいるスペードは、この手強い依頼人との三回目の会見において、ようやく主導権を握ることができたように見えるかもしれない。

だが、「五千ドルといえば大金だ」と頑なに三回も繰り返さねばならないというのは（四三八）、やはりスペードの「ドライ」な態度が「心」を守るための鎧であることを露呈させてしまうというべきだ。「そんな大金、わたしにはどうしたってお支払いできませんわ——あなたの忠誠（loyalty）を得るために競りをしなくてはならないのなら」というブリジッドの台詞は（四三八、傍点引用者）、まさしくその点を衝いている。それに対して「金以外に何をくれたっていうんだ」とスペードが文句をいうとき（四三九）、それが表向きはいかに皮肉に響こうとも、実のところは問題が「金」から「心」へとシフトしてしまっていることを受け入れているという点において、彼はブリジッドのペースに再びはまっているのであり、だからこそ次の有名なシーンがある。

> 「持っているお金は、すべてあなたに差し上げたわ」彼女の白目が丸くなり、涙が光った。声はかすれ、震えていた。「わたしはあなたの慈悲にすがって、あなたに助けていただけなければどうしようもないといいました。他に何があるというんですか」彼女は突然、長椅子の上で彼に身を寄せると、怒ったように声を上げた——「わたしのカラダであなたのことを買えるっていうの？」

彼らの顔は数インチしか離れていなかった。スペードは彼女の顔を両手で挟み、口にキスをした——荒々しく、軽蔑するように。それから、座り直していった——「考えておこう」彼の顔は厳しく、怒りに燃えていた。（四三九）

この場面について、ある評者は、スペードがブリジッドのことを何とかして信用したいと思っているのに、ブリジッドはそれがわからずに肉体を提供し、そのことが彼を怒らせていると述べている。[8] この解釈は間違っているとまではいえないかもしれないが、いささか単純に過ぎるだろう。ここはスペードとブリジッドの関係を理解する上で急所となるシーンの一つであり、もう少し丁寧に考えてみることにしたい。

第四章についての議論でも述べたように、スペードがブリジッドを信用したいと思っていることは間違いない。例えば「もし本当に、あんたが見かけ通りにイノセントだったら困るところだが。そうだとしたら、どうにも行き着くところがない」（四三七）とか、キスシーンのあとで「きみが正直かどうかなんて、どうでもいい。……だが、自分が何をやっているのか、きみがわかっていることを示す何かがなくちゃ仕方がないんだ」と「落ち着いて話そうとしながら」（四三九）いうところなどを想起してみよう。まず気づかなくてはならないポイントは、これらの台詞に「ビジネスライク」なシニシズムが看取されることである。ある研究者が指摘しているように、秘密はどうでもいいが信じさせてくれないと困るとスペードがいうのは、ブリジッドがこのシリアスな「ゲーム」において「アマチュア」であると困るので、そうではないことを確信したいという「プロ意識」の発露であるとひとまずは考えられる。[9]

しかしながら、その「プロ意識」の発露が、「心」の問題を何とかして「金」の問題に回収してしまおうとする自我防衛的なものでもあることは明らかだというべきだろう。事実、そのことは——そしてその「自我防衛」がうまく機能していないことは——スペードがブリジッドに思わずキスしてしまい、「くそっ！　何でこんなことを」（四三九）と苛立たしげに吐き捨てるところ、そしてそもそも、そのキス自体が「荒々しく、軽蔑するように」なされるというところに、アンビヴァレントな形で露呈してしまっている。「心」の問題を「ビジネス」的に抑圧することに失敗してしまっている自分に、スペードは苛立っているわけである。

ここで強調しておかねばならないのは、第四章の段階においては「色」と「金」という二項対立的な形で整理しておいた問題が、ここではさらに複雑化しているように見えることである。「わたしのカラダであなたのことを買えるっていうの？」というブリジッドの言葉は、当時の読者にとってはいささかショッキングなほどストレートなものであったに違いない。[10] だが、この台詞の文脈と、その発話のされ方を考えてみれば、実際にその言葉が意味しているのは「まさかわたしのカラダであなたのことを買えなどとはいわないでしょう？」ということであり、つまりブリジッドはそれまで通りというべきか、あくまでも「哀れな、ヘルプレスな女性」として、探偵の「心」に訴えかけているわけである。したがって、スペードがその言葉をいわば「額面通り」に取ってブリジッドにキスしてしまうという行為は、「心」の問題を抑圧して「色」に回収しようとするものなのだ（「色」を「報酬」とすることで「金」に回収しようとする、といっても同じことである）。

しかし「女に弱い」スペード――そのことは、第六章の終わりの場面で、嫉妬に燃えるアイヴァをうまく御すことができないところにも現れているように思えるが――は、本来、「色」への欲から身を守るために「ビジネスライク」に（「非情」に）振る舞っていたはずである。そのスペードが、ここでは「色」自体を自我防衛の手段として用いなくてはならなくなっている。この自己矛盾（だからスペードは自分自身に苛立つわけだが）が露呈させるのは、一つには「女」という存在に対する彼の「弱さ」が、「心」の（「情」の）問題と深く関わっているということであり、もう一つにはブリジッドというファム・ファタールが、まさしく彼の抑圧していた「心」に訴え、見事に「誘惑」してしまったということである。

極めて重要なので反復を厭わずいえば、この章におけるブリジッドは、スペードに対して「カラダ」を提供などしていないし、そのことをスペードもわかっている。そしてスペードが彼女に求めて（しまって）いるのも、「カラダ」自体などではない。こうした文脈においては、その章末でアイヴァが嫉妬に駆られたいかにも「世俗的」な、「醜い」姿を突然さらすという展開に、作者による巧みな計算を読みこむことさえできるだろう。スペードが「カラダ」だけの関係を持つ「牝犬」との「対比」において、ブリジッドという「ファム・ファタール」の特権性が際立つのだ。

ハードボイルド小説を詳しく論じようとするなら、「ファム・ファタール」という存在を看過することはできないだろう。この「講義」の性質上、聖書の時代から連綿と続いて物語／歴史に登場するこのステレオタイプ的な――しかし原理的にはステレオタイプ化を阻むはずの――女性像について集中して述べることは難しいのだが、便宜上、ここでいくつかの主な特徴（断っておけば、すべてのファ

ム・ファタールが以下のすべての特徴にあてはまるわけではない)を、詳しい説明抜きに箇条書きにしておくと、

①美しく、エロティックで、誘惑的である。
②破壊的である。
③エキゾティックである。
④「不毛」である(「母」にならない)。
⑤自己決定的で、独立している。
⑥去勢的である。

というようなことになるだろう。また、「近代」以降のファム・ファタールに関しては、これらの「メタ」のレヴェルに位置するといえるかもしれない、

という特徴を、強調してあげておくことにしたい。[11]
もっとも、肝腎なのはこうした特徴のリスト化それ自体ではなく、むしろそれぞれの特徴が持っている「意味」である。けれども、その「意味」は個々のファム・ファタールが登場する時代のイデオロギーと深く結びついているだけにいまは詳述する余裕がないし、[12] また、ブリジッドという女性はこれらの特徴のすべてを兼ね備える(代表的なファム・ファタールとしてさえも)いささか稀有な存在

でもあるので、以後の章を扱う議論において（あるいはそれを通して）、スペードにとって、『マルタの鷹』にとって、そしてハードボイルド小説にとって——さらには「近代小説にとって」とさえもいいたいところだが——「ファム・ファタール」とは何かという点に関しては、考えていくことができればと思っている。

ただし、「ファム・ファタール」が「危険」な存在であるのは、それを手に入れることによって「現実」に欠けている「何か」を埋められるかもしれないというロマンティックな「夢」を見させるからだということは、第三章に関する議論でも示唆したが、いまの段階であらためて強調しておきたい。そうした「心」の危険にこの職業的探偵は常に意識的であるはずだというのが今回の議論における一つの趣意であったのだし、またスペードが今後もそうであり続けるであろうことは、ブリジッドが席を外すと彼がすぐにテーブルの引き出しを音もなく開けて、中にあるものを調べ始めるという極めて「職業的」な身振りにおいて（四四〇）、「予告」されているといっていいからである。

今回の「かきまわし」の章においては、尾行者として現れた「外」からの危険と、ファム・ファタールという形を取った「内」からの危険が、主人公に近づいてきた。あるいは章の終わりにおけるアイヴァによるブリジッドの目撃も、そうした章に相応しい偶発的な出来事であるといえるかもしれないが、ともあれこうしたいくつかの不吉な「影」にスペードがどのように対処していくのかが、読者がストーリーを追う上で主要な関心事となる。「かきまわし」により広がり、伸びるいくつかの「影」が、どのように結びつけられていくことになるのか——激怒して去ったアイヴァ、そして建物の外にたたずむ不気味な尾行者を意識しながら、我々はカイロの到着をスペードとともに待つことにしよう。

〔1〕 Hammett, *Complete Novels* 75.

〔2〕 Ellery Queen, "The Detective Short Story: The First Hundred Years," Haycraft, *The Art of the Mystery Story* 477; 前田彰一『欧米探偵小説のナラトロジー——ジャンルの成立と「語り」の構造』（彩流社、二〇〇八年）一六八頁などを参照。

〔3〕 Paterson 138.

〔4〕 Gregory 21–22 を参照。

〔5〕 Miller 58 を参照。

〔6〕 Joe Gores, "Dashiell Hammett," Layman, The Maltese Falcon 131.

〔7〕 各務三郎『わたしのミステリー・ノート』（読売新聞社、一九八三年）二〇六頁を参照。

〔8〕 Thompson 102–03.

〔9〕 Abramson 307.

〔10〕 ジョン・ヒューストンの一九四一年の映画においては、この台詞は "What else is there I can buy you with?" という、より穏当な形で書き換えられている（それにしてもブリジッドがここで相手にゲタを預けていることには変わりがないが）。

〔11〕 日本語／英語で読める「ファム・ファタール研究」の数は実はあまり多くないのだが、あまりにも有名な Mario Praz, *The Romantic Agony*, 2nd ed., trans. Angus Davidson（New York: Meridian, 1956）と、ブラム・ダイクストラの二冊の大著——Bram Dijkstra, *Idols of Perversity: Fantasies of Feminine Evil in Fin-de-Siecle Culture*（Oxford: Oxford UP, 1988）, *Evil Sisters: The Threat of Female Sexuality in Twentieth-Century Culture*（New York: Henry Holt, 1998）——そして Virginia M. Allen, *The Femme Fatale: Erotic Icon*（Troy: Whitston, 1983）あたりが基本図書ということになる。

〔12〕 そういった歴史主義的アプローチによる近年の研究書としては、世紀転換期のフランスを扱った Elizabeth K. Menon, *Evil by Design: The Creation and Marketing of the Femme Fatale* (Urbana: U of Illinois P, 2006) などがある。

# 第七講（第七章①）

## G in the Air

『マルタの鷹』の第七章には、ハメットの手になる全作品の中で、あるいはおそらく探偵小説の歴史というスケールにおいてさえも、最も有名なエピソードの一つが現れる。いうまでもなく、アパートでカイロを待つあいだにスペードがブリジッドに向けて語る短い話——いわゆる「フリットクラフト・パラブル（the Flitcraft parable）」——のことである。このエピソードは、それ自体としては非常にシンプルなものだといっていい。ストーリーの骨子を取り出してみれば、まったく問題のない日常生活を送っていたある男が、ある日頭上から降ってきた梁で危うく命を落としそうになったことを機に突然蒸発するが、数年後にはまた同じような暮らしを別の場所でしていた、というだけのことなのだから。

しかしこの極めて単純な話が、多くの読み手を刺激してきたのである。例えば日本において、星新一がＳＦ以外のショート・ショートを集めたアンソロジーを計画したときに（企画自体は実現しなかったようだが）、このエピソードを収めようとしたという話はよく知られているだろう。[1] あるいはポール・オースターの『オラクル・ナイト』において、主人公の作家がこの挿話を膨らまそうとする試みが小説における大きな関心事となっていることを想起してもいい。[2]

ハメット研究という文脈に話を限ったとしても、このエピソードが享受してきた注目の特権的なあり方は確認されるばかりである。ピーター・ウルフの研究書が『梁が落ちる』と題されているのはわかりやすい例だが、ロバート・E・イーデンバウムの影響力ある論文を皮切りに、[3] 短編集『コンチネンタル・オプ』への序文となったスティーヴン・マーカスの先駆的な注目、そして近年における最良の収穫というべきジョン・T・アーウィンの論考に至るまで、[4]『マルタの鷹』についての重要な議論には必ずといっていいほど「フリットクラフト・パラブル」への考察が含まれているのだ。

では、いったいどうしてこの三頁ほどの「挿話」に過ぎないものがこれほどの関心を集めてきたのだろうか。原作にかなり忠実に作られたジョン・ヒューストンの映画でも省かれているように、チャールズ・フリットクラフトのエピソードは物語の「本筋」には無関係であるように見える。だが、「細部」への精読を続けてきた我々にとってはなおさらのことだが、ここではいわば前提を逆転させて考えなくてはならない。すなわち、ハメットがわざわざそうした「余剰」を作品に持ちこんだということが重要なのであり、そうした「余剰」にこそ『マルタの鷹』の「小説性」が垣間見られると考えるべきなのである。

このような観点からまず強調しておくべきは、このエピソードが、あくまでも小説の主人公であるスペードが語るという文脈のもとで提示されていることである。つまり、いかにそれ自体として完結性を備えているとしても、[5] フリットクラフト・エピソードの『マルタの鷹』の読者にとっての重要性は、それが「小説」のまさしく「挿話」であるという事実と不可分であるはずなのだ。

実際、些細なことであるかもしれないが、そもそもこのエピソードがこの位置に「挿入」されている点についても、それがいわゆる「捨てカット」の有効活用という小説技法であると指摘しておきたい。「捨てカット」とは、ある場面から別の場面へ移行する「あいだ」にしばしば置かれ、場面の転換や時間の経過を読者に「実感」させる機能を持つ。したがって、これはある意味では読み飛ばされても作品の理解にはあまり影響がないはずの箇所であり、その典型としては風景描写を考えればよいだろう。しかしながら、ある箇所を読み飛ばされても構わないという前提で書くということは、そこにおいては小説家がある種の自由を獲得するということでもある。だからこそ、したたかな書き手であれば、「捨てカット」を書かなければならないという条件を逆手に取ることもできるのだ。例えばヘミングウェイが得意としたように、「捨てカット」として描写された風景に作品全体と関わるような象徴性をそっと忍びこませたりすることによって、小説に「厚み」や「深さ」を与えることが可能なのである。

このように考えてくると、ハメットによって埋めこまれたこのエピソードがいかにも寓話的であることの、理由ないし意義といったものが理解され始めるはずだ。あるいは、いささか結論めくが、「フリットクラフト・パラブル」という余剰的な「部分」は、『マルタの鷹』という小説「全体」に対して、提喩的な関係にあるといえるかもしれない。例えば、既に述べたように、この「寓話」はスペードが過去の事件を回想して語るという形式をとっているが、その事件がスペードの記憶に残っている理由の一つは、おそらくそれが彼の探偵としてのキャリアにおいて、例外的に「事件」らしい展開を見せた事件であったためだろう(スペードの通常の仕事は、ほとんどが単調なルーティーン・ワークであると推測される)。[6] そして「マルタの鷹事件」もそのように彼の心に残る特別な事件となっていくと思われる——が、第七章の段階においては、そのような予測をするよりもむしろ、まずはフリットクラフトの一件を詳しく見ていかねばならない。

フリットクラフトのエピソードで最初に強調されるのは、この人物が何不自由のない暮らしをしていたことである。不動産業は順調にいっており、配偶者との関係も良好、五歳と三歳という可愛い盛りの息子が二人いる。タコマ郊外に居を構えた彼は、パッカードの新車も持ち、「成功したアメリカ生活」を営んでいた（四四二）。アメリカ人一般が自分達の生活を「アメリカン・ウェイ・オヴ・ライフ」と呼ぶようになるのが一九三〇年代であるとすれば、[7] 彼の生活はそうした「古典的な中流階級のライフスタイル」に規範的なまでに忠実なものであるといっていい。[8] 特に銘記しておきたいのは、この典型的な現代人が、「金」に加えて、「女」の問題も抱えていなかったと書かれていることである（四四三）。というのは、一つにはこの二つの問題こそが、三〇年代のハードボイルド小説において描かれる「犯罪」の主たる原因とされるものだからであり、もう一つにはそれらが「金髪の悪魔」の行動を基本的に動機づけるものであるように思えるためである。

ともあれ、このようなフリットクラフトには、失踪しなくてはならない理由など何一つないはずであった。だが、それにもかかわらず彼は姿を消すのであるし、五年後にスペードに自分の行動を説明するときにさえ、それを「まったく理にかなった」ものであると考えていた（四四三）。フリットクラフトによれば、そのきっかけは工事中の建物から落ちてきた一本の梁が、危うく彼を直撃しかけたことであった。その経験は「誰かが人生の蓋を開けて、そのからくりを彼に見せるようなものであった」という（四四四）。

フリットクラフトはよき市民であり、よき夫であり父親であった。これは外から強制されたわけではない。単に彼という人間は、周囲と歩調を合わせていれば最も居心地がよかったのだ。彼はそのように育てられたし、彼の知る人々もそうだった。彼にとって人生とは、汚れなく、秩序立っており、健全で、責任の重いものだった。しかし降ってきた一本の梁は、人生とは根本的に、そういったものではいっさいないと彼に教えてしまったのだ。よき市民であり夫であり父である彼が、梁が一本降ってくるというアクシデントにより、オフィスからレストランのあいだで消し去られてしまうことがあり得る。彼はそのとき、人間というものはそのようにしてでたらめに死ぬのであり、生きていられるのは偶然がたまたま降りかかってこないあいだのことに過ぎないと気づいてしまったのである。

（四四四）

引用が長くなったが、これはやはり詳しく検討するだけの価値がある箇所だと思われる。さて、この一節からまず看取されるのは、「世界は偶然に支配されている」という（いかにもオースター的な）テーマであるだろう。[9] 事実、フリットクラフトのエピソードは、彼が第二の人生を「チャールズ・ピアス」という偽名で送っていることもあり、何よりも「偶然性」についての話として盛んに研究されてきた。[10] 梁という、「支えるもの」として「確かさ」や「安定」の象徴であるはずのものが、いつでも頭の上に落ちてくるかもしれないものとして認識されるという逆説。[11] こういった、外的世界が不確かなものであるという意識は、[12] 人生とは不条理なものであり、人間は根拠のない運命に翻弄される卑小な存在に過ぎないことに、我々の思いを至らせるというわけだ。

こうした世界観は、爆弾が「たまたま」自分の頭の上に降ってくれば「無意味」な死を迎えることになるという「不条理」を経験した第一次大戦後の世代に相応しいものであるといえるだろうし、こうした時代背景は、そもそも大戦間に探偵小説が隆盛したことと無関係ではないといえるように思えるのだが、いまはその点について論じる余裕はない。むしろ『マルタの鷹』の読者がすぐ想起しなくてはならないのは、このエピソードで扱われる「でたらめな死」が、アーチャーを襲ったものに他ならないということである。[13] 第四講の議論で触れておいたように、アーチャーは「たまたま」殺されたのであり、それは取りも直さず、「たまたま」死を免れたスペードは、小説の主人公としての彼がここで語っているエピソードの「主人公」であるフリットクラフトと、同種の経験をしたことを意味するわけだ。だとすれば、この「挿話」が寓話的な印象を与えるというのは、ほとんど当然のことだというべきだろう。

しかしながら、話はまだ終わっていない。スペードにとってはもとより、フリットクラフトにとってさえも、である。昼食をとり、起こったことのショックから回復したフリットクラフトを深く戸惑わせたのは、「万事を分別のあるやり方で秩序立ててきたことで、自分が人生と歩調を合わせていたのではなく、歩調を狂わせていたのだという発見」であったという（四四四）。人生が不合理なものであるのなら、不合理に身を委ねなくてはならない――そのように考えた彼は、失踪しなくてはならない理由が何もないのに、というよりはまさに何もないからこそ、それまでの日常を捨てて姿を消す。フリットクラフトにとっては、理にかなわない行動を取ることこそが、理にかなうための唯一の方法だったのである。

この「理にかなう（reasonable）」という語は、スペードに自分の話を語るフリットクラフトに関して何度も用いられるキーワードである（四四三、四四五）。それが重要な意味を持つのは、小説中随一の常識人ポルハウスが口癖のようにしてスペードに“Be reasonable”と繰り返すことからも感じられるだろうし（四〇四、四〇五、四〇七、五一三）、何よりスペード自身がフリットクラフトの説明を「よくわかった」と述べている。そのように考えてみれば、フリットクラフト夫人がそれを「馬鹿げている」と感じたのと同様に（四四四）、ブリジッドも話のピントをつかんでいないようなリアクションを取ることは偶然ではあり得ない（四四五）。[14] この「対比」的な反応は、スペードという人間をブリジッドが理解し損なうことの一つの例として、「捨てカット」の中にさり気なく埋めこまれたものであるだろう。

だがもちろん、話はさらに複雑である。というのは、スペードがフリットクラフトの話を理解したからといって、必ずしも彼がフリットクラフトのように信じる／生きることにはならないはずだからである。フリットクラフトの話を語るスペードは、フリットクラフトの「メタ」の次元にいるといってもよい。フリットクラフト・エピソードが強く発散しているアイロニカルな雰囲気は、かなりの程度、「語り手」のスペード自身がこの物語（とその主人公）に対して抱いている印象と重なっているはずなのだ。

では、フリットクラフト・エピソードに感じられるアイロニーについて検証していこう。最初に指摘しておかねばならないのは、フリットクラフトという男が、「人生」なるものに何が何でも歩調を合わせなくてはならないと考えているということである。これはひと言でいってしまえば、極めて「ロマンティック」な態度であるだろう。典型的に「近代的」な主体のあり方を示すものであるといってもいい。実際、以下の議論が示すように、このエピソードは「近代的自我」をめぐる寓話として読むことも可能なのである。

ここで問題となるのは、第二の人生を「でたらめ」に歩むと決意したフリットクラフトが、「人生」ないし「世界」といったものに歩調を合わせられると、結局は思っているということである。少し考えてみれば明らかだと思われるが、これは落ちてきた梁が彼に示した「教訓」と矛盾しているといわねばならない。「歩調を合わせる」と考えること自体が、「でたらめ」の否認なのだから。ここで感じられるアイロニーについて、ある批評家は彼が「自由意志」で選んだ行動だと思っているものが、実は自分のコントロールを超えた現象に適応しているに過ぎないことにあると説明する。[15] しかし反復を厭わずより正確にいえば、ここでのポイントは、彼が「自分のコントロールを超えた現象」に適応できると思っていること自体にある。その「思いこみ」は、彼がでたらめな「世界」を秩序立った「自己」の中に、結局は回収してしまっていることを示すのだから。

スペードに話をするとき、事故の際に頬に刻まれた傷を愛おしげに撫でるフリットクラフトは（四四）、あたかも「梁」を機に自分という人間が生まれ変わったように感じているのだろう。だが、それは取りも直さず、彼が「梁以前」の生活として理解しているものが、「梁以後」から遡行的に見出されたものに過ぎないことを意味するだろう。「梁以前」の生活が「世界」と調和していなかったという認識は、あくまで「梁以後」の時点で獲得されたものなのだ。

ここで理解されるべきアイロニーは、「梁以後」のフリットクラフトが、「梁以前」の自分の生活に対していくら批判的な目を向けていようとも、実のところは、「梁以前」のイノセントな自分――「世界」と「自己」のあいだに亀裂があることなど考えもしなかった自分――を、意識さえしないままに羨んでいるように思えてしまうことである。というのは、既に示唆したように、現在のフリットクラフトも「世界」と「自己」のあいだの「ズレ」など認めていないからだ。落ちてきた梁が体現していた「でたらめ」な「現実」それ自体に直面するのを回避しようとして、彼はその事件から、過去の自分を否定する——そうすることで現在の自分を肯定できる——「認識」を抽出しているのである。

図式的に整理すれば、降ってきた梁という「現実」は「世界」とのあいだに齟齬がある近代的な「自我」をフリットクラフトに発見させたが、そのように（脆弱なものとして）発見された「自我」を守るため、彼は「現実」から逃げた——あるいは「現実」から逃げられるという「夢」を見た。しかしながら、前述した梁の「教訓」と彼の行動が矛盾するということ、そして彼がスペードに向かって自分の行動が「理にかなっている」ことを躍起になって説明しようとする事実などを見てみれば（四四三）、その「夢」もやはり皮肉にも脆弱なものであるといわなくてはならないだろう。

そのように考えてくると、シアトルを経由してサンフランシスコという大都会へと行ったフリットクラフトが、[16] 最終的にはタコマと同規模のスポケーンという町に腰を落ち着けて、普通の仕事を持ち、[17] 最初の妻と似た女性と結婚して子供をもうけてゴルフを楽しむというように、「梁以前」と同じような暮らしをするというのは、彼がその類似を自覚していないこととあわせ（四四五）、ほとんど必然的でさえある。「やつは梁が降ってくるという事態に適応したが、それ以上は降ってこないということになったんで、降ってこないという事態に適応することにしたんだ」（四四五）というのがスペードの解説である。要するに、フリットクラフトにとっては、「世界」とのあいだに齟齬を感じさえしなければそれでいいのである。

だが――スペードにとってはどうか。フリットクラフトが過去と同じような暮らしをしていることに無意識であるというところが「ずっと俺のお気に入りだった」（四四五）というスペードは、いわば徹底した自意識家であり、またリアリストである。先の議論ではアーチャーを襲った弾丸をスペードにとっての「梁」になぞらえたわけだが、もちろんそのくらいのことでは、この職業的探偵の心をフリットクラフトのように激しく突き動かすには至らない。そのような「梁」に対しては、スペードは耐性がついているわけだ。彼がフリットクラフトの「メタ」の位置にいるというのは、そうした意味においてであると考えればわかりやすいだろう。

しかしそこで解釈が止まってしまうようなら、そもそもこのエピソードが挿入されたことの意義がよくわからないということになる。では、スペードにとっての、つまり『マルタの鷹』という小説世界における主人公にとっての「梁」とは何なのか。フリットクラフト・エピソードが示す「梁」が持つ機能は、それを経験した主体に、それまでの「日常」を色褪せた、偽りのものとして見させるようなものであり、それ以後の自分はそれまでの自分とは違うのだというロマンティックな「夢」を見させるようなものであった。そして小説というジャンルが（あるいは近代という時代が）、人間にそのような「宿命的」な経験をもたらすとしたものを一つあげるとすれば、それは――「愛」を措いて他にあるだろうか。

ここにおいて、「宿命の女（ファム・ファタール）」という存在が持つ文学的意義の一部が確認されることになる。しかし当面の文脈でより重要なのは、ブリジッドをスペードにとっての「梁」として理解することにより、スペードがブリジッドにフリットクラフトの話をする場面に、そしてブリジッ

ドが、スペードが話し終えるのを待つようにして「なんて興味深いお話なのかしら」（四四五）という
あまりにも空疎な言葉を口にし、ただちにプラクティカルな話を始めてしまうところに、アイロニー
を超えてペーソスまでもが滲み出ているように思えるということである。

第三章に関する議論において述べておいたように、アイヴァ（牝犬）とエフィ（母）という凡庸な二項対立に収まる女性達は、スペードの「日常」の象徴であった。周囲の女性をパトロナイズすることで、彼は「日常」を確保していたといってもよいが、それはすなわち、彼がそのようにして「現実」を抑圧していたという可能性――「夢」を見ないという「夢」を見ていたという可能性――を示唆するだろう。そしてそこに（おそらくは現れるべくして）現れたのがファム・ファタールとしてのブリジッドなのだ。

この女性がスペードの「日常」をいかに破壊するかについては先の議論に譲らねばならないし、そもそもカイロを前にしたブリジッドが、スペードと二人きりであったこれまでとは違った相貌を見せることになる第七章の残りを、第八章とあわせて次回に論じなくてはならない。しかしとにかく、「梁」はもう降ってきてしまった。それを「なかったこと」にはできないからこそ、ブリジッド・オショーネシーは「宿命の女」なのである――スペードにとって、そして読者にとっても。

〔1〕　各務三三一―三三二頁。
〔2〕　Paul Auster, *Oracle Night* (New York: Henry Holt, 2003). もっとも、いかにもオースターらしくとい

うべきか、その「物語内物語」は未完成のまま投げ出されてしまうことになる。

〔3〕 Christopher Metress, "Reading the Rara Avis: Seventy-Five Years of *Maltese Falcon* Criticism," *Clues* 23.2 (2005): 68を参照。

〔4〕 Wolfe, *Beams Falling*; Edenbaum, "The Poetics of the Private Eye"; Steven Marcus, Introduction, *The Continental Op*, by Dashiell Hammett (New York: Vintage, 1992) vii–xxix; John T. Irwin, *Unless the Threat of Death Is behind Them: Hard-Boiled Fiction and Film Noir* (Baltimore: Johns Hopkins UP, 2006).

〔5〕 娘の回想によれば、ハメットは彼女にフリットクラフトの話を、一九四〇年代のある日、小説に関係なく（つまり独立したものとして）語ったそうである。Jo Hammett, *Dashiell Hammett: A Daughter Remembers*, ed. Richard Layman with Julie M. Rivett (New York: Carroll and Graf, 2001) 98, 100–01.

〔6〕 Irwin 24.

〔7〕 奥出直人『アメリカン・ポップ・エステティクス――「スマートさ」の文化史』（青土社、二〇〇二年）七三頁、『トランスナショナル・アメリカ――「豊かさ」の文化史』（岩波書店、一九九一年）二二二頁を参照。

〔8〕 Arthur Asa Berger, *Popular Culture Genres: Theories and Texts* (Newbury Park: Sage, 1992) 114. ちなみに、二〇年代のハメットが、まさにそうした生活様式を喧伝する広告を書いていたことは、よく知られているだろう（Irwin 3を参照）。

〔9〕 Auster 14.

〔10〕 フリットクラフトの"Charles Pierce"という偽名が、一九二三年に（死後）出版された『偶然・愛・論理』の著者チャールズ・サンダーズ・パース（Charles Sanders Peirce）から取られたという説は（初出はおそらくMarcus xviii）、半ば定説化しており、その現行版に付された序文においては、フリットクラフト・

エピソードが言及されてさえいるが（Kenneth Laine Ketner, Introduction, *Chance, Love, and Logic: Philosophical Essays*, by Charles Sanders Peirce [Lincoln: Bison Books, 1998] viii）、その影響関係まで読みこめるかどうかはよくわからないところである。なお、奇妙な「偶然」というべきか、一八七九年、船上で時計を盗まれたパースは、捜査をピンカートン探偵社に依頼している。T・A・シービオク、J・ユミカー＝シービオク『シャーロック・ホームズの記号論――C・S・パースとホームズの比較研究』富山太佳夫訳（同時代ライブラリー、一九九四年）三一―一〇頁。

〔11〕 Dean Defino, "Lead Birds and Falling Beams," *Journal of Modern Literature* 27.4 (2004): 77.

〔12〕 Thompson 108 などを参照。

〔13〕 Irwin 22.

〔14〕 Irwin 4.

〔15〕 John M. Reilly, "Sam Spade Talking," Layman, *Discovering* The Maltese Falcon 206–07.

〔16〕 これがスペードと同じ移動の経緯であることを指摘する論者もいる。Metress 223 を参照。

〔17〕 フリットクラフトにとって、仕事がそれ自体として意義があるものではなく、人生に「秩序」を与えるものであるという点に関しては、Paul Skenazy, "The 'Heart's Field': Dashiell Hammett's Anonymous Territory," *San Francisco in Fiction: Essays in a Regional Literature*, ed. David Fine and Paul Skenazy (Albuquerque: U of New Mexico P, 1995) 103–04 を参照。

# 第八講（第七章②〜第八章）

## Horse Feathers

前回は第七章の「フリットクラフト・パラブル」を論じるだけで話が終わってしまったので、今回は第七章から第八章へと二つの章を扱うことにする。こうした構成を取ることにしたのは、一つにはフリットクラフト・エピソードをなるべく詳しく論じたいと思ったためだが、もう一つには、この二つの章にはスペードと刑事達とのやり取りという流れにおいて連続性が見られるためである。探偵小説という近代のジャンルを考えるに際しては、警察という近代的組織の存在は看過し得ないものがあり、そこで今回は（ハードボイルド）探偵小説において警察が持つ意味について多少なりとも整理してみることを、主な課題としてみたい。

ただし、その問題にも関連することとして、まず指摘しておかねばならない点がある。それは、第七章の後半、カイロがスペードのアパートに登場し、スペードが関わっているこの一件が「犯罪」であるという事実が、あらためて明確になったということである。カイロとブリジッドを引き合わせるという「かきまわし」によって、スペードは様々な情報を、断片的ではあっても手にすることになる――カイロとブリジッドは単に旧知の間柄と呼ぶにはあまりに濃い関係にあること、カイロの背後にいる「黒い鳥」の「正当な所有者」をブリジッドは知っており、カイロがその人物を一度は裏切ったらしいこと、そして「G」と呼ばれる別の人物もこの事件に関わっており、スペードを尾行する若者はその手先であるらしいこと、などである。

もちろん、一件が犯罪に関係しているのは、アーチャーやサーズビーが殺されていること、そしてスペード自身が銃を突きつけられ、家探しもされ、尾行もされているといったことから、既に十分に明らかであったとはいえる。しかし、この問題がやはりここで注目されなくてはならないのは、スペードに助力を求めるブリジッドというヒロインの振る舞いが、それまでの「ヘルプレス」で「イノセント」な女性としての印象、あるいはそういった印象を与えようとする演技から、明らかに逸脱してしまうためだ。

ブリジッドのカイロとの「黒い鳥」をめぐる交渉は、スペードを「サム」とファースト・ネームで呼んで、さりげなく親しさをアピールするという小細工に始まり（四四七）、かなりしたたかなものである――いや、それはそもそも「交渉」と呼べるような「フェア」なものではないというべきかもしれない。もしブリジッドが本当にカイロに彫像を売り払いたいと思っているのであれば、わざわざコンスタンティノープルで彼が関係を持っていたらしい人物に言及して、挑発する必要はなかったはずである。しかも、怒ったカイロにいい返されると、彼女は彼につかみかかり、スペードを（半ば強制的に）味方につけて、銃を奪い取ってしまうのである（四四九）。

カイロによれば、スペードが刑事達の相手をしているあいだに、彼らが去ったらカイロを殺すとブリジッドはいったそうであるが（四五四）、この証言を大筋においては疑うべき理由がないように思えることをふまえてみれば、彼女は彼に彫像を（少なくとも彼の言い値では）売るつもりなどなく、カイロから情報を得ようとしただけであるのかもしれない。〔1〕したがって、カイロが「交渉」に入るにあたって「どうして……それをわたしに売る気になったのですか」と訝しげに訊ねているのは（四四八）、さすがに彼女をよく知っているだけのことはあったといわねばならないだろう。

このように、カイロとブリジッドのやり取りは、カイロがブリジッドという人物をよくわかっているために、スペードに、そして読者に、ブリジッドの「正体」を強く印象づけることになる。だとすれば、カイロの叫び声に応じて刑事達が部屋に入ってきたときに、彼女が安楽椅子の中で身体を縮こまらせ、被害者然とした様子を見せていても（四五三）、驚くべきではないだろう。彼女の怯えている姿が（しばらくは）刑事達を味方につけることに成功するとしても、[2] 我々はそれが演技に過ぎないとわかっているからである（そもそも、乱闘の「被害者」は、血を流しているカイロの方だというべきだろう）。刑事達が入ってくると察した彼女が、かくも素早くそのような演技を見せるということからも推されるように、彼女は経験豊かな「犯罪者」なのである。

念のためにいっておけば、小説における登場人物の犯罪行為をひとしなみに批判しても、益するところはさしてない。「犯罪」という語を共同体のルールを侵犯する行為と定義するなら、なおさらそうである。そうひとまずは考えておかなければ、そもそもハードボイルド小説を読むことなどできないのだ。だがそれでも、ブリジッドがカイロのようなあからさまな犯罪者に対して互角（以上）に渡り合い、警察の前ではただちに仮面を被るという事実は、スペードという探偵にとって、軽視できるようなものではないはずである。この「依頼人」のために働くことは、自分の立場を法的に危うくしかねない——それは彼にはそれなりにわかっていたはずだろうが、その懸念にいわば「実体」を与えるのが、第七章から第八章にかけての刑事達の訪問なのである。ブリジッドの「正体」が前景化されるやいなや「警察」が登場するというのは、もちろん偶然などではないはずだ。

このあたりで、警察と探偵（小説）の関係について、整理しておくことにしたい。この問題については多様な角度からの考察がなされてきたが、出発点とするべきは、警察（そして裁判）という近代的な制度が成立して初めて、探偵小説というジャンルが可能になったという指摘だろう。拷問が証明に、神託が証拠に、そして拷問器具が訓練を受けた調査員へと替わったからこそ、探偵の「推理」が小説の題材となり得るようになったということである。[3] アメリカの都市が（ロンドンをモデルにして）きちんとした「警察」を持つようになったのは、一八四一年に起きたメアリ・ロジャースの殺人事件を一つの契機としているといわれるが、[4] これがポーに「マリー・ロジェの謎」（一八四二―四三）を書かせたという事実には、単なる象徴性を超えた意義を認めるべきだろう。

　このようにして、十九世紀半ばという「理性の時代」に警察が生まれ、次いで探偵小説が生まれたというのは、理解しやすい「定説」であるといっていい。しかしここで注目したいのは、生まれたものがあくまで「探偵小説」であり、「警察小説」ではなかったということだ。この事実からまず考えられるのは、「探偵小説は、近代的な警察組織や裁判制度を肯定的に前提にしているのではな［く、］それを否定的に前提にしている」のではないかということである。[5] C・オーギュスト・デュパンの例が示すように、探偵は警察とともに登場し、自らの名推理を披瀝すると同時に、警察の愚鈍ぶりを露呈させることとなった。だが、探偵小説が「近代的理性」の勝利を称揚するジャンルとして生まれたとするならば、まさしくそのような目的のために制度化されたはずの警察という組織を貶めることには、どこか倒錯があるといわねばならないはずである。

　この「倒錯」は、ポーがロマン派の作家であった（あるいは探偵小説がロマン主義の時代に誕生した）ことを想起すれば、ひとまずは理解できるはずである。アメリカン・ロマンティシズムの主要な担い手であるハーマン・メルヴィルにせよナサニエル・ホーソーンにせよ、目に見える「合理的」な世界の裏に隠れた、得体の知れない「謎」に突き動かされた作家であったのだから。そもそも「謎とは、理屈にかなった説明を促す一方で、何か言い知れぬ不可解さを含んでいるという特性がある」ものであり、[6] ここでは詳しく検討できないが、デュパンの「推理」にしても、今日の読者には必ずしも合理的には見えないはずだ。笠井潔が指摘するように、「ポオが探偵小説に要求した論理性は、決して日常的な論理性ではない」のであり、その「分析」とは「日常性と非日常性を媒介しうる不可能な論理性」という、優れてロマン派的なものと考えられるだろう。[7] あるいは「現実の非合理性を、［ポー］は身をもって知っていた。そこでかれは、ますます合理的であろうとした。論理にたいする執着と、論理にたいする不信とは、ほとんどかれにあって同一の状態を意味した」という花田清輝の洞察を想起しておいてもいい。[8]

　このように考えてくると、ポーによって生み出された探偵とは、「理性の時代」からの「ズレ」として、つまり警察が代表する「合理性」から逸脱するものとして、発見された存在であるということになるし、だからこそ探偵小説は誕生と同時に、警察が代表する「合理性」をいわば逆照射することになったのだ。「盗まれた手紙」（一八四四）のデュパンは、「彼らの捜査原理には、ヴァリエーションというものがない」と警察について語っている。「せいぜい……お決まりの方法を広げてみたり、大きくしたりするだけで、原理自体を変えることはないんだよ」。[9] この評言は直接的には警察が犯人に同一化できないことを指しているわけだが、それはひとまず「警察は公共の手段であり、法の代理人であり、そのことが警察に限界を設ける」ことを意味していると考えられるだろう。[10]

警察の「限界」をこのように理解するなら、ここで視点を逆転させ、もう一歩踏みこんでみることもできるはずだ。つまり、まさしくこのような「限界」を体現することこそが、「公共の手段」であり「法の代理人」である警察の「使命」なのではないか、と考えられるのである。警察という近代的理性を前提とした近代的組織は、それが社会／時代の要請によって生まれた「制度」として「正しく」機能するためには、愚鈍であり、頑迷であり、凡庸でなくてはならない――個々の事件を柔軟に解決するより、「常識」に縛られた合理的な「理性」が届かない領域を不可視にとどめておくことの方が、警察にとっては重要な任務なのだ。

近代合理主義的な理性が届かない領域とは、探偵小説というジャンルについて考察する文脈においては「都市」と措定することが可能だろう。これはもちろん、都市が犯罪を生む場所と認知されて近代的警察が誕生したことを歴史的背景とするのだが、理論家達が特に注目してきたのは、都市の「群衆」からなる場所という性格である。例えばヴァルター・ベンヤミンが「探偵小説の原点」としたのは、匿名性を基本とする「大衆が、非社会的人間を迫害の手からまもる避難所として、出現」したことであった。[11]「個人」の痕跡を消してしまう都市という場においては、「警察というレギュラーな知によっては、もはや犯人を捕えることはできない」。[12]「群衆」を「群衆」のままにしておくことこそが――「レギュラーな知＝硬直した捜査原理」が体現する――警察のもたらす「秩序」の意味なのだから。

ジークフリート・クラカウアーは、探偵小説における警察が体現するような「体系の全体性が呈示する総体は、現実の総体を隠蔽する」と述べている。[13]警察を物語の要素として内包する探偵小説が垣間見せる領域とは、その隠蔽された「現実」に他ならない。だが、ここで気をつけておかねばならないのは、その垣間見られる「現実」は「事件」それ自体ではないということである。「事件」を「現実」と同一視してしまえば、それがまさしく「垣間見られる」ものであるところに探偵小説の保守性が看取されてしまうだろう。つまり、事件が（予定調和的に）解決されることで、読者は自分達が住む場所がそうした「事件」から本質的には無縁の世界であることを確認する、というわけである。すぐに想起されるものとしては、「探偵小説という形式のはらむイデオロギーについて語るとしたら、核心の一つはここにある――日常生活が、根本的には警察権力のネットワークの『外部』にあると見なすことに」というD・A・ミラーの主張などがあるだろう。[14]

世に溢れる探偵小説一般に関して、ミラーの指摘の正当性を認める人も多いはずである。[15] しかし、右に見てきたような議論をふまえてみれば、探偵小説という「ジャンル」をその起源において、そして可能性において考えるためには、「探偵」を「警察」に回収してしまうことについては、やはりもう少し慎重でありたいと思う。探偵が共同体に益する存在になってしまうことは、ハードボイルド小説を考える際にはとりわけ大きな問題であるのだが、この点については措いておこう。当面の文脈で強調しておきたいのは、事件の解決をもって共同体の問題が片付いたとしても、それは他ならぬ探偵自身にとっては、何の「解決」にもなっていないということである。『四つの署名』（一八九〇）という物語が、ホームズによるコカインの注射に始まり、コカインの注射に終わるということは、誰もが憶えているはずだ。

古典的探偵小説に退廃のムードが浸透していることをここで詳しく論じる必要はないだろうし、ホームズに代表される名探偵の主要モードが「倦怠」であることも、あらためて指摘するまでもないだろう。事件の解決が意味するものは、警察によって秩序が守られる程度の合理的世界、すなわち探偵にとっては目を背けたくなるほどに退屈な日常への回帰なのであり、だから探偵は次から次へと謎を求め、ついには自己に匹敵するような犯罪者を虚しく希求することになる。そうした探偵が宿命的に抱える「虚しさ」が、「事件」を包摂する「現実」として小説に書きこまれているという事実は、極めて重いといわねばならない。

探偵の「倦怠」は、警察が代表するようなモダンな合理性からの「逸脱」の証であり、「超越」のそれではない。だから探偵が警察を嘲笑するとき、その「笑い」はむしろ自嘲と考えるべきなのだ。だが探偵の「名推理」を単に胸を躍らせる娯楽として読み手が、そして書き手がだらしなく消費してしまうとき――現在の文脈では、警察の「愚かさ」を無邪気に馬鹿にしているとき、ということだが――探偵小説は文学性を失い、通俗的なデカダンスに相応しい程度の、微温的なシニシズム／ポストモダニズムに覆われてしまうのである。

古典的探偵小説のイデオロギーに関して論じるべきことは他にも多いだろうが、いまはこれで十分としておきたい。そのように断った上で提起したいのは、いま述べた「微温的なシニシズム／ポストモダニズム」への批判という一面を持って、ハードボイルド探偵小説が誕生したのではないかという視座である。「理性の時代」からの「ズレ」としてポーの探偵が生まれたのだとすれば、その「ズレ」自体が紋切型となってしまった時代に、そこからの「ズレ」としてハメットの探偵が生まれたのではないか、ということだ。

この意味においては、ハードボイルド探偵小説は伝統的探偵小説の正統な文学的嫡子ということになる――が、この大きな問題をそれ自体として扱うのは、当面の議論の範囲を大きく超えてしまうだろう。したがって、ここではハードボイルド探偵小説においては事件の「解決」がいかなる意味においても探偵に満足感を与えないことを、予告的な意味をこめて示唆しておくだけにとどめたい。ただし、ハードボイルド探偵小説における「警察」の描かれ方が伝統的探偵小説とは異なって見えるという点については、やはり今回の範囲で指摘しておかねばならないだろう。

ひと言でいってしまえば、ハードボイルド小説における警察の特徴は、「愚鈍」というよりも「腐敗」といった、「社会的」な意味合いが強いものとなっている。[16] もちろん、「理性の時代」がそれに相応しく「合理的＝凡庸」な警察を（探偵小説において）生み出した以上、伝統的探偵小説においても警察が社会的産物であることは論を俟たないだろうが、禁酒法の時代にギャングが警察と癒着して繁栄したことを知る（とりわけ同時代の）読者には、[17] 警察が「腐敗した社会」を象徴することは、かなりの程度「自然」に見えるはずである。

警察が単に「愚鈍」であるなら、探偵は、そして読者はそこから距離を取って笑うことも可能だろう（本当は不可能であるにもかかわらず、である）。だが「腐敗」した「現代的警察」はそうした「距離」を許さないものとしてある。右にあげた禁酒法の問題が、その点をわかりやすく例証してくれるはずだ。販売は禁止しても飲酒自体は禁止しないこの法律がいわゆる「ザル法」であることは当時から周知の事実であり、それが「法」に対する市民の敬意を失わせたといわれている。だが、ザル法であっても「法」は「法」であり、法への敬意の喪失は、「疚しさ」を抑圧隠蔽する自己正当化であったと考えるべきだろう。実際、飲酒によってその法の精神を犯していた多くの人々は、ギャングの繁栄／社会の腐敗に間接的に荷担していたのだし、[18] そのわかりやすい結果の一つが一九二九年二月——奇しくも『赤い収穫』の出版された月である——に全米を震撼させた「聖ヴァレンタインデーの虐殺」であった。

いうまでもなく、『マルタの鷹』に登場する刑事達は、『赤い収穫』におけるパースンヴィル／ポイズンヴィルの警察署長ジョン・ヌーナンなどとは異なり、露骨に「腐敗」の象徴といった印象を与えるわけではない。しかし、右に述べてきたような時代背景に鑑みれば、例えば第二章における彼らの振る舞いには、清廉潔白と呼ぶにはいくらか引っかかるところが目についてしまう。彼らにとってスペードはサーズビー殺しの容疑者であるにもかかわらず、彼に勧められた酒を職務中のポルハウスはすぐに飲み干すのだし、ダンディも最後にはいわば「手打ち」として飲むことになる（四〇八）。[19] 既に述べたような意味で、刑事達は法を侵犯しているのである。[20]

このエピソードは、もちろんそれ自体としては些細なものに過ぎない。だが、小説の冒頭で、禁酒法時代に警察と探偵が酒をともに飲むという場面が設定されることは、作品全体のトーンにどうしても影響を与えてしまうはずである。これは例えば小説冒頭の「金髪の悪魔」という表現をめぐっても示唆したことであるが、こういったディテールの積み重ねによって、この小説においてはどこを探しても「善」と「悪」のあいだに明確な境界線は引かれていないという事実を、読者は——あるいは自身も酒を飲みながら——曖昧に受け入れていかざるを得ないのだ。

こういった意味においては、『マルタの鷹』では警察が「悪徳そのもの」といった感じで出てこないことこそが重要であるというべきかもしれない。ボワロ＝ナルスジャックは、ハードボイルド探偵小説の起源に関して、ギャングが警察を買収するような「《腐敗都市》がその必然の産物として私立探偵を生む」と述べている。[21] ハードボイルド探偵を「ヒーロー」としてしまうこうした図式が完全に間違っているわけではない。だが、まさしくそれゆえに、このように割り切って読めないところに、ハードボイルド探偵小説の「起源」としてのハメット作品の意義があるともいえるはずだ。

ハメットの諸作品における探偵と警察の関係を、善悪という基準において仔細に検討するだけの余裕はないし、その必要もないだろう。結局のところ、道徳的観点からすれば、民主主義社会における警察は、それを生み出す世界と比べてよくも悪くもないはずだからである。したがって、今回の話の文脈で強調すべきは、ハードボイルド探偵小説が、探偵と警察の関係を「知性の水準」(正確には「知性の種別」とでもいうべきだが)から「道徳の水準」に移行させたことが、探偵が——そして読者も——警察を「超越」できなくなることを意味したという点である。

ハードボイルド探偵小説に登場する警察は、あくまで探偵と同じ地平にいる。だとすれば、探偵と警察が円満な関係を持ち得ないのは当然だろう。事件の解決という目的にとって、彼らは互いの邪魔者でしかなくなるのだ。結果、警察は途方に暮れて探偵の知恵を借りに来ることはないし、探偵は警察の愚鈍ぶりを笑っていればよいというわけにはいかなくなる。もちろんそれでも「タフ」な探偵は憎まれ口を叩き、警察を笑おうとすることだろう。第八章で描かれる「茶番」はまさしくそういったものである。しかし——

スペードはいった。「馬鹿をいうなよ、ダンディ。その銃は芝居の小道具なんだ。そいつは俺のものだよ」彼は笑った。「三二口径で残念だったな。そうじゃなければ、おまえはそれがサーズビーとマイルズを撃ったものだといえたかもしれないのにな」

ダンディはカイロから手を離し、踵を軸に振り向き、右の拳でスペードの顎を殴った。

ブリジッド・オショーネシーが短い叫び声をあげた。

殴られた瞬間、スペードの笑みは消えたが、すぐに夢見るような微笑となって戻った。後ろに短く引かれた足で体を支え、上着の下で厚いなで肩がうごめく。拳が繰り出されようとするとき、トム・ポルハウスが二人のあいだに割って入った。スペードの方を向き、樽のような腹と両腕を近づけて腕の動きを制した。

「だめだ、だめだ、勘弁してくれ！」トムは頼むようにいった。　（四五八—五九）

この場面において、ダンディが「職業倫理」を犯して先に手を出してしまったことで、[22]スペードが一本取ったと考えることはできる（事実、ダンディはスペードに対して、それ以上の追求ができなくなってしまう）。[23]けれども、殴られたスペードの反応も、冷静さからはほど遠い。この章の終わりまで、スペードは（いささか滑稽な印象を与えるほどムキになって）ポルハウスを介してしか話さなくなるのだし、次章の冒頭では五分にもわたってダンディを罵ることになる（四六一）。伝統的探偵小説の主人公が警察に対して持つような「余裕」は、ここにはとても感じられないだろう。

スペードという「探偵」とダンディという「刑事」がともに激昂して終わるこの場面は、第七章においてカイロとブリジッドという「犯罪者」がともに激昂したことによって始まったものである。平たい言葉でいえば、探偵も警察も犯罪者もみな「人間」なのであり、だからこそ「法」のない不確かな世界で彼らは超越性を求め、そして苛立つ。法は自分で作れとのたまった『赤い収穫』のコンチネンタル・オプは、[24] やがて精神を衰弱させ、疑心暗鬼に駆られていくことになった。では、信じるべき依頼人がその「正体」を曝し始めたところで「自分が何をやっているのかわかっているんだろうな」とポルハウスにいわれたスペードは（四六〇）、はたしてどうなるのだろうか——その問いはもちろん、主人公を信じようとする「人間」、すなわち読者自身に跳ね返ってくるものである。



〔1〕 Miller 81–82 を参照。
〔2〕 Wolfe 120–21 を参照。
〔3〕 Howard Haycraft, *Murder for Pleasure: The Life and Times of the Detective Story* (New York: D. Appleton-Century, 1941) 5. ヘイクラフトが依拠するものとして、E. M. Wrong, "Crime and Detection," Haycraft, *The Art of the Mystery Story* 19 も参照。
〔4〕 *The Oxford Companion to Crime and Mystery Writing* における "Police History: History of American Policing" の項を参照。
〔5〕 笠井潔『探偵小説論序説』（光文社、二〇〇二年）六六頁。
〔6〕 廣野由美子『ミステリーの人間学——英国古典探偵小説を読む』（岩波新書、二〇〇九年）九四頁。
〔7〕 笠井一〇九、一一三頁。

〔8〕花田清輝『花田清輝著作集Ⅰ』（未来社、一九六四年）二四六頁。

〔9〕Edgar Allan Poe, *The Selected Writings of Edgar Allan Poe*, ed. G. R. Thompson (New York: Norton, 2004): 375.

〔10〕ジークフリート・クラカウアー『探偵小説の哲学』福本義憲訳（法政大学出版局、二〇〇五年）一〇一頁。

〔11〕ヴァルター・ベンヤミン『ボードレール他五篇――ベンヤミンの仕事2』野村修編訳（岩波文庫、一九九四年）一七九頁。

〔12〕絓秀実『探偵のクリティック――昭和文学の臨界』（思潮社、一九八八年）一六六頁。

〔13〕クラカウアー八二頁。

〔14〕**D. A. Miller, *The Novel and the Police* (Berkeley: U of California P, 1988): 36–37.**

〔15〕例えば、内田隆三『探偵小説の社会学』（岩波書店、二〇〇一年）三六―三八頁を参照。

〔16〕Paterson 140 などを参照。

〔17〕例えば、一九二〇年に禁酒法が施行されてから一九三〇年末までの十一年間に、一六〇八名の禁酒法部隊に所属する執行官が、違法行為で職を追われている（約十一名に一名の割合）。岡本勝『禁酒法＝「酒のない社会」の実験』（講談社現代新書、一九九六年）九〇頁。

〔18〕そうした事実の皮肉な一例としては、『赤い収穫』において、腐敗した町の浄化に取り組むドナルド・ウィルスンが密造酒を買っていることなどを想起できるだろう。Gregory 56 を参照。

〔19〕Rippetoe 52 を参照。

〔20〕Layman, The Maltese Falcon 90–91 を参照。

〔21〕ボワロ＝ナルスジャック『探偵小説』篠田勝英訳（文庫クセジュ、一九七七年）九五頁。

〔22〕 W. Miller 83.
〔23〕 Hall 232を参照。
〔24〕 D. Hammett, *Complete Novels* 104.

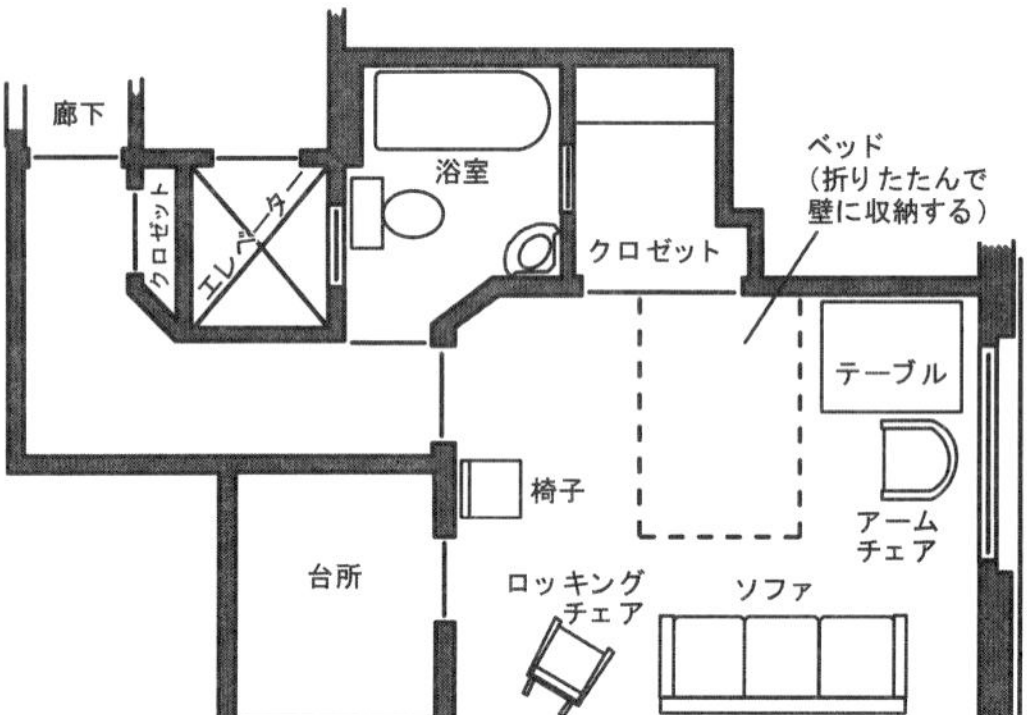


スペードの自宅の間取り図

# 第九講（第九章）

# Brigid

今回はターニング・ポイントといえる章である。『マルタの鷹』は二十の章からなる小説だが、その前半がこの第九章をもって終わるといってもいい。その最大の理由はもちろん、第九章の終わりで（より正確にいえば、第九章と第一〇章のあいだで）スペードという「主人公」とブリジッドという「ヒロイン」が、いわゆる「男女の仲」になることである。このことは、『マルタの鷹』という探偵小説が「恋愛小説」的な性格を持っているという事実を端的に示すものであるし、それは多くの読者の期待にかなった展開でもある――ひとまずはそのようにいっておこう。

しかし前回までの議論からも察せられるように、このハードボイルド探偵とファム・ファタールが――物語半ばにおいて――結ばれてしまうという展開は、二人の関係がめでたく成就したというより、むしろ様々な理由から事態を複雑化するものである。今回はその「様々な理由」について考える作業が中心となるわけだが、そうするにあたってまず銘記しておきたいのは、この章では物語の節目に相応しく、ブリジッドをカイロと引き合わせるという「かきまわし」がおこなわれたあと、「探偵」が「依頼人」の口から事件のあらましを（あらためて）確認するという、いささか遅ればせながらとはいえ、探偵小説としては極めてまっとうな手続きが「まとめ」的に提示されていることである。

もっとも、その「まとめ」られた「あらまし」をここで仔細に検討する必要はないだろう。説明を要求されたブリジッドは、鷹の彫像をめぐって自分がサーズビー、カイロ、そして像を所有していたケミドフというロシア人とどのように関わってきたかについて――その要旨は、彼女は彫像の入手のために雇われたに過ぎず、しかも仕事が成功したのに正当な報酬を受け取れなさそうだったのでスペードの事務所に現れたということ——それなりに詳しく語りはする。だが、その話にどの程度の真実があるのかとスペードに問われると、「たいしてないわ」と返答して、読者に肩すかしを食わせてしまうのである（四六七）。だとすれば、真実を追求する「探偵（小説）」にとっての問題は、彼女がどうして（この期に及んで）そのような嘘をつかねばならなかったのかということになるはずだが、そもそもその「問題」を棚上げにしようとするのが彼女の意向である。そしてそれを支えるのが、この章で働いている恋愛小説的な力学なのだ。

このように考えてみると、『マルタの鷹』で用いられる「恋愛小説」的なサブプロットは、「探偵小説」としてのメイン・プロットとコンフリクトを起こしていると現段階では整理されることになるだろうし、そうした文脈においては、一九二〇年代の探偵小説界を代表する作家S・S・ヴァン・ダインによる、あまりにも有名な「探偵小説作法二十則」の「第三則」が想起されてしまうかもしれない——すなわち、探偵小説には「恋愛の要素があってはならない」ということである。[1]

しかしながら、ヴァン・ダイン的な意味で「純粋」な探偵小説においては夾雑物とされるようなものは、小説の「小説性」にとってはむしろ本質的な要素であることは、これまでの議論においても繰り返し強調してきたはずである。そしてさらに重要なのは、右で示唆したように、『マルタの鷹』という作品においては、恋愛小説的要素が、探偵（小説）の「目的」が遂行されるのを阻害する直接の要因となっているということだ。つまり、この小説があくまで「探偵小説」である以上、不可避的にスペードはその「恋愛」をどうにかしなくてはならないというわけである。主人公とヒロインが結ばれることへの読者の期待にもかかわらず、というよりは、まさしくそのような期待があるからこそ、第九章が急速に見せる恋愛小説的な展開は、いささか不吉な——悲恋への、といってしまってもいい——予感をともなう。この章を貫いている緊迫感は、そうした予感と連動しているのだ。

以上の点をふまえた上で、第九章の恋愛小説的展開を見ていくことにしよう。カイロと刑事達が去り、スペードと深夜のアパートで二人きりになったブリジッドは、機嫌の悪さを隠そうともしない探偵を前にして、落ち着かない様子を見せ始める（四六一）。カイロとは「敵」同士であるという立場が明確なものとなり、さらに刑事達にも目をつけられてしまったいまとなっては、彼女はそれまで以上にスペードを頼るしかなくなっている。[2] しかも、カイロとのやり取りを通して、彼女はスペードにも自分の「正体」をかなりの程度曝してしまっているのである。

そうした状況のもと、ブリジッドがスペードを味方にとどめておくべく、彼となるべく親しく接したいと思っていることは間違いないだろう。例えば、カイロの扱い方についてスペードに非難された彼女は「悪かったわ……サム」と素直に謝るのだが（四六一、傍点引用者）、この「素直な謝罪」のポイントは「素直さ」にも「謝罪」自体にもない。ここで読み取られるべきは、むしろ彼女のしたたかさ、つまり自分のスペードとの関係がファースト・ネームをベースとするものになったことを、いわばパフォーマティヴに「事実化」している点である。こうした文脈において考えてみれば、彼女が微笑みを浮かべて彼を「最もワイルド」な人物と呼ぶというのも（四六一）、スペードの男性性を刺激しようとする「媚び」を含んだ行為であると解せるだろうし、[3] 説明を促しながら肩に手を回してくる相手に向かって「そうするのに、そこに腕を置いておかなきゃいけないのかしら」と冗談めかしていできるだろう。

うことにしても（四六二）、得意とする色恋の場にスペードを引きこもうとする振る舞いであると理解

　このようにして、「探偵」として迫ってくるスペードを、ブリジッドは「男」として扱うことによっていなし、懐柔しようとする。だが、彼女の期待に反し、スペードは仕掛けられた恋愛遊戯になかなか乗ってはくれない。スペードが彼女をファースト・ネームで呼び返すことはないし（付言しておけば、スペードが彼女を「ブリジッド」と面と向かって呼ぶことは、小説全体を通して一度もない）、肩に回した手もすぐに離して彼女を拍子抜けさせてしまう（四六二）。[4] まさしくこのようにして、スペードがブリジッドの誘いになかなか乗らないからこそ、この章を通して次第に性的なテンションが高まっていくのだ。

「G」なる人物の手先と推測されている若者がまだ見張っているというスペードの（虚偽の）報告は、アパートにいわば外側から鍵をかけるものであり、ブリジッドはスペードと夜更けの密室に閉じこめられることになった。かくして「囚人」となった彼女は（四六三）、そこからの「脱出」がかなわない以上、そこを何としてでも「誘惑」の場にしなくてはならない。腰を据えた追及を開始するべくコーヒーと軽食を用意しているスペードをじっと見つめながら、「左手の指で、右手に握られたままのピストルの胴部と銃身を、ぼんやりと撫でさすって」いるという彼女の姿は（四六四）、そのような決意を固めているように見える。

　ここで「愛撫されている（caressed）」拳銃が、人の命を奪う道具であると同時に「ファリック・シンボル」であることはおそらく自明というべきだろうし、さらにいえば、この小説においては（そし

て数多くのハードボイルド小説においても)、ピストルにはそのような象徴性が一貫して与えられているとも見なし得る。しかし現在の文脈において強調されるべきは、あからさまなファリック・シンボルが、ファム・ファタールの手に握られた銃という「危険」を感じさせる形で提示され、以後のシーンにおける性的な緊張感が準備されるということだろう。

実際、スペードによる訊問が本格的に始まってからは、性的な話題/行為がかなり「自然」なものと感じられる流れにおいて出てくることになる。例えばブリジッドがケミドフというロシア人から鷹の影像を色仕掛けで奪ったという示唆にしてもしかり(四六五―六六)、そして章末における自分からのキスにしてもしかりである。とりわけ注目したいのは、ひとしきり「話せ」/「話さない」といった押し問答があり、二人がしばらく無言で食事を続けたあとの場面である。

……彼女は小さな声でいった。「あなたが怖いの。それが本当のところなのよ」

彼はいった。「いや、そんなことはない」

「本当よ」彼女は同じ低い声でいい張った。「わたしには怖い男が二人いて、今夜はその両方に会ったわ」

「きみがカイロを怖がるのはわかる」とスペードはいった。「やつは、きみの手が届かないところにいるからな」

「あなたは違うっていうの?」

「そういう意味ではね」と彼はいい、にやりと笑った。

彼女は赤くなった。灰色のレバーソーセージを載せたパンを手に取った。そして自分の皿に置いた。白い額に皺を寄せ、彼女はいった。「黒い像よ、知ってのとおりね。すべすべしていて光っているの。鳥よ——鷹か隼。このくらいの丈よ」彼女は両手を一フィートほど広げた。（四六五）

この場面において、最初はスペードを恐れているから彫像について話したくないといっていたブリジッドは、同性愛者のカイロとは異なり、彼は手が届くところにいるといわれて「黒い像」の話を始める——これは大雑把なまとめに過ぎないが、しかし第九章の文脈においては、確かにそのように読めるはずである。ブリジッドにとって、スペードを誘惑できるかもしれないという可能性は、彫像をめぐる秘密を話すにはどうしても必要とされるのだ。

もちろん、これを逆の観点から見れば、スペードが誘惑可能な存在であるという示唆は、他ならぬスペード自身が撒いている「餌」であることになるだろう。だからこそブリジッドの話は嘘を交えたものとなるのだし、それをスペードはわかっている。そしてさらには、スペードがわかっていることをブリジッドもわかっている……。この章で急速に展開される「恋愛」は、まさしく虚々実々の駆け引きの場となっている、複雑かつ危険な遊戯なのである。

通例、このような恋愛遊戯に勝利を収めるのは、目を開いている側だろう。平たくいえば、我を忘れて本気になった方が負け、ということだ。しかしながら、「恋愛」をめぐる勝負とは、それほど単純ではあり得ない——そもそも「恋愛」とは、「負けるが勝ち」という逆説的な性格を持つはずだからである（恋愛小説とは、この逆説的前提なしには成り立たないといっていい）。しかもスペードとブリジッドの本格的な「勝負」は、第九章の終わりをもって始まったばかりなのだ。ブリジッドがラブシーンを主導するのは、「探偵」スペードの追及を逃れるため以外のものではないだろうし、彼女のキスに応えるスペードにしても、その両眼は「黄色く燃え」ながらも(四六七)、やはり見開かれているといわねばならない(この点は、次章の冒頭における、スペードによるブリジッドのアパート捜索によって再確認される)。小説の主人公として、ハードボイルド探偵がファム・ファタールと互角に渡り合っているのは間違いないだろう。

だが、ここで思い出しておかねばならないのは、第四章や第六章において、スペードがブリジッドという女性に、彼女が見かけ通りの人間ではないと理解しながらも、惹かれているように見えたことである。実際、第九章においても、なるほど最終的にキスを迫ったのはブリジッドの方であるが、右で述べたように、スペード自身が「餌」を撒いたともいえるのだ。彼女と性的関係を結ぶことが「真実」への道であると彼が判断した可能性ももちろんあるだろうが、[5] しかし経験を積んだタフな探偵が、一人の女性から真実を引き出すために彼女と寝なくてはならない、というのはあまり現実的な解釈とは思えない。そもそも彼が求めるものが「真実」だけなら、暴力に訴えればとまではいわないにしても、彼女を警察に連れて行けば(あるいはおそらく、警察に連れて行くと強く脅迫すれば)解決するのだから。

それでは、スペードが求めるものは何なのか。ブリジッドの「カラダ」だけが目当てだとは思えない以上、聞き出そうとしている話の内容に鑑みれば、「黒い鳥」の彫像と考えるのがひとまず妥当といえるだろうか。彼女を警察に突き出さないことによって得られる直接のメリットは、高価な像を入手できるという可能性を措いて他にないだろうし、また、既に指摘したように、彼にとって金銭欲は一種の感情的な鎧であると考えられるのだから。しかしそれだけであるのなら、彼はどうして彼女と寝てしまうのか――というわけで、話は循環してしまうことになる。

この「ループ」から抜け出るためには、スペードの中にいわば高次の欲望を確認しなくてはならないだろう。我々は既に、スペードというハードボイルド探偵が、色欲や金銭欲に目がくらんでしまう（アーチャーのような）単純な人物ではないと知っている。そのように抜け目なく、そして複雑なキャラクターが、まさしく合理性に反するような形で女性を抱いてしまい、その非合理的な行動を正当化するかのように彫像という「金」を目的（口実）に振る舞っているように見えるからこそ（見えるにもかかわらず、ではなく）、やはりここでは散文的な「色」と「金」を超えるものとしての「何か」が夢見られて（しまって）いることが、あらためて確認されるのだといわねばならない。

そのように考えてみたとき、第九章において、スペードにとって「黒い鳥」の獲得が（少なくとも表向きは）最大の関心事となるのが、ブリジッドという「ファム・ファタール」と「男女の仲」になるのと同時に起こっていることは、偶然とは思えなくなる。というのは、彼がブリジッドとの非合理的な関係において夢見ている「何か」を、正体不明の彫像が象徴しているように見えるためだ。とりわけ注目されなくてはならないのは、この像がすべすべとした黒光りする一フィートほどの物体というように、露骨にペニスを想起させるものとして形容されている点である。

この「ファリック・シンボル」が、「愛撫される拳銃」の描写といったものが醸成してきた性的緊張感の中で出てきていることには疑いがない。だが、ブリジッドとの関係にスペードが求めるもの（求めてしまっているもの）が「カラダ」以上の「何か」とするなら、ここではもう一歩議論を進めておくことが可能であり、またその作業は今後の議論にとって必要でもあるだろう。つまり、この「ファリック」な物体は、単なる「性」の象徴ではなく、まさしく「ファルス」的なものと考えるべきなのではないか、ということだ。

精神分析――とりわけジャック・ラカン――の知見をここで詳しく説明する必要はないだろう。実際、全能感に包まれた〈想像界〉から、エディプス期を経て〈象徴界〉に参入することで社会化された「主体」となるときに、不可避的に失われてしまい（つまり「去勢」されてしまい）、以後は「欠落」としてしか見出され得ないような「何か」を補完するためのものとして、ファルスの代補物があると考えておけばひとまずは十分である。その点を押さえておけば、いささか論点先取めくが、ある批評家が鷹の像を「小説世界に意味と価値を表面的に付与する、超越論的シニフィアン」と呼ぶのも理解できるだろう。[6]

もちろん、「表面的に」というところがこの小説にとってのポイントであるのだが、その点については措いておこう。現段階においては、皆が（死者を出してまで）追い求める「価値」がある彫像を得られさえすれば、スペードがこの章までに取った行動が「意味」を持ち、正当化されるように見えるということだけを確認しておけばいい。これは取りも直さず、読者が（あるいは意識さえしないまま）期待するハッピー・エンディング――彼が「財宝」と「お姫様」の両方を手に入れること――に到達するためには、この章の終わりに至るまでのスペードの行動が、ほとんど必然のように見えるということである。

このようにして「財宝」や「お姫様」といった言葉を用いてみると、『マルタの鷹』という小説はいかにもファンタジーめいたものとして感じられるだろうか。しかし、夢を見ないタフな探偵として自らを「社会化」したスペードが、ブリジッドとの出会いに「日常」を超える「何か」を感じてしまっているのならば、その「ファンタジー」への期待は、構造的に極めて「現実的」なものであるというべきである——それは「主体」の中に（常に既に）組みこまれている「欠落＝欲望」なのだから。

ブリジッドという女性と「黒い鳥」の獲得が、スペードという男性主人公の「主体」に関する問題と繋がっている点については、今後の議論においても検討を重ねていくことになるだろう。現地点から振り返ってみても、この主題の重要性は、例えば第七章の「フリットクラフト・パラブル」がフリットクラフトという男性の（ロマンティックな）「自我」をめぐるエピソード（を「メタレヴェル」にいるスペードがブリジッドに向けて語るというエピソード）であったことを想起するだけでも確認されるはずである。

警察という社会的制度と衝突した第八章に続き、「探偵小説」という形式と「恋愛小説」的要素があからさまにコンフリクトを起こしている第九章において、女性と財宝に手を伸ばしたスペードは、「探偵」という（社会的な）役割からいよいよ明瞭に逸脱してしまうことになった。いうまでもなく、探偵という「役割」は、スペードという人間のアイデンティティから切り離して考えられるようなものではないはずだが、それだけにいっそう、このようにして話が彼の「個人的」な領域に食いこんでいったことの意義は大きい。そこには必然的に、実存的な問い——探偵であるというのは、いったいどのようなことなのか——が待ち受けている。

〔1〕 S. S. Van Dine, "Twenty Rules for Writing Detective Stories," Haycraft, *The Art of the Mystery Story* 189–90.

〔2〕 W. Miller 87.

〔3〕 Wolfe 121を参照。

〔4〕 ブリジッドがスペードのことを「何をするかわからない（unpredictable）」人間と評するのはここが最初である。スペードの "wild and unpredictable" な振る舞いが、敵の計画を攪乱するための職業的な戦術であるという見方として、Irwin 90を参照。

〔5〕 例えばある批評家は、スペードがブリジッドと寝たのは、翌朝に彼女のアパートを捜索するためだったと主張している。Marling, *The American Roman Noir* 138.

〔6〕 Rabinowitz 153.

# 第一〇講（第一〇章）

## The Belvedere Divan

モダン・ライブラリー版の『マルタの鷹』に付した序文において、ハメットはスペードを「ハードな策士（a hard and shifty fellow）」であろうとする男としているが（九六五）、まさにそのような主人公にとっての面目躍如といった感があるのが第一〇章だろう。前章の終わりではブリジッドの策にはまったかのように見えたスペードは、翌朝になると眠っている女をベッドに残して彼女のアパートを捜索する。しかもそれだけではなく、侵入の痕跡を偽装することにより、章の終わりでは彼女を自分の秘書の家に匿う（＝軟禁する）という手はずまで整えてしまうのである。さらにそのあいだには、尾行者に自分から接触するという大胆な「かきまわし」をおこない、つきまとっていた若い男をやりこめるばかりか、「黒い鳥」探しの鍵となる人物と推測される「G」からのコンタクトを得ることにも成功するのだ。

このような第一〇章は、スペードの大活躍を描いた章と呼べるだろうが、重要なのは、この「大活躍」が決して偶然の産物には見えないことである。言葉を換えていえば、スペードの活躍は、探偵小説の主人公に与えられた特権／予定調和などではなく、あくまでも彼の探偵としての確かな技量が発揮された結果だと感じさせられるのだ。その例として、彼がブリジッドのアパートを捜索する場面を（ここでは原文で）見ておこう。

In the girl's apartment he switched on all the lights. He searched the place from wall to wall. His eyes and thick fingers moved without apparent haste, and without ever lingering or fumbling or going back, from one inch of their fields to the next, probing, scrutinizing, testing with expert certainty. Every drawer, cupboard, cubbyhole, box, bag, trunk—locked or unlocked—was opened and its contents subjected to examination by eyes and fingers. Every piece of clothing was tested by hands that felt for telltale bulges and ears that listened for the crinkle of paper between pressing fingers. He stripped the bed of bedclothes. He looked under rugs and at the under side of each piece of furniture. He pulled down blinds to see that nothing had been rolled up in them for concealment. He leaned through windows to see that nothing hung below them on the outside. He poked with a fork into powder and cream-jars on the dressing-table. He held atomizers and bottles up against the light. He examined dishes and pans and food and food-containers. He emptied the garbage-can on spread sheets of newspaper. He opened the top of the flush-box in the bathroom, drained the box, and peered down into it. He examined and tested the metal screens over the drains of bathtub, wash-bowl, sink, and laundry-tub.（女の部屋に入ると、彼はすべての灯りをつけた。彼はその場所をくまなく調べた。目や太い指の動きは急いでいるようには見えなかったが、ぐずぐずしたり、まごついたり、やり直したりするようなことはいっさいなく、熟練の正確さをもって、一インチ、また一インチと、探り、調べ、確かめていった。あらゆる引き出し、戸棚、整理棚、箱、カバン、トランクが——鍵がかかっているものもいないものも——開け

られ、中身が目と指で確認されていく。衣類も一枚一枚調べられていった。指はふくらみに何か隠されていないかと探り、耳は指のあいだで立てられる紙の音を聞き取ろうとする。彼はベッドから寝具を引き剝がした。絨毯の下や、一つ一つの家具の下に目を走らせた。ブラインドを引き下ろし、中に何か巻き上げられ、隠されていないかを確かめる。窓から身を乗り出し、外に何か吊り下げられていないかを確かめる。鏡台の上にあるパウダーやクリームの容器にはフォークを突き入れてみる。噴霧器やガラス製の瓶は光にかざしてみる。皿や鍋を、食べ物やその容器を調べる。新聞を広げ、その上でごみ箱をひっくり返す。化粧室の洗浄水タンクの上蓋を開け、水を流し、中を覗きこむ。浴槽、洗面台、流し、洗濯槽の排水口を覆う金網も念入りに調べた。)

(四六八)

長い引用となってしまったが、虚飾を省いた(副詞が一つもない)平易な英文であり、単調な文章とさえいい得るだろう。

だがこの引用文のポイントは、まさにその「平易」で「単調」なところにある。つまり、スペードという「探偵」の仕事とは、一つ一つをとってみれば「平易」で「単調」でしかない作業の積み重ねであることが、そうした文体によって表象されているわけだ。とりわけ、引用した段落の後半がすべて「He+動詞」という構造の文章からなっている点に注目しておきたい。それは探偵の作業がまさしく「一つ一つ」「積み重ね」られていくという印象を読者に与えるだろう。そしてまた、「積み重ね」られていく「一つ一つ」の作業が、等しい重要性を持っておこなわれていることも、読み手に実感させるはずだ。[1] こうしたシーンの描写には作者の（探偵としての）実体験が反映されているに違いないが、より強調しておくべきは、このようにして地道な探偵作業が徹底してなされる場面が提示されているからこそ、スペードが小説のキャラクターとして説得性を持つということである。[2]

スペードの探偵としての——あるいは「ハードな策士」としての——技量について、本章の文脈でもう一つ指摘しておきたいのは、カイロの言葉を借りていえばスペードが「いつも……なめらかな言い訳を用意している」（四七四）ということである。例えば、アパート捜索から戻ってきたスペードがブリジッドにいう「あの小僧がまだ仕事中なのか確かめておきたかった」という言葉は（四六九）、外出の説明であるだけではなく、前夜の嘘を固めるものにもなっている。あるいは、尾行者にスペードがつけられてアパートの位置を知られてしまったのではないかというブリジッドの懸念に対して、尾行を撒いたことを示す新聞記事を即座に見せる手際のよさを参照してもいい（四七五）。しかもその夕イミングでカイロとの再会見に言及し、ブリジッドを見事に牽制してしまうのである（四七六）。こうしたエピソードの累積により、スペードのしたたかな探偵としての力量が、物語の中盤においてあらためて鮮やかに前景化されているのだ。

このようなスペードの徹底ぶりやしたたかさといったものが、「ハードボイルド探偵」のものであると理解されることについては、おそらく論を俟たないだろう。しかし、そのような「理解」が『マルタの鷹』という小説をここまで読み進めてきた読者にもたらされるのは、単に探偵が危険な尾行者に対して「タフ」な態度をとるというような事例からではないことは述べておきたい。重要なのはそのコンテクスト、すなわちこの章におけるスペードの「活躍」がすべて——アパートの捜索、カイロとの会話、尾行者を介した「G」なる人物との接触、そしてブリジッドの軟禁——前夜ベッドをともにした女性に対する不信に基づく行動だということである。
ブリジッドに対するスペードの「不信」については、前回までの議論をふまえてみるだけでもかなりの根拠があるといわねばならないだろうが、それは今回のアパート捜索によってさらに強められたはずである。アパートで見つけた中で、手を止めるほど興味を惹いた唯一のものは高価そうな宝石であるとされているのだが、これはナラティヴ・トリックとひとまず考えるべきだろう。より重要と思われる発見は、ブリジッドが一週間前に支払ったアパートの部屋代の領収書の方だからである（四六九）。その存在は、スペードのオフィスを訪れた日にアパートを借りたという前日の説明が、嘘であったことを露呈させるのだし（四二〇）、ひいては最初にオフィスを訪れたときに、まもなく（探偵に——アーチャーであれ、スペードであれ——サーズビーを尾行させて「何か」が起こったあとは）姿をくらますつもりであったことを示唆するのだから。[3]
このようにして、彼らの「初めての朝」は、スペードにとっては緊張を緩和しない——できない——形で始まる。その姿は、シャワーから上機嫌で口笛を吹きながら出てくるブリジッドのそれとは皮肉にも対照的であるし、続いて彼が朝食を準備し、彼女がベッドメイクをするという小説中随一の「家庭的」な場面が出てくるというのも（四七〇）、[4] やはり皮肉なものと感じられるだろう。「皮肉」であるのは、前回の議論を想起しておいた上でいえば、スペードが優秀な「探偵」であるがゆえに、ブリジッドとの「恋愛」に「男」として没入できないことが、直前のアパート捜索のシーンで明らかにされているからである。ブリジッドの嘘を暴く証拠品を発見するという「活躍」には、かくしてペーソスが入りこむ。

ただし、強調しておかねばならないが、この「ペーソス」はあくまで「入りこむ」もの、あるいは読者の観点からすれば「滲み出る」ものでしかない。先に触れたように、アパートを捜索するスペードが作業の手を休めたのは「装身具」を見つけたときであり、「レシート」を発見した——してしまった——ときではない。右ではこれを探偵小説的な「ナラティヴ・トリック」と呼んでおいたが、それは同時に主人公の感情を開示しないハードボイルド小説的な「(モダニスト・)アンダーステートメント」でもあるのだ。アンダーステートメントという技法が、探偵小説ジャンルと宥和性が高いと考えられることは、第二章に関する議論で触れておいたが、その点がここで再確認されたといってもいいかもしれない。

だが、当面の文脈で注目したいのは、やはり第二章の段階で強調しておいたように、アンダーステートメントの効果的活用によって、主人公の感情が隠されているがゆえに、かえってその感情がどのようなものなのかが気になってくる、というハードボイルド・スタイルの逆説である。読者がアパートの賃貸期間に関するブリジッドの嘘を探偵とともに見抜いたとしても、話はそこで——つまり、その嘘が(探偵小説的に)何を意味するのかを考えなくてはならない、というだけでは——終わらない。そもそもスペードがその嘘に気づいているかどうかわからない、というのは「探偵小説」としてあり得ないとしても、その嘘に気づいた彼が、その発見をどのような気持ちで受け止めたのかは曖昧であり、そこがこの場面の(あるいはこの小説の)読みどころなのだ。

領収書を見つけたときに手を止めなかったスペードは、ブリジッドが嘘をついていたことについては、少なくとも心のどこかでは予期していたはずである（そもそも彼はブリジッドに隠れて家探ししているのだから）。だが、その予想が正しかったと判明したとき、彼が①「『非情』な探偵に相応しく心を乱されなかった」と考えるべきか、それとも②「わかってはいたものの、やはり失望するところがあった」と考えるべきなのかは、それ自体としては判断が難しいところである。[5] しかも、もし②であるなら、その失望をどのように扱っていくかという問題が出てくる。平たくいってしまえば、①の「非情」なモードに移行できるのかということ、すなわち、①「ブリジッドへの『期待』を諦めようとする」のか、②「まだ完全に諦めるわけではない」のか、ということである。もしここでも②ということになるなら、それは事件解決に向けての捜査に影響を与える可能性もあるだろうし、そうであるとすれば、だからこそ「感情」を抑圧して手が止まらないことになって（しまって）いるとさえ考え得るかもしれない。

やや冗長になってしまったが、重要なのはもちろん、①か②のどちらかを明確に選択できないことであり、そこにアンダーステートメントという技法の意義がある。ただしその重要性は、技巧がもたらす曖昧性自体にあるわけでは決してない。『マルタの鷹』が小説として卓越しているのは、①と②のいずれかを選ぶことが（書かれていないのだから）原理的にはできないにもかかわらず、①か②のどちらなのかがまさしく「問題」となってしまっている——小説の「主題」になっているとさえいっていい——という点において、読者を②に傾くように誘導するダイナミクス、そうすることによって読者を物語に引き入れる力の「重さ」にあるのだ。

したがって、『マルタの鷹』で用いられるアンダーステートメントを、解釈の多様性であるとか、決定不可能性といった議論に回収することはできない。むしろ、決定不可能な状況に、やがてどこかで決着を付けなくてはならないという重い宿命こそが問題とされているのだ。右に述べてきた図式に即していえば、②を選ぶように使嗾されておきながら最終的には①を選ばなくてはならないということである。最終的には①を選ぶことになるとわかっているにもかかわらず、②を選んで進まなくてはならない、ということである。読者の立場からすれば、これが探偵小説だと知っているにもかかわらず、反探偵小説（あるいは、前回の議論を想起していえば、恋愛小説）として読み進めなくてはならない、ということもできるだろう。ハードボイルド探偵小説が伝統的探偵小説に対する「アンチテーゼ」であるとしても（伝統的探偵小説におけるる探偵の方が、ハードボイルド探偵よりも容易に①にあてはまることは、説明するまでもないだろう）、それが単純なアンチテーゼではないのは、以上のような議論によっても確認されるはずであるが、ともあれこのようにして、スペードという探偵の「宿命」をいわば共有することによって、読者は（行間から滲み出てくる）ペーソスを感じるわけである。

前回や今回の議論（あるいは、第四章や第六章についての議論）は、スペードがブリジッドを信じたいという気持ちを持っている点を強調してきた。そうした流れにおいて考えておかねばならないのは、今回久しぶりに（第四章以来である）登場した秘書エフィ・ペリンの役割である。というのは、彼女こそがブリジッドの無条件の「味方」であるためだ。既に第四章において、我々は彼女が「女の直感」によって、ブリジッドという女性を（たとえいくつ偽名を使っていようとも）信じているとスペードに断言する場面を見ているし（四二四―二五）、その点に関しては第一〇章においてもまったく変わらない（四七六）。その返答を訊いたスペードがブリジッドをしばらく家で保護しておいてほしいと頼むと、彼女が「危険な状況にある」にもかかわらず、その依頼をあっさりと承諾するほどなのだ(四七七)。

だが、ここで理解しておくべきは、まさしく第四章以来の登場となるエフィには、ブリジッドに対する見方を変える理由など何一つないという事実である。例えば、ブリジッドが「黒い鳥」の財宝を追い求める「犯罪者」であるかもしれないなどとは彼女には知るよしもない。そしてまた、それに劣らず重要であるが、ブリジッドがスペードと(その「理由」がどういったものであれ)肉体関係を持ったことも彼女は知らないのだ。アイヴァに対するエフィの(嫉妬めいた)態度に鑑みれば、ブリジッドが知り合った翌日の夜にスペードと寝てしまうような女性だと知れば、あるいは評価に変わるところがあったかもしれない。けれども、そういった情報が皆無である以上、彼女にとってブリジッドが救ってやるべき「哀れな依頼人」のままであるのは当然なのである。

このように考えてくると、ここであらためてエフィの意見を訊くとき、スペードが本当に「意見」を求めているとはとても思えないはずだ。それは一つには、わざわざ「聖母か何かだとまだ思っているのか」という皮肉めいた訊ね方をしていることからも推されるように(四七六)、彼女にブリジッドの滞在場所を提供させるための挑発的=誘導的な質問であるだろうし、そしてもう一つには、自分自身が抱かざるを得ないブリジッドへの不信を宙吊りのままにしておくための方便と考えるべきだろう。いずれにしても、スペードはここでエフィの無知と忠誠心につけこむようにして、彼女を利用しているといっていい――それが彼女を危険に曝す任務であるにもかかわらず、である。エフィにブリジッドを匿うように頼んだことが、スペードがブリジッドを危険な存在ではないと考えている証拠だとする批評家もいるが、[6] 本章においてもブリジッドが枕の下に忍ばせた拳銃に手を伸ばすシーンがあるのだし（四六九）、そもそもブリジッドには殺人を厭わない「敵」がいるのだ。[7]

秘書に過ぎない女性をこのように利用するのは、探偵事務所の所長が取る行動としては職業倫理的にいささか問題があるようにも思えるのだが、それは裏を返せば、スペードにとって、この依頼が個人的な性格を持つことの証左でもあるだろう――ブリジッドという「ファム・ファタール」をどのように考えればいいかということだけではなく、エフィという「母」との関係性においても、である。要するに、自分を絶対的に信頼してくれるこの「母」に、スペードは甘えているのだ。ブリジッドを盲信させてしまう「女の直感」に代表されるエフィのナイーヴさや良心といったものは、[8] あくまで「リアリスティック」に生きるためにスペードが「ハード」な仮面の下に隠している「ソフト」な面、あるいは「ロマンティック」な夢を（陰画的に）体現しているといっていい。その意味において、第三章についての議論で示唆しておいたように、秘書エフィはやはり「メイル・ファンタジー」的な存在なのである。

このように考えてみれば、第三章の段階では「牝犬」としてのアイヴァと対置されていた「母」エフィは、単なる二項対立的なステレオタイプを超えた重要性をこの小説において持つキャラクターであると理解され始めるだろうし、そうした「理解」はもちろん、第四章から第九章にかけて、ブリジッドが危険な「ファム・ファタール」としての相貌をあらわにしてきたことと連動している。どのように考えればよいかわからない女性を相手にしているがゆえに、確実に戻れる場所としてのエフィが重要になってくるわけだ。「ファム・ファタール」の特徴の一つが「母」にならないことであるのを想起しつついえば、遅くともこの時点からは、エフィはアイヴァとばかりではなく（あるいはアイヴァよりも）、ブリジッドと対置される存在として考えねばならないだろう。実際、エフィがブリジッドとともに、小説を通して必ずフルネームで表記され続けているのは、どう考えても偶然などではあり得ないはずだ。

エフィというキャラクターの重要性が物語の展開を通して、つまり動的な形で明らかになるという事実は、『マルタの鷹』を最後まで読めばさらに明らかになるだろう。しかし、現段階においても、エフィという「母」の扱われ方は、小説におけるステレオタイプの利用はそれが「ステレオタイプ」であるという理由だけでは断罪できないこと――すなわち、表象のレヴェルと小説のレヴェルは異なること――の例証であるように思える。ステレオタイプ一般が「現実」を歪めた形で固定化し、「他者化」するイメージに過ぎないとしても、少なくともハメットほどの小説家が、ステレオタイプを無意識に用いているはずはないのである。

したがって、例えばある批評家は、ブリジッドとエフィはフルネームで表記されることによって「対象化」され、単なる「もの」として見なされると述べているが、[9]この観察を男性作家／男性人物が女性を「他者化」するという文脈に据えてしまうことには慎重になるべきだろう。そうすることは一般論的な観点からは正しく見えるかもしれないし、実際「ファム・ファタール」にせよ「母」にせよ、女性を二項対立的に「他者化」する「イメージ＝ステレオタイプ」に過ぎないと思えるかもしれない。だが、事態がそれほど単純ではあり得ないことは、次作『ガラスの鍵』では男性主人公ネド・ボーモンが常にフルネームで表記されている事実を想起するだけでも明らかであるはずだ。もちろん『ガラスの鍵』についてはここで詳しく考察することなどできないが、[10]主人公を「対象化」するというハメットの手つきは、彼を「カタ」にはめて「他者化」するというより、その「カタ」にはめられない〈他者性〉の強度こそを問題とするものと見なすべきだろう（これは『マルタの鷹』における三人称客観のスタイルを、さらに徹底させたものといえる）。そしてそこから振り返ってみれば、『マルタの鷹』で使われているフルネーム表記は、スペードという主人公に対するブリジッドやエフィの〈他者〉としての強度を前景化するものと考えていいように思われる。

こうした観点からすれば、アイヴァという（ある意味、予想を決して裏切らない）女性がフルネームで呼ばれないことは納得できるはずである。そしてブリジッドというファム・ファタールについては、そもそも「ファム・ファタール」とはステレオタイプでありながら原理的にステレオタイプ化を拒むという矛盾を内包するキャラクターであることを、とりあえず想起しておけばいいだろう。それでは、「母」としてのエフィはどうなのか。これまでの議論からも明らかなように、彼女は第一〇章の段階においてはスペードと極めて安定した関係にあるのだが、その彼女が〈他者性〉を発揮するときが来るのだろうか——こうした問いに答えるには小説を読み終えなくてはならないが、ここでは少なくともエフィがブリジッドと対置される形で重要性を獲得していった点はあらためて強調しておきたいし、そしてさらに、その「重要性」を彼女に与えるのが、彼女に（甘えて）ブリジッドへの「信用」を仮託しているスペード自身に他ならないことも、同様にして銘記しておきたいと思う。

尾行者とのやり取りについてはほとんど触れることができなかったが（これは次回に扱う）、今回はエフィという、従来の批評ではあまり深く考察されていなかった人物の「位置」についてそれなりに詳しい見取図を描いてみたつもりである。前回の議論の終わりでは、現実を超越する「ファンタジー」

を夢見てしまう欲望とは極めて「現実的」なものなのだと述べておいた。「マルタの鷹」をめぐるサム・スペードの物語がそのような意味において「現実的」なドラマだとすれば、エフィという「メイル・ファンタジー」的な秘書が担っている役割は、やはり看過し得ないものであるといわねばならない。

〔1〕Wolfe 127 を参照。
〔2〕Symons 65 を参照。
〔3〕Bill Delaney, "Hammett's *The Maltese Falcon*," *Explicator* 58.4 (2000): 217.
〔4〕Leonard Cassuto, *Hard-Boiled Sentimentality: The Secret History of American Crime Stories* (New York: Columbia UP, 2009) 53 を参照。
〔5〕この曖昧さは、スペードが宝石を見つけて手を休める場面に関しても、似たような形で読みこむことができるかもしれない——つまり、①高価そうな装身具を見つけて、「金」への関心から手を止めたのかもしれないし、②ブリジッドが装身具を質に入れていないことについて考えるところがあったのかもしれない、というように。
〔6〕Thompson 101.
〔7〕探偵の秘書に危害が加えられないというコンヴェンションは、ハードボイルド小説では安定した条件ではない。同時代の作品に例をとれば、ハメットとも知己の関係にあったラウル・ホイットフィールドの『ハリウッド・ボウルの殺人』（一九三二）を参照。
〔8〕「女の直感（woman's intuition）」は、前作『デイン家の呪い』においてもあてにならないものとされて

いる。D. Hammett, *Complete Novels* 301 を参照。

〔9〕 Rabinowitz 161.

〔10〕 議論を多少なりとも補うものとしてあげておけば、諏訪部浩一「解説」『ガラスの鍵』ダシール・ハメット、池田真紀子訳（光文社古典新訳文庫、二〇一〇年）。

映画版『マルタの鷹』(1941) より
スペードとカイロ
(写真協力　公益財団法人川喜多記念映画文化財団)

# 第一一講（第一一章）

# The Fat Man

「太った男」と題された第一一章は、これまで「G」と呼ばれていた黒幕的な男、キャスパー・ガットマンがついに登場する章である。ガットマンはブリジッドとカイロ、そして若い尾行者を結びつけるキーパースン的な存在であり、したがって、彼との会見は、スペードが「黒い鳥」をめぐる「謎」の核心へと踏みこんでいくという、冒険小説的な期待を読者に持たせることになる。もちろん、結果からすれば、そうした期待はこの章においてすぐ満たされるわけではないのだが、ここでガットマンが「鷹」の正体を「この広く素晴らしい世界全体において知っている唯一の人間」であると判明する意義は大きいし(四八四)、またそうである以上、彼が一筋縄ではいかない相手であることがまず確認されるのは、物語的に必然といっていいだろう。

なるほど、スペードはガットマンに向かって「俺はあんたなんかいなくてもやっていけるんだ」と前置きした上で「くそっ、俺と関わり合いにならなければ、あんたは俺なしでうまくやっていけたかもしれない。だがな、もはやそうはいかない。サンフランシスコではな」と啖呵を切り、自分の優位を強調する(四八六)。しかし、ガットマンというライバル/キーパースンをどうにかしなくては物語に決着が付かないことは、読者には(そしてここで演技するスペード自身にも)明らかとなっているはずであるし、その意味において、第一一章は「主人公」とその「敵」という対立軸を、この小説において初めてはっきりとした形で提示しているのだ。カイロや若い尾行者といった「小物」を物語の序盤で出し、その背後に隠れていた「大物」を中盤になってから登場させるハメットは、冒険小説の定石を丁寧に踏襲しているのである。

ガットマンのナラトロジカルな位置づけがそういったものであることをふまえ、この「大物」をハメットが（スペードとの関係において）具体的にはどのように特徴づけているか考えていきたい。まず登場シーンを見てみよう。

その太った男は、ぶよぶよとしていた。桃色の球根のような頬、唇、顎、首。巨大な柔らかい卵のような腹が胴体のすべてであり、そこから松かさのような腕と脚がぶら下がっている。スペードに近づいてくると、あらゆる球根が一歩ごとにばらばらに盛り上がり、揺れ、垂れ下がる。パイプの先で群れとなり、これから放たれようとしているシャボン玉のようだ。目は周りで肉が膨らんでいるために小さくなっていたが、黒く光っていた。黒っぽい巻き毛が広い頭皮を薄く覆っている。服装は黒のモーニングコートに黒のベスト、黒いサテンのアスコットタイは桃色がかった真珠のピンでとめられている。灰色のウーステッドの縞ズボンに、エナメル革の靴を履いていた。（四八〇—八一）

この引用文、とりわけ前半はグロテスクというしかない描写である（球根の比喩は、以後も継続して用いられる）。後半の黒で統一された服装とあわせ、ガットマンは退廃をほとんど文字通り身に纏って登場する人物なのだ。「ガットマン（Gutman）」という名前にしても、それが「善人（good man）」を意味するという皮肉に加え、[1]「ガット（gut）」が「大食漢」であるという点で、欲に駆られた人物にまことに相応しいものである。ガットマンの不健康な「巨体は物質世界へのオブセッションを象徴する」というある批評家の見解は、[2] ひとまず妥当であるだろう。
ここで想起しておきたいのは、こうした「腐敗」を感じさせる「不健康」な人物は、アメリカ小説ではしばしば「ヨーロッパ的」な存在として認識されるということである。ジョージ・グレラは、カイロやガットマンが登場すると、スペードは「腐敗したヨーロッパ人に支配されるイノセントなアメリカ人」という、ヘンリー・ジェイムズ的な人物に見えてくると指摘している。[3] ガットマン自身の国籍が明確にされることはないにしても、[4] まさしくそれが不明瞭であるがゆえに、彼を（カイロやブリジッドと同様に）コスモポリタン的な――すなわち、「非アメリカ人」的な――人物と見なしていいように思われる。戯画的なまでにフォーマルな服装、そしてしつこいほど繰り返される"sir"という呼びかけ（堅苦しい口調は、カイロはいうまでもなく、登場時のブリジッドにも共通する）なども、そういった印象を強めるはずだ。
ジェイムズ的なアメリカとヨーロッパの対比は、ヘミングウェイ（『日はまた昇る』）、フィッツジェラルド（『グレート・ギャッツビー』）、そしてフォークナー（とりわけ未完の『エルマー』）といったハメットの同時代における代表的作家の作品にも（それぞれ変奏された形で）現れるものである。トランスアトランティックな運動であったモダニズムの空気を吸った作家達が、ヨーロッパとの対比において「アメリカ（人である自己）」を照射しようとしたのは、自然なことであっただろう――その「照射」が、優れた文学作品においてはアイデンティティの確認というより、むしろその曖昧さを際立たせるものであったとしても、である。[5]
一般論としていえば、『マルタの鷹』のような冒険小説的な性格を備えた物語において、「ライバル」

が（腐敗した）外国人として措定されることは、一方では①キャラクターの関係性をわかりやすく樹立し、②作品世界のスケールを広げ、③財宝にエキゾティシズムを付与する、といった利点をもたらすだろうが、[6] 他方では、①敵味方の区別があまりにも自明なものとなってしまい、②ステレオタイプに依存しているという点でイデオロギー的にも問題がある、という危険をはらむことにもなりかねない。ロナルド・A・ノックスがその有名な「探偵小説十戒」において、「物語に中国人を登場させてはならない」と述べていたのを想起しておいてもいいだろう。[7]

しかしながら、『マルタの鷹』はそうした一般論に回収されるような通常の冒険小説／探偵小説ではない。そもそもその主人公は、小説冒頭で「金髪の悪魔」と呼ばれるキャラクターなのだ。パートナーの配偶者を平気な顔で寝取り、パートナーの死にも心を動かされる様子を見せない、といった例をここであらためて列挙する必要はないだろう。なるほどグレラの示唆するように、財宝について知っている「ヨーロッパ人」との対比は、「無知＝無垢」の「アメリカ人」としてスペードを位置づけるように見えるかもしれない。だが、これまで見てきたようなカイロやブリジッドとのやり取りは、虚々実々の「騙し合い」こそ彼がプロの探偵として従事する仕事＝ゲームであることを前景化してきたはずである。

第一一章におけるガットマンとの会見も、同様の観点から理解することができるだろう。ガットマンは（ブリジッドと同じように）「信頼」（あるいは「信頼できない」）という言葉を頻繁に口にするのだが、これはもちろん彼自身が信頼できない人物であることを露呈させるものである。例えば、「お口は堅いでしょうか」と訊ね、スペードの「話すのは好きでしてね」という返答に対して、「ますます結構！……口が堅い人は信用できませんからな」などと調子を合わせるところなどを見ておくだけで十分だろう（四八一）。[8] だが、スペードにしたところで、軽々に信頼できるような人間ではないのは明白である。実際、この章における彼の激昂にしても、かなりの程度は交渉のための「演技」だったことが、次章の冒頭で明らかにされるのだから（四八八）。

イノセントでは生きていけない――ハードでなくては生きていけない――探偵は、それゆえに「腐敗」を彼自身も身に纏う存在となる。「ヨーロッパ」との対比という文脈で歴史化していえば、第一次大戦とその後のバブル期を経たアメリカは、ヨーロッパと十分拮抗できるほどに「成熟＝腐敗」しているのだし、そもそも探偵小説というジャンルが隆盛する一つの条件は、市民社会が十分に成熟＝腐敗していることにあるとさえ考えられる（論証する余裕はないが、イギリスの十九世紀末は、アメリカの一九二〇年代に対応する時代のように思われる）。小説が時代を映す鏡であるとすれば、スペードの身に染みついた「ハード」な振る舞いは、当時の「アメリカ」には「ヨーロッパ」的な亀裂がどうしようもなく入っていることの証左と見なすべきだろう。

だが、話はここで終わらない。そうしたスペードの「ハード」な振る舞いを、本稿はこれまで「鎧」や「仮面」と呼んできたわけだが、それは取りも直さず「鎧」や「仮面」の下には「ソフト」な「イノセンス」がある（かもしれない）ことを含意するはずだからであり、ハードボイルド小説が典型的に「アメリカ」的なジャンルである必然性の一つはここにある。ただし、反復を厭わず注意しておけば、「アメリカ＝イノセンス」という等式は、決して安定したものではない。「ソフト」な「イノセンス」の存在は、「ハード」な「仮面」によってのみ担保されるのであり、それは「仮面」を外すことが許されないという条件から遡及的に、しかもあくまでも可能性として、見出されるものに過ぎない。そしてそれが夢見られた「可能性」に過ぎないからこそ、「アメリカ」的な「イノセンス」は「失われたもの」として発見されるのだ。

そうであるとすれば、「黒い鳥」は、「アメリカ」が腐敗した「ヨーロッパ」を打ち倒すことにより回復すべき「イノセンス」の象徴であるといっていいかもしれない。しかしそのように理解する上で意識しておかねばならないのは、「イノセンス」を取り戻すためには「腐敗」を身に纏わねばならないというアイロニーである。このアイロニーが根底に据えられているからこそ、『マルタの鷹』というアメリカ小説は、ヨーロッパ（人）を「敵」として固定化するためにネガティヴなステレオタイプ的イメージを与えるという低俗な想像力のあり方を、超越するばかりか脱構築さえする水準で書かれたテクストとなっているのである（事実、「失われたイノセンスの回復」という問題は、それ自体としてはアメリカに限定されるものではないはずだ）。

このように考えてくると、先にガットマンの不健康なほどに巨大な体躯を「物質世界」へのオブセッションとする見解について触れたが、その欲望の世俗性（すなわち、それが「腐敗」した欲望であること）をむやみに強調するべきではないだろう。というのは、右の議論でも示唆してきたように、この物語で「問題」となっている「黒い鳥」という「財宝」は、その金銭的・物質的価値より、むしろ観念的・抽象的価値に重きが置かれていると見なすべき「もの」だからである。

第九章に関する議論で「黒い鳥」が「ファリック・シンボル」であることは述べておいたが、本章においてもスペードとガットマンのやり取りを通して物語が焦点化するのは、彫像の世俗的価値——

一万ドルであろうが一万ポンドであろうが（四八四）——というより、それがいったい「何」なのかという点である。すなわち、「問題」となっているのは「交換価値」というよりも、その（交換不可能な）「本質」なのだ。なるほど、ガットマンは「ビジネス」（四八二）を始めるにあたって「あの黒い鳥がいくらになるか、お考えはありますか」と交渉相手に訊ねるのだが（四八三）、世界で自分だけがその正体を知っていると叫ぶ彼が「言葉で表せない幸福の表情」を浮かべる姿は（四八四）、このシンボリックなファースト・ネームを持つ人物が「宝」に向ける欲望が、[9] フェティシズム的な（ファルスの代用物に向けられる）ものであることを示しているといっていい。

彫像のファリック・シンボルとしての性質については、とりわけファム・ファタールとの関係性においてさらなる考察を必要とするだろうが、第一一章の文脈で注意しておきたい点として、スペードを尾行していた若い男がガットマンの「危険なペニス」と評されるということがある。[10] この指摘が興味深いのは、この「拳銃使い」がガットマンに「欠落」しているものを埋め合わせる「ファルス」的な存在であると考えるときに、ガットマンが求める「黒い鳥」の象徴性を高めるからである。そしてまた、その拳銃使い自身が、しばしば指摘されるように、まさしく「拳銃」によって「欠落」を埋めようとする人物に見えることも、[11] この小説の「ファルス」をめぐる物語としての印象を補強するように思われる。

この拳銃使いに「欠落」しているものは、やはりしばしば指摘されてきたように、一義的には「男らしさ」と考えていいだろう。この小説において、ファルスという「主体」の構造上の問題が、ジェンダーの問題へと広げられ、接続されることになるのは、かなりの程度この人物の存在によるものだといっていい。第一〇章におけるホテルのロビーでの場面が示すように、小柄で色白で髭も薄く、誰とも決して目を合わせようとしないこの若者は、おそらくはそうした「非男性的」な特徴を持つがゆえに、過剰に「マッチョ」に振る舞おうとする。それはもちろん彼をスペードと衝突させ、探偵の「男らしさ」を引き立てるわけだ。

スペードの「男らしさ」が他の男性人物との対比によって引き立てられることについては、第五章に関する議論で主としてカイロを例に考えておいたが、そこでの論点はこの拳銃使いに対するスペードの「余裕」ある態度から、あらためて確認されるだろう。第一〇章における初対面の場面、スペードは一貫して拳銃使いを子供扱いする。例えば、ホテル付き探偵のルークに対して、若者が「道具で服を膨らませている」と指摘するスペードは（四七二）、拳銃をファルスの代わりにしようという努力をからかっていると解釈できるだろう。[12] また、第五章との関係でいえば、第一一章でスペードが若者を「稚児（"gunsel"）」はもちろん（四八六）、"punk"という「同性愛者の相手をする少年」という意味も持つ語で呼んでいることに触れておいてもいいかもしれない（四八五）。

念のために述べておけば、こうした"gunsel"や"punk"といった語が出てくるためか、多くの論者達はこの若者を同性愛者と見なしてしまうのだが、[13] リチャード・レイマンがいうように、彼が同性愛者であることを示す証拠はスペードの言葉以外にはほとんどない。[14] また、ダンディをポルハウスの「彼氏」と呼んでいたのを再び思い出しておけば（四〇六）、スペードがある人物を同性愛者と呼ぶのは、何よりもまず軽蔑を表す挑発的な行為であることも、明らかであるといっていいはずだ。もちろん、第五章に関する議論でも述べたように、同性愛者を軽蔑の対象とするのは（スペードが）時代のイデオロギーを免れていないことを意味するが、ここまで読んできた段階で付言しておけば、拳銃使いを同性愛者と呼ぶポイントの一つは、「ラベル」を貼ること自体にある。第一〇章におけるスペードと拳銃使いの会話においてスペードが優位に立っていると感じられるのは、例えば若者の言葉遣いから彼を「タイプ化」できているためだという、ある批評家の示唆は説得的だろう。[15]

いずれにしても、若い拳銃使いとの「対比」という当面の文脈においては、スペードの「男らしさ」が、「手」よりも「口」によって(という「余裕」として)まず発揮される点を、彼が拳銃を携行しないという事実(四〇四)とあわせて確認しておけばいい。『マルタの鷹』を読めば、ハードボイルド探偵の特徴の一つがその「へらず口(wisecrack)」にあることが必然性として理解できるはずである——結局のところ、すぐに拳銃を振りかざしてしまうのは「男らしさ」ではなく、むしろ「去勢不安」の証なのだ。

このようにして、カイロにしても、拳銃使いにしても、あるいは拳銃使いを必要とするガットマンを含めてもよいだろうが、男性人物達はスペードの「男らしさ」を引き立てることに寄与する。[16] わかりやすく「ライバル」となってくれる男を相手にしている限り、スペードの「男らしさ」はまことに安定しているのだ。しかしこの「安定」が、彼が「ハード」に振る舞うことの謂でもあるのだとすれば、その「仮面」が覆っている(かもしれない)「ソフト」な「イノセンス」の回復を期待する読者としては、主人公の活躍を喜びながらも、やはり一抹の不安を感じさせられるというべきかもしれない。そしてその「不安」は、スペードが「敵」を追い詰めていく物語後半において、つのっていくはずである。

〔1〕 Gores, "Dashiell Hammett" 130.
〔2〕 Hall 232–33.
〔3〕 George Grella, "The Wings of the Falcon and the Maltese Dove," *A Question of Quality: Popularity and Value in Modern Creative Writing*, ed. Louis Filler（Bowling Green: Bowling Green U Popular P, 1976）111. なお、ハメットが『マルタの鷹』をジェイムズの『鳩の翼』（一九〇二）の影響のもとで書いたと述べたこともよく知られたエピソードである。James Thurber, *Lanterns and Lances*（New York: Time, 1962）77. この点については、Layman, The Maltese Falcon 74–75, 別府恵子「ハードボイルド探偵小説と真理の探究——二〇世紀タフ・ガイたちの世界」『探偵小説と多元文化社会』（別府恵子編、英宝社、一九九九年）九七–九八頁などを参照。
〔4〕 もちろんそれだけでは彼の国籍を特定することにはならないが、おそらくは第一三章でガットマンがロンドンにいたと語っているために（五〇一）、ある（自費出版と思われる）パロディ小説では、ガットマンにあたる人物はロンドンで骨董品の輸入をおこなっているという名刺を主人公に渡す場面が描かれている。Peter E. Abresch, *The Faltese Malcom: The Story of the Second Maltese Falcon*（N.p.: n.p., 2008）171.
〔5〕 この点に関する優れた論考としては、例えば Paul Giles, *Virtual Americas: Transnational Fictions and the Transatlantic Imaginary*（Durham: Duke UP, 2002）を参照。
〔6〕 カイロによって紹介されるため、「黒い鳥」の影像が最初からエキゾティックなイメージを与えられていることについては、Douglas Torgerson, "The Image of the Maltese Falcon: Reconsidering an American Icon," *European Journal of American Culture* 26.3（2007）: 210 を参照。
〔7〕 Ronald A. Knox, "A Detective Story Decalogue," Haycraft, *The Art of the Mystery Story*, 195.
〔8〕 Symons 64 を参照。もちろん、スペードの返答が「秘密は守りますよ」というようなものであったと

しても、「ますます結構！」だったと思われる。

〔9〕“Casper”は古期フランス語の“Jasper”の派生語で、“the lord of the treasure”を意味する。Gregory 193n1を参照。また、「カスパール（Casper）」は「東方の三博士」の一人でもあり（W. Miller 93）、死の象徴として老人の姿をしているとされる。

〔10〕Bauer, et. al. 285.

〔11〕例えば、James Shokoff, “The Feminine Ideal in the Masculine Private Eye,” *Clues* 14.2 (1993): 59を参照。

〔12〕David J. Herman, “Finding Out about Gender in Hammett's Detective Fiction: Generic Constraints or Transcendental Norms?” *The Critical Response to Dashiell Hammett*, ed. Christopher Metress (Westport, CT: Greenwood P, 1994) 206.

〔13〕例えば、『ダシール・ハメット・コンパニオン』という「事典」的な書物においてさえ、彼とカイロの同性愛関係が事実であるかのように記述されている。Robert L. Gale, *A Dashiell Hammett Companion* (Westport, CT: Greenwood P, 2000) 33, 44. あるいは、“gunsel”という語に注目して、彼とガットマンが同性愛関係にあると示唆する論もある。Ralph Willett, *The Naked City: Urban Crime Fiction in the USA* (Manchester: Manchester UP, 1996) 38. いずれも根拠に乏しい憶測に過ぎないというべきだろう。

〔14〕Layman, The Maltese Falcon 25.

〔15〕Hall 232.

〔16〕Seals 76.

# 第一二講（第一二章）

# Merry-Go-Round

第一二章は、「メリーゴーラウンド」というタイトルに相応しく、スペードがガットマンの部屋を出てきたところに始まり、そこに戻ってくるところで終わる。こうした円環構造をハメットが得意とすること自体については他の章（例えば第二章や第五章）からも確認されるのだが、今回の処置には特に目を惹くところがあるかもしれない。というのは、その前後、第一一章と第一三章におけるスペードとガットマンの関係は、それだけを取り出してみれば変化がないように思われるためである。問題の「黒い鳥」とはいったい何であるのかという話が、結局第一三章ですぐに再開・継続されるのであれば、ハメットはどうして第一一章においていったんスペードとガットマンを決裂させたのだろうか。

この疑問に対しては、前回の議論が部分的には解答となっている。すなわち、その「決裂」によって、ガットマンというライバルの一筋縄ではいかない様子を、そしてスペード自身がそうした強敵と渡り合うためにハードな「演技」をする姿を示すためである。だが今回の範囲で強調しておきたいのは、わざわざこうした構成をとること、つまりスペードとガットマンの交渉をいわば「二幕構成」にすることによって、ハメットが第一二章を「インタールード」的に書きこんでおきたかったのがよくわかるということである。

従来の批評は、この「インタールード」の章で提示される出来事を、ほとんど取り上げてこなかった。だが、ストーリーを一本調子に進めるだけでは、「物語」は「小説」にはならないのであり、そう考えてみれば、まさにそうした看過されやすい箇所を検討してみることで、ハメットの小説家としての実力ないし地力といったものがよく理解できるのではないかとも思われる。そこで以下の議論においては、優れたストーリーテラーがあえて挿入した本章が、どのような効果を生んでいるのかを見ていきたい。

このような観点から最初に考えておきたいのは、読者は第一二章を読みつつも、第一一章から（第一三章にかけて）のストーリーを絶えず意識させられていることである。スペード自身が交渉の期限を夕方までと指定したこともあり、ガットマンとのやり取りがどうなるのかというサスペンスが、第一二章のエピソードにはつきまとうのだ。ブリジッドが姿を消してしまうのはそのようなときなのであり、したがって、「サスペンス」の相乗効果的な高まりとともに、読者は次章に進むわけである。ガットマンとの交渉をスペードという一介の探偵が互角（以上）に進められる理由があるとすれば、それは「黒い鳥」の所在を知る人物の身柄を確保していること以外にはない。ブリジッドを失ってしまったとライバルに気取られるような真似をスペードがするはずはないにしても、ガットマンとの二度目の会見に臨む彼が窮地に陥っているのは明白だろう。

このようにして第一二章を囲む「サスペンス」という「大枠」を整理すると目につくのは、ここにきてスペードの「活躍」に、ほとんど「変調」といっていいほどの翳りが出てしまっていることである。同日の朝、第一〇章における大活躍を想起してみれば、状況の急速な悪化は瞭然としているだろう。ブリジッドが家に来ていないというエフィの言葉を聞いたスペードが、動揺して思わず彼女にあたり散らす姿などは、それまでの余裕ある態度とは著しく対照的である（四九二）。

ここで指摘しておきたいのは、こうした状況の暗転が、一方では相手（ブリジッドであれ、あるいは次章を含めればさらにはっきりとするように、ガットマンであれ）の「したたかさ」によってもたらされているとしても、他方においては、明らかに探偵自身の「失態」によることである。端的にいって、スペードがタクシーを途中で降りず、ブリジッドをエフィの家まで送り届けていれば、こうした事態にはなり得なかったのだ。[1] 確かにアップタウンにあるエフィの家まではそれなりの距離があり（四九三）、[2] しかも「G」からの電話を待つスペードとしてはオフィスをあまり長くは留守にしておきたくなかったのかもしれないが、手間を省いて大切な手駒を失ってしまったのは、油断ないし慢心から生じた「凡ミス」とひとまずはいわざるを得ないはずである。おそらくはスペード自身もそれを痛感しているからこそ、「くそっ、ちゃんと仕事をしようじゃないか」（四九二）と、"let's" という表現を用いて（通常の秘書業務の範囲を超える仕事をきちんとこなしていた）エフィにやつあたりをして出て行ったあとで、すぐに戻ってきて彼女に詫びているのだと思われる。

ただし、というべきか、このようにして探偵がミスを犯してしまい、予期せぬ展開に狼狽するというのは、ホームズや二十世紀のいわゆる「名探偵」達にはほとんど見られない姿である一方、ハメットの探偵達にはむしろ特徴的な事態であるといっていい（例えば、『赤い収穫』においてダイナ・ブランドが殺されてしまうのは、明らかにオプの失態である）。[3] これはもちろん、ハメットが探偵小説に導入した「リアリティ」の、わかりやすい例の一つだろう。ハードボイルド探偵は無謬の「機械」や「超人」といったものではなく、いつでも過ちを犯し得る「人間」なのだ。伝統的探偵小説においては驚くのは「ワトソン」に任されているが、これは「ワトソン」という「装置」によって、探偵が——理性と感情の両面において——あらかじめ守られているということでもある。だとすれば、「ワトソン」を持たないハードボイルド探偵が、物語がドラマティックに展開されるときに驚くはめになるのは、ほとんど必然といっていいだろう。

第一二章という「インタールード」で起こっている「変調」は、物語をその中盤に相応しく「サスペンスフル」で「ドラマティック」なものとするために、スペードの「人間的」な過失（の結果）を顕在化させている——こう整理した上で目を向けてみたくなるのは、そうした雲行きの怪しさを感じさせる章に、弁護士シド・ワイズとの会話が埋め込まれるようにして描かれていることである。このエピソードは分量としても第一二章のおよそ五分の二を占めるものであり、簡単に読み飛ばすわけにはいかないだろう。それは物語の「本筋」に直接の関係がないように見えても——あるいは、ないように見えるからこそ——この「挿入章」の役割を考える上で重要と思えるのである。

スペードという「金髪の悪魔」が単純な「正義の味方」などではなく、その善悪が判然としないことを示す例についてはこれまでも繰り返し見てきたが、今回のワイズとのやり取りほど、その点があからさまに「問題」となっているケースもなかっただろう。すぐに想起されるのは、「いったいぜんたい何のために、［アイヴァを］おまえのところに寄こしたと思っているんだ」（四八九）と、アイヴァが話した内容を教えるようにワイズに命ずる場面である。これはスペードが圧倒的に「ハードな策士」であるとあらためて鮮烈に印象づけるシーンだといえようが（実際、ワイズに話すようにというアイヴァへの「助言」の真意を、前章の段階で察した読者はほとんどいないはずである）、こうしてスペードは弁護士の守秘義務を正面から蹂躙するのだ。

ここでのスペードは、例えばカイロ（やブリジッド）のような犯罪者からの依頼を受けるといったものとは、性質を異にする行動をとっているといわねばならない。そもそも犯罪者達を相手にするときのスペードは、自分なりの目的を遂行するためにとりあえず話を合わせているだけのようにも見えるし、だからこそ第四章においては、自分の行為が危ない橋を渡っていても「法」に触れないようにと、リスク回避のためにワイズの事務所を訪問したわけである。だが、アイヴァの話をワイズに漏洩させるというのは——とりわけアーチャーの死にアイヴァが関わっているとスペードが考えていないように思われるために(アイヴァが事件当夜にアーチャーを尾行していたとは、スペードも考えていなかった[四八九])——正当化が可能のようには思えない。しかも、ここで「法」を犯すことになるのは、スペード自身というよりも、弁護士の方なのである。

なるほど、いつも疲れた顔をしているこの弁護士には、いささか後ろ暗いところがあるように感じられなくもない。けれども、そうしたネガティヴな印象はかなりの程度、「あんたみたいな依頼人がもう一人でもいたら、……サナトリウムかサン・クエンティン行きということになっちまうよ」というワイズの言葉に対する、「そのときには、依頼人のほとんどがご一緒するだろうさ」というスペードのシニカルな返答などから生じているはずだ(四八九)。実際には、その社名(Wise, Merican & Wise)から(おそらくは父親を含む)二人の共同経営者を持つと推測される弁護士が、[4] 危険な橋を渡らせる依頼人をスペード以外に何人も抱えこんでいる可能性は、さほど高くはないというべきだろう。むしろ、「サミー」という愛称で呼んでいることからも推されるように、ワイズにとってスペードは「個人的」に便宜をはかっている「例外的」な依頼人であり、彼はスペードのことを「友人」——あるいは、少なくともそれに近い存在——として考えているのではないだろうか。

このように考えてくると、この章におけるスペードのワイズに対する扱いが、いかにも「非情」なものに感じられることになる。例えば右にあげた会話にしても、ワイズの言葉がスペードは自分にとって「特別」な存在であることを含意しているのに対し、スペードはあくまで自分は彼の依頼人の一人に過ぎないと返答し、「個人的」な関係性を切り捨てているように読めるはずだ。こうした相互認識の「ズレ」を鮮明に前景化するのは――あるいは、こうした認識の「ズレ」が鮮明に前景化するのは――スペードがワイズを信頼していないという事実である。彼は弁護士の話を聞いても、それが自分に聞かせるためにアイヴァと共謀して作った話なのではないかと疑うのだし、「知らない人間のために、やたらと小切手を換金してやったりはしないものだろう」というワイズの言葉――これも、自分にとっては「知らない人間」ではないスペードとの「個人的」な関係性に訴える、いわば「情的」な発言である――を聞いても（四九〇）、まったく安心した様子を見せないのだ。

そして極めつけが、次の場面である。こうしたシーンを描くことにかけて、ハメットの右に出るハードボイルド作家はいないだろう。

……「それでも、あんたは信じないっていうのか」

スペードは、唇から煙草を引き抜いた。「信じるも信じないもないぜ、シド。それについちゃ、俺はまったく何も知らないんだからな」

歪んだ笑みで、弁護士の口がねじ曲がった。彼はうんざりしたように肩を動かしていった。「ああ、そうだよ――俺はあんたを売るってわけだ。正直な弁護士を――あんたが信頼できるやつを

――雇ったらいいじゃないか」

「そいつは死んでるさ」スペードは立ち上がり、ワイズに向けて嘲るようにいった。「気に障ったようだな。考えが足りなかったよ――これからはおまえにも忘れずに礼儀正しくしないとな。俺が何をしたっていうんだ。入ってくるときに、跪くのを忘れたっていうのか」　（四九一）

短くはあっても即座には内容が飲みこめない――前回の話を想起すれば、それこそジェイムズ的とさえいいいたくなるような――やり取りかもしれないが、ゆっくり考えてみよう。

まず、聞いた話について「それで通るだろうな」というスペードの反応に対して（四九一）、ワイズがまだ疑うところがあるのかと訊ねているのは、自分が知らない事実があるのかもしれないと思ってのことだろう。だが、それに対してスペードは、「信じるも信じないもない」と答える。つまり、単に自分がその話を完全には信じていないというのではなく、そもそも自分とワイズとの会話自体を「なかったこと」にするというのだ。すなわち、ワイズが誰かに（アイヴァに、あるいは場合によっては警察に）この会話について話したとしても――スペードを「売る」ような真似をしたとしても――自分はしらを切ると宣言しているのである。

このあからさまに「非情」な言葉を聞いたワイズは、自分がスペードに信頼されていないとわかって傷つき、それならば「信用できる弁護士」を見つければいいではないかと文句をいう（いったん「正直な弁護士」と口にしてからいい換えているのは、自意識の混じった皮肉だろう）。ワイズの憤懣は、彼が弁護士としての職業倫理に背いてまでスペードに「個人的」に便宜をはかってやっているのを思えば、十分理解できるものだろう。しかしそれに対して、スペードはとどめを刺すようにして、信用できる弁護士などいない――信用できる弁護士は、死んだ弁護士だけ――という。この言葉がどうにも「非情」に思われるのは、それがワイズを信用しないというだけでなく、ワイズとの「個人的」な関係自体を否認してしまうものだからである。もっとも、「これからはおまえにも忘れずに礼儀正しくしないとな」という最後の言葉を一応の「フォロー」と見なすことは可能だろうが、これもまた厭味という形を取っており、ワイズという「個人」への配慮であるとまではいえないだろう。そもそも「礼儀正しく」振る舞わなかったためにワイズが傷ついたわけではないのだから、これは問題のすり替えといってもよく、むしろスペードの「非情」なスタイルが、ワイズの「感情」を無視して最後まで押し通されていると考えるべきだろう。

このようにして、ワイズとのやり取りは、読者にスペードの「ハード」なところを存分に見せつける。ある批評家が指摘するように、こうしたスペードの「シニシズム」と「懐疑主義」は、アメリカ人のいわゆる「セルフメイド・マン」としての性格を反映するものといえるのかもしれない。自分のことは自分でやらなくてはならないという信念は、それゆえに皆が自己の利益を優先させるのであれば、信じられるのは自分以外にはいないという結論になるためである。[5] 前回の議論を思い出した上でいえば、狡猾な「ヨーロッパ」を相手にするには、「アメリカ」の探偵はこのくらい「ハード」でなくてはならないということになるだろうか。その点においては、このエピソードがガットマンとの交渉の「幕間」に据えられているのは、いかにも適切であるように思われる。

だが、それにしても、ここでのスペードの振る舞いは、あまりといえばあまりに……という感じがするのではないだろうか。アイヴァは彼の愛人であり、ワイズは彼の弁護士なのだ。その二人が共謀して自分を騙そうとしているといった考えは、疑心暗鬼に囚われているにもほどがあり、被害妄想に近いという印象さえ与えるのではないだろうか。スペードが他人の中に思わず見てしまう策謀は、もちろん自己投影（自分ならばどうするかというシミュレーション）の結果に他ならないだろうが、そうであるとすれば、彼の懐疑主義はほとんど自縄自縛であり、そこには出口があり得ない。例えば、スペードがワイズを信用できないのは、まさしく彼自身がワイズに「法」を犯させているためでもあるとすれば、ワイズが彼の「信用」を得るなど原理的に不可能ということになるはずだ。

このように見てくると、スペードの過剰に「ハード」な振る舞いには、やはりペーソスがまとわりついているように思えてくる。ワイズの「個人的」なアプローチを拒絶してしまう「ハード」な姿を裏返せば、誰のことも信頼できないという、孤独な人間像が浮かび上がってしまうのだ。ただし、ここで想起しておかねばならない人物が二人おり、その一人はいうまでもなくエフィである。スペードがエフィにやつあたりをする場面は、第一二章における「雲行きの怪しさ」を象徴するものであるが、既に述べたように、彼は結局彼女に謝罪することになる。このエピソードは、スペードが他人の気持ちを慮っているという点において極めて例外的なものであり、しかもその謝罪に対してエフィが気丈な軽口で答えるために、二人の深い信頼関係が読者に伝わるものになっている。これがワイズとのエピソード（そこではワイズを傷つけたままで終わる）と並置されているのは偶然ではないだろう。

そしてもう一人は——これもいうまでもなく——ブリジッドである。今回の議論の文脈で強調しておきたいのは、このファム・ファタールによるアプローチが、スペードを「個人」として懐柔しようというものだった点である。ベッドをともにしたのがそうした懐柔策の最もわかりやすい例だろうが、同様にして注目しておきたいのは、最初期の「あなた以外に頼れる人がいないのです」という嘆願や、以後の「あなたみたいな人、見たことがないわ」といった言葉を通して、ブリジッドがスペードを一貫して「特別な存在」として、つまり「探偵」と「依頼人」という関係を超えるような「個人的」な関係性において扱おうとしてきたことである。

ワイズに対してあくまで「依頼人」として接するスペードの「非情」な姿は、ブリジッドという「依頼人」が取り結ぼうとしてくるような「個人的」な関係など、彼にとっては幻想に過ぎないことを示唆するように思えるし、実際、スペードのブリジッドに対するこれまでの態度にしても、基本的には彼女を一人の「客」として——報酬を与えてくれる相手として——遇しようとするものであっただろう。だが、これまでの議論で繰り返し指摘してきた点の一つは、スペードのブリジッドに対する「ハード」な扱いには、「ソフト」な「心」の問題がどうしようもなく入りこんでしまっているように思われるということだった。

そのような観点からすると、スペードがブリジッドを失ってしまうという第一二章における「失態」には、単なる「人間的」な「凡ミス」である以上の問題が潜んでいる。詳しく見てきたように、ワイズとのエピソードは、スペードが過剰なまでに強い猜疑心の持ち主であることを前景化するものであった。そのような人物が、いよいよ一件のキーパーソンとの交渉に臨む重要なときに、貴重な手駒をみすみす逃してしまうという「凡ミス」を犯すのは、本来であれば絶対にあり得ないはずである。だが、その「あり得ない」事態が起こってしまった——その原因を、先では「油断」や「慢心」と呼んでおいたわけだが、それは取りも直さず、彼がブリジッドに対して十分に「猜疑心」を発揮していなかったということでもあるはずだ。言葉を換えていえば、スペードは十分に「非情」ではなかったのであり、つまりはブリジッドのことを、心のどこかで信じてしまっていた——信じたいと思ってしまっていた——のである。

念のために付言しておけば、スペードがブリジッドを信じてしまっていたことを示すために、ハメットがスペードにミスを犯させたといいたいわけではない。そうではなく、スペードの「ハードボイルド探偵」らしくもない失態について考えてみたときに、それがこれまで積み上げられてきたスペードとブリジッドの関係と、整合性を持つことが重要なのである。こうした「整合性」は——それがスペードのワイズやエフィ、そしてアイヴァといった他の人物達との関係においても保たれていることは、ここであらためて強調するまでもないだろうが——『マルタの鷹』のストーリーとキャラクター造型に同時に(つまり、互いを補強しつつ)説得性を与えるのであり、その「説得性」が小説のリアリティを支えるのである。第一二章は、ガットマンに会い、「黒い鳥」をめぐる「謎」の核心に踏みこんでいこうとするスペードの足下が、いささかぐらついているところを示すものだった。だが、その「ぐらつき」を描くハメットの筆致は、優れて安定したものだったといっていいだろう。

〔1〕 あるいはまた、ブリジッドがタクシーを「フェリー・ビルディング」で降りたと知りながら、『コール』紙の「船舶」の欄に注目できなかったことも、スペードがこの章で犯しているミスの一つに数え得るかも

しれない。W. Miller 96を参照。

〔2〕しかし、スペードがタクシーを降りた場所（コロネットのすぐ近くである）からは、エフィの家まではせいぜい五キロ程度であると思われる。

〔3〕Vince Emery, ed. *Lost Stories*, by Dashiell Hammett (San Francisco: Vince Emery, 2005) 85.

〔4〕巻末の語注423.32を参照。ワイズが「三代目」の所長であれば、その事務所は「歴史」があるところということにもなる。

〔5〕Berger 116.

『マルタの鷹』のスペイン語版
(Alianza Editorial, 1993)

# 第一三講（第一三章）

# The Emperor's Gift

第一三章はガットマンの独壇場である。スペードを再びホテルに招き、「黒い鳥」をめぐる歴史を詳しく語りつつ酒を何杯か振る舞い、探偵が「宝」を提供するのにまだ二日ほどかかると確認した上で一服盛るという手並みは、主人公に肩入れする読者の立場からしても、敵ながら見事なものといわねばならないだろう。後に判明するように、スペードが口にした「黒い鳥」をガットマンに見せるには二日ほど要するという話は(五〇三)、ガットマンにとっては彫像が現在どこにあるのかを示す重要な手がかりとなるのだが、それはすなわちガットマンがスペードには見えていないものを見ていることを意味する。したがって、ここでのガットマンはスペードを出し抜くべくして出し抜いたといっていいし、そうした印象は、前回の「インタールード」の章でスペードがほとんど何も建設的なことをなし得なかったのに対し、ガットマンがその時間を有効に——例えば、必要となれば一服盛るための準備に——活用し得たと考えてみれば、さらに強まるはずである。

しかしながら、第一三章をガットマンの「独壇場」とするのは、彼がスペードのライバルとしての手腕を遺憾なく発揮してみせることよりもむしろ、本書のタイトルになっている財宝に関する彼の長く、そして熱い語りだろう。いささか長くなるが、『マルタの鷹』の起源についての説明は、やはり引用しておきたい。

……「[ヨハネ騎士団は] 財宝に埋まっていたのです。とても想像できますまい。それは、誰にも想像できないほどのものでした。何年ものあいだ、彼らはサラセン人を食い物にしており、誰にもわからないほどの宝石、貴金属、絹、象牙を――東洋の宝の中でもまさしく最高のものを――略奪しておりました。それが歴史なのですよ。周知のように、彼らにとっての聖戦とは、テンプル騎士団の場合と同じく、もっぱら略奪行為だったわけです。

「さて、それでですが、皇帝カールは彼らにマルタ島を与え、賃貸料としては、単に形式上、毎年一羽の鳥というつまらないものを要求しただけでした。計り知れないほどの富を持っていた騎士団が、何とかして感謝の意を示そうと考えたのは、至極当然だったでしょう。で、まさしくそうしたわけですが、うまいことを思いついたのです。皇帝に贈る最初の年の貢ぎ物を、つまらない生身の鳥などではなく、宝物庫の中から選び抜かれた宝石で頭から爪先まで覆った、素晴らしい黄金の鷹を贈ることにしたのです。しかも――よろしいですか――彼らの持つ宝石は極上の、アジアにおける最高のものだったのですよ」……（四九八―九九）

こうした勢いのいい語り口にはガットマンの興奮が感じられるし、語られている内容もそれに見合ったロマンティックなものである――いや、より正確には、この小説において「マルタの鷹」という財宝にロマンティックな「価値」を付与するのは、それを十七年ものあいだ追い求め、何としてでも手に入れると語るガットマンの執念を措いて他にはないとさえいえるはずだ（五〇一）。[1] 前々回の議論（第一一講）で『マルタの鷹』の「冒険小説」的な性格については触れておいたが、ガットマンがスペードの手強いライバルとなるのはまさにそうした文脈においてであることが、本章におけるガットマンの活躍から確認されるといってていいだろう。

ただし、というべきか、このガットマンの熱い語りは、「探偵小説」的にはほとんど「余剰」と見なされるようなものである。実際、ブリジッドがロシア人の将軍ケミドフのもとへ行ったのはガットマンが「エージェント」として派遣したからだという情報を除けば(五〇二)、スペードにとって事件——アーチャーの殺害であれ、「黒い鳥」の捜索であれ、あるいはブリジッドの護衛であれ——の解決に役立つような話はまったく出てこないのだ。そこでたっぷりと語られるのは「マルタの鷹」をめぐる「過去」の「歴史」なのであり、「現在」進行中の物語に関心を持つ読者の立場からすれば、多くの人名と書名を羅列するガットマンの長話などは、読み飛ばしても差し支えがないとさえいえるかもしれない。

だがもちろん、今回の議論において考えなくてはならないのは、そのような「余剰」があえて書きこまれていることの意味である。研究者達が明らかにしてきたように、ガットマンの話に登場する人物や文献はほぼすべて実在するものであり(もっとも、「宝」自体は作者による完全な創作であるようだが)、[2] この事実は、ハメットが「マルタの鷹」の来歴をかなり気合いを入れて書いた何よりの証左だろう。「神は細部に宿る」というよく知られた格言は、とりわけリアリズム小説を読む際には常に心に留めておくべきだが、こうした読み飛ばされても不思議ではないところで発揮されるハメットの丁寧な書きこみぶりは、ガットマンが語るヨハネ騎士団の物語に一定の信憑性を持たせることに寄与するのだし、それゆえに登場人物達が「宝」を追いかけるというロマンティックな筋立ても一定の説得性を獲得するのだ。[3]

ここでガットマンの語る話の「信憑性」や「説得性」を強調するに際して「一定の」という限定表現を用いたのは、聞き手＝主人公がその信憑性について完全に説得されているわけではないためである。上に引用した話を聞いてどう思うかと訊ねられたスペードは「何ともいえないな」(四九九)と答えるのだし、それに続く話を聞いても「信じていないとはいってない」までも「信じていないようにお見えになる」とガットマンにいわれている(五〇一)。この「探偵」による――不信とはいわないまでも――判断の保留は、一つには(既に示唆したように)語られている話が「事件」の「解決」には直接繋がらないものであるためだろう。つまり、それが「事実」であろうとなかろうと、「探偵」にしてみれば、さして重要ではないわけだ。『マルタの鷹』という「探偵小説」にとって「マルタの鷹」の来歴に関する「冒険小説」的な話が「余剰」であることと、スペードという「探偵」がガットマンの話を鵜呑みにしないこととは通底しているのである。

このようにして、ジャンルの「制約」を考えてみると、やや逆説めくのだが、「探偵」という役割がスペードのアイデンティティから切り離しようもないことが確認されてくる。つまり、前章で見たワイズの話に対するスペードの猜疑心を想起すればわかりやすいかもしれないが、ガットマンの「ロマンティック」な話に対して判断を保留するという「リアリスト」的な姿勢は、単なる職業的振る舞い――ジャンルに強制された振る舞い――にとどまらない強度で、スペードという人物の「本質」に即した態度のように思われるということである。逆の観点からいえば、スペードが軽々に「夢」を見ない人間であるからこそ、彼が『マルタの鷹』という「探偵小説」の主人公であることが必然として感じられるのだ。

だが、話はもう少し複雑である。右で指摘した点は、結局のところ、『マルタの鷹』という作品においてはいわば「キャラクター」が「ジャンル」に優先されている——スペードという主人公の性格があってこそ『マルタの鷹』の「探偵小説」性が保持される——ということだった。しかし、まさしく「探偵小説」にとっては余剰であるはずの「冒険小説」的な要素がこれほど丁寧に書きこまれ、一定の説得性を獲得しているという事実（そして、この文脈では当然想起されるはずだが、主人公とヒロインの「恋愛小説」的な要素が作品の主要な関心事となっているという事実）が示すのは、平たい言葉でいえば、我々が読んでいるこの作品が「探偵小説」になるのは決して楽ではないということであり、それはすなわち、主人公にとって「探偵」であるのが決して楽ではないということでもある。

ジャンルとの関連でいえば、この「楽ではない」ところを「小説化」しているところに『マルタの鷹』のメタ探偵小説／ハードボイルド探偵小説としてのあり方が見られるし、そこにこの小説の「批評性＝文学性」を看取することも間違いなく可能である。そしてそのような問題意識を持って読めばなおさら、この小説においてスペードという「キャラクター」には、一人の人物が担うにしては過重なほどの荷が負わされているという他はない。この「探偵小説」が「冒険小説」になってしまうという可能性も、あるいは「恋愛小説」になってしまうという可能性も、あくまでスペードという「探偵」が「個人」として抵抗しなくてはならない「誘惑」という形で現れるのだから。

このように考えてくると、ガットマンが——彼自身があからさまな「敵」としての役割を与えられていようと——スペードにもたらす誘惑は、ブリジッドがもたらすものとよく似ていると気付かされるだろう。ひと言でいってしまえば、彼らは「ロマンティック」な欲望を刺激する存在なのだ。彼らはスペードに「夢」を見るように使嗾する。スペードが身につけている「ハード」な「リアリズム」など、所詮は凡庸な日常と妥協するための仮面に過ぎないのだから、その仮面を取り去って「個人」としての「ソフト」な素顔を曝せばよいではないかと唆すのである。

　ここで精神分析の知見を援用して「現実」との妥協を「去勢」としておくなら、彼らの「誘惑」の性質はさらにわかりやすくなるだろう——彼らはスペードに、常に既に失われているはずの「ファルス」を取り戻し、全能感を回復する機会を与えようといっているのである。第九章や第一一章に関する議論においても示唆してきた点だが、「黒い鳥」が「ファルス」的なものであることは、第一三章におけるガットマンの語りを通してはっきりとしたといえるだろう。

　実際、ガットマンが彫像に対して向ける欲望がフェティッシュなものであることについては、先行研究においても複数の角度から論じられてきている。例えばジャスミン・ヨン・ホールは、作中のどの登場人物よりも詳細に「歴史」が語られるこの物体を、束の間それを手にする（あるいは手にしようとする）人間からアイデンティティを奪うものであると論じているが、[4]これはガットマンという人間が彫像に魂を奪われてしまっているように見える事態を正確にとらえている評言である。ガットマンという人物は、「『マルタの鷹』を追いかけている人間」と呼ぶしかない存在であるのだから、主体（ガットマン）と客体（彫像）との関係は完全に逆転してしまっているといっていい。

　あるいは宮本陽一郎は、ハーリオラス・コンスタンティニデス以降の所有者にとって、彫像の価値は「内在的」なものであり、使用価値とは無関係に「神秘化」されたまま「物神性」において存在すると述べ、その指摘はガットマンにとっては「貨幣」が彫像に結びつく限りにおいて「意味」を持つという卓見を導いている。[5] 確かにスペードとの「交渉」において、ガットマンは彫像の金銭的価値について具体的な数字をいくつかあげはする。だが、二百万ドルという数字を底値として出すポイントは、「それがいくらになるか見当もつかない」ことが「唯一絶対の真実」であるという点を強調することにある。つまり、「金銭」という「世俗的／現実的」な物差しは、彫像の「真価」がそうした尺度を絶対的に超越する崇高な「もの」として存在することを示すために持ち出されているのであり、したがって、高値がいくらになるのかを「推測することはやめておきます」というのも当然だろう（五〇四）。値段を付けてしまえば、他のものと交換されてしまう程度の相対的な価値しかないと認めてしまうことになるからだ。仮にガットマンが首尾よく彫像を手に入れたとしても、それをあっさり売却するなど想像しがたいはずである。

このようにして、ガットマンはまだその目で見てさえいない彫像にフェティッシュな欲望を滾らせるのだが、もちろん正確には、彼の欲望はその対象をまさしく「見てさえいない」ことから生まれているというべきだろう。ラカンがファルスの持つ「力」を「隠されている」ところにあると定義したのはあまりにも有名である。そしてその点において、彫像が黒いエナメルで覆われているというのは、まことに相応しいといわねばならない。ハーリオラスは安全のため、すなわち価値を隠すために彫像にエナメルを塗ったとガットマンはいうのだが（五〇一）、彫像を手にしていない人間達——ガットマンに代表される登場人物達——にとって、事態はまったく逆である。つまり、エナメルこそがその下には超越的な価値が存在するという幻想を成立させているのだ。

そういった観点からすれば、彫像が四百年弱の歴史を持つ財宝であることも、こうした「幻想」を維持するために相応しいと理解されるだろう。彫像の「真価」は、長い「歴史」の中に「隠されて」くれているのだ。したがって、ガットマンが彫像の来歴にオブセッション的な関心を示すというのは、意外ではないどころかほとんど必然でさえある。ガットマンは文献を渉猟し、自分の話は「事実」であると繰り返し強調する（四九九—五〇〇）。なぜかと訊かれれば、ハーリオラスについていっているように（五〇〇—〇一）、彫像が正真正銘の「本物」であると証明されれば、その価値が跳ね上がるためだと彼は答えるかもしれない。だが、ハーリオラスと異なり、ガットマンは彫像を手にしていないのであり、だとすれば「事実」の蒐集は、彼が彫像を追い求めることを正当化する行為として考えるべきだろう。集積された「事実」は、その背後には財宝があるという幻想を強化し、保護してくれるがゆえに、彼の関心を惹きつけるのだ。その意味において、彼が見つける「事実」とは、鷹の像にしっかりと塗られた黒いエナメルと変わらない。

いうまでもなく、「事実」の下の「現実」は、結局のところ、エナメルを剝がれるまでその姿を見せはしない。だとすれば、「事実」の蒐集とは「現実」へ接近する営為などではなく、むしろ「現実」を遠ざけるための手段とさえ見なし得るだろう。「現実」を扱う探偵スペードが、ガットマンの話——繰り返していえば、それは「黒い鳥」の捜索には、ほとんど役に立たない——に懐疑的になっていたのを対比的に想起してみればなおさら、十七年にわたって彫像を探したというガットマンが、その期間（ハーリオラスのもとから奪われた像が、ケミドフの手元にあると判明するまで）の苦労についていっさい語らないのは象徴的に思えてくる。彼が彫像の探索に相当の努力を払わなかったとは考えられないとしても、十七年間の「苦労」を支える妄執は、エナメルを剝ぐというより、むしろそれを厚く塗りたくることに向けられていたというべきではないだろうか。

この小説における「マルタの鷹」という彫像の象徴性をガットマンとの関係で整理した結果、スペードが対処しなくてはならないロマンティックな「夢」の性質がこれまで以上に明らかになったと思うが、厄介なのはもちろん、第九章に関する議論で述べておいたように、そうした「夢」を見たいという欲望が、近代的主体の中に「欠落」として組みこまれていることである。実際、スペードはガットマンの話を、判断を保留こそすれ、まったく信じていないわけではない。次章ではすぐエフィを使いに出してその信憑性を検証するのだから、その「何とかいうもの（dingus）」（五〇三）という神秘化されたファルス——この“dingus”という語が「ペニス」の意味も持つのは、ファルスの回復が「男らしさ」に繋がるこのハードボイルド小説において、おそらく偶然ではないだろう——に対するガットマンの欲望を、追体験し始めているとさえいえるかもしれない。

そうした文脈において最後に触れておくべきは、第一一章に関する議論で考えておいた、スペードの「アメリカ的」な「イノセンス」についてである。そこでは、アメリカの「イノセンス」は決まって「失われたもの」として見出されるものであり、「黒い鳥」は回復すべき「イノセンス」の象徴として見なし得ると述べておいた。この論点は、彫像が「歴史」の中に隠されてきた「過去の遺物」であることを問題としてきた今回の議論によって、補強されたといっていいだろう。

だが、極めて重要なことに、ガットマンの「余剰」的な長話は、彫像が単なる「過去の遺物」にとどまらないことを前景化する。カール五世というしばしば「中世最後の皇帝」と呼ばれる人物に贈られたその財宝は、[6] 輝かしくも「失われた伝統の象徴」であると同時に、[7] 最初にあげた引用箇所でも示唆されているように「旧世界と、その十字軍戦士と海賊の暗い過去」のエンブレムでもあったのだ。[8] このように彫像にアンビヴァレンスが深く刻みこまれていることは、スペードが「イノセンス」を再獲得するためには「腐敗」を身に纏わねばならないという皮肉な逆説と通底しているのみならず、その「逆説」を乗り越えるのがほとんど不可能である――どこにも「イノセンス」などない――ことさえも示唆しているように思われる。

ウィリアム・マーリングは、「宝」を追いかけるガットマン達は「アナクロニズム」的な存在である――職業も持たず、その収入がどこからもたらされるのか説明されないまま、贅沢な暮らしをしているように見える――と指摘している。[9] 時代錯誤とは典型的に「近代的」な概念であると強調しておいた上でいえば、ガットマン達がアナクロニスティックであるのは、彼らが自らのアナクロニズムを意識していないためである。彼らは失われし「宝」を追い求めることに疑問を持たないし、ましてやその「宝」に刻みこまれたアンビヴァレンスを意識などしない。彫像はケミドフのものではないのかというスペードのもっともな疑問に対し、ガットマンは臆面もなく、しっかりと持っている人間こそが所有者に相応しいと答える（五〇二）。「ロマンティック」な「夢」に取り憑かれた彼らは、前近代的な、シンプルな世界の住人なのであり、自意識／社会意識の桎梏に悩む必要などないのだ。

しかし、スペードはそうはいかない。ガットマン達がいわゆる「内面」を持たない「フラット・キャラクター」に設定されているのは、大衆小説ジャンルにおける主人公の敵役としては珍しいことではまったくない。だが、『マルタの鷹』という小説は、そうした悪漢達と対置されるはずの主人公に「金髪の悪魔」という呼称を作品冒頭で与え、アンビヴァレンスを宿命として課していた。もちろんその

「ラベル」には、スペードが彼らと同じ道を辿る――単に「悪魔」として振る舞うという意味ではなく、フラットなキャラクターになってしまうということ――可能性がこめられているのであり、その「可能性」を今回の議論では「誘惑」と呼んできたわけである。

第一三章においては、スペードは敵に出し抜かれた。読者としては当然、次章以降で彼が体勢を立て直して、最終的には敵を打ち負かしてくれるのを期待するだろう。いや、極言してしまえば、その「期待」は決して裏切られないであろうことを、読者は知っているとさえいっていい。しかし――第一一章に関する議論の終わりでも示唆したが――いまとなっては、まさにそれゆえに不安にさせられるのだ。その「勝利」とは、スペードが敵の「誘惑」に乗ってしまった証に他ならないのではないかと心配せざるを得ないのだから。かくして我々は、主人公が敵を倒し、財宝を手にし、そして恋人と結ばれるという「理想的結末」を、もはや「ハッピー・エンディング」として無邪気に受け入れられなくなっている。これは読者の立場からすればジレンマと呼ぶべき事態なのだろうが、もちろんその「ジレンマ」などスペードの――そしてハメットの――困難と比べれば何ほどのものでもないのだから、我々は意識を失ったスペードをしばし見つめながら、先を読み進める覚悟を固めなくてはならない。

〔1〕　W. Miller 99 を参照。

〔2〕　それらを最も包括的に検証したものとして、R. H. Miller, "The Emperor's Gift, or, What Did the Knights Give the Emperor?" Layman, *Discovering* The Maltese Falcon 250–51 を参照。

〔3〕Symons 62を参照。
〔4〕Hall 233.
〔5〕宮本陽一郎「資本主義の黒い鳥——『マルタの鷹』の経済学」『文学アメリカ資本主義』折島正司、平石貴樹、渡辺信二編（南雲堂、一九九三年）二二一—二二、二二八頁。なお、この「内在的価値」という表現は、小説では五〇〇頁に出てくる。
〔6〕塚本哲也「日本語版監修者序文」『カール五世とハプスブルク帝国』ジョセフ・ペレ、遠藤ゆかり訳（創元社、二〇〇二年）三頁。
〔7〕Ross Macdonald, "Ross Macdonald on Hammett," Layman, The Maltese Falcon 42.
〔8〕Wadia 188. 引用箇所で、テンプル騎士団とヨハネ騎士団をガットマンは同様のものとして扱っているが、軍事行動を第一とした前者に対し、後者は常に病院の機能を維持していたという大きな違いがある（橋口倫介『十字軍騎士団』〔講談社学術文庫、一九九四年〕二八八頁などを参照）。だが、その「違い」は、この小説の読者にとってはひとまず「問題」にはならないだろう。
〔9〕Marling, *The American Roman Noir* 139–40.

『マルタの鷹』が最初に掲載された
『ブラック・マスク』誌（1929年9月号）

# 第一四講（第一四章）

# La Paloma

第一四章は、『マルタの鷹』に関する先行研究がほとんど素通りしている章である。実際、ここは比較的平穏な章のように見えるし、ひとまず安心して読めそうにも思える——ガットマンに一杯食わされてしまった翌日の午前中、スペードはいかにも彼らしくというべきか、非常に手際よく振る舞うといっていいだろう。ガットマンが取った行動の意図を的確に把握し、財宝に関する話の信憑性をエフィに確認させながら、カイロの部屋を訪れて事件の手がかりをつかむ。しかもその一方では、ポルハウスに連絡を取ったり、地方検事との会見の約束をしたりするのも抜かりなくやっている。ここではスペードがさしたる「危機」に直面することもなく、第一二章から第一三章で目立っていた「変調」から、いわば「常態」へと復帰するわけだ。

そういった第一四章の位置づけをふまえ、今回はこの「常態への復帰」が持つ意味について考えてみたいのだが、そうするにあたっては、その「復帰」自体がどのように果たされているかということから話を始めたいと思う。そもそもこうした「平穏な章」によって読者に一呼吸おかせるという手続きは、それによってストーリーに緩急を持たせるという意味において、ハメットの小説家としての練度の高まりを感じさせるものだし、[1] また、文学作品を「読む」という営みは、突きつめていえば、この「どのように」の部分を読むことに他ならないはずだからである。

振り返っておくと、第一三章は、スペードがガットマンに薬を盛られて意識を失うという、極めて緊迫した場面で終わっていた。おそらく大方の読者は、スペードが悪漢達の手によって囚われの身となってしまったと推測しながら第一四章へと進んだことだろう。次作の『ガラスの鍵』を先に読んでしまっていたとすれば、ネド・ボーモンという「主人公」が「敵」の一味に監禁され、「用心棒」からサディスティックな拷問を延々と受ける場面を想起させられるところかもしれない。『ブラック・マスク』誌での連載時においては第一三章の終わりをもって「次号に続く」とされていたため、サスペンス（＝宙吊り）の効果はさらに顕著であったことを、付言しておいてもいいだろう。

このように読者の反応をコントロールするところには、ハメットのエンターテインメント作家としての手腕をあらためて確認できるだろうが、読み手を操作すること自体はもちろん「エンターテインメント」作家に特有の技というわけではない。読者を誘導するには、作品ジャンル（それが「〇〇小説」であろうと、一般の「小説」であろうと）への深い理解と、書き手としての鋭い自意識を併せ持っているのが前提条件となるはずである。そうした資質は（少なくとも近代以後の）卓越した小説家にはおそらく共通して見られるものであり、そこにおいては「純文学」と「大衆文学」の区分はまったく意味をなさない。そうした作家が書くものは、それが便宜上「〇〇小説」と呼ばれ、「エンターテインメント作品」と分類されたとしても、いつでも「単なる」エンターテインメント作品から逸脱し得るのである。

エンターテインメント小説の条件としては、読者に「負担」をかけないことがしばしばあげられるが、おそらくより厳密ないい方を（つまり、優れたエンターテインメント小説にあてはまる条件として）すれば、作者の「苦労」が露出しないという点をあげるべきだろう。『マルタの鷹』が第一級のエンターテインメント作品である大きな理由の一つは、ともすればハメットがそれをいとも軽々と書いているように見えることにある。これは『マルタの鷹』の卓越性を「単なる」エンターテインメント作品からの逸脱に求める立場からすれば——実は当然ではあるのだが、それでも——やはり感嘆させられてしまう事実だといっておきたい。

この「講義」においては、『マルタの鷹』という傑作がそうした「逸脱」をどのようにして——いかにも軽々と書いているように見えて、実はひとかたならぬ苦労をして——成し遂げているかを、速度を落として読むことによって様々な角度から繰り返し観察してきたつもりなのだが、ここであらためて強調しておきたいのは、ジャンルの定型を知悉し、読み手の反応をコントロールできるのであれば、読者の（しばしば無意識の）予想を裏切ってみせるのも可能だということである。実際、第一四章は、大方の読者の予想におそらくは反して、スペードが早朝に事務所に戻ってくる場面で始まっているわけだ。

しかし、というべきか、この第一四章の冒頭シーンで喚起されるのは、スペードが無事でよかったという安堵感というよりむしろ、いったい何が起こった／起こっているのだろうかという緊迫感だろう。つまり、前章の結末で生じたサスペンスに、ねじの一ひねりが加えられているのだ。しかも、オフィスのドアの曇りガラスの向こうには灯りがともされているのが見え、サスペンスはさらなる高まりを——作者の苦労などいささかも感じさせないまま——見せることになる。スペードがはたと足を止め、口元を引き締め、周囲を抜かりなく見回してからそっとドアに近づく場面は、この物語における最も「サスペンスフル」なシーンの一つとさえいえるかもしれない。優れた作家の誘導に身を委ねる快楽を味わうためにも、その続きを引用しておこう。

彼は片手をドアノブにかけ、ドアもノブも音をいっさい立てないように気をつけて回した。それ以上動かないところまでノブを回す――ドアには鍵がかかっている。ノブをその状態にしたまま、彼は手を換え、左手でつかんだ。鍵が触れ合って音を立てることがないように注意しつつ、右手でポケットから鍵束を取り出す。オフィスの鍵をよりわけ、残りの鍵は手のひらに握りこみ、鍵穴に差しこむ。このときにも音を立てなかった。彼は足の指の付け根に力を入れてバランスをとり、肺いっぱいに息を吸いこみ、カチリと錠を開けて中へと入った。

エフィ・ペリンが、机の上に投げ出された腕に頭を乗せて眠りこんでいた。コートの上に、スペードの外套をケープのように羽織っている。

スペードはくぐもった笑い声とともに息を吐き出し、後ろのドアを閉めて奥のドアへと向かった。奥のオフィスには誰もいなかった。彼女のところに戻り、肩に手をかけた。（五〇五）

ハメットがここでおこなっている作業を要約すれば、ドアを開けるというだけの動作に一つの段落を使って、スペードという探偵の有能さを読者に見せつけながら、サスペンスを高められるだけ高めておいたあと、眠りこんでいる秘書の姿を提示して、緊張を一気に緩めている――ということになるだろう。こういったダイナミズムを含む文章をたやすく（見えるように）書くハメットの手際は、やはり非凡なものといわねばならない。

さて、このようにして第一四章の冒頭をいささか詳しく見てきたのは、単にハメットの見事な筆遣いを味読するためだけではなく、この箇所が先に触れた本章の位置づけ――「常態への復帰」を示すもの――への導入として、まことに相応しいものとなっていることを示唆したかったためである。つまり、この場面で局所的に提示される緊張感の緩和が、そのまま作品全体の転調に通じているのだ。

そうした文脈においてとりわけ注目に値するのは、この場面に始まる「常態への復帰」が、文字通りに「エフィのもとへの帰還」という形を取っていることである。スペードが警戒に警戒を重ねてドアを開くと、そこで待っていたのは敵ではなく、献身的な秘書だった――第三章や第一〇章に関する議論で検証してきたエフィの重要性は、ここで再び確認されるはずだ。自分が戻ってくるか連絡をするまで事務所にいてくれというスペードの（かっとなって命じたものであり、本人さえ忘れていた）指示を忠実に守り（五〇五）、冬のオフィスで夜を明かしさえする（その上、さらに頼まれて、そのままバークレーまで出かけていきさえする）エフィは、ハードボイルドな「外」の世界から傷ついて帰ってくる主人公を温かく迎える「母」なのである。ハメットが「アンダーステートメント」の技法を活用し、スペードの傷をエフィに（読者よりも先に）気づかせているのは（五〇五―〇六）、もちろん偶然などではあり得ないだろう。

この場面が（あるいはこの章が）象徴的に示しているのは、俗ないい方をしてしまえば、エフィのもとに帰ってこられる限り、スペードは「大丈夫」だということである。探偵の「常態」は、「母」的な秘書の存在によって担保されるのだ。例えばハメットの同時代作家E・S・ガードナーの『掏替えられた顔』（一九三八）において、秘書デラ・ストリートが姿を消してしまったときに、心配のあまりペリー・メイスンがまともに思考できなくなってしまうという事実などを参照しながら、[2] ここに当時のジェンダー力学を再び確認することも当然可能であるだろう。主人公＝探偵の「常態」は、その「男らしさ」と不可分の関係にあるのだから。

エフィのもとへの象徴的帰還を果たしたスペードは、再び冷静にその能力を発揮し始める。まずはエフィとの会話を通してガットマンの意図を整理し、次いで「熟練のインタヴュアーの正確さ」をもって（五〇七）、財宝の歴史をエフィに語り、調査を命じる。それからカイロが滞在しているホテルに赴き、部屋探しをして前日の『コール』紙を見つけ、香港から来た「パロマ号」という船にあたりをつけるといったくだりなどは、この作品における最も「探偵小説的」な流れであるといえるかもしれない。スペードの「推理」ははっきりと言語化されていないが、ブリジッドもカイロもガットマンも前日にパロマ号に行ったに違いないと理解したことには疑いがない。この「理解」はもちろん遅ればせながらのものなのだが（前日の彼は、ブリジッドが「フェリー・ビルディング」でタクシーを降りたという事実を知りながらも、新聞の船舶欄に注目できなかった）、当面の文脈においては、彼が冷静さとともに「遅れ」を取り戻そうとしていると解釈できるだろう。

このようにして、「常態」へと復帰したスペードは、新規まき直しとばかりに冷静さを回復し、主人公らしく事件の核心へと迫っていくという印象を読者に与える。だが、ここで注目されるべきは、まさしくそうした「印象」をハメットが覆してしまうことである。つまり、前日の『コール』紙を確認してパロマ号を怪しいとにらみ、電話をかけて同船の停泊場所もすぐに調べておきながら、スペードはただちにそこへ駆けつけようとはしないのだ。その代わりに、彼はポルハウス、地方検事、そしてワイズといった（「法」に関係する）面々に次々と連絡を取るというように、いわば守りに入って足下を固めるのであり、そのあとは眠たげに煙草をふかしながらエフィの帰りを待つ。こうした態度もまた——あるいはこうした態度こそが——回復された「冷静さ」の発露なのだ。

念のために確認しておけば、問題のパロマ号へと急行しないというのは、スペードの自主的な「選択」である。検事や弁護士に連絡するというのが身を守るために余儀なくとられた受動的行動であると認めるにしても、そのあとの彼はオフィスに座って煙草を吸っているだけなのであり、そのあいだに「現場」にタクシーを飛ばしてみることはもちろん可能だったのだから。というより、そこで現場に足を運ばずに事務所でぐずぐずとしているというのは、むしろ「不自然」な行為でさえあるといっていいはずである。では、スペードはどうしてパロマ号に行かない「選択」をしたのか。

なるほど、ガットマン達は遅くとも前日の夕刻には船に到着していたはずであり、彼らが既にそこから（おそらくは財宝を手にして）去っているとしてもまったく不思議ではない。しかし、バークレーから帰ってきたエフィの話によれば、パロマ号はちょうど炎上しているところだったのであり、それはすなわち、船の所在を確認したスペードがそこに直行していれば、関係者の誰かには会えていた可能性を示唆するだろう。少なくともパロマ号に行きさえすれば何かがわかるという期待が自明のものであった以上、これを単なる結果論と片付けることはできないはずである。

だが、結果論ではないとするなら、これはスペードの「失態」と呼ぶべき事態なのだろうか。スペードの活躍を期待する立場からすれば、答はイエスであるだろう。けれども、そうした無邪気な結論を出そうとすると気づかされるのは、この事態はスペードが「冷静さ」を取り戻したことの帰結としてもたらされているということである。だとすれば、ここには顛倒が生じていると考えなくてはならない。つまり、こうしたいささか「不自然」な「失態」をもたらす「冷静さ」とはいったいどのようなものなのか、ということだ。

ここで思い出しておきたいのは、第一二章におけるスペードの振る舞いである。既に詳しく論じたように、そこではスペードはブリジッドを失ってしまうという「凡ミス」を犯し、しかもおそらくは動揺のため、彼女の行方を推測することもできなかった――エフィには「下水道をさらってでも見つけ出してやる」とまでいっていたにもかかわらず、である（四九二）。それに対し、第一四章においては、ブリジッドの行方を確信していながら、そこに向かおうとはしないのだ。この対照の著しさに鑑みれば、スペードの「冷静さ」とは、結局のところはブリジッドに対する姿勢の変化という形で現れているると見なしていいように思われる。

第一二章のスペードは、ブリジッドを心のどこかで信じて（しまって）いたために、彼女を失ってしまった。彼がガットマンにしてやられたのも、かなりの程度は（彼が信じてしまっていた）ブリジッドが黙って姿を消してしまったことによるといっていい。彼女がパロマ号について彼に知らせていたなら、その後の展開はまったく異なっていたはずなのだ。その意味において、スペードに第一三章の終わりで痛烈な洗礼――はっきりいってしまえば、彼はアーチャーやサーズビーと同様に殺されかけたのである――を与えたのは、ガットマンというより、むしろブリジッドというファム・ファタール（を彼が信じてしまっていたこと）なのであり、彼の「冷静さ」は、そうした「現実」の認識に即した態度であると見なせるだろう。

けれども、話はもう少し複雑である。「洗礼」を受けたスペードが、自分の甘さを反省し、ファム・ファタールに対する態度を改める決意をしたと了解しても、それがパロマ号に行かないという「選択」

の「不自然さ」を十分に説明しないためである。もっと「自然」な選択はあったはずなのだ。例えばそこに乗りこんでいって三人(ウィルマーを含めれば四人)と正面切って渡り合うこともできたであろうし、あるいはポルハウスと電話で話したときに事情を説明し、一件から手を引いてしまうこともできたはずである。捜査をそれなりに進めておきながら、結局はオフィスで待機するというのはいかにも中途半端な態度といわねばならないだろうし、この煮え切らないところが右で「顚倒」と呼んでおいた印象をもたらすのである。

したがって、厳しい「洗礼」や、その後回復された「冷静さ」をもってしても、ブリジッドに対するアンビヴァレントな気持ちから、スペードは完全に解放されているわけではないと考えておくのが妥当だろうし、実際、わかりやすい例をあげておけば、彼はブリジッドから連絡はなかったかとエフィについ訊ねてしまうのである(五〇七)。スペードがブリジッドに対して揺れ動いていることについてはこれまでも繰り返し指摘してきたが、今回の議論で見てきたようにして彼がブリジッドにじりじりと追いつめられていく(つまり、彼女を信じたい、あるいは信じられるかもしれないという気持ちがゆっくりと殺されていく)というのが『マルタの鷹』という小説なのだ。そうした観点からすれば、スペードがオフィスでじっと待機しているのは、あくまで「依頼人」からの連絡を待って行動するという、「探偵」としてのアイデンティティにすがった自衛的な身振りと解釈し得るかもしれないが、それは取りも直さず、彼がはっきりとした「行動」を取れない状態に追いこまれていることも意味するだろう。

このようにして、「常態への復帰」は、どうにもすっきりとしない状態にスペード(と読者)を据え置くことになる。これはそもそも探偵小説が最終的には「常態への復帰」をもたらさねばならない宿命を持つジャンルであることを思うと示唆的な事態であるのだが、しかしいまの段階では、エフィという「母」がいてくれるのだから、それほど心配する必要はない、と思っておけばいいのかもしれない。もっとも、帰ってきた「息子」を迎えた彼女は傷の心配をしたあと、すぐにブリジッドを見つけたかと彼に訊ねているのだから（五〇六）、[3] 既に「常態」には亀裂が走ってしまっていると見なすべきかもしれないのだが——。

〔1〕 先行する『赤い収穫』や『デイン家の呪い』は、まず雑誌に掲載されるという条件に縛られているところが強く、どちらも直線的なストーリー展開を持つエピソディックな作品となっている。

〔2〕 Erle Stanley Gardner, *The Case of the Substitute Face* (New York: Ballantine, 1987) 162.

〔3〕 このエフィの言葉とスペードの返答——"Did you find Miss O'Shaughnessy, Sam?" / "Not yet. Anything turn up after I left?" ——は、単行本化にあたって加えられたものである。この加筆により、ブリジッドに対するエフィの関心と、スペードが彼女について当面考えたくないという気持ちが前景化されることになったといえるだろう。Dashiell Hammett, "The Maltese Falcon," *Black Mask* Dec. 1929: 71 を参照。

THE
MALTESE
FALCON
BY
DASHIELL
HAMMETT
AUTHOR OF
THE DAIN CURSE

『マルタの鷹』初版

# 第一五講（第一五章）

# Every Crackpot

第一五章が提示する出来事は、スペードが前章で会見を約束した二人の人物、部長刑事ポルハウスと地方検事ブライアンに順に会って話すこと以外にはない。つまり、ストーリー的にはほとんど進展が見られないのである。したがって、ここは前章からの継続性が強い章であるといってもいいし、あるいは章全体を「捨てカット」的なものと見なしてもいいかもしれない。第一五章のハメットは、いったいこれから——手がかりを与えてくれるはずのパロマ号が焼失してしまったいまとなってはなおさら——スペードはどうするつもりなのだろうかという疑問／期待を宙吊りにしたまま、時間の経過を「読む」という行為を通して実感させることで、読者を焦らしているわけだ。

もっとも、第七章の「フリットクラフト・パラブル」という例を思い出してみるまでもなく、『マルタの鷹』の作者は「捨てカット」が文字通りの捨てカットでよいとは思っていないだろうと推測されるはずであるし、実際、この章の読みどころ、あるいは面白さといったものは、ハードボイルド探偵が刑事／検事を相手にするがゆえに前景化されることになる。その意味において、今回の議論は「警察」を扱った第八章に関する議論をいくらか補足するという性格を持つものである。

この章の「読みどころ」を考えるに際し、それを「面白さ」とすぐいい換えてみたくなるのは、スペードが刑事／検事を相手に「へらず口（wisecrack）」を叩く場面がいくつもあるためである。ダンディだって自分が間違っていたとわかっているのだからもういいだろう、とポルハウスにいわれたときに、「こっちから出向いていって、俺のあごであなたの拳を痛めなかったらよろしいんですが、とでもいえっていうのか」と皮肉をいうのがわかりやすい例だが（五一三）、ダンディがスペードと同じくらい強情だといわれて「いや、そんなことはないね、トム。……奴はそう思っているだけさ」といい返すところ（五一三）、あるいは「俺達がおまえをはめたようなことを、おまえは誰にもしてないとでもいうのか」といわれたときに「正しくは、はめようとしたってことだろ、トム——そうしようとしただけだ」と（言葉尻をとらえて）自分は策にはめられてはいないと主張する場面など（五一四）、いくらでも列挙できるだろう。

右に見てきたような例は、スペードの「へらず口」がほとんど「過剰」なまでに攻撃的な形を取っているように思わせる。例えば、ダンディとスペードのどちらが頑固かなど、常識的な観点からすればどうでもいいというしかない。だが、それが「過剰」であるからこそ気づいておきたいのは、攻撃的なワイズクラックを連発するスペードは、まさしくそうすることによって「聞き手」にまわり、巧みに情報を収集している点である。とりわけポルハウスとの会話では、相手の疚しさにつけこむようにして、パロマ号に関して警察が何も意識していないこと（五一三）、アーチャーを殺した銃がサーズビーの部屋で見かけられていたこと（五一四）、サーズビーの経歴（五一五）、そしてカイロの取り調べが（一晩中続いたというカイロの言葉と異なり［四七四］）二時間に満たないものであったことなど（五一六）、有益な情報を次々と手に入れているのだ。

このようにして、スペードのワイズクラックは卓越した探偵のしたたかな戦略であるとまず理解し得るのだが、スラングを多用した会話に頻出する「へらず口」はハードボイルド小説一般にあてはまる特徴ないし魅力の一つでもあり、[1] 第一五章の文脈においてはもう少し一般的な問題に話を広げておくべきだろう。つまり、このようにしてタフな主人公が公権力（を代表する人物達）に対してあからさまに反抗的な態度を押し通すことが、ハードボイルド探偵小説の主人公の身振りとしていかにも相応しく感じられる「意味」について考えてみたいのである。

こうしたハードボイルド探偵の反抗的な振る舞いについては、それが「いかにも相応しい」と感じられることからも推されるように、かなりの程度は図式的に整理できる。まず、権力にへつらわずに我を押し通せるのが、それ自体として「男らしさ」の発露であることはいうまでもないだろう。そしてその点に関連することだが、公権力を「社会＝父」と措定すれば、反抗する探偵は「息子」となり、エディパルな構図が浮かび上がってくる――ポルハウスの「いつまでもガキみたいだよ（Ain't you ever going to grow up?）」というぼやきを想起しておいてもいい（五一三）。あるいは、このポルハウスの台詞をふまえながら、洗練＝腐敗した社会に「イノセンス」を残した探偵が「アメリカン・ヒーロー」として立ち向かうというパターンを看取してもいいだろう。

読者が探偵のワイズクラックを楽しむのは、意識しているかどうかにかかわらず、こういった図式的な理解に基づいてのことと思われるが、その「図式的な理解」自体が前提としているのは、「社会」とは決していいものではないという認識である。この認識については、近代的自我――それは「社会」とのズレにおいて見出される――の誕生とともに通念となっているともいえるし、あるいはより限定的にいっても、十九世紀の終わりまでには小説とは近代的主体を扱うジャンルとして定着しているのだから、ここでわざわざ問題とする必要はないように感じられるかもしれない。だが、このようにして「小説」一般（に関する定説）を準拠枠として意識しておくことで、ハードボイルド探偵小説という大戦間のアメリカで興隆したサブジャンルの射程が見えてくるようにも思われるのである。

第八章に関する議論でも述べておいたように、アメリカの一九二〇年代は禁酒法下においてギャングが警察と癒着して栄えた時代であり、またより大きな（世界的な）コンテクストでは、第一次大戦後の「不安の時代」であった。「大戦による大量死、革命、社会混乱は古い倫理観をゆさぶり、どうしてこんなことになったのか、いったい誰がわるいのかがわからないという深い挫折感を、とくに知識層にもたらした」とされるこの時代に、そうした「精神的外傷の代償作用」として（クロスワード・パズルと）いわゆる「本格」の探偵小説が大流行したという通説は、やはり一定の説得性を持つというべきだろう。[2]

ただし、というべきか、こういった通説がしばしば探偵小説を「逃避の文学」と位置づけてきたとしても、あるジャンルの「受容」を、そのジャンルの本質――ましてや可能性――と見なすことには、もっと慎重でありたいと思う。こうしたパースペクティヴのもとに「探偵小説」に関してジャンル論を展開するには十九世紀に遡って考えなくてはならないが、いまはその余裕がない。だが、少なくとも大戦間という当面のコンテクストで指摘しておきたいのは、単に探偵小説が流行したという事実だけでなく、ヴァン・ダインの「探偵小説作法二十則」（一九二八）に代表されるような探偵小説の「詩学」がこの時期に急速に整備されたことが、同時代の「純文学」の作家達がいうなれば「純度」の高い作品を自覚的に生み出そうとしていたことと、正確に対応する現象だという点である。

こうした「対応」に関して単純化を懼れず総括してしまえば、探偵小説家であれ、純文学作家であれ、当時の作家達はモダニズムの空気を吸っていたのだ、という結論になるだろう。自分なりに秩序ある「完璧」な世界を手に入れるという近代的な、そしてロマンティックな「夢」を、それが不可能であると第一次大戦(後)の「現実」を通して知悉していたにもかかわらず——というより、知悉していたからこそ——彼らは作品に託したのである。彼らの「夢」はその意味において切実なものであり、だとすればその切実さに見合うだけの強度が感じられる限り、その作品を逃避の文学(あるいは、芸術のための芸術)と呼んで閑却してしまうわけにはいかない。しかも、既に繰り返し示唆してきたように、こうした「ロマンティックな夢」が近代的主体に常に既に埋めこまれた「現実的」な欲望なのであるとすればなおさら、いわば「全力で逃避する」という姿勢は、単なる「知的遊戯」とはまったく異なるものを生み出す可能性を内包しているといわねばならない。

そうした「可能性」を「本格」の作品自体に見出していくこともできるだろうが、ここで強調しておきたいのは、伝統的探偵小説のまさしく黄金時代に、ハードボイルド探偵小説というジャンルが誕生したという歴史的な事実である。右で述べたように、当時の(真摯な)作家達は「現実」から逃げおおせるという「夢」の実現不可能性に意識的だったと思われるが、その不可能性に焦点をあて、小説化したのがハードボイルド探偵小説であるといっていい。[3] ハードボイルド探偵小説の一大テーマが「幻滅」なのはこの意味において歴史的必然であり、その探偵の捜査方法が「かきまわし」であるのもしかりである。「幻滅」をもたらすのは、醜い「現実」への感情的コミットメント以外にはないからだ。主人公が「私立探偵」というアンビヴァレントな存在として設定されがちであるというのも、この「感情的コミットメント」を担保するためだと考えればわかりやすいだろう。

したがって、ハードボイルド探偵が「警察」とそりが合わないことは必然というしかない。第八章に関する議論でも示唆したように、「警察=腐敗」という図式が一九二〇年代にあったというだけではなく、警察という制度が「現実」にコミットしないままに事件を解決するという「夢」に安住する（あるいは、それを体現する）という意味においてまさしく「公権力」的な存在であるからだ。第一五章においては、そういった制度を代表する人物として検事ブライアンが「推理」を開陳するのだが――。

……「それで三つの線に狭まるぞ。一つ目は、サーズビーはモナハンがシカゴで金を払わなかったギャンブラー達によって殺されたというものだ。奴らはサーズビーがモナハンを捨てたという話を知らず――もしくは、その話を信じず――に、奴がモナハンの仲間だったということで殺した。モナハンを捕まえるために、邪魔な奴を排除したということかもしれないし、奴がモナハンの居所を教えようとしなかったためかもしれない。二つ目の可能性は、奴がモナハンの仲間に殺されたというもの。そして三つ目は、奴はモナハンを敵に売り渡したが、そいつらと仲違いして自分も殺されたというものだ」

「あるいは四つ目として」と、スペードが楽しげな笑みを浮かべながら提案した。「奴は老衰で死んだというものがある。あんたら、まさか本気でいっているわけじゃないんだろうな」（五二〇）

この場面は、『マルタの鷹』における最大の「笑いどころ」の一つだろう。その「おかしさ」はもちろん、検事達の大真面目な議論にスペードが茶々を入れて生まれるわけだが、ここでのポイントは彼らの「大真面目」な議論が、硬直した推理を意味してしまっていることである。

第一五章においてスペードが聞く話は、ポルハウスのものにせよ、ブライアンのものにせよ、サーズビーをギャングと結びつける。これは読者にとってはいささか唐突な情報である（したがって、警察や検事の捜査が的外れの方向に進んでいるとわかる）が、時代背景を考えてみれば、極めて自然な思考ともいえるはずだ。ヘミングウェイの「殺し屋」（一九二七）はいうまでもなく、フィツジェラルドの『グレート・ギャツビー』（一九二五）にしても、あるいはフォークナーの『サンクチュアリ』（一九三一）にしても、ギャングの存在が作品世界にリアリティのある影を投げかけているのを想起しておいてもいい。ハメットがディキシー・モナハンなる人物に関してわざわざそれなりに詳しく紹介するのは、風俗小説的な面を持つハードボイルド探偵小説に相応しく、そういった同時代的な関心事を話に出して「読者サーヴィス」をおこなっているとも考えられるだろう。

しかしながら、ハメットが『マルタの鷹』でおこなっていることはもう少し複雑である。というのは、スペードにここで茶々を入れさせ、後にはブライアンの説を「夢物語（pipe-dream）」と呼ばせるハメットは（五二四）、このように同時代的なリアリティを作品に取りこみながらも、それを一つ上の次元で扱っているといえるからである。誤解を避けるために強調しておけば、ハメットはギャングの物語自体を「夢物語」として相対化しているのではない（実際、『赤い収穫』や『ガラスの鍵』は、まさしくギャングの抗争という「現実」を扱った小説である）。そうではなく、事件をいわばメタレヴェルから「よくある話（“It's happened before”）」（五一八）にあてはめて「謎解き」できると思っている検事が、呑気な「夢」を見ているに過ぎないことを露呈させているのである。

ここにおいては、警察とはまったく違う考えを持っていると自負しているブライアンは（五一七—一八）、「現場」で働くポルハウスが同じ章でいささか途方に暮れているように見えるのと対比されることで、いっそう皮肉な光をあてられている。この「対比」は偶然ではない。『マルタの鷹』においては警察が「悪徳そのもの」という感じでは出てこない点については既に触れておいたが、良心的な刑事ポルハウスと対比されることで、「机上の空論」を操る「腐敗した公権力」を体現する存在として検事が印象づけられるのだ。

ブライアンに対するこうしたネガティヴな印象がさらに明確になるには第一八章を待たねばならないが（五五〇）、現段階においても、ギャングの抗争という説に固執する検事が、アーチャー／サーズビーの殺人をドラマティックな「大事件」として解決する自分の姿を新聞記者や裁判員に見せつけようと目論んでいるとは推測し得るだろう。[4] 留意しておきたいのは、とりわけ当時の読者にとっては、選挙で任命される地方検事という職業が「人気商売」であり、それゆえに不正に手を染めやすいという通念が、一種の「常識」として共有されていたと思われることである。[5] そうした背景があって、ハメットの次作『ガラスの鍵』においては検事が町の腐敗を体現する人物として登場することになり、あるいはしばしば引き合いに出してきた同時代作家ガードナーの作品においても、地方検事ダグラス・セルビーは常に人々から「見返り」を期待され続けるのである。

このような文脈において、「わたしは一日二十四時間、誓いを立てた法の役人だ」というブライアンの立派な台詞はいかにも空疎に響くし（五二一）、その「空疎さ」は彼が固執する「空論」といかにも見合っているだろう。ギャングのトラブルという「通念」的な、そして何より自分自身にとって好都合な「結論」がまず先にあるために、彼はスペードの「死んだ賭博師に仲間などいるものか」という批評には耳を貸そうとしない（五二〇）。「あんたは俺がやれるような情報は欲しくないと思うぜ……。

使えないからな。そいつは賭博師の復讐っていうシナリオを台無しにしちまうよ」というスペードの言葉は（五二一）、第八章に関する議論で述べたような「レギュラーな知」が、硬直した推理しかもたらさないことへの皮肉な評言であるといっていい。

検事の「硬直した推理」をこのように、つまりワイズクラックを連発する探偵の批判的な視座のもとで見てくると気づかされるのは、ここに至るまでのスペード自身の態度が、基本的に判断を「保留」する「柔軟」なものだったということである。第二章に関する議論において、その時点でスペードが犯人の目星をつけているという見解に対しては、慎重であるべきだと述べておいた。もちろん、スペードの「判断保留」はファム・ファタールへのアンビヴァレントな気持ちと不可分の関係にあるのだが、ブライアン（というレギュラーな知）との対比からは、彼がまさしく探偵として優秀だからこそ判断を保留してきたといえるはずだし、だとすれば、いささか逆説めくのだが、ブリジッドに対してアンビヴァレントな気持ちを持ってしまうこと自体が、彼の探偵としての卓越性と不可分の関係にあるともいえるだろう。

優秀な探偵であるにもかかわらず、ではなく、優秀な探偵であるからこそ、スペードはブリジッドを信じようとしてきた。このように理解してみれば、従来の批評家達が説明に苦しんできた（リアリズム的な）問題――直接にはスペードがいつ犯人に気づいたのかという点だが、それはつまり（犯人に気づいた上で）スペードが取る行動の信憑性ないし道徳性を問題とすることでもある――を止揚できるはずである。だが、おそらくそれ以上に重要なのは、そのように考えると、スペードという探偵の悲劇がいっそう「宿命的」に感じられるということだ――このあまりにも醜い社会においてあまりにも貴重であるはずの柔軟な知性が、彼自身を苦しめることにしかならないのだとすれば。

いうまでもなく、この物語をスペードの「悲劇」として読むべきかどうかは、それこそまだ判断を保留しておかねばならない。しかし「市から給料をもらっている頭のおかしな奴という奴に、あれこれいわれるのはもううんざりだ」という台詞に（五二二）、事件に対するスペードの徒労感——正確には、ブリジッドを信じようとして抱かされている徒労感——を読みこむことは可能だろう。だが、そうであったとしても、検事に呼び出されるという事態は、いよいよ（刑事達を相手にしているときよりも）状況が切羽詰まってきたことを意味するし、[6] そこから逃れる「最良の道」は「殺人者達を——全員まとめて——引っ立ててくる」ことであると彼は思わざるを得ない（五二二）。それが徒労であろうとなかろうと、探偵サム・スペードは先へと進むしかないのである。

〔1〕『マルタの鷹』は（おそらく三人称小説であるということもあり）スラングの使用は控えめであるといわれているのだが、主人公と刑事／検事との会話が中心となる本章では、かなり多用されている。W. Miller 102–03; Symons 66 などを参照。

〔2〕高橋哲雄『ミステリーの社会学——近代的「気晴らし」の条件』（中公新書、一九八九年）一〇九頁。

〔3〕したがって、ハードボイルド探偵小説は伝統的探偵小説への批評的視座を持って生まれたジャンルだという定説を覆す必要はないにしても、伝統的探偵小説が袋小路に陥ったためにハードボイルド探偵小説が生まれたというような、進歩主義的見方を軽々に取るべきではないといっておくべきかもしれない。また、これも詳しく検証する余裕がないが、そもそも「伝統的探偵小説」の歴史をホームズものやデュパン

ものへと遡って求めるという、遡行的であるがゆえの恣意性を持っている史観自体がこの時代に定着した、極めてモダニスト的なものであることも付言しておきたい。

〔4〕 Gregory 106–07.

〔5〕 ブライアンは当時サンフランシスコの地方検事であったマシュー・ブレイディをあからさまなモデルとしているとされるが、その「一九二〇年代のサンフランシスコの市民生活に染み渡るような存在」だったとされるブレイディは、ハメットも関わりがあったとされる「アーバックル事件」において（第一講の注〔9〕を参照）、証人を集めて自分に都合がいい証言をおこなわせようとしたといわれている。Joe Gores, "Author's Note," *Hammett* (New York: Ballantine, 1976) 260; Herron 141–42 などを参照。

〔6〕 Berger 116; Kevin Boon, "In Debt to Dashiell: John Huston's Adaptation of *The Maltese Falcon*," *Creative Screenwriting* 4.2 (1997): 106 を参照。

# 第一六講（第一六章）

# The Third Murder

第一六章は、久方ぶりに物語が動きを見せる章である。第一四章と第一五章においては、「常態への復帰」を果たしたスペードが足下を固める姿が提示される一方、肝腎の「事件」にはさしたる進展が見られず、読者は焦らされることになっていた。第一六章の冒頭には、ありふれた仕事を持ちこんできた依頼人をスペードがいかにも適当にあしらって帰す場面が配されているが、その種の「ルーティーン・ワーク」が彼の「日常」であると示すため、つまり「マルタの鷹事件」の特権性を強調するためにこの（本筋とはまったく無関係の）エピソードが挿入されているはずであることに鑑みればなおさら、[1] 終盤にさしかかった物語が本章の後半から見せる急速な展開に、ハメットが周到な準備をした上で読者を引きこもうとしているのが窺えるだろう。

もっとも、第一六章における大きな「動き」は、その「第三の殺人」というタイトルで予告されているとはいえるのだが、しかし興味深いことに、この章題はいささかミスリーディングなものでもある。というのは、この章において重要と感じられる「動き」は、「殺人」というよりもむしろ、スペードが「黒い鳥」を手にしたことであるように見えるからだ。

「殺人」よりも「財宝」が重要であるというのは「探偵小説」としてはイレギュラーと呼ぶべき事態であり、その事実をもって『マルタの鷹』の「冒険小説」的な性格をあらためて確認してみたくもなるところである。実際、「探偵小説」において複数の殺人が生じるときには、後続する殺人は「謎の深まり」として提出されるのが通例だろうが、[2] この「第三の殺人」はそういった探偵小説的な意義をほとんど欠いている——ジャコビ船長を殺したのが拳銃使いウィルマーだというのは、ほとんど「推理」を必要としない——ように見えるのであり、だからこのエピソードが本書の「冒険小説」的な性格を象徴するように感じられるわけだ。章題が作者によるミスリードであると気づいた読者であれば、なおさらそのように感じるはずである。

しかし、ここで気をつけておかねばならないのは、たとえそのように感じさせられてしまったとしても、その「感じ」をそのまま「第二の殺人」と「第一の殺人」に遡行させるわけにはいかないということである。なるほど、というべきか、少なくとも「第二の殺人」については、その「感じ」があてはまってしまうといえるだろう。半ダースほどの弾丸で撃ちぬかれたジャコビ船長の死体を見たとき（五二九）、サーズビーが四発撃たれて死んだという事実を「確認」的に——その犯人がウィルマーであると、そもそも読者は察していたはずだ——思い起こさないのは難しいのだから（四〇八）。

だが、そうであるならなおさら、その「感じ」が「第一の殺人」にそのまま適応できるわけではないことを銘記しておかねばならない。この「第三の殺人」のエピソードは、『マルタの鷹』が「探偵小説」であることを読者に忘れさせるように機能するという意味において、大がかりなナラティヴ・トリックとさえ見なし得るものなのだ。ここにおいて、ハメットの小説家としてのしたたかさが、またしても看取されるはずである——が、それだけではまだ十分な説明にはなっていない。第一三章に関する議論で示唆したように、『マルタの鷹』が（「冒険小説」や「恋愛小説」ではなく）「探偵小説」になるのは決して楽ではなく、主人公スペードがその「楽ではない」ことの重さを「探偵」として引き受けさせられるところを、我々は見ていかねばならないからである。

そこで以下の議論においては、「第三の殺人」の提示のされ方、すなわち「殺人」よりも「財宝」を重要なものとするような書き方が、「探偵小説」としては「イレギュラー」な事態であることにこだわってみたい。そうすることにより、探偵小説ジャンルに関する理解を深めつつ、スペードが「探偵」でいるのが「楽ではない」という問題を、多少なりとも明らかにできればと思っている。

それでは、まず探偵小説というジャンルで「殺人」が占めるべきとされる位置を確認することから始めよう。エルンスト・ブロッホは、その有名な「探偵小説の哲学的考察」において、「探偵小説は物語の前、物語の枠外ですでに起こってしまった凶行をかかえている」ジャンルだとして、それが「だしぬけに死体とともに幕をあける」点に注目し、「その唯一の主題は、すでに事前《アンテ・レム》に起ったことを探り出すことなのである」と述べている。[3] 探偵小説においては、「殺人」は物語の彼岸――あるいは不在の中心――にありながら物語を駆動するものとして、いわば「メタナラティヴ」の次元に据えられているというわけだ。

このようにして「殺人」があらかじめメタナラティヴの水準に置かれているのであれば、ホームズものに代表されるような探偵小説という「制度」が、「被害者の殺害という形でとりこんだ死を因果律と目的論で説明してしまうことで馴致する悪魔祓い的装置」となるのは理解しやすいだろう。[4] 探偵小説の殺人は最初から不可視の領域に据えられており、だからこそ事件の解決は、あたかも「何事もなかった」かのような感覚を読者にもたらす。第八章に関する議論において、警察の担う役割が、近代的理性が届かない領域を不可視のままにとどめておくことにあると述べたのを、ここで想起してもいいかもしれない。

現に生じた「死」というものを、生者達が「何事もなかった」かのように包み隠してしまう「物語」の典型は、もちろん「喪の儀式」であるだろう。そしてそのように類推的に考えてみたときに納得されるのは、ヴァン・ダインが例の「二十則」において「探偵小説においては、絶対に死体の存在が必要である」と主張する探偵小説の「前提条件」が、[5] 歴史的に見れば大戦間に顕著な（あるいは大戦間に成立した）ものと感じられるということだ。「死体」のない探偵小説といえばデュパンものの第三作である「盗まれた手紙」がすぐに思い出されるところだが、いま言及したホームズものにしたところで、実は「殺人」は滅多に起こらないのである。[6]

「黄金時代」の探偵小説による「死の消費」を第一次大戦後の「喪の儀式」と捉える見方は、笠井潔の有名な「大量死理論」などに馴染みがある日本の読者には理解が難しくないだろうが、[7] ここで考えておきたいのは、こうした事態には倒錯があるということである。高山宏はイエロー・ジャーナリズムについて、スキャンダルを求める大衆が記事を小説のように読んだと指摘している。[8] アメリカのイエロー・ジャーナリズムの典型であるハースト系の新聞が第一次大戦中に部数を伸ばした事実を想起した上でいえば、探偵小説の黄金時代における読者層を形成したのもそうした「大衆」だったと考えていいだろう。だがそれは取りも直さず、この時期の探偵小説が死体を乱造する様が、大量死をもたらした第一次大戦と、それ自体として似通ってしまっていることを示唆するはずだ。そしてそのような探偵小説を大量に消費する読者は、不条理な死をもたらす戦争のグロテスクさを映す、それ自体がグロテスクな鏡となっている――もちろん、まさにそのような「鏡」を作り出してしまうところが、戦争のグロテスクなところだといえるのだが。

ただし、前回の議論においても強調しておいたように、こういった「受容」のされ方を、探偵小説の「詩学」と混同するべきではない。事実、前回の文脈では触れられなかったが、大戦間の時代に探偵小説の「殺人」が変質したことについては、しばしば考察されている。高山はこの時期に殺人の動機が「肉の病」から「心の病」へ、つまり「無意識の闇の中」へと移動した点を指摘しているし、[9]内田隆三はアガサ・クリスティの『ABC殺人事件』（一九三六）を例に取って、「そこでは誰が死んでもよく、まったくの恣意性のうちに誰かが殺される。また、ただ一人の人間ではなく、多数の人間が次々と殺される。それは戦争と似ている。というより、それは戦争のように狂っている」と述べている。[10]

大戦間の探偵小説家達は、「狂気の時代」における「不条理な現実」を感じ取り、それぞれのやり方で作品に組み入れようとした。そうである以上、この時期の探偵小説を単に「逃避の文学」としてしまうのは、やはり一面的な見方といわねばならないだろう。モダニズムの時代に「パズル化」した探偵小説は、同時にその「パズル」に包摂され得ない――というより、その「パズル」を包摂してしまう――「現実」に触れてしまったのである。

ここまでの議論においては、大戦間という背景を意識しながら、黄金時代の「本格」探偵小説における「殺人」について考えてきたわけだが、そうすることによって、「本格」と対置される「ハードボイルド」についての理解も深まっているはずである。二項対立的に整理すれば、「本格」の作家達が、概して従軍経験を持たないにもかかわらず（あるいは、従軍経験を持たないからこそ）右に述べたような形で「現実」に応接したのに対し、彼らへの批判意識を持って登場するハードボイルド派の作家達

(ジェイムズ・M・ケインであれ、ホレス・マッコイであれ、レイモンド・チャンドラーであれ)は概して従軍しており、作品に直接「暴力」を書きこんだ、ということになるだろう。だが、こういった「二項」の(わかりやすい)差異に劣らず重要なのは、その「二項」がそもそも同じコインの両面であることなのだ。もしくはこういってもいい——「本格」が栄えている時代にもかかわらずハメットが登場したのではなく、まさしくそのような時代だからこそハメットが登場したのだと。[11]

従軍はしたものの(病のために)実戦は経験しなかったハメットだが、時代背景をふまえてみれば、最初の二長編、つまり『赤い収穫』や『デイン家の呪い』における大量の「殺人」には、第一次大戦の影が濃く落ちているといっていい。それらの「殺人」が「非情」に描かれている(「ナラティヴ化」されている)ことについても、ハメットがハードボイルド作家であることを思えば、ひとまず当然と見なしてよいだろう——「殺人」が解決されるべき「謎」として提示されない点において、ハメットの作品が後続するハードボイルド小説にとって一つの規範となったのは非常に重要ではあるとしても、である。

しかしながら、話はここで終わらない。ハメットという作家は、それほど単純ではないのだ。注目しておかねばならないのは、ハメットの小説においては、「殺人」が「謎」にならない、あるいは「問題」にならないこと自体についての自意識のようなものが、必ずどこかで浮かび上がってくるという点である。印象深い言葉としては、『影なき男』の結尾におけるニック・チャールズの醒めた台詞——殺人というものは殺された人間と、ときには殺した人間を除いては、誰の人生にもたいした影響を与えないというもの——を想起できるだろう。[12]

このハメット最後の長編における「醒めた台詞」から振り返ってみると、矮小化の危険を冒すかもしれないが、今回の議論の文脈においては、「殺人」が「問題」にならないといういかにも「ハードボイルド」的な事実に関する「自意識のようなもの」を、「加害者」的な意識ないし「罪悪感」といったものを含む気持ちと考えておきたい。もちろん「殺人」に対するハードボイルド探偵／作家の「非情」な態度とは、直接的にはそのようにしてハードな現実をタフに生き抜かねばならない――さもなければ自分自身が（誰からも顧みられない）「死体」となってしまうかもしれないのだから――という人生哲学の表出であるだろう。だが、その裏には、「殺人」を「問題」とできないことへの「無力感／虚無感」といったものが、そして誰もが「殺人」を犯す側に立ち得ることへの「恐れ」が潜んでいるのである。

例えば『赤い収穫』のオプは、自分が――まるで熟練の兵士のように――殺し合いに慣れていってしまう（ばかりか快楽さえ感じてしまう）ことに恐怖を感じるのだし、[13] 続く『デイン家の呪い』においては「殺人」をただの「殺人」と見なそうとするオプと、それをロマンティックな「呪い」として演出しようとする小説家（！）の葛藤が全編を通して描かれる。あるいは『ガラスの鍵』のネド・ボーモンが、ギャングのボスが目の前で殺されるところを、ほとんど性的な興奮にも似た激しい息づかいとともに凝視している場面を思い出しておいてもいいかもしれない。[14]
『マルタの鷹』にはそれまでのハメット作品に比べて「殺人」が極端に少ない――しかも、殺人のシーンは一度も描かれない――ことはしばしば指摘されているが（ちなみに、『赤い収穫』には「第十七の殺人」という章がある）、[15] それは「『殺人』を『問題』にしない」といういわばメタレヴェルの「問題」を、このハードボイルド小説が閑却していることを意味するわけではない。まず確認しておくなら、死体を目の前にして発される「まったく、どうしてこいつは話をするまで生きていてくれなかったんだ」というスペードの台詞は（五二九）、探偵が「殺人」を「非情」に扱っているという印象を十分に与えるだろうし、そもそも小説自体が、ジャコビ船長というキャラクターを、殺されてしまった「人間」というより、「黒い鳥」をスペードの手元に届けただけの存在として提示しているのである。

このようにして、「死体」よりも「財宝」が重要であるとされるため、丁寧な推理（儀式）によって「死者」を丁重に弔うという点において「探偵小説」が内包しているヒューマニズムを、『マルタの鷹』は（いったんは）踏みにじることになる。だが、そうしておいた上で、この大戦間小説はその「踏みにじり」自体を「問題」とするのだ。スペードがついに「黒い鳥」を手にした場面を見てみよう。

スペードは笑い声をあげ、片手を鳥の上に置いた。いっぱいに広げられた指が、彫像をわしづかみにしている。もう片方の腕をエフィ・ペリンの体にまわし、強く引き寄せた。「俺達はこいつを手に入れちまったぞ、おい」と彼はいった。

「痛い！」彼女はいった。「痛いわよ」

彼は腕を放し、両手で黒い鳥を持ち上げ、まとわりついている木毛を振り落とした。そして正面にそれを掲げながらあとずさり、埃を吹き払うと、勝ち誇ったような表情を浮かべて眺めた。

エフィ・ペリンが怯えた顔をして悲鳴をあげ、彼の足下を指さした。

彼は足下を見た。あとずさったときの最後の一歩で、左の踵が死んだ男の手に触れ、手のひらの端の肉を四分の一インチほど床に踏みつけていた。スペードはその手から自分の足を急いで引き離した。

電話のベルが鳴った。（五三〇）

ここでのスペードは、彼にしては極めて稀なことに、興奮して我を忘れているように見える。彼はエフィを痛がられるほどに強く抱き寄せてしまうのだし、ジャコビの手を踏んでいることにも気づかない。[16] この「興奮」する姿を、欲に駆られて「死者」への敬意を「非情」に蔑ろにしていると解釈するのはもちろん可能であるだろう。[17] 何といっても、財宝を手にした彼は、死者を文字通り踏みにじってしまっているのだから。

だが、スペードの足がジャコビの手の上にあるという描写は、こうした「非情」な振る舞いが、同時に陥穽でもあるという可能性を前景化する。つまり、スペードが死者を足蹴にするこの場面は、彼が死者に足を引っ張られているようにも見えるのだ。そしてそのように理解されてみれば、この「死者」は単なる「死体」であることをやめるだろう。ジャコビは「黒い鳥」を虚しく追い求めてきた人間達の象徴となり、ブリジッドというファム・ファタールを虚しく助けようとした男達の列に連なるのだ。かくしてジャコビの虚しい死は、それを「非情」に扱おうとするときに、スペードにとって「他人事」ではなくなってしまうのである。彼が慌てて足を引っこめるのは、まったくもって無理もないことだといわねばならないだろう。[18]

「死体（の手）」にこのようにして象徴性を読みこめるのであれば、そこから慌てて足を引き離すというスペードの身振りは、「財宝」の入手にしばらく我を忘れていた彼が、自意識を回復して「探偵」に戻るものと見なし得るだろう。破滅を免れるためには、彼は「探偵」でいなくてはならないということが、この場面ではっきりとするといってもいい。そう考えてみれば、このエピソードが「探偵小説」の「ナラティヴ・トリック」であるのは、まことに相応しい。スペードが「冒険小説」の主人公よろしく「財宝」を手に入れたことに読者が喜んだとしても、「探偵」は「殺人」を——とりわけ、やはり「他人事」ではなかったはずの「第一の殺人」を——忘れるわけにはいかないからである。

ハードボイルド探偵は、物語の「トリック」に騙されて「夢」を見るわけにはいかない。もちろんこの「物語」とは、スペードにとっては彼の「人生」であり、また彼の「生き方」でさえある——つまり、自分で自分を騙してはならない、ということだ。突然手元に届けられた「黒い鳥」は、スペードが努力の末に獲得したといったものではなく、その意味では突然フリットクラフトの頭上に振ってきた「梁」と似たようなものである。フリットクラフトは梁が体現する「不条理な死」を恐れ、それを免れたことを自分の運命だとロマンティックに錯誤する。だがスペードはそうではない。そうあってはならないのだ。ハードボイルド探偵に必要なのは、自分が特別の存在であるというロマン主義的錯誤から身を守る、醒めた自意識であるのだから。ジャコビの死が体現する教訓とは、「非情」に振る舞ってはならないというヒューマニズムではなく、いくら「非情」に振る舞ったからといって、世界の不条理さから逃れられるわけではないというリアリズムなのだ。

したがって、ジャコビの死が「他人事」ではないという事実は、スペードが（そしてハメットが）ジャコビに対して「非情」であることと矛盾しない。ジャコビの死はあくまで無意味であり、彼は香港発サンフランシスコ行きの船の船長であったために「たまたま」殺されたのだ。それはサンフランシスコの探偵事務所で働いていたアーチャーが「たまたま」殺されたのと同じであり、同僚のスペードが「たまたま」ここで「黒い鳥」を手に入れていることと同じである。そしてもちろん、この「たまたま」を「運命」的なものと感じさせるのが——「運命の女（ファム・ファタール）」としてのブリジッドに他ならない。

スペードの「現在」は彼が「たまたま」ブリジッドに選ばれてしまったことの結果であり、このタイミングで（第一〇章を最後にして姿を消してしまっていた）彼女からの電話が鳴るというのは、皮肉にも相応しいというしかない。「あの女は自分の面倒は十分自分で見られるし、そうすることが必要だと思えば、そしてそうするのが都合がいいなら、どこに助けを求めに来ればいいかも知っているんだ」という弁解じみた言葉は（五二四）、スペードがこの「皮肉」を、つまり自分が彼女にとっていわば使い捨ての「便利屋」に過ぎず、特別の存在ではないという「現実」を、第一六章の段階では苦く意識させられてしまっていることを示すだろう。

この苦い意識は、スペードという醒めた自意識の持ち主にとってさえも、容易には受け入れがたい認識であった——いや、第一四章でスペードが「不自然」にオフィスにとどまっていたのを思い出すなら、「受け入れがたい」ということ自体が受け入れがたかったという方が正確だろう。スペードのような私立探偵が「使い捨て」の「便利屋」にすぎないのは、ほとんど自明のことなのだから。彼はブリジッドを心のどこかで信じてしまっていたことに苛立ち、それに苛立つ自分に苛立っている。「彼女は自分で［埠頭］に行ったんだ。……連れ去られて行ったわけじゃない」（五二四）という事実が判明したのは第一二章であるにもかかわらず、本章までそれが言語化されなかったのは示唆深い。三人称客観のスタイルで綴られた小説で、主人公の内面が開示されないのは当然だとはいえようが、第一四章や第一五章には、ブリジッドの身を案ずるエフィにその話をする自然な機会はいくらでもあったはずなのだ。この不自然な遅延からは、スペードが「現実」を口に出して認めたくなかったことが窺えるはずである。

加えていえば、スペードがその「事実」をなかなか言語化しなかったのは、事態にうんざりしていた彼が、エフィの反応を想定していたこともあるかもしれない。現にその話を問い詰められてしぶしぶとしたときには、彼女は(母親が子供を叱るときのように)「サム・スペード」とフルネームで彼を呼び、長々と説教をするのだから(五二四—二五)。しかしいささか厳しいいい方をすれば、これはスペードが自分でまいた種だろう。結局のところ、第四章や第一〇章で繰り返し「女の直感」を訊ねることによって、エフィを利用してブリジッドに対する「不信」を宙吊りにしようとしていたのはスペード自身なのだ(不信を「宙吊り」にしていたこと自体は、前回述べたように、優秀な「探偵」の証でもあるにしても、である)。しかも、ブリジッドが「どこに助けを求めに来ればいいかも知っているんだ」という「弁解」じみた言葉は、即座にエフィに「それは意地悪だわ」と反論されてしまうことからもわかるように(五二四)、エフィに対してブリジッドの「正体」を告げるものとはなっていないのであり、だとすればこの段階に至っても、スペードはまだエフィを同様のやり方で「利用」しているとさえいえるかもしれない。

しかしともあれ、スペードにはもはや逡巡している余裕はない。ブリジッドに対する不信をとうとう言語化してしまったとしても、それは彼がブリジッドの「正体」を確信できる／したことを意味するわけではない。しかも「財宝」は手中に収め、「お姫様」は助けを求めてきた——「冒険小説」としての物語は、いよいよ佳境に突入し始めたのである。スペードの物語が「冒険小説」として成功するなら、つまり最終的には彼の「不信」が杞憂に過ぎず、「財宝」と「お姫様」が手に入れるだけの価値を有するものであると判明するなら、「死者」達の人生にも「意味」が与えられるといえるかもしれない。「探偵小説」の主人公として、すなわち「探偵」として振る舞わなくてはならないというスペードの宿命は、こうした——大戦間の——重い文脈に据えられているのである。

〔1〕スペードがこの依頼を受けていることに関して、彼が大金を得る可能性があるとか、警察に疑われているといった状況にあるにもかかわらず、自分の人生が大きく変わることはないと（無意識であったとしても）思っていると指摘する批評家もいる。David Kelly, "Critical Essay on *The Maltese Falcon*," *Novels for Students* 21 (2005): 199.
〔2〕エルンスト・ブロッホ『異化』船戸満之他訳（白水社、一九九七年）五四頁を参照。
〔3〕ブロッホ五四頁。
〔4〕高山宏『殺す・集める・読む——推理小説特殊講義』（創元ライブラリ、二〇〇二年）二一頁。
〔5〕Van Dine 190.
〔6〕John Scaggs, *Crime Fiction* (London: Routledge, 2005) 43.
〔7〕例えば笠井潔『模倣における逸脱——現代探偵小説論』（彩流社、一九九六年）七八—八〇頁を参照。

〔8〕 高山一五九頁。
〔9〕 高山二〇五―〇六頁を参照。
〔10〕 内田一二二頁。一三〇―三二頁も参照。また、高山の「童謡殺人」に関する論も参照（二一五―三二頁）。
〔11〕 野崎六助がその大著において「肺気腫という宿痾をもつロスト・ジェネレーション」（ハメット）と「戦時体制の過酷さに耐えきれず神経衰弱におちこんだニーチェ主義者」（ヴァン・ダイン）の「対照こそが、出立時のアメリカ探偵小説の独特の重みを印象付ける基本的な要素なのである」と総括的に描いてみせた見取図は、やはり妥当であろう。『北米探偵小説論』（青豹書房、一九九一年）七一頁。
〔12〕 D. Hammett, *Complete Novels* 946.
〔13〕 D. Hammett, *Complete Novels* 137.
〔14〕 D. Hammett, *Complete Novels* 757.
〔15〕 例えば Marling, *Dashiell Hammett* 82; W. Miller 105–06.
〔16〕 DeFino 80.
〔17〕 W. Miller 107. スペードが彫像を入手して喜ぶのは、それを欲しがる連中に対して力を持つことができるからだとする見方もあるが、この場面においては彼がそこまで冷静に判断しているようには見えないだろう。Pritts 73–74 を参照。
〔18〕 ある論者は、ここでスペードが、自分が欲に駆られて他の人間を足蹴にする人間となり得ることに気づいてショックを受けたとするのだが、これはいささかナイーヴに過ぎる解釈のように思われる。Abrahams 245 を参照。

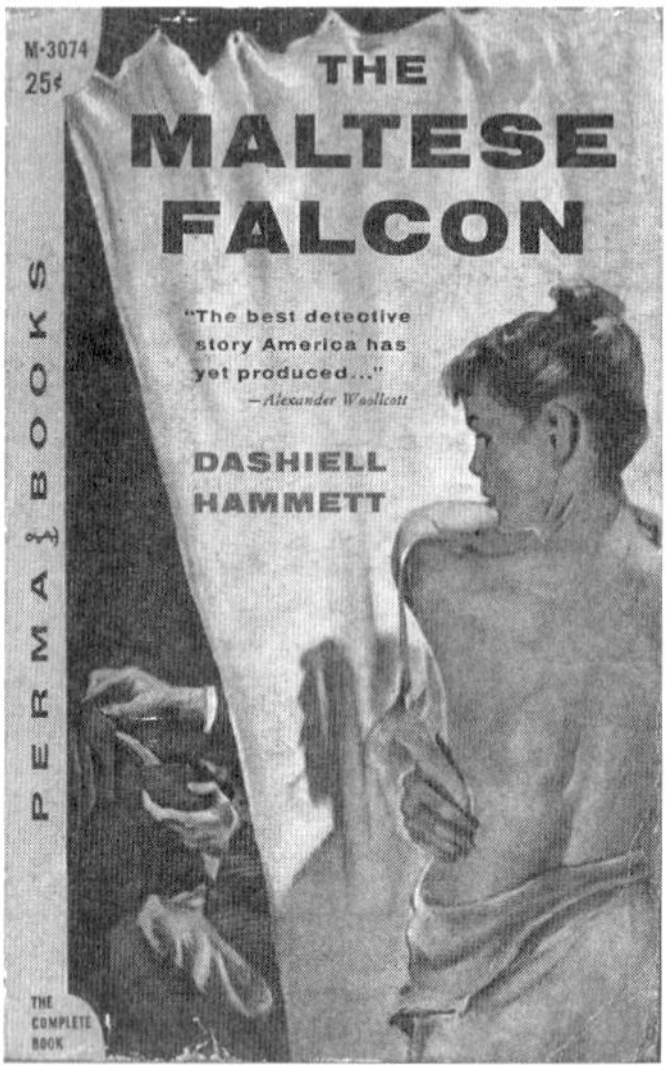


『マルタの鷹』のペーパーバック版
(Permabooks, 1957)

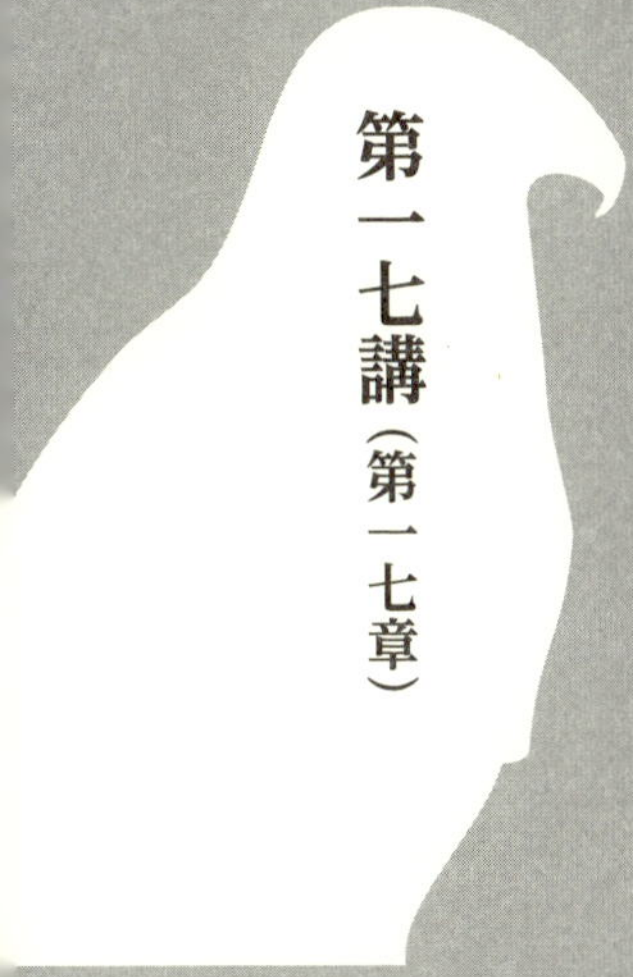

# 第一七講（第一七章）

## Saturday Night

第一七章は、主人公の活躍を期待しながら話を追っていく読者としては、いささかもどかしく感じてしまう章かもしれない。前章の終わりにかかってきた電話を受けて、スペードが急いで駆けつけたホテルの部屋にはブリジッドはおらず、そこにいたガットマンの娘リアから情報を得て離れた町まで赴くものの、目的地はただの空き家と判明する。収穫なくサンフランシスコに戻ってみると、薬を盛られていたはずのリアはホテルから姿を消している。警察は彫像の存在には気づいていないようだが、アパートに帰ると入口でブリジッドが待っており、彼女と部屋に入ると突然居間の灯りがつく――ガットマンの一行が待ち伏せしていたのである。このようにして、章の冒頭においては「お姫様」を救出するべく敵のアジトへ乗りこんでいった主人公が、さんざん無駄足を踏まされたあげくに、最後は自分の家で待ち伏せを受けてしまったのだから、本章はスペードにとってマイナスの印象が強いように感じられるわけだ。

もっとも、急いで強調しておけば、第一七章の展開はガットマン一味にとっても決して本意ではなかったはずである。そもそも第一三章の終わりで薬を盛ったとき、ガットマンとしてはスペードの顔など二度と見るつもりがなかったはずであるし、今回の章にしても、あれこれと策を弄したにもかかわらず、結局はスペードが不在のあいだに「黒い鳥」を入手できなかった。待ち伏せという戦略はやむを得ず用いられた非常手段なのであり、それは取りも直さず、手元に届けられた彫像を即座に隠すという措置が、スペードによる冷静なファインプレーだったことを意味するだろう。

このように見てくると、現実にはスペードとガットマンが互角の戦いを繰り広げているのだが、それでもやはり、読者の印象としては、この章ではスペードが翻弄されているという感は否めないだろう。だが、それはクライマックスに突入しようとする物語にとって、必ずしも不都合な事態ではない。サム・スペードが相手にする「敵」とはそのくらい「したたか」であってしかるべきなのであるし、しかも以下の議論が示すように、ハメットはそうした「したたかな敵」の「性質」に関して、次章からの直接対決／最終決戦を前に、重要な示唆をおこなっているのである。

ガットマンが「したたかな敵」であるのは、既に第一三章でひとまず確認済みである。事実、第一七章の文脈においてまず気づかされるのは、ホテルの部屋で少女を見つけたときのスペードが「連中は何をした――きみに薬を盛ったのか。俺に飲ませたのと同じものか」と訊ねていることかもしれない（五三四）。スペードはここで、第一三章において彼自身が見事に一服盛られてしまったことを思い出している――思い出させられている――わけだが、彼が去ったあとすぐに（救急病院のスタッフが到着するより早く）リアがホテルから姿を消しているのは、彼女の言動が演技であった可能性を強く示唆する。そうであるとすれば、ガットマンは第一三章でのしたたかな行為を、ここで「伏線」として再利用し、スペードをまたしても出し抜いたということにもなるだろう。[1]

ただし、少女の振る舞いが完全に「演技」だったかという点については疑問が残る。スペードに無駄足を運ばせることに成功したガットマン一味が、自分達の手でリアをホテルの部屋から運び出した可能性もあるだろう。[2] だが、そうだとすればなおさら、次のような場面が「問題」として強く印象づけられるはずである。

彼女はピンを見ると泣きじゃくり、そして化粧着をはだけた。その下に着ていたクリーム色のパジャマを押しのけ、左の乳房の下を見せた――白い肌に細い赤線が十字に走り、小さな赤い点もところどころに見える。ピンで引っかき、刺した痕だった。「目を覚ましてようと……歩いて……あなたが来るまで……。あの人が、あなたは来るって……すごく長かった」彼女はよろめいた。

スペードは、まわした手に力をこめていった。「歩くんだ」（五三五）

これは（作品が発表された時代を思うとなおさら）極めてスキャンダラスなシーンであり、この場面を中心とするリアの登場シーンが丸ごと、一九四一年のヒューストンの映画において省かれたのも当然といわねばならないだろう。[3]

スペードはここでは「歩くんだ」としかいわない（いえない）が、彼が（読者とともに）ショックを受けたことは間違いない。そしてその「ショック」は、少女の伝えた情報が結局は偽りの情報であり、ガットマンの意図がスペードを数時間のあいだサンフランシスコから遠ざけておくというものに過ぎなかったと理解されたとき、さらに増したはずだ。仮に薬を飲ませていなかったとしても、この傷はあくまで「リアル」なものである。また、薬を飲ませていたとしたら、その上でスペードが来るまで娘に――身を傷つけてでも――起きているように命じていることになる。いずれにしても、ここで起こっているのは、「非情」な父親による娘の虐待に他ならないのである。[4]

リアの登場はこの場面に限られており、読者にはこのような親のもとで育てられた娘の人生を慮る余裕はほとんど与えられていない。だが、ガットマンが娘をこのようにしか扱っていない――したがって、映画版でカットされてもほとんど問題がないように見える――という事実は、この「小説」にとっては小さからぬ重要性を持っている。それが一つにはガットマンの「非情」な「したたかさ」を前景化することは右に述べた通りであるが、それは同時にガットマンが、このような異常な手段を取らざるを得ないほど、切羽詰まっているという状況を示すものでもあるだろう。[5] また、リアの年齢が一七歳であることを想起するなら、一七年間彫像を追いかけてきたというガットマンが、いわば「黒い鳥」によって人生を狂わされてしまったとも推測できるはずだ。

ある批評家は、リアをめぐるエピソードがなければ、ガットマンは「黒い鳥」に強い関心を持つだけのにこやかな人物に見えていたかもしれないと指摘している。[6] その直前でジャコビの死が描かれている以上、これはやや単純に過ぎる見方であるかもしれないが、確かにこの「虐待」はガットマンという「敵」の暗い面を浮かび上がらせるものであり、ひいてはその「暗い面」によって、第一三章で語られた中世の「財宝」をめぐる「暗い歴史」を現代的に、つまりリアリズム的に補完するものとなっているといえるだろう。

こうした観点からすれば、このエピソードが「家族」という身近な、つまりいかにもリアリズム的な主題を惹起することは偶然ではあり得ないし、それが「フリットクラフト・パラブル」を想起させるのも当然である。フリットクラフトがたまたま頭上から降ってきた「梁」のために家族を捨てたのと同様、ガットマンは「黒い鳥」とたまたま出会ってしまったために「家族」を犠牲にすることになったのだろう。論者の中には少女がガットマンの娘であるとは限らない（つまり、愛人であるかもしれない）とするものもいるのだが、[7] 小説全体の文脈をふまえてみれば、やはり彼女は「娘」でなくてはならないはずだ。

ここで注目しておきたいのは、ガットマンという「父」が目的のためには「娘」をも犠牲にするという事実が明らかとなるこの章において、[8] ハメットがリアの他に二人の「娘」を「家族」という文脈で——対比的に——登場させていることである。まず一人目は、スペードがバーリンゲームの空き家の鍵を借りるために訪れた家の娘である。この一四歳か一五歳の少女は、ドアを開けて、「パパを呼んでくるわ」というだけの存在なのだが（五三九）、まさにそれゆえに小説がこのタイミングで唯一の「子供」がいる「普通の家庭」を出してきたことを、[9] とうてい偶然とは思えなくするだろう。

そしてもう一人は、いうまでもなくエフィである。彼女がスペードにとってよき「母」である点についてはこれまで繰り返し強調してきたが、よき「母」であることはもちろんよき「娘」であることと矛盾しない。夜遅く家を訪ねたスペードに向かって、疲弊した彼女が最初にいうのは「もしママが何かいったとしても、サム、優しくしてあげてね。ひどく興奮してるのよ」という母親を気遣う言葉である（五四〇）。エフィの母親が「ひどく興奮」しているのは、娘が殺人事件に遭遇するばかりか警察に呼ばれて事情聴取まで受けたためだろう。その「興奮」の中身——怒っているのか、心配しているのか——は詳らかにされないが、エフィやスペードの懸念にもかかわらず、実際には（機会はあったはずなのに）娘の上司に文句をいわないことは、むしろこの母娘の絆の強さを感じさせるようにも思われる。[10]

エフィがこの物語において意味のある「家族の絆」を持つ唯一のキャラクターだという事実は（彼

女の家が、「哀れな女性」としてのブリジッドの「避難所」となり得る場所であったことを想起しておいてもいい）、[11] 彼女が特権的な人物（「母」）であると示唆する重要な一例である。とりわけリアとの「対比」という文脈をふまえて指摘しておきたいのは、ミス・ワンダリー＝ブリジッドが「良家の娘」然とした顔をして登場し、両親と妹を守りたいという虚偽の依頼をすることにより、「家族」が持つとされる価値を搾取するエピソードで始まるこの小説において、[12] ほぼ一貫して「家族の絆」は脆弱なものとされているという事実である。[13] ガットマンやフリットクラフトの行動に加えて、アーチャー夫妻がどちらも――しかも主人公を巻きこみながら――浮気性であることが、やはり小説の早い段階で明示されていたのを思い出しておけばいいだろう。

このような「脆弱な家族」というイメージは、おそらくかなりの程度、当時の世相を反映していたはずである。ここでは詳しく論じられないが、いわゆる「婚前交渉」が常態化し、「友愛結婚」が流行していた一九二〇年代に、「家族」なるものの「絆」が弱体化して見えたのは確かだろう。事実、というべきか、二〇年代の末には結婚に対する離婚の割合が六対一に到達していた。[14] 一九三〇年のある調査では、全妊娠の四割に関して中絶・堕胎がおこなわれたとされている。[15] だが、もちろん、「家族の絆」が弱まったと思われたことは、必ずしもその「価値」の軽視を意味しない。離婚や中絶の増加といった「現代的」な現象は、急速な時代の変化に戸惑う人々の多くに、「家族」の価値を「発見」させもしたはずだ。

エフィという「母」的な人物が好ましいキャラクターとなっている点については、こうして時代背景を大まかに整理するだけであらためて確認されるが、彼女のこうした意味での「好ましさ」が、小説でまさしく「特権的」な形で表象されているという事実は、彼女と対比される他の女性達の「好ましくない」姿を自ずと印象づけることに通ずるだろう。さらにいえば、そこから「女」は（エフィのような「例外」を除いて）一般的に信頼できないという、女性嫌悪のイデオロギーを引き出すことさえ可能に見えてしまうかもしれない。実際、これも詳述する余裕はないのだが、例えば「ヴァンプ映画」（「ヴァンプ」とはもちろん通俗的な「ファム・ファタール」の典型）の流行に見られるように、平和な「家庭」を脅かす存在として「女」が表象される事例を、同時代のメディアからはいくらでも見つけられるのである。〔16〕

しかしながら、『マルタの鷹』がそうした同時代の通俗的な想像力／イデオロギーと共犯関係にあるのかというと、それほど話は単純ではない。今回の議論で問題となった「家族の絆」を蔑ろにしているという点にしても、例として印象的なのは、むしろフリットクラフトやガットマンといった男達の方であるといえるだろうし、その意味において、ここでリアという「女性」が「犠牲者」として提示されている意味はやはり大きいといわねばならない。したがってここでは、この小説が「母」と「ファム・ファタール」というステレオタイプ的な二項対立を出しておきながら、この段階に至ってもそれをどう処理しているかが判然としないことを、積極的に評価しておきたいと思う。

このように論じてきてあらためて確認されるのは、ブリジッドという女性が「信頼できない」という問題に、小説の焦点が合わされていることの必然性であり、説得性である。彼女が「信頼できない」という印象は、ある程度はスペードという主人公が（第一二章におけるワイズとのやり取りから明らかなように）人をなかなか「信頼できない」という職業病的猜疑心の持ち主であることに起因しているにしても、そのような「ハード」な彼が、同時に一貫して彼女を信じようとしてきた(信じたいと思ってきた)という「ソフト」な面を持っているのを、我々はずっと見てきたはずである。スペードは――小説世界が彼に許せば――いつでも「お姫様」を守る「騎士」となる準備ができているキャラクターであるといってもいい。

ただし、このような意味で「騎士」となるには、女性が庇護されるべき存在――死体を前に、いかにも「女らしく」気分が悪くなるエフィのように――であるのが前提となる。別言すれば、スペードが「ヒーロー」になるためには、作品世界が家父長制的に安定した/安定するものでなければならないのだ。こうした観点からすれば、第一七章におけるリアのエピソード、つまり「娘」の「虐待」のエピソードは、いっそうの緊張と矛盾をはらんだものとして見えてくるだろう。

その「虐待」は、「父」が「娘」を暴力的に支配していることを示し、その点においては家父長制の力とそのグロテスクな面を同時に前景化する。ただし「グロテスク」とはいっても、『マルタの鷹』が父権的イデオロギーにだらしなく依存する物語であるなら、ここには大きな問題は存在しない。スペードがガットマンを打ち破れば、そうした「哀れな娘」を(正しい「父」として)救出することに直結するからだ。

けれども、ここで忘れてはならないのは、リアをめぐってのエピソードが、スペードの「騎士」的な面、「ソフト」な面、つまりは「家父長」的な面につけこむものであったということである。意識を失った(ように見える)少女を、スペードは彼女のベッドまで運び(最初に入ったのが彼女の部屋ではないとわかると、彼はわざわざ別の部屋へ行く)、彼女が楽であるように衣服を整え、枕を整えて布団をかける。そしてその場で五分ほど彼女の様子を見守り、ホテルを出ると救急病院に電話をかけさえする。こうした一連の行動は、ほとんど「紳士」的であるとさえいっていい。だが、まさしくそうした彼の正しく「父」的な振る舞いは、「敵」の時間稼ぎという目的に利用されたのである。

こうした文脈においては、いくらリアが「父」の「犠牲者」であるといっても、彼女が結局はスペードを騙しているという事実は重い。仮に彼女がまったくそのような意図を持たず、本当にブリジッドを救おうとして自発的に行動していたのだとしても、スペードの「父」的なところが搾取されていることには変わりがない。しかもこのエピソードは、スペードがブリジッドを救おうとしているというコンテクスト(現在の場面であれ、小説全体であれ)の縮図として解釈し得るのであり、だとすれば「父」として「娘」を信じ、守ってやろうという「ヒーロー」の姿勢そのものが転覆されているということにもなるだろう。

最後に興味深い存在として見ておきたいのは、不毛な捜索をおこなうスペードのそばにいるタクシー・ドライバーである。この人物はまったくの端役に過ぎず、名前さえ与えられていないのだが、注目したいのは彼の言葉遣いである。

① *She*'s full of gas and rearing to go.(ガソリンは満タンで、いきり立ってますよ。)
② Nope, but if *she*'s there we can find *her*.(知りませんが、そこにあるなら、見つけられますよ。)
③ *She*'s a tough racket.(きつい商売ですね。)
④ There *she* is, . . . *She* ought to be on the other side . . .(着きましたよ。通りの反対側のはずで

す。）

（五三七—三八、強調は引用者）

原文を引用せざるを得なかったが、もちろん重要なのはその内容ではなく、彼が①自動車だけならともかく、②通りであれ、③探偵という職業であれ、④家であれ、すべて女性代名詞を用いて受けるという点である。頻度の異常さに鑑みれば、この人物が周りのものを「女性化」することで自己の優越性を担保しようとする父権的な男性であると解釈してもよさそうに思える。そうした人物をスペードの運転手にするという設定に、助けを求めてきた「娘」の捜索が当然のように不毛に終わることの意味を、ハメットがさり気なく忍びこませていると考えてもよいのではないだろうか。

今回の議論においては「父」と「娘」の関係を中心に考えてみた。スペードが基本的にエフィの「息子」的な立ち位置に置かれており、そして通例「息子」とは「父」になるべく宿命づけられている存在である以上、今回見てきたような「父」と「娘」の関係は、主人公が「母」に守られつつ「敵」を倒して「お姫様」を獲得しようという（家父長制的な）物語が、どう転んでも好ましからぬ結果に逢着するのを予感させるかもしれない——が、その点について結論めいたことをいうには、「父」と「息子」の関係をもう少し考える必要があるだろう。実際、ハメットの作品ではむしろ「父」による「息子殺し」が特権的な主題であるのだし、それは本書でもまさに次章において前景化される問題であるのだから。

〔1〕 Rippetoe 53 を参照。
〔2〕 W. Miller 111.
〔3〕 当時はもちろん映画制作倫理規定（いわゆる「ヘイズ・コード」）の規制が強力であり、そこでは「子供や動物に対する明白に残酷な行為」のような題材は「良識の範囲内で注意して扱うこと」とされている。加藤幹郎『映画 視線のポリティクス――古典的ハリウッド映画の戦い』（筑摩書房、一九九六年）一六五頁。
〔4〕 参考までに触れておけば、このリアをめぐる「虐待」のエピソードが小説の「余剰」であることに着目した（おそらく自費出版の）小説として、Brian Lawson, *Chasing Sam Spade* (N.p.: Booklocker.com, 2002) という作品がある。
〔5〕 W. Miller 111.
〔6〕 Boon 113.
〔7〕 Herron 149.
〔8〕 リアについて、寝間着姿で現れ、肌を露出させる彼女が「性的なおとり」であったという可能性までも示唆する批評家もいる。W. Miller 111.
〔9〕 Cassuto 50.
〔10〕 小鷹信光は、エフィは「多分、口やかましい母親と二人暮らしのはずだ。この母親にスペードがかなり気がねをしているところをみると、良家とはいわないまでも、しつけの厳しい家庭なのだろう」と推測しているが、これはエフィという人物を「家族」と結びつける議論を補強するだろう。『ハードボイルドの雑学』一〇四頁。なお、エフィの父親に関しては小説中に言及がないが（ゴアズの『スペード&アーチャー探偵事務所』では一九一八年の――ハメットも罹患した――「スペイン風邪」で死亡したと設定されているが）、これは『マルタの鷹』で「父」が好ましからぬ象徴性を与えられていることを思えば、ほとんど自然

に思われる処置というべきかもしれない。

〔11〕 Cassuto 50.

〔12〕 Shulman 212–13.

〔13〕 従来の批評でも、この点に関する指摘は多い。Cassuto 48; Cooper 26; Lee Horsley, *The Noir Thriller* (Hampshire: Palgrave Macmillan, 2009) 33 などを参照。

〔14〕 常松洋『大衆消費社会の登場』（山川出版社、一九九七年）五五頁。

〔15〕 荻野美穂『生殖の政治学——フェミニズムとバース・コントロール』（山川出版社、一九九四年）一三四頁。

〔16〕 このあたりの議論をいくらかなりとも補うものとして、拙論「「新しい女」という他者——『プラスティック・エイジ』と『種』をめぐって」『多言語・多文化社会へのまなざし——新しい共生への視点と教育』赤司英一郎、荻野文隆、松岡榮志編（白帝社、二〇〇八年）一五三—六七頁をあげておく。

映画版『マルタの鷹』（1941）より
「黒い鳥」を取り囲むスペード、カイロ、ブリジッド、ガットマン
（写真協力　公益財団法人川喜多記念映画文化財団）

# 第一八講（第一八章）

# The Fall-Guy

今回の第一八章から、いよいよ物語はクライマックスを迎える。雑誌初出時も、一九三〇年一月号の『ブラック・マスク』誌に、ここからの三つの章が最終回（第五回目の分載）としてまとめて掲載されている。その前号の終わりには編集者（ジョゼフ・T・ショー）の、最後の最後まで読んでみてまったく驚かされたという熱烈な賛辞が付されており、[1] この「探偵小説」がはたしてどのような結末にたどりつくのかに、強い関心を持っていた同時代の読者も多かったと思われる。

そうした「解決パート」が、関係者一同が勢揃いした部屋を舞台とするというのは、「探偵小説」としてはいかにも相応しいといっていい。ただし、『マルタの鷹』のように「冒険小説」的な色合いが濃い作品であれば、その「パート」が「謎解き」にとどまらない動的な「ドラマ性」をも備えていることが期待されるだろう。事実、ほとんどの部分が椅子に腰をおろした登場人物達の会話によって構成されている第一八章は、それにもかかわらず非常に「ドラマティック」なものとなっており、「謎解き」がおこなわれる次章と最終章に効果的なコンテクストを用意するのである。

そこで今回の議論においては、この「コンテクスト」がどのようなものであるかを、ハメット作品においては「父」と「息子」の関係が特権的主題であることをふまえ、必要に応じて他作品に言及しつつ見定めていきたい。そうするにあたっては、主人公の翻弄される姿が提示された前章とは対照的に、第一八章がスペードの活躍を存分に描くものとなっている点を最初に強調しておこう。「敵」の一味との最終対決は、自室で「待ち伏せ」を受けた探偵が窮地に陥ったところから始まったはずなのだが、本章のスペードは、まさしく口八丁手八丁といった感じで、そこからあっさりと脱出するのだ。実際、本章におけるスペードの「ハードな策士」としての振る舞いは、見事という他はない。ボディチェックさえ断固として拒絶し（五四三）、「待ち伏せ」されたという困難な状況を、それこそ自分が望んでいたものだと読み替えることから始まって（五四四）、彼は一貫して強気の姿勢を保ち続ける。この「強気」を直接支えているのは、財宝に対するガットマンの執着心を正確に見抜いている彼の、「黒い鳥」を隠している自分は決して殺されないという確信だろう。

だが、今回の議論の文脈で重要なのは、スペードがその「確信」を繰り返し言動で表して、ガットマンをはじめとする周囲の人間を説得してしまうことである。もちろん、そこには「説得」を絶対に受け入れない人物としてウィルマーがいるのだが、この若い拳銃使いは交渉の場においてはもとより発言権を持っていないし、そのことをスペードはガットマンの口からいわせさえする（五五二）。それに加えて、彼はウィルマーの拳銃――それはガットマン一味の武力でもある――などはいつでもあしらえると断言するのであり、このように積み重ねられてくると、確かにスペードの優位は揺るがないものとして感じられてくるかもしれない。

しかしながら、このようにして交渉を優位に進めていくスペードの手際に感嘆させられていく読者は、同時に不安もつのらせていくはずである。というのは、そもそもここにきて悪漢達との「交渉」がおこなわれているという事実、そしてその交渉の中身が誰かを警察に「生け贄」として差し出そうというものだという事実に表れているように、スペードの「見事」な振る舞いは、「悪」を成敗する探偵小説／冒険小説の「ヒーロー」にとって適切なものには見えないからである。それはまさしく「金髪の悪魔」にこそ相応しいものなのだ。

前回の議論においては、ガットマンという「敵」の暗い面を見たが、第一八章の展開は、スペードという「主人公」が敵に勝るとも劣らず「非情」であることを、読者に強烈に印象づける。問題の「提案」を見てみよう。


……「いいか、ガットマン、俺達はどうしたって警察に生け贄を差し出さなくちゃならない。それ以外に方法はないんだ。このチンピラをくれてやろうじゃないか」彼は入口にいる若者に向けて愉快そうに顎をしゃくった。「こいつは実際、二人とも――サーズビーもジャコビも――撃ったんだろう？　ともかく、生け贄にはおあつらえ向きだよ。必要な証拠を添えて、連中に差し出してやればいい」

入口の若者は口元を引きつらせるが、それはごく小さな笑みであったかもしれない。スペードの提案への反応はそれだけだった。ジョエル・カイロの浅黒い顔は黄ばみ、目と口を大きく開けて驚いている。口で息をし、丸みを帯びた女性的な胸を上下させながら、呆然としてスペードを見つめている。ブリジッド・オショーネシーはスペードから離れ、ソファーの上で身をよじって彼を見つめた。顔に浮かぶ驚きと混乱の表情の奥には、ヒステリックに笑い出しそうな感じがあった。

しばらくのあいだ、ガットマンはじっと表情を変えずにそのままでいた。それから彼は笑うことにした。（五四八）

スペードのあからさまに非情な提案を聞いた四人の反応はそれぞれ微妙に異なるが、彼らが一様にショックを受けているのは間違いない――彼らとて裏社会を長く、したたかに生き抜いてきた筋金入りの犯罪者であり、「生け贄」の話を始めたスペードがウィルマーを念頭に置いていると感づいていなかったはずはないにもかかわらず、である。

スペードのこの提案には「情」のかけらもない。その「非情」ぶりは、必要なら口封じのために殺してからウィルマーを警察に渡せばいいという説明にも窺えるが（五四八）、さらにはっきりと非情ぶりを際立たせるのは、ウィルマーが駄目ならカイロを差し出せばいい（五五二）、あるいはブリジッドを犠牲にすることさえ協議してもいいという発言だろう（五五三）。これらはスペードの真意の表明というよりも、前者はカイロを追いこむための、後者はおのれの非情ぶりを見せつけるための戦略的な台詞とまず見なすべきかもしれないが、それでもここでスペードが「メタメッセージ」として伝えているのは、結局「生け贄」は誰でもいいということである。つまり、ウィルマーならウィルマーという「個人」が持っているはずの「単独性」は、「生け贄」として交換可能な存在に還元され、無視されてしまっているのであり、そこがどうにも「非情」に感じられるのだ。

ここであらためて想起されるのは、『マルタの鷹』というハードボイルド小説が、「フリットクラフト・パラブル」などを通して、「特別な個人」なるものを想定する「ロマンティック」な近代的主体概念を「問題」とし、転覆し続けてきたという事実である。繰り返していえば、梁はたまたまフリットクラフトの頭上に落ちてきたのだし、ブリジッドはたまたまスペードのオフィスを訪れたのだ。フリットクラフトはその梁を「運命」と信じて逐電し、ブリジッドはその出会いを「運命」とするべくスペードを誘惑する。「頼れる人はあなたしかいないのよ」という彼女の懇願が(四一八―一九)、醒めた自意識を持つはずのハードボイルド探偵の心を揺さぶったことの意味は、第一八章の「非情」なコンテクストをふまえれば、いっそう深く実感されるだろう。

いま触れたブリジッドの懇願において、そしてガットマンとの最初の会見においても、スペードの相手が「信頼」という語を頻用する点については、第四章と第一一章に関する議論でそれぞれ確認しておいた。あるいは第一二章において、スペードに「個人」として「信頼」されていないことに気づいたワイズが傷ついていた事実を想起しておいてもいい。それらを思い出してみれば、第一八章のスペードがおこなっているのは、財宝を追い求める犯罪者達の人間関係、つまり「個人」と「個人」が一定の「信頼」を互いに与えることで維持している関係を、解体する行為と理解されるだろう。[2] ここでスペードの戦略を確認しておくなら、そのようにして犯罪者達の「絆」を弱体化させることによって、[3] 彼は優位な立場で交渉を進められるようになり、さらには(次章においてはっきりするように)サーズビーやジャコビがどうして/どのようにして殺されたのかという「謎」へのアクセス権をも入手するのである。[4]

こういった「目的」に鑑みるならば、スペードが直接手を下して破壊する「人間関係」が、ガットマンとウィルマーの関係であるというのは当然だろう。単にウィルマーがガットマンの「懐刀」であるからではなく、この二人の「絆」は、その場にある他のどの関係よりも(スペードとブリジッドの関係は、ひとまず考えなくていいだろう)強固な、「情的」なものと推定されるからである。スペードの立場からすれば、そこにさえ亀裂を入れてしまえば、残りは財宝目当てに一時的に手を結んでいるだけの、御しやすい連中に過ぎないのだ。

ガットマンとウィルマーの「情的」な関係性を示唆する例としては、ほとんどガットマンだけが拳銃使いを「ウィルマー」という固有名で呼ぶことをあげられるだろう（三人称の語り手を含め、大抵は“boy”と呼んでいる）。[5] しかもこの章のガットマンは、自分と用心棒との関係性を「わたしはウィルマーを、まさに息子のように感じていますからな」とか（五四九）、「わたしがウィルマーに対して持っている気持ちは、血と肉を分けた相手に対して持つ気持ちと変わりません」というように（五五〇）、「血縁」という極めて情的な――利害を超越するものとして想定される――比喩を用いて繰り返し説明するのだし、激昂するウィルマーを「父親がさとそうとするような調子で」なだめようとする場面などもある（五五二）。

ただし、というべきか、前章のリアをめぐるエピソードが記憶に新しい読者としてみれば、こうしたガットマンの「息子」に対する「情」が、「マルタの鷹」の誘惑の前で、結局は空疎なものと判明してしまうという展開は、予想されるはずである。スペードの提案を「現実的（practical）ではない」といいながらも話の先を促し続けるガットマンは、それが最も「現実的」であるなら「息子」を犠牲にするのもやむを得ないといっているようなものだし、スペードの挑発に引っかかって銃を構えたウィルマーを、最初に制するのも彼である。あるいは、次章の名台詞を先取りして引いておいてもいい――「なあウィルマー、わたしとしては、おまえを失うのは本当に残念なのだよ。実の息子であっても、おまえほど好きにはなれないと思っているのを、ぜひわかっていておくれ。けれども……息子なら、失ってもまた手に入れることができる――そして、マルタの鷹は世界に一つしかないのだ」（五六三）。[6]

このガットマンの言葉が、ウィルマーが交換可能な存在であるというスペードの「非情」なロジックを、正確になぞっているのは明らかだろうが、それはすなわち、ガットマンとスペードが世界観を——つまり「コンテクスト」を——共有していることを意味する。この「ハードボイルド」な、「現代的」なロジックを内面化できていないことこそが、アナクロニスティックな「ヤング・ワイルド・ウエスト」（五五一）の不運だった。もしウィルマーが十分に「非情」であったなら、事態を正確に見極め、しかるべき行動を取れただろう。少なくとも、怒りという「感情」に——いかにも「人間」らしく、というべきかもしれないが——我を忘れて振る舞い、「父」に彼を見限らせる「現実的」な理由を与えてしまうという、愚行にだけは及ばなかったはずだ。[7]

このように考えてきて気づかされるのは、第一八章の「父と息子」のエピソードが、前章の「父と娘」のエピソードの単なる反復／変奏にはとどまらず、より積極的な「意味」を与えられていることである（念のために付言しておけば、「父と息子」の関係が「父と娘」のそれより本質的に複雑だといいたいわけではない）。グロテスクな「父」の支配する世界を生き抜くには、「娘」は（ひとまず）従順でありさえすればいい（最終章では、リアが「無事」に父親とともにいると確認される）。それが「虐待」を堪え忍ばざるを得ない運命を意味し、それによって「正しい父」——とは、しかし、何だろうか——の「力」を転覆することになってしまうとしても。

しかし、「息子」の場合はそうはいかない。やがて「父」となるべく宿命づけられている「息子」は、それにもかかわらず彼を「個人」として扱わないグロテスクな「父」のコピーとなるように要請されるのだ。その任を果たせない「息子」——例えば『赤い収穫』のドナルド・ウィルスンや、『ガラスの鍵』のテイラー・ヘンリー——は結局「父」になれずに殺されてしまうというのが、ハメットが提示する「非情」な世界なのである。

このように見てくると、第一八章の展開は、「父」ガットマンがウィルマーではなくスペードを「息子」として選んだと要約できるかもしれない。事実、次章においては、ガットマンはスペードに（ウィルマーの代わりに、とでもいうように）コンスタンティノープルに同行しないかと誘うのだ（五七三）。かくして「父」に見捨てられたウィルマーの運命は哀れというしかないが、しかし読者にとってより大きな問題は、そのようなグロテスクな「父」に、スペードが「息子」として選ばれてしまうということだろう。本章（と次章）で読者が主人公の「活躍」を見ながらつのらせていく「不安」は、このようにして前章から引き継がれた「父」の文脈で理解できることになる。

今回の議論においては、作品世界の「非情」なイデオロギーを「コンテクスト」と呼んできたわけだが、精神分析批評を通過している今日の文学研究の水準においては、それを端的に〈象徴界〉と呼んでおいてもいいだろう。詳しく説明するまでもなく、「父」の統べる〈象徴界〉に「息子」が参入するためには、「去勢」を受けなくてはならない。それが「社会性」を獲得し、「人間」になるための儀式なのだ。小説ジャンルに引きつけて単純化すれば、このプロセスを緩やかに小説化したものが「教養小説」、そして「去勢」の瞬間に焦点をあてたものが「イニシエーション」の物語ということになるだろうか。「個人」を抑圧するものとして「社会」を批判的に描くことが多いアメリカ文学——ハメットの同時代作品からわかりやすい例をあげれば、シンクレア・ルイスの『本町通り』（一九二〇）あたりだろう——に、前者の例はあまりなく、後者の例が非常に多いのは、当然といっていいはずだ。

もちろん『マルタの鷹』はいわゆる「イニシエーション・ノヴェル」などではないが、それでも右に述べてきたことは、ハメットのハードボイルド小説における「非情」な世界観や、過酷な世界で「息子」として生き抜かねばならない主人公達の状況を理解する際に、有効な補助線となってくれるように思われる。「正しい父」が世界を統べてくれるのであれば、「去勢」を受け入れて「人間」になってもいいかもしれない。だが、「グロテスクな父」が支配する世界では、いったいどうすればいいのだろうか。

このおそらくは解決不可能なアポリアに、ハメットはそのハードボイルド作家としてのキャリアを通して、必然的に向かいあうこととなった——いや、より正確には、その問題に向かいあったからこそ、ハメットがハードボイルド小説の確立者となったのだろう。彼が子供の頃から父親と不仲だったことはよく知られているが、いくつかの初期短編を「ピーター・コリンスン（Peter Collinson）」名義で書いたことも興味深い事実であるといえる。"Peter Collins" が "nobody" の隠語であることをふまえれば、それが "nobody's son" という「父の否定」を意味する表現となっているためだ。[8]

だが、本格的に小説を書き始め、コンチネンタル・オプという主人公を創造したハメットは、まもなく彼の探偵をして、極めてアンビヴァレントな感情を「父」——「オールド・マン（おやじ）」と呼ばれる上司——に抱かせることになる。短編「でぶの大女」（一九二四）からの一節を見ておこう。

この背が高く肉づきのいい七十代の男が俺のボスだ。白い口ひげをたくわえ、好々爺然とした明るいピンク色の顔をして、縁なし眼鏡の奥にある青い目は穏やかだが、この男の中には首吊り役人の縄ほどの温かみもない。コンチネンタル社で五十年も悪党を追いかけてきた結果、その頭脳と、物事がうまく進もうがそうでなかろうが変わらず――そしてどちらの場合でもほとんど意味がない――もの柔らかで、優しい微笑みを浮かべた礼儀正しい外殻を除いて、何もなくなってしまったのだ。その下で働く俺達は、彼の冷血ぶりを誇りとしていた。うちのボスなら七月に氷柱の唾を吐けると自慢したものだったし、仲間内では「ポンティウス・ピラト」などと呼んでいた。愛想のいい笑みを浮かべて、俺達を自殺行為のような任務に磔にするからだ。[9]

オプ自身が「名無し」であることをふまえればなおさら、この「名無し」の「おやじ」が、オプの「父」であり、またその将来を予告する人物であるのは明らかだろう。

オプは「オールド・マン」の非情ぶりに憧れる。頭脳と笑顔以外何も持たないような「父」――ほとんどガットマンについていっているようだが――になるのは、決して望ましいことではないはずだが、そうでなくては生きていけないと知っているオプは、だからこそその「父」を尊敬すべきモデルと見なそうとするのだ。そうであるとすれば、「息子」の「非情」であろうとする姿勢は、それ自体として非常に（ほとんどパセティックなほどに）「人間的」な処世術であるといえようし、それゆえにどうしようもなく矛盾に満ちたものとならざるを得ない。

その「矛盾」が噴出するのが、オプが努めて「非情」であろうとする『赤い収穫』である。固有名を持たないオプは、「組織人」であるがゆえに事件に対して感情的に巻きこまれないはずにもかかわらず、そこでは「個人」として振る舞ってしまい、大量殺人の渦中で神経をすり減らしていく――という点については、「かきまわし」というハードボイルド探偵の捜査方法について論じた第六章に関する議論で触れておいた。現在の文脈においては、こうしたオプの「個人」としての振る舞いを、「父」に対する反抗の身ぶりと解釈できるはずだ。事実、オールド・マンの存在を、オプは小説を通して意識し続けているのである（『赤い収穫』には右で引用した「でぶの大女」からの一節と同様の描写も出てくる）。[10]

だが、その「反抗」は虚しいものである。一つには、そうした行動は、結局「ポイズンヴィル（毒の町）」を象徴する存在としての「父」エリヒュー・ウィルスン――彼は実際、オプに対していかにも父親然とした態度を取る――の利益に貢献することになってしまうからであるし、[11] そしてもう一つには、オプが消耗していく姿が、あたかもオールド・マンが現在のオールド・マンになったプロセスを追体験するものであるかのように見えるからだ。オプが僅かながらも心情を吐露できる相手としてはダイナ・ブランドというファム・ファタールしかいないのだが（ここでは詳述できないが、そのような女性人物が「母」役も演ずるというのが『赤い収穫』の過酷な世界である）、そのときの言葉は以下のようなものだ。

いいか、今夜、ウィルスン邸での会談の席についていた俺は、鱒でも釣るように連中を引っかけて楽しんだんだ。ヌーナンを見て、俺がしたことのせいであいつが明日まで生き延びられるチャンスは千に一つもないとわかっていながら、声をあげて笑っちまったよ。胸の内は温かく、ハッピーだった。そんなのは俺じゃない。俺の心の残りかすは固い皮で覆われてるし、二十年も犯罪と関わりあったあとじゃ、どんな殺人だって飯の種にしか見えない。だが、こんなふうに殺し合いを計画して楽しんじまうのは、俺に相応しいことじゃない。この土地が、俺をこんなふうにしちまったんだ。〔12〕

オプはギャングの苛烈な抗争が繰り広げられる「毒の町」に影響されてしまったと述べているが、それ以外に作品が「世界」ないし「現実」を持たない以上、ポイズンヴィルを特別な場所と考えるべき理由は（読者には）ないように思える。むしろオプの苦悩を「父／息子」関係の枠組みに据えて、親元を離れた「息子」が初めて（強大な「父」が彼から隠してくれていた）生々しい「現実」に触れてショックを受けるという――イニシエーション・ノヴェル的な――構図を見る方が妥当だろう（「二十年」という年月も、「息子」が「成人」となる時期を示唆するといえるかもしれない）。

オプの物語について論じるべきことは他にもいろいろとあるのだが、当面の文脈ではこれで十分としておきたい。「父と息子」の関係がハメット作品における特権的テーマであることは明らかとなっただろうし、また、ハメットがその主題をさらに深化させるには、主人公に固有名――人格――を付与する必要があったと思えるためである。主人公に「社会性」を、あるいは「日常」を与える必要があった、といってもいい。事実、『赤い収穫』はオプの「情」の問題を最終的にはいわば棚上げにし、その結末でオールド・マンのもとに（叱られに）戻った主人公は、続く『デイン家の呪い』のあと、まもなく姿を消すことになる。そこで登場するのがサム・スペードなのだ。

スペードはオプの場合のようにわかりやすい「父」を持たないが、アイヴァ（との関係）が象徴する凡庸な「日常」を生きる彼は、「父」が「息子」に課す「非情」なコード──「特別な個人」などというものは「夢」に過ぎない──はわかりすぎるほどにわかっている。だが、これまで繰り返し論じてきたように、人はそのように「去勢」されて「人間」になるとき、常に既に失われた「ファルス」を求めるロマンティックな欲望を、「主体」の核に埋めこまれてしまうのだ。「グロテスク」な作品世界に似つかわしい「父」として振る舞うことはできるガットマンにしても、「ファルス」を求める欲望に突き動かされている彼は、作品世界の論理を超越しているわけではない。〔13〕結局のところ、ガットマンという人物は、「マルタの鷹」を追いかける犯罪者の一人でしかないのだ。ガットマンが「グロテスクな父」であるのは、このメタレヴェルの認識(自意識)を持ち得ていないからだといってもいい。

第一八章におけるスペードの「金髪の悪魔」としての振る舞いが読者を居心地悪くさせるのは、財宝をめぐる駆け引きの場における彼の活躍なり勝利なりといったものが、このままでは結局「グロテスクな父」の再生産に終わる以外にないように見えてしまうためである。実際、ここでおこなわれている「大人」の「交渉」を主導していくのはスペードであるのだし、さらにはウィルマーを決定的に追いこむ「あいつらはおまえを売るぜ、坊主(son)」という「非情」な「父」的台詞を想起しておくこともできるだろう(五五四)。

スペードが「主人公」として与えられた「課題」を、ここまでの議論をふまえて総括してみれば、「息子」として引き受けさせられている「非情」なコードへの自意識を(例えばコンチネンタル社の「構成員」としてではなく)あくまで「個人」として獲得し、維持せねばならないということになる。それは取りも直さず、彼が「探偵」であることを主体的に選択できるのか、という問題に逢着するだろう。このように整理すれば、次作の『ガラスの鍵』において、主人公にはこの「探偵」という「よりどころ」さえ与えられなくなることまでも、必然と感じられるはずである。

賭博師のネド・ボーモンほどではないにしても、個人営業のスペードには、突きつめていえば「探偵」でなくてはならない外的理由など、ほとんど与えられていない。「正義」を担うはずの警察や検事といった「法＝父」を「探偵」スペードがモデルにできないことについても、繰り返し例を見てきた通りである（第一八章においても、地方検事の「正義」が歪んでいることは強調されている［五五〇―五一］）。だが、ここでそれでもあえて「ほとんど」といったのは、この小説にはエフィという「母」が重要人物として存在するからだ。実際、「息子」スペードが、「父」ガットマンの誘惑を、「母」エフィをよりどころに拒絶することは、少なくとも前章までを読む限りにおいては、可能のように思える――それが作品をメロドラマにしてしまう「可能性」だとしても、である。

けれども、そうだとすればまたしても、「母」と二項対立をなすはずの「ファム・ファタール」の誘惑が、重いものと感じられもするだろう。ブリジッドを「生け贄」にすることを話し合ってもいいというスペードの言葉を、右ではおのれの「非情」ぶりをアピールするブラフと解釈しておいた。すなわち、ありふれた「日常」からの解放を約束するファム・ファタールを、「探偵」スペードが最終的にどう扱うのかという問題は、宙に吊られたまま残っているのである。しかしともあれ、まずは「黒い鳥」の争奪戦にどのような決着が付けられるのかを、読者は次章で目にしなくてはならない。

〔1〕　[Joseph T. Shaw,] “To Our Readers,” *Black Mask* Dec. 1929: 91.

〔2〕　Cassuto 52 を参照。

〔3〕　W. Nolan, *Dashiell Hammett* 60 を参照。

〔4〕　Thompson 118 を参照。

〔5〕　Seals 74 を参照。

〔6〕　ある批評家が、ガットマンの彫像探しを、世継ぎを欲する男性的欲望が歪んだものと見なしていることに、ここで言及しておいてもいいかもしれない。Shokoff 59.

〔7〕　この文脈においては、スペードの「非情」ぶりが印象づけられる本章（と次章）において、カイロがステレオタイプ的なゲイ男性として「感情的」に振る舞っていることに注目しておいてもいいかもしれない（例えば五五五）。「ゲイ表象」に関し、ここはイデオロギー的に問題があるといわざるを得ないだろうが、そこで対比的に「引き立て」られることになるスペードの「男性性」が、決して好ましいものではなく、むしろグロテスクなものとされている点は強調しておきたい。

〔8〕　Edward Margolies, *Which Way Did He Go?: The Private Eye in Dashiell Hammett, Raymond Chandler, Chester Himes, and Ross Macdonald* (New York: Holmes and Meier, 1982) 19.

〔9〕　D. Hammett, *Crime Stories* 543.

〔10〕　D. Hammett, *Complete Novels* 102.

〔11〕　エリヒューがオプに「父親面」をするところとして、例えば D. Hammett, *Complete Novels* 132–33 を参照。

〔12〕　D. Hammett, *Complete Novels* 137.

〔13〕　Torgerson 210 を参照。

# 第一九講（第一九章①）

# The Russian's Hand I

第一九章、日曜日の早朝にスペードのアパートに届けられた包みを関係者一同が取り囲む場面において、『マルタの鷹』という小説は一つのクライマックスを迎える——かくして物語もいよいよ大詰めということで、最後の（比較的長い）二つの章については、さらに速度を落として丁寧に読み、細かく考えていきたい。そうすることで、これまでの議論が論点、あるいは「読みどころ」として提出してきたいくつもの問題を、優れた小説家が収束へと向かう物語においてどのように収斂させているのかを、なるべく詳しく示せればと思っている。

そこでさっそく注目されるのは、書物のタイトルにもなっている「マルタの鷹」をめぐるストーリーに結末が与えられるのが、最終章においてではなく、その前の章だという点である。別のいい方をすれば、この物語的に極めて重要な関心事の顚末は、『マルタの鷹』という小説に、あくまで一つのクライマックスを提供するだけなのだ。こうした構成にはもちろん、この「クライマックス」がむしろ「アンチ・クライマックス」に終わってしまうという事情が深く介在しており、その「アンチ・クライマックス」についてはそれ自体として細かく検討しなくてはならないが、そうした議論に資するためにも、作品の構成をジャンル論的に整理しておくことから始めたい。

この「探偵小説」が「冒険小説」的な面や「恋愛小説」的な面を備えた「ハードボイルド小説」であることはこれまで何度も確認してきたが、そのように様々な「顔」を持つこの小説には、それらに対応した複数の「結末」が用意されている。そうした観点から見れば、第一九章は財宝をめぐる「冒だ。そしてこのように考えてみるとはっきりとしてくるのは、『マルタの鷹』が複数の面を持つ小説であるとしても、それらの「面」はいわば階層化されており、そこには優先順位とでも呼ぶべきものが（一応は）存在しているということである。

結論を先取りする形でその「階層」をわかりやすく（単純化しつつ）図式化しておくなら、「冒険小説∧恋愛小説∧探偵小説∧ハードボイルド小説」とでもなるだろう。具体的にいえば——『マルタの鷹』という小説は、主人公が財宝を追い求めるという「冒険」より、彼とヒロインの複雑な関係＝「恋愛」を重要なものとするが、スペードはブリジッドとの「恋愛」に没入するより、「探偵」として振舞う道を選択せざるを得ず、その選択が「宿命」になってしまうことが作品を「ハードボイルド小説」にする——となるわけだ。こうした「階層」を『マルタの鷹』の読者は最後の二章で辿っていくのだが、ただしこの「階層化」は——第一九章に至っても——かなりの程度「あとづけ」的な整理であると、あらかじめ断っておくべきかもしれない。実際の読書経験は、おそらくもっと混沌としているはずであり、その「混沌」としたところこそが、今回の議論によって示そうとしている「読みどころ」なのだ。

例えば「もし鷹が本物だったら……」という最終章におけるブリジッドの言葉／仮定を想起しておいてもよいが（五八三）、第一九章を読んでいるとき、読者は彫像が「偽物」であることを知りようがない。したがって、第一九章の「冒険小説」的なクライマックスは、その展開が『マルタの鷹』が「探偵小説」であることを読者にしばらくのあいだ忘れておくように誘導するという意味において、一種の「ナラティヴ・トリック」になっていると見なしておけるように思われる。サーズビー殺しやジャコビ殺しの詳細が明かされるのが、その「誘導」の過程において、つまりその「探偵小説」性が際立たない位置においてであるというのは示唆的だろう。

また、ここで「謎解き」がなされる「第二の殺人」と「第三の殺人」が、第一六章に関する議論で述べておいたように、そもそも解かれるべき「謎」といったようなものではなく、むしろ「第一の殺人」が「謎」であることを忘れさせるという、それ自体としてナラティヴ・トリック的な役割を与えられていたのを思い出しておいてもいいだろう(ちなみに第一八章でも、ハメットはカイロに「問題」の殺人は二つしかないといわせている[五四六])。だとすれば、第一九章の「謎解き」は、目立たないように提示され、気づいたとしても肝腎な謎は覆い隠すという意味において、二重のナラティヴ・トリックに組みこまれているというべきかもしれない。

しかしながら、話はさらに複雑である。というのは、いささか逆説めくのだが、第一八章から第一九章にかけての「冒険小説」的な展開は、それが前回の議論で詳しく論じた「コンテクスト」においてスペードの「非情」ぶりを強烈に前景化するため、『マルタの鷹』が「探偵小説」であることを読者に完全に忘却させてしまうには至らないように思えるからだ。ウィルマーを「生け贄」にする取り決めがなされたあと、スペードはその「決定」をいいことに、サーズビー殺しとジャコビ殺しの詳細をガットマンから引き出すのだが、これは(スペード自身がいうように)ウィルマーを完全に「生け贄」にするための手段なのか(五五九)、それとも「探偵小説」としての「謎解き」なのか、判断が困難なはずである。

スペードが「冒険小説」の「ヒーロー」としてもう少し「常識的」に行動してくれれば、これが「探偵小説」であることを、読者はしばらく忘れることができるかもしれない。だが、前章からこの章にかけて目に入ってくるのは、「金髪の悪魔」としての「非情」な振る舞いばかりなのだ。犯罪者達に向かって「何てこった。あんたらは、盗みをするのはこれが初めてなのか」と呆れたようにいい（五五八）、[1]前回の議論で引用した「息子ならまた手に入れられる」というガットマンの宣告を聞いて高笑いさえする彼の姿は（五六三）、読み手をどうにも不安にさせるはずである。その「不安」を緩和するために、読者はスペードが「探偵」であることを思い出し、その言動を「探偵」としての戦略ではないかと考えてみたくなるわけだ（そういった「不安」を感じない読者は右に述べた「ナラティヴ・トリック」に騙されるわけだが、それがこの「探偵小説」を読む楽しみを減じるわけではもちろんない）。

こうして第一九章の読者は、「冒険小説」と「探偵小説」のあいだを、スペードという主人公の「非情」な姿を見ながら揺れ動くことになり、それだけでもこの章は十分に読みごたえがあるといわねばならないのだが、ハメットはそこに「恋愛小説」的な要素を絡めて、局面をさらに複雑化させる。「冒険小説」と「探偵小説」のあいだを揺れ動く読者は、まさしくそうしているときに、スペードがブリジッドに関してどう考えているのか、という問題を同時に考えることが要求されるのである。

まず指摘しておかねばならないのは、「第二の殺人」と「第三の殺人」について説明するガットマンの話に、ブリジッドの存在が見え隠れする点である。もちろん、これまでの物語においても、「黒い鳥」をめぐる争奪戦にブリジットが関わっているのは明らかではあっただろう。だが、彼女は第一一章から第一七章の終わり近くまでは小説前景に姿を現さず、また第一八章や第一九章においてもガットマン一味との交渉に関してはスペードに一任しているように振る舞うため、手練れの悪党連中に囲まれる彼女は、ともすれば受動的で無力な存在のようにも感じられることにもなっていた。[2]

けれども、ガットマンが二つの殺人に関する話で繰り返し示唆するのは、彼にとってはブリジッドこそが主な「敵」だったということである。ガットマンはサーズビーが「悪名高い殺し屋」であると知りながらも、「鷹」を持つのがサーズビーだという可能性は一顧だにしなかったと述べるのだし(五六〇)、「ジャコビ船長が死んだのは、完全にミス・オショーネシーの責任でした」と語る彼は、「我々のような、男に過ぎぬ者達は、この女性と渡り合えるだけの能力を持つなどと考えるべきではありませんな」などと述べるのだ(五六一)。報酬に関する交渉中、ブリジッドが席を外しているとき、分け前を彼女に十分に与えない場合にはくれぐれも用心した方がいいと「忠告」までしていることを(五六七)、加えて想起しておいてもいいだろう。

このようにして、ガットマンはブリジッドが危険な女であると示唆するのだが、[3] 重要なのは、それをどこまで真に受けていいのか、判断するのがなかなか難しいということである。例えば千ドル札をその手に握りこんだエピソードが(あるいは第一三章で薬を盛ったり、第一七章でリアを利用して時間稼ぎをしたりしたというエピソードが)示すように、ガットマンが相手を騙す技術に長けているのは間違いない。そのような「したたかな敵」であれば、ブリジッドの「危険性」について述べることで、スペードとブリジッドのあいだの「絆」を(いわば意趣返し的に)揺さぶろうとしている可能性は、決して小さくないはずである。

また、そもそも二つの殺人をめぐる話にブリジッドの名前が出てきたといっても、それは「冒険小説」的な章に埋めこまれているに過ぎない「謎解き」の箇所においてでさえ、副次的な形で言及されているに過ぎないともいえるだろう。つまり、先述した「ナラティヴ・トリック」はここでも機能しているのであり、事実、ジャコビの死をブリジッドのせいだとするガットマンの言葉を、スペードは即座に「それはいまのところはどうでもいい」と遮っている（五六二）。聞き手／主人公がそうした態度を取る以上は当然のことだろうが、ガットマンの話の「主題」はあくまでもウィルマーがどのようにして（二つの）殺人をおこなったかということであり、ブリジッドの関与は瑣事とされることになるわけだ。

このように見てくると、この章のハメットは、ブリジッドの「危険性」をこれまで以上に具体的に示唆する一方、それを棚上げすることであくまで「示唆」にとどめているといえるだろうし、「冒険小説」という枠組みは、そういった「棚上げ」を担保すると考えていいだろう。いささか論点先取めくが、先に触れたブリジッドの「もし鷹が本物だったら……」という最終章における台詞が重みを獲得するのは、小説にこうした流れがあるためだ。つまり、鷹が「たまたま」偽物であったために「冒険小説」的な枠組みは瓦解したが、そうでなければスペードは「探偵小説」の主人公として主体的に振る舞えただろうか、という問いが浮上するのである。

この「問い」の「重み」は、ハードボイルド探偵にとってはその問い自体が「無効」であるという事実によって測定されることになるのだが、いまはその点については措いておき、ブリジッドの「危険性」（が「棚上げ」されていること）について話を続けよう。第一九章の（アンチ・）クライマックスが「鷹」のエナメルを剝がす場面であることは論を俟たないが、この最長の章には、もう一つ印象的なシーンがある――消えた千ドル札の行方を確かめようと、スペードがブリジッドに服を脱ぐように「非情」に命ずる場面がそれである。ここは長く引用しておきたい（傍線を引いた部分は、ハメットが単行本化にあたって加筆した箇所である）。〔4〕

……「あの札がどうなったのか、知っておかなくちゃならない。おしとやかにカマトトぶられても、俺の気は変わらんよ」

「そんなつもりじゃないわ」彼女は近づき、彼の胸に再び両手をあてた。「あなたの前で裸になるのが恥ずかしいわけじゃないのよ。でも――わからないの？　――こんなのは嫌なのよ。わからないの？　こんなことをしてしまったら――何かを殺してしまうのが」

彼は声を荒げなかった。「さっぱりわからんね。札がどうなったか知らなくちゃならないんだ。服を脱いでくれ」

彼女は、まばたきもしない、黄色がかった灰色の目を見つめた。顔が桜色を帯び、また白くなった。彼女は背筋を伸ばし、服を脱ぎ始めた。彼は浴槽の縁に腰かけ、女と開いたドアを見守っている。居間からは何の音も聞こえてこない。女は素早く、まごつくことなく服を脱ぎ、足下に落とした。裸になると、脱いだ服から一歩下がって立ち、彼を見つめた。その態度には、挑みかかる調子も、恥ずかしがる様子もなく、プライドだけがあった。

彼は手にしていた銃を便座に置き、ドアの方を向いたまま、服の前で片膝をついた。一枚ずつ拾いあげ、指で、そして目で調べる。千ドル札は見つからなかった。作業を終えると、彼は立ち上がり、手にした服を差し出した。「ありがとう」と彼はいった。「これでわかったよ」（五六五）

ここは映画版ではカットされているのだが、[5]『マルタの鷹』という小説における最も重要なシーンの一つだろう。

この場面が重要である理由の一つは、第一九章を終わりまで読んだとき、エナメルを剝がされる鷹と服を脱がされるブリジッドがイメージ的に重なってくるという、優れて小説的なダイナミズムにあるのだが、その点に関する考察は次回に送ることとしよう。今回の文脈で注目したいのは、ここでハメットが事態を複雑化させ、我々の「読み」を混沌としたものにしようとしている点である。というのも、右で引用した場面でスペードがあからさまに「非情」に振る舞うとき、ブリジッドは不当にも「無実の罪」を疑われた「被害者」としての（有利な）立場を与えられるからだ（この図式は、「黒い鳥」が偽物であるとわかったときに、もう一度繰り返される）。

実際、というべきか、「濡れ衣」を着せられているときのブリジッドの態度は、極めて「立派」なものである。スペードが彼女の言葉を信じずに無理に服を脱がせるならば「何かを殺してしまう」という台詞は、いささかメロドラマティックであるにしても、まことに正当な言葉のように思えるし、堂々と服を脱ぎ、自尊心を失わぬまま男を見つめるその姿は、毅然とした美しさをたたえているように感じられるかもしれない。丁寧な加筆によって彼女の「見せ場」となったこの場面は、ブリジッドという女性に対する読者の「信頼」を高める効果を持つといっていいだろう。つまり、このエピソードは、ガットマンの話が印象づけるネガティヴなイメージを脱ぎ捨てる機会を、ブリジッドに与えているように見えるのである。

しかし、ここでこの場面の「作り手」であるスペードの側に目を向けると、まだ考えるべきことが出てくる。興味深いのは、「きみが［盗んだ］とは思っていない」と最初にいう彼は（五六五）、そもそもこの段階でブリジッドが千ドル札を一枚盗むはずなどないと理解していることである。この「非情」な振る舞いは、ガットマン達に対する「パフォーマンス」とも解せるが、それだけのことであるなら、この抜け目のない「策士」がブリジッドを本当に裸にする必要はないように思える。彼女とは口裏を合わせ、服を脱がせて調べたことにしておけばいいのだし、何より（映画版のスペードがすぐにいうように）ガットマンの「身体検査」を先にやってもよかったはずなのだから。

この問題、つまりスペードがまずガットマンを疑わなかったという点に着目すれば、この場面における彼の「非情」な振る舞いが見せるのは、その（第一〇章におけるブリジッドの部屋を捜索する場面で確認された、優秀な「探偵」として身に染みつけている）徹底ぶりにはとどまらないだろう。このほとんど「過剰」ともいえる「非情さ」によって――ブリジッドの裸体とともに――決定的に露出してしまうのは、スペードがもはやブリジッドのことをいくらかなりとも信用しようとさえしていないという事実なのである。念のために強調しておけば、ブリジッドが千ドル札を盗んでいるはずがないというのは、あくまでも「理性」による推測であり、スペードが彼女を信じていることを意味するわけではないのだ。

したがって、この場面が読者にブリジッドの「美しさ」を感じさせたとしても、その「美しさ」が具体的には描かれていないのは当然だろう。さらにいえば、まさに「ファム・ファタール」にとっての「見せ場」であるはずの脱衣と全裸のシーンに、性的な空気が漂っていないこともしかりなのだ——もちろん、作品の出版年代に鑑みれば、作者／出版社による（自己）検閲という点は考慮してしかるべきだろうし、[6] 実際、映画版においてこの場面が削られた理由の一つが、ヒロインが身につけた衣類をすべて脱ぐという扇情性にあったことは間違いないにしても、である。

加筆によって（さらに）明確にされているように、スペードは、ブリジッドが服を脱ぐあいだは彼女を見て（監視して）おり、脱いだあとは（拳銃という「ファリック」なアイテムを置いて）服のことしか見ていない。平たい言葉でいえば、この場面において、スペードはこの「ファム・ファタール」を「女」として扱っていないのである。「女」として見ているのなら、その「正しい」態度はまさしく正反対であるべきだろう——彼女が服を脱ぐときには目をそらすが、全裸になったら目が離せなくなる、というように。ここからブリジッドの「魅力」はもはやスペードには届かなくなっているという結論を引き出すのは早計かもしれないが、少なくとも、スペードはその「魅力」を無視しようとしているのだ。

整理しておけば、この場面におけるスペードの「非情」な振る舞いは、濡れ衣を着せられた被害者としての優位な立場をブリジッドに与えるが、それ自体としては「濡れ衣」であるものを着せる「非情」さには、隠れた根拠が既にあったという意味において、これもまたナラティヴ・トリック的なものということになるだろう。ある批評家は、スペードがブリジッドの服を脱がす行為に関し、物語の終わりに近づいてきても彼がブリジッドをまだ信じていないことを示唆すると見なしているが、[7] これはいささかミスリーディングな見解といわざるを得ない。問題は、「まだ信じていない」ことではなく、「もう信じられない」ことなのだから。

そしてここにおいてあらためて理解されることが、『マルタの鷹』ではやはり「探偵小説」が「冒険小説」や「恋愛小説」の上位に置かれているという事実である。幾重にもめぐらされた「ナラティヴ・トリック」を用いて「冒険小説」の終焉が「恋愛小説」の終わりをも意味するように見せるテクストは、実は「恋愛」の成就の可能性が既に潰えていることを「冒険」の終結に先だって示唆しているのであり、そしてその「恋愛」の終わりがここで決定づけられている以上、ガットマンが「謎解き」の話で語っていたブリジッドの「関与」はやはり看過され得ないからである。ジャコビ殺しに関するブリジッドの責任を、スペードが「いまのところ」はどうでもいいと述べていたことを、最後に想起しておいてもいいかもしれない。

しかし、それでも……と願う読者もきっといるだろう。ブリジッドに対するスペードの「非情」な態度は、彼が「財宝」への欲に目が眩んでしまっていたからに過ぎないかもしれず、そうであるとすれば、財宝が「夢」であったと判明したときには残された「愛」が貴重なものとして発見されるかもしれないのだし、結局のところ、サーズビーやジャコビの「殺人」に関しては、彼女の関与はせいぜい間接的なものに過ぎないはずなのだから——というように。

こうした「希望」は、ブリジッドの「関与」がどのような性質のものであるかを考えることによって、やはり「夢」に過ぎないと理解され、スペードの「幻滅」の深さが明らかになるはずなのだが、この点に関する議論は最終章を読むまで保留しておくべきだろう。その前に、エナメルに覆われた「財宝」が「夢」に過ぎなかったことの意味について、回をあらためて検討しておかねばならない。

〔1〕ジュリアン・シモンズは、この場面に至って読者はスペードが他の連中と同じくらいの「悪漢」と信じるのではないかと指摘している。Symons 63.

〔2〕ある批評家は、ブリジッドが「黒い鳥」の争奪戦においては「駒（pawn）」以上のものではほとんどないと見なしており、その理由として、性的魅力をカイロやガットマンに使うことができない点をあげている。Luhr 319.

〔3〕W. Miller 121を参照。

〔4〕D. Hammett, "The Maltese Falcon," *Black Mask* Jan. 1930: 43.

〔5〕映画では、スペードはブリジッドに服を脱がせるまでもなく、ガットマンが札を手のひらに握りこんだと主張する。

〔6〕ブリジッドの「あなたの前で裸になるのが恥ずかしいわけじゃない」という言葉が、編集者の検閲で削られたことはしばしば指摘されてきた。Nolan, *Dashiell Hammett* 64; Symons 66を参照。

〔7〕Boon 111.

ライブラリー・オヴ・アメリカ版
ハメットの長篇集

# 第二〇講（第一九章②）

# The Russian's Hand II

前回に続き、今回も第一九章について考えていきたい。したがって、今回の議論は前回からの継続性が強いものとなるのだが、多少なりとも具体的な目的を最初に設定しておけば、第一九章の結末、つまりこれまで登場人物達が追い求めてきた「マルタの鷹」の彫像が、結局は偽物であると判明するという結末が持つ「意味」を考える、ということになるだろう。

前回の議論においては、財宝をめぐる「冒険」が「(アンチ・)クライマックス」に到達する点に注目し、「冒険小説」的な展開が、収束へと向かう小説の他の面――「恋愛小説」的な面や、もちろん「探偵小説」としての面――と、どのように関係しているかを整理しておいた。そこでは「(アンチ・)クライマックス」を最初に迎える「冒険小説」的な面は、他の面から読者の目をそらす「ナラティヴ・トリック」的な機能を担っていると述べたのだが、今回の議論を始めるにあたって強調しておきたいのは、だからといってこの「マクガフィン」的な彫像をめぐるストーリーを、それ自体として軽視していいわけではないということである。[1] 物語を牽引する「マルタの鷹」が偽物であったことは、『マルタの鷹』という小説にとってはやはり「核」となる出来事なのであり、それがあるからこそ他の面が生きてくるのだ。

例えば、前回は「冒険小説」という枠組みにおけるスペードの「非情ぶり」を際立たせるものとして、ブリジッドに服を脱がせるシーンを論じたのだが、その折にも触れておいたように、その場面が極めて重要なものと感じられるのは、服を脱がされるブリジッドが、すぐあとでエナメルを剝がされる彫像と、イメージ的に重なるためだろう。というのは、「マルタの鷹」と「ファム・ファタール」がともに夢の象徴であることが、ここにおいて決定的に明らかになるからだ。「黒い鳥」が夢の象徴であるとわかるのは、皮肉にもそれがまさしく「夢＝偽物」に過ぎなかったと判明するからなのだが、そのときにそのイメージの「重なり」は、一方が「偽物」であるなら他方もまたそうであるという「繋がり」を浮上させる。財宝をめぐる「冒険」の終わりがすなわちファム・ファタールとの「恋愛」の終わりでもあるという事態を、小説はこうして補強——あるいは確認——しているのである。

　ここで「確認」と付言したのは、これも前回の議論で示したように、「マルタの鷹」が偽物と判明するよりも前に、「恋愛」が成就しないことは示唆されていたためである（スペードが「欲」に目が眩んで「愛」が見えなくなっている可能性が皆無だとはいい切れないにしても、である）。ガットマンが語るブリジッドの「正体」を「それはいまのところはどうでもいい」と閑却してはいても（五六一）、話を聞いたスペードは、ブリジッドを信用することを完全にやめてしまっているように見えるのだ。「信用／信頼」はこの嘘と裏切りに満ちた小説における大きなテーマの一つであるが、とりわけ今回の文脈においては、他ならぬ「マルタの鷹」が、本来はマルタ騎士団がカール五世に「忠誠（loyalty）」の証として贈った貢ぎ物であったことが思い出されるところだろう。

　そう考えてみると、ここで彫像をスペードに届けるのがエフィであるのは、まことに相応しく、また効果的でもあるはずだ。前日には目の前で男に死なれ、さらには警察の取り調べを受けて疲弊しているはずのこの秘書は、休日の朝七時に起こされて使い走りを頼まれても嫌な顔ひとつせず、一時間と経たないうちに包みを抱えてスペードのアパートのベルを鳴らすというように、相変わらずの献身ぶりを発揮する。とりわけ「あなたに休日をふいにされたのは初めてじゃないもの」と軽口を叩いて笑うところなどは（五七〇）、第一八章から第一九章にかけての重苦しい展開の中、ひときわ明るさが目立つ場面となっているのである。

さらにいえば、そのようにして「財宝」を運んできたにもかかわらず、エフィが部屋に入れてもらえないことが（あるいは、場の空気を正しく読んで、自分は部屋に招かれないと理解し、それに異議を唱えないことが［五七〇］）、その「献身ぶり」と「明るさ」を象徴的に示すとも考えられるだろう。[2] ある批評家は、フィルム・ノワール（映画『マルタの鷹』がそのジャンルの第一作としてあげられることも多い）における女性表象を「蜘蛛女」と「母的女性（the nurturing woman）」という二項対立において分析し、「母的女性」はフィルム・ノワールの悪夢的風景の外部にいなくてはならないと論じているが、[3] この指摘はこの場面のエフィに正確にあてはまる。スペードが「帰還」する場所としてのエフィの重要性については第一四章に関する議論で見ておいたが、彼女がそういった「母」でいるためには、「非情」な、汚い戦場――第一八章から第一九章にかけてのスペードの部屋――から遠ざけられていなくてはならないのだ。

そのようにして「（アンチ・）クライマックス」に立ち会わせてもらえないこの忠実なる秘書は、もちろんここでも「蜘蛛女／ファム・ファタール」と対比されることになる――というより、そのためにこそ彼女がここで「鷹」を持って現れると考えるべきだろう。エフィという女性が、包みの中身がいかに高価な財宝であるかを知っていようと、それを持ち逃げするなどとは誰にとっても――読者にとっても、そしてスペードにとっても――想像さえ困難なはずだが、彼女がこうした「信頼」を得ていることは、直前でブリジッドが財宝を「持ち逃げ」した話がなされていることと、やはり意義深く対照的であるといわねばならない。

ここで千ドル札を探してブリジッドを裸にするスペードの「非情」な態度をあらためて想起しておいてもいいのだが、そろそろ「アンチ・クライマックス」の場面を引用しておこう。

> ガットマンは鳥を逆さにし、台座の端をナイフで削り取った。黒いエナメルが小さくめくれて剝がれ、その下に黒ずんだ金属が現れた。ガットマンのナイフの刃はその金属に切りこまれ、反った薄片を剝ぎ起こした。削り屑の裏側と、削られたあとの細い表面にあったのは、柔らかく灰色に光る鉛だった。
>
> ガットマンの息が、歯のあいだから音を立てた。顔は血がのぼって膨れあがっている。彼は鳥をひっくり返し、頭部に激しく切りかかった。ナイフの刃がむき出しにしたのは、またしても鉛だった。彼はナイフと鳥をテーブルに音も荒く投げ出しながら、スペードの方に向き直った。「偽物だ」と、彼はしわがれた声でいった。
>
> スペードの顔は暗くなっていた。ゆっくりと頷くが、その手は素早く伸びてブリジッド・オショーネシーの手首をつかんだ。彼は女を引き寄せると、もう片方の手で顎をつかみ、荒々しく顔をあげさせた。「なるほど」と、女の顔に向かってうなるようにいう。「これはおまえのささやかな冗談ってわけだ。どういうことか話してもらうぞ」
>
> 彼女は悲鳴をあげた。「違うわ、サム、そうじゃないのよ！　わたしがケミドフのところから手

に入れたのはそれだったわ。本当なのよ――」（五七〇―七一）

ブリジッドに対するスペードの「不信」が、ここでむき出しになっているのは明らかだろう。冷静に考えてみれば、ブリジッドには「本物」の財宝を隠す余裕はもとより、そうすべき理由さえほとんどないはずである。したがって、この場面におけるスペードの「非情」な、荒々しい態度は、先の消えた千ドル札をめぐるエピソードのときと同様、理性的な「推理」の帰結といったものではない――それは、ただただ彼女への「不信」が露出したものなのだ。

ここで考えておきたいのは、ブリジッドに対するスペードの「不信」が、まさしく「むき出し」になってしまっていることである。前回の議論で示唆したように、ガットマンの話を聞いた彼にとっては、ブリジッドへの「不信」に根拠があるとはいえる。だが、二日ほど前にはベッドをともにし、恋人同士のように振る舞っていたことを思えばなおさら、即座に手を伸ばして彼女を捕まえるというスペードの行動は、ほとんど「醜い」ものと感じられるのではないだろうか。これではせいぜい、彼は彼女（を含めた犯罪者達）と「同じ穴の狢」といった感じがしてしまうのではないだろうか。「化けの皮」が剝がれたのは、スペード自身というべきではないのだろうか――。

宮本陽一郎は、「物神としての性格を帯びた『黒い鳥』は、それ自身に内在する崇拝的な価値により飽くことのない欲望を喚起し、人びとの人格までもコントロールするようになる」と指摘し、「ガットマン、ブリジッド、カイロらの暴力性や道徳的退廃は、彼ら自身の意志や良心と無関係に、物神としての『黒い鳥』によって生み出されたものといえるだろう」と述べている。[4] 右で述べたスペードの

「醜い」行動に関する懸念は、こうした観察が、この場面におけるスペードにもあてはまってしまうように見える、ということである。

もっとも、宮本の議論の射程はさらに遠くに及んでいる。そこでは「ナイフによってフィギュアが切りつけられるとき、そこに露呈するのは物神神話というイデオロギー装置の虚構性とその不条理にほかならない」として、「この場面の核心は、あらゆる犠牲を払って『マルタの鷹』を追い求めたガットマンが、真の所有者を解明する代わりに、『所有』という神話そのものを自らの手で解体してしまうというアイロニーにある」と論じられており、そのようなガットマンに対し、スペードはむしろ「そうした神話の存在を否定し、弱肉強食という表層の原理のみに従って行動する」人物であるがゆえに「タフガイ・ヒーロー」となり得ると示唆されている（そのようなスペードが獲得するものが、「弱肉強食の原理だけによって辛うじて秩序を保つ、不条理で非人間的な都市空間にすぎない」にしても、である）。〔5〕

これは「黒い鳥」の物神性をマルクス主義批評的視点から読み解く優れた議論といっていいだろうが、本稿が話を進めるには、この卓見をさらに複雑化させていく必要があるだろう。なるほど、経済学的な観点からすれば、スペードは「『マルタの鷹』の物神性には全く誘惑されず、それを即物的に『黒い鳥』としてしかとらえようとしない」人物と思えるかもしれない。〔6〕実際、困っている依頼人を彼が「飯の種」としか考えていないように見えることは、第一章の冒頭を例に指摘した通りである。けれども、これまでの議論において、我々は様々な局面で「探偵」スペードの葛藤を見てきたはずである――例えば第六章における「五千ドルといえば大金だ」という繰り返される台詞が、労働の対価うように。

を求める「ビジネスマン」らしい言葉であるというよりもむしろ、「心」を守るための鎧であったとい

アメリカのハードボイルド探偵が「(賃金)労働者」であることは夙に指摘されるところだが、[7]

彼らの「金」に対する(往々にして)ドライな態度は、概してシニシズムに近いといってよく、その意味において、決してその「心」から切り離せない。だからこそ、逆説めくが、そこにはしばしば主人公のロマンティシズムが露出することになるわけだ。例えばフィリップ・マーロウはテリー・レノックスの五千ドル札を使うことができないし(『長いお別れ』)、ロバート・B・パーカーのスペンサーは一ドルという報酬で少女を助けようとする(『儀式』)。彼らにとって、「金」とは自らを事件にコミットさせるための「言い訳」なのである。

もちろんスペードの場合、マーロウやスペンサーのようにあからさまに「ロマンティック」な振舞いをするわけではないし、ここにハメットが開拓した「ハードボイルド」というジャンルの変容を見ることもおそらくは可能だろう。だがそれでも、スペードの「葛藤」を繰り返し観察してきた我々としては、彼が「黒い鳥」を「ロマンティック」に追い求めるすべての人間から金を集める「プラグマティック」な労働者に見えようとも、[8] やはり報酬を「言い訳」に「何か」を求めてしまっていたといっていいはずだし、[9] 実際、本稿の議論はエナメルを塗った「黒い鳥」という「物神」——すなわち「フェティシズム」の対象——を「ファルス」的な、つまり主体の「欠落」を埋める「何か」と見なし、さらには「夢の象徴」として「ファム・ファタール」と重ねて読んできたわけである。だとすれば、「黒い鳥」が「フェイク」であったという事実が、この小説にとって、そしてスペードにとっ

て持つ複雑な「意味」を、「金」の問題に回収されない「心」の文脈においても考えなくてはならないだろう。

そもそも、その「複雑さ」の一端は、右に紹介した宮本の議論で喝破された「アイロニー」が、ガットマン当人に対しては機能していない点に認められる。確かに彫像が偽物であったことは、本人がいうように、他の誰よりもガットマンにとって——例えば、彼は「息子」を失ってしまったのだから——痛手であっていいはずである（五七二）。だが、極めて重要なことに、十七年間追い続けてきたのだからあと一年追いかけるのは何でもないと語るガットマンは、その「痛手」をほとんど意に介していないように見えるのだ（五七一—七二）。それは「わたしもお供します！」と、嬉しそうに叫ぶカイロにしても同様であるだろう（五七二）。この無残な「アンチ・クライマックス」に、彼らはいささかも意気阻喪しないのだ。

その理由を理解することは難しくないだろう。像が「フェイク」だと判明したときの、カイロによる「あのロシア人の仕業だ！」という即座の反応に看取されるように（五七一）、苦労して入手した「黒い鳥」が「偽物」であったことは、それにもかかわらず、というよりは、まさしくそれゆえに、どこかに（つまりケミドフの手元に）「本物」があるはずだと彼らに思わせるのだ。[10] ある批評家は「黒い鳥」を「深層を欠いた表層の象徴」と呼んでいるが、[11] その彫像をエナメルで隠されていい、いい、るがゆえに「超越的」な価値を付与されている「ファルス」的なものと考えた第一三章に関する議論を思い出していえば、フェイクに過ぎなかった「黒い鳥」は、いわばそれ自体が「エナメル（表層）」となるのであり、そこには見つからなかった「中身（深層）」は、依然として——あるいは、さらに価値を高めさえして――その存在を担保されているのである。

このようにして、ガットマン（とカイロ）にとっては「マルタの鷹」の「物神性」は脱神話化されることがない。それはもちろん、この「グロテスクな父（達）」が（例えば「資本主義システム」という）「非情」な「コンテクスト」の内部にいるからでもあるのだが、ともあれ彼らは「アイロニー」を感じず、「幻滅」を経験することもない。こうした「懲りない面々」であるからこそ、彼らは魅力ある「フラット・キャラクター」となるのだが、[12] 結局のところ、この出来事は、小説の「脇役」にとっては「アンチ・クライマックス」として機能しないのだ。

だが、スペードにとってはそうはいかない。彼は小説の「主人公」として、その「結末」の「アイロニー」を理解するように定められている。重要なのは、それは彼が「コンテクスト」を（いわば「主人公特権」によって）「超越」しているからではない、ということである。繰り返して述べてきたように、この徹底した自意識家にとって、「探偵」であるのは決して楽ではないのだから。「冒険小説」と「探偵小説」、あるいは「恋愛小説」と「探偵小説」のあいだを揺れ動いてきた「探偵」だからこそ、彼はアンチ・クライマックスの重さを、そしてその虚しさを受け止め、幻滅を噛みしめるだけの資格を持つのだし、また、そうせざるを得ないという宿命を負わされるのである。

スペードが経験する「幻滅」とは、「夢」を見ないで生きる虚しさが、「夢」を見ないで生きることの不可能性を通して抉出されるという、どうしようもないジレンマの中にある。主人公を「誘惑」する「マルタの鷹」も「ファム・ファタール」も、凡庸な日常と妥協するための自意識など捨ててしまえと使嗾する。これはすなわち、小説の構造が雄弁に示しているように、スペードが「夢」を見ない

「探偵」として「日常」――「母」に愛され、「牝犬」と寝て、端金《はしたがね》を稼ぐという散文的な現実――に自らを「非情」に適応させて抑圧していた「何か」が、「冒険／黒い鳥」と「恋愛／ブリジッド」という形で回帰してきたということだ。

こうして何重にも葛藤が生じる。というのは、この「抑圧されたものの回帰」に対して、「探偵」スペードはもちろん懐疑的であろうとするのだが、彼はまた、その「懐疑」に対しても鋭く懐疑的であらざるを得ないほどに徹底した自意識家であるからだ。自意識が砕け散ってしまうような圧倒的経験を（虚しく）待ち望むという二律背反以上に、自意識家に相応しい欲望はおそらくないだろう。もっとも、そうであるとすれば、「金髪の悪魔」は「夢」を見ないで生きるにはあまりにも「人間」だったといってしまえばいいだけかもしれないのだが。それに――何といっても、「財宝」も「恋人」もほとんどスペードの手の中にあったのである。

こう考えてくると、「黒い鳥」が「フェイク」であると判明したときに、スペードが「醜さ」を思わず「むき出し」にしてしまったとしても、無理もないといわねばならない。それが「感情」に駆られた振る舞いなのは、ブリジッドへの非難が（またしても）「濡れ衣」である点に加え、その行動のために「生け贄」（にして二つの殺人の犯人）のウィルマーに逃げられてしまったこと（そしてその事実にしばらくのあいだ気づかなかったこと）から確認される（五七一―七二）。とりわけ後者の例は、財宝を確認する場面で、彼が冷静にもウィルマーを見張れるように少し下がったところに立っていたことと対比され（五七〇）、スペードの動揺ぶりを前景化するものとなっている。この「アンチ・クライマックス」は、「非情」な「探偵」をして自意識のガードを下げさせ、その「人間らしさ」を露出させてしまうのだ。

　ここから顧みれば、ガットマンの話を聞いたあとのスペードが「過剰」なほどに「非情」に振る舞っていたこと、つまり女を裸にして千ドル札を探すという行動は、「金」への欲が「心」を守るための鎧であったことを思い出したかのように見えてくるだろう。「黒い鳥」の到着を待つあいだの、煙草を立て続けに吸い、部屋の中を動きまわる姿なども、「そわそわすることも、神経質になることもなく」と描写されてはいるものの（五六九）、「金」への欲に意識を集中させようとする躁的な態度と見なすべきではないだろうか。そういった「はっきり目を覚ましており、陽気で、活力に満ちている」態度を（五六九）、「女」の問題を「心」から振り落とすことが（あるいは「棚上げ」することが）できたための高揚と解釈しておいても、「黒い鳥」が「フェイク」と判明した瞬間の「醜い」行動は、そうした「振り落とし」（ないし「棚上げ」）を、脱構築してしまうのだから。

　かくして第一九章のスペードは二度深く幻滅し、「夢」から完全に覚醒せざるを得なくなる――自分が「探偵」であるという「現実」に、立ち戻らざるを得なくなる。ここで起こっていることが、彼が第一六章において「黒い鳥」を手に入れたときに興奮し、死体の手を踏みつけて――死者の手に足をつかまれて――いるのに（遅れて）気づいたときと似ているのは、もちろん偶然などではあり得ないだろう。活気を取り戻したガットマンを、スペードはしばらくのあいだ苦々しく見つめる（五七二）。そして「探偵」として、自分は仕事を果たしたのであり、その「代物（dingus）」が偽物だったことは、ガットマンにとっての不運であり、自分にとっての不運ではないと主張し（そのようにいう以外になく）、結局「時間と経費」の「対価」として千ドルを受け取り（五七二）、[13] コンスタンティノープルへの同行を断る（五七三）。「夢」を追いかける「冒険小説」の主人公としての時間は、ここにおいて完全に終わったのである。

だが、『マルタの鷹』はまだ終わらない。「夢」を運んできたファム・ファタール／依頼人が、まだスペードとともにいるからである。「アンチ・クライマックス」となる第一九章においては、スペードは二度の「濡れ衣」をブリジッドに着せたのだが、この「ヒロイン」に「探偵」スペードがどのように対峙するのかが、「クライマックス」となる最終章の主な関心事となる。「冒険小説」の結末に、呆然としている余裕はない。「恋愛小説」にも、「探偵小説」にも、まだ完全に決着が付いているわけではないのだから。

〔1〕 ある批評家は、彫像は「マクガフィン」であるが、偽物であることで象徴的意味を持つと指摘している。ただし、正確にいえば、「偽物」と判明するからこそマクガフィンであるとわかるのであり、こうしたダイナミズムには、マクガフィンという空虚な（ファルス的な）存在によって喚起される、欲望のあり方が読み取られるだろう。Porter 100 を参照。

〔2〕 このエピソードは、エフィがスペードのアパートに来るのが初めてではないことを示唆するのだが、素直に帰る彼女の姿に、嫉妬に駆られて警察に電話をかけたアイヴァとの「対比」を見ることも可能だろう。

〔3〕 Janey Place, "Women in Film Noir," *Women in Film Noir*, ed. E. Ann Kaplan, New ed. (London: British Film Institute, 1998) 60.

〔4〕 宮本一二二―一二三頁。

〔5〕宮本一二三―二五、一三一頁。
〔6〕宮本一二七頁。
〔7〕例えば Cassuto 59; Rippetoe 13 などを参照。
〔8〕Marling, *The American Roman Noir* 127.
〔9〕エラリー・クイーンがハメットを「ロマンティック・リアリスト」と呼んだのは、けだし名言というべきだろう。Ellery Queen, "Meet Sam Spade," *A Man Called Spade and Other Stories*, by Dashiell Hammett (New York: Dell, [1950]) 5.
〔10〕実際、というべきか、「偽物」が存在しているという事実自体が「オリジナル」が存在する証拠と考え得ると主張する批評家もいる。R. Miller 253.
〔11〕Christopher T. Raczkowski, "From Modernity's Detection to Modernist Detectives: Narrative Vision in the Work of Allan Pinkerton and Dashiell Hammett," *Modern Fiction Studies* 49 (2003): 646.
〔12〕「フラット・キャラクター」が最も映えるのは喜劇的であるときだというE・M・フォースターの説明はあまりにも有名だが、実際、ガットマン達の「立ち直り」の早さは――「いやまったく、あなた方はたいした泥棒一味といわなくてはなりませんな!」というスペードの台詞と相まって(五七二)――まことにコミカルであるだろう。E. M. Forster, *Aspects of the Novel* (San Diego: Harvest, 1985) 73.
〔13〕宮本一二八頁を参照。ただし、同時に重要なことは、この千ドルをガットマンが「口止め料」的なものと考えており、スペードがそれを理解していることである。この「理解」をスペードは「探偵」として、「犯人逮捕」のために利用することになる(ここから振り返ると、スペードの「取り分」に関する執拗な交渉も[五六七―六八]、同様の目的に資するといえるかもしれない)。Abrahams 246 を参照。

# 第二一講（第二〇章①）

## If They Hung You I

いよいよ最後の章である。財宝が偽物と判明する第一九章の（アンチ・）クライマックスが、『マルタの鷹』にとってはクライマックスの一つでしかない点については第一九講の議論で強調しておいたし、そこではまた、この複雑な小説がいわば複数の結末を持っていることも示唆しておいた。だが、肝腎なのはここからである。『マルタの鷹』を完成度の極めて高い傑作としている大きな理由の一つは、そういった「複数の結末」が、相互に強く連関しつつ浮上してくるダイナミクスであるといっていいからだ。

実際、今回の議論が中心的に扱う第二〇章の前半では、「探偵小説」の最終章に相応しく、探偵による「謎解き」がおこなわれるわけだが、この謎解きは、読者の「探偵小説」的な関心を満たすだけのものではなく、主人公とヒロインが身を置いている「恋愛小説」的な文脈においても、まことに大きな意味を持っている。しかもその「意味」は、前章で描かれた「冒険小説」としての結末（アンチ・クライマックス）と密接に絡み合い、さらには「ハードボイルド小説」としてのエンディングを深く貫いていくことにさえなるのだ。こうした点については、これまでの議論でも繰り返し触れてきたつもりだが、最終章に入るにあたっては、やはりあらためて留意しておきたいところである。

今回の議論では、こういった枠組みを心に留めながら、スペードの「謎解き」を見ていきたい。ここで解かれる「謎」が「第一の殺人」、すなわち第二章におけるアーチャー殺しであるのはいうまでもないが、小説作法的に重要な点としてまず確認しておきたいのは、「第一の殺人」は、ここまでは幾重もの「ナラティヴ・トリック」によって、「謎」として見えにくくされていたことである。だからこそ、アーチャーを撃ったのはサーズビーではなかったというスペードの言葉は（五七六―七七）、それを聞くブリジッドのみならず、読者をも不意打ちするわけだ。

このように虚を突かれたとき、多くの読者の頭に浮かぶのは、スペードがいったいいつ事件の「真相」に辿り着いたのかという疑問だろう。というのも、スペードによる推論の前提／出発点となっているのは、一定の経験を積んだ探偵が、尾行していた相手に最初の夜に気づかれてしまうばかりか、袋小路に誘いこまれ、銃を取り出しさえしないままに撃ち殺されてしまうなどあり得ないということであるが（五七六―七七）、[1] この「出発点」となった「手がかり」に関しては、既に第二章において殺人現場を検分したときに入手していたはずだと思われるからである。

この点が「問題」となってくるのは、アーチャーを殺したのがサーズビーではないのなら、加害者はいったい誰なのかという疑問を、スペードが即座に抱いたに違いないからであり、事実、第二章に関する議論で触れておいたように、既にその段階で彼にはブリジッドが犯人であるとわかっていたと考える研究者もいる。今回に至るまでの我々の議論はそうした見方を（完全には）追認してこなかったし、その点についてはあらためて後述するが、それでも現在の話の流れにおいては、スペードが小説の最序盤で犯人の目星をつけていたなら、「探偵小説」としての『マルタの鷹』がいわゆる「読者とのフェア・プレイ」の精神を侵犯しているのではないか、という点についてはいくらかなりとも考えておく必要があるだろう。

ここで念頭に置かれているのは、第一四章（というかなり遅い段階）において、スペードが「サーズビーがマイルズを殺したんだ」と、アレクサンドリア・ホテルの探偵ルークに告げているという事実である(五〇九)。このときまでには、スペードには犯人の見当がかなりの程度ついていたと思われるし、少なくともサーズビーがアーチャーを殺したと信じていなかったのは明らかだろう。したがって、探偵小説の読者の立場からすれば、この言葉はあからさまな「ミスディレクション」なのだが、問題はそれが「あからさま」だということである。アーチャー殺しが(実は)物語における最大の「謎」であったことを思うとなおさら、探偵がそれに関してあからさまな「嘘」をついていたと知って、居心地の悪い思いをしてしまう読者もいるかもしれない。

だが、この読者に対する「ミスディレクション」は、スペードの立場を考えてみれば、十分に理解できるものであるだろう。結局のところ、彼がこの段階でルークに真実を告げなくてはならない理由など何一つないのだから。いや、それどころか、その場面においては、「ハードな策士」としてのスペードは、嘘をつかざるを得ないとさえいっていい。例えば、ブリジッドの身柄を確保できていない以上(念のために記しておけば、スペードは彼女が姿を消してしまったと知り、焦燥感を抱いている)、彼女が「殺人犯」であると知っていることは、スペードの立場——彼は警察ににらまれているばかりか、既に地方検事から呼び出しも受けている——を極めて悪いものとするはずである。

同様の例として、第二章における現場検証の際に、スペードが「あいつを撃ったやつ(man)はここに立っている」と(四〇一)、"man"という「男」を指す単語を用いていることがある。ここは(もっと)「ジェンダー・ニュートラル」な単語を使っても不自然ではないため、探偵小説としてはいささか危うさを感じさせるところかもしれないが、そもそもスペードがブリジッドを「犯人」と断定できるだけの材料を持ってはいなかったことに加え、依頼人と話をするまでは警察に推測を話すべきではないと考えるのは、彼と警察との関係に鑑みれば、ほとんど当然というべきだろう。

このように考えてみると、ここにあげてきた事例は、探偵の「内面」を隠す三人称客観という「ハードボイルド」的なスタイルが、作者による「ナラティヴ・トリック」と宥和性が高いことをあらためて示すといえるだろう。しかも、というべきか、スペードの「探偵＝ヒーロー」としての「正しさ」は、作品冒頭から一貫して「問題」とされてきたのである。そうである以上、彼が口にした「嘘」を取り上げて「探偵小説」としての「正しさ」を云々するというのは、この小説が最初から「問題」として提出している点を後追いしているに過ぎない。むしろ重要なのは、「謎」が解かれたときにこうした細部が思い起こされ、それによって小説の主題と主人公の造型に関する一貫性が確認されることなのである。

だが、話を元に戻せば、まさしくこのようにして「一貫性」が確認されるからこそ、スペードが「犯人」をいつから知っていたのかが「問題」となる。第二章の段階で真犯人がわかっていたならば、「彼は最初から彼女の罪に気づいていて、それにもかかわらず彼女と情交し、最後まで彼女と調子を合わせている」ということになるが、[2] それはスペードの「ヒーロー」としての資質を、かなり疑わしくするはずである。もちろん、「ヒーロー」としての資質など、この「金髪の悪魔」が備えていなくても構わないとはいえるかもしれない。しかしながら、そうした「非情」な人物像が、「男らしくあるということは、女を愛すると同時に信じないことである」というような、[3] いかにも通俗的な「ハードボイルド探偵」のイメージを引き寄せてしまうとするなら、それはやはり単純に過ぎる見方であるといわねばならない。

ある批評家は、スペードが「第一の殺人」に関して沈黙を保っていた理由は二つしか考えられないとして、一つはブリジッドに対する性的な関心、そしてもう一つはブリジッド個人を超えた規模を持つ事件を調査するという目的であると述べているのだが、[4]これはあまり説得力のある見解ではないだろう。二つ目の理由に対して先に反論しておけば、スペードは警察機構の一員でもなければ正義感に溢れる人物であるわけでもなく、ましてやホームズ的な「謎」自体への強い好奇心を持っているとも思えない。そのような彼が、誰に「依頼」されたわけでもないのに、自分に直接の関係のない公的利益のために積極的に行動し、「謎」を解いて悪を成敗しようとするとは考えにくいはずである。

そして一つ目の理由に関しては、この小説を精読してきた我々としては、スペードのブリジッドに対する関心が、単にその「カラダ」に向けられたものであるとはとても信じられないといっておけばいい。機会があるごとに繰り返して指摘してきたように、スペードはブリジッドをできることなら信じたいと思ってきたのであり、そういった「心」の問題をここに至って棚に上げてしまうわけにはいかない。ブリジッドが「犯人」であると、優れた「探偵」としてのスペードが長らく感づいていたことが第二〇章という「現在」で明らかになったとしても、それを「過去」の「心」の問題に投影するわけにはいかないのだ。

ここで「過去」といったのは、第一九章において、ガットマンの話を聞いたスペードがブリジッドを信用するのを完全にやめてしまったように見えていたためであるが、しかしそうした「過去」を「現在」の彼が「非情」に超越しているわけではないことさえ、論者達が重ねて指摘してきたように、その顔（例えば「蒼白」であるというところ［五七九］）や声（例えば「低く苛立った」ものとされるところ［五七七］）、そしていくつもの「感情的」な身ぶりの描写から明らかだろう。[5] また、ガットマンとカイロ（とウィルマー）が去ってから警察に電話をするまでたっぷり五分の時間を必要とした点にしても（五七四）、単にその後の段取りを練っていたというだけではなく、やはり彼の決断が苦渋に満ちた選択であったことを示すと考えていいように思われる――事実、電話を終えたときには彼の唇は乾き、手は汗で湿っているのだから（五七四）。[6]

同様の例は枚挙にいとまがなく、情を交わした女性を警察に引き渡すというスペードの「非情」な行為は、どこを見ても「感情」にまみれているといわざるを得ないだろう。そしてそういった観点からすると、彼がブリジッドを逃がしてもやれたということが、非常に重要な意味を持つ。例えば、次のような台詞を見てみよう。

誰が誰を愛しているかなんてことはどうでもいい。俺はきみのために馬鹿を見るつもりはない。サーズビーや、他の野郎どもの辿った道を進むつもりはないんだ。マイルズを殺したきみには、刑務所に入ってもらう。他の連中を逃がし、できるだけ警察を遠ざけて、きみを助けてやることもできただろう。しかしもうそうすることはできない。もうきみを助けることはできないんだ。できたとしても、そうするつもりはない。（五八一）

ここで気づいておかねばならないのは、ブリジッドを警察に突き出すのは、単なる保身のための行為ではなく、[7] あくまでもスペードの「選択」であったという事実であり、また、それについて彼がわざわざ口にしているということである。そのような（失われた）可能性を口に出さずとも、彼女を「犯人」として警察に突き出せばそれですむはずである以上、これはブリジッドの立場からすれば明らかに――「非情」というより――「残酷」な行為になると思われるが、それだけにここにはスペードの「感情」が表れていると考える他はないはずだ。付言しておけば、この「逃がしてもやれた」という点は、その少しあとにスペードがもう一度いおうとする場面があり（五八二）、しかもその場面はハメットが改稿によって書き加えたものであることを思うとなおさら、[8] 看過し得ないポイントであるといっていいだろう。

スペードがブリジッドをどうして逃がしてやらないのかということに関しては、彼自身の長々とした説明があるのだが（五八一―八三）、そこで列挙される理由を検討する作業は次回に送る。当面の文脈においては、逃がしてやれるのに逃がさないのも、そして必要もないのに自分の行為をそのように説明するのも、極めて「感情的」な振る舞いである点を強調し、こうした「感情」の漏出は、彼の「探偵」としての宿命が、その「心」とコンフリクトを起こしていることの顕現であると述べておけば十分だろう。今回の議論で検証しておくべきは、スペードが優れた「探偵」として辿った「謎解き」の道筋を追跡してみれば、それが自ずと「恋愛」の終わりを意味するということである。

それでは、『マルタの鷹』の「探偵小説」としての魅力を味読するためにも、スペードの推理を第二〇章における彼の言葉をふまえながら整理していこう。既に述べたように、アーチャーを殺したのがサーズビーではおそらくないと、現場を検証した段階で彼は間違いなく気づいていた（第二章）。この不可解な事実は、ブリジッドが、サーズビーの尾行をアーチャーかスペードのどちらかに直接担当してもらいたいと依頼したことについて（第一章）、彼に疑念を抱かせたと考えられる（五七八）。そしてその「疑念」は、彼女が（フリードの証言によれば）セント・マーク・ホテルに滞在していたときにはトランクを持っていなかったにもかかわらず（第三章）、スペードが捜索したアパートにはトランクがあり、その部屋を彼女が数日前から借りていたと判明した段階で（第一〇章）、さらに強いものとなったはずである（五七八）。すなわち、アーチャーの死は、単なる不手際や偶発事といったものではなく、ブリジッドが前もって立てていた計画と関係していると考えざるを得ないようになったのだ（五七八）。

そのように考えざるを得なくなったのが、スペードがブリジッドと「初めての朝」を迎えた直後であることは、情交が――たとえ彼の追及をかわすためのものであったとしても（五八〇）――起こったのがその直前であったという意味においても強調しておきたいところだが、それはもちろん極めて皮肉な事態であり、そして以後の展開はその「皮肉」をさらに強めていく。彼女が「カラダ」を与えて彼を味方に引き入れようとしたこと自体は、「タフな男」としてのスペードにはおそらく許容範囲内であったと想像されるが、しかし問題となるのは、それが「サーズビーや、他の野郎ども」に対して彼女がした行為と変わらないという点なのである。

ブリジッドが姿を消したあと（第一二章）、スペードはポルハウスから、アーチャーを撃った銃は事件当日の朝にサーズビーのホテルの部屋で目撃されていると聞く（第一五章）。これは彼に、サーズビーが「犯人」でないとするならば、その凶器にアクセスできた人間はブリジッドしかいないと考えさせたはずだ（五七八）。また、ポルハウスからはサーズビーが「女に弱い」人物であるという情報も得るが（第一五章）、これによってスペードはブリジッドがサーズビーをコントロールしていたと（その逆ではないと）推測する（五七六）。その「推測」は、ガットマンによる説明を聞くに至って「確信」に達したと思われるが（第一九章）、そのあいだにも、ブリジッドはガットマンの策略に荷担して（リアという少女を犠牲にして）スペードを呼び出す役を引き受け（第一六章）、しかも彼のアパートの外で待って部屋に一緒に入ったときには（第一七章）、抵抗できないように彼にしがみついていた（五八〇）。既に「手遅れ」になってからの情報も含めるなら、彼女がサーズビーにアーチャーと――あるいはスペードと――悶着を起こさせようとしたのが（五七八）、コンスタンティノープルの地でカイロを騙して牢屋に入れたのと（五七五）、まったく同じ趣旨の行為であったことにも触れておいていいだろう。

こうして順を追って見てくると、「第一の殺人」をめぐるスペードの推理は、まことに鮮やかなものと感じられるし、その「鮮やかさ」は作者ハメットによる作品構成（あるいは伏線の張り方）の見事さの証左となるだろう。また、それに劣らず重要なのは、スペードの推理が概して小説前半は「物的証拠」によってブリジッドを「容疑者」として考えるプロセスであり、後半はその「容疑者」に関しての、平たい言葉でいえば「人柄」を判断していくものであったことである。つまり、一定の事実／状況がある人物を「容疑者」らしいと指し示しており、その「容疑者」について調べてみたら、さもありなんとわかってしまった、ということだ。

このようにして、「探偵小説」の終わりはそのまま「恋愛小説」の終わりを意味することになる。見事な「謎解き」の結果、スペードにはブリジッド（の愛）を信じるべき理由が完全に消え失せてしまった。まさしくスペードが優秀な探偵であるがゆえに、彼は――「夢」の象徴であった――ブリジッドというファム・ファタールが、自分を他の男達と同じように利用していただけであったという「現実」を、どうしようもなく思い知らされてしまうのだ。先ほど引用した台詞の直前に発されたスペードの言葉も見ておこう。

きみを信用するべきだって？　あんな素敵な小細工を――俺の前任者であるサーズビーに仕掛けたきみを？何の恨みもないマイルズのことを、血も涙もなく、蠅でも叩くように、サーズビーを騙すために殺したきみを？　ガットマン、カイロ、サーズビーを――一、二、三と――裏切ったきみを？　知り合ってからというもの、三十分と続けて俺に対して正直に振る舞ったことがないきみを？　きみを信用するべきだって？いや、そりゃないよ、ダーリン。できたとしても、そんなことをするつもりはないね。どうしてそんなことをしなくちゃならない？（五八〇―八一）

ブリジッドを信用できないと述べるスペードの言葉はそれ自体としてもちろん説得的だが、現在の文脈で特に注目されるのは、彼がサーズビーを自分の「前任者」と形容する直前のいいよどみであり、また、先ほどの引用箇所においてと同じく、この一節が「できたとしても、そうするつもりはない」という言葉で終わっている点である。

自分が他の男と同じように扱われたという意識は、自分は断じてそのように扱われないのだという自意識と表裏一体をなす。そうした自意識を（男の？）つまらないプライドと呼ぶなど、おそらく誰にもできないだろう。そんなことはスペード自身がよくわかっているはずであり、それにもかかわらず彼にはそうした自意識しか守るべきものがなくなっているからだ。だが、この「自意識」の問題については、やはりファム・ファタールという「ロマンティック」な存在の持つ意味とあわせ、「ハードボイルド小説」という文脈において総括する作業が必要だろう——それが次回の課題となる。

〔1〕 一九二四年の『ブラック・マスク』編集者への手紙で、ハメットは(相手が極端に神経質になっていれば別かもしれないという留保はあるものの)コツさえつかめば尾行は探偵の仕事の中で最も簡単なものだと述べている。D. Hammett, *Selected Letters* 24.
〔2〕 Horsley 30–31.
〔3〕 David T. Bazelon, "Dashiell Hammett's 'Private Eye,'" Layman, *Dashiell Hammett* 180.
〔4〕 W. Miller 126.
〔5〕 Cassuto 51; Marling, *Dashiell Hammett* 84; Thompson 123 などを参照。
〔6〕 警察に電話をかける際に、暗記しているはずの番号をわざわざ電話帳で確認しているのも(五七四)、スペードが動揺を抑えようとしていることを示唆しているかもしれない(もちろん、彼が別の場面でかけている番号と[五一二]、ここでかけている番号が異なるという可能性もあるだろうが)。
〔7〕 ただし、ブリジッドを逃がしたら、スペードが偽証や、警察や検事の「推理」によって、ほぼ脱出不可能な窮地に立たされることについては、Bill Delaney, "Hammett's *The Maltese Falcon*," *Explicator* 63.3 (2005): 167–69 を参照。もっとも、そうであったとしても、スペードがブリジッドとともに「絞首台の下に座っている」というほどの状況ではないように思えるが(五七七)、これはそのようにいうことで彼女から自白を引き出すという戦略だったと理解できるだろう。Abramson 309 を参照。
〔8〕 D. Hammett, "The Maltese Falcon," *Black Mask* Jan. 1930: 53 を参照。

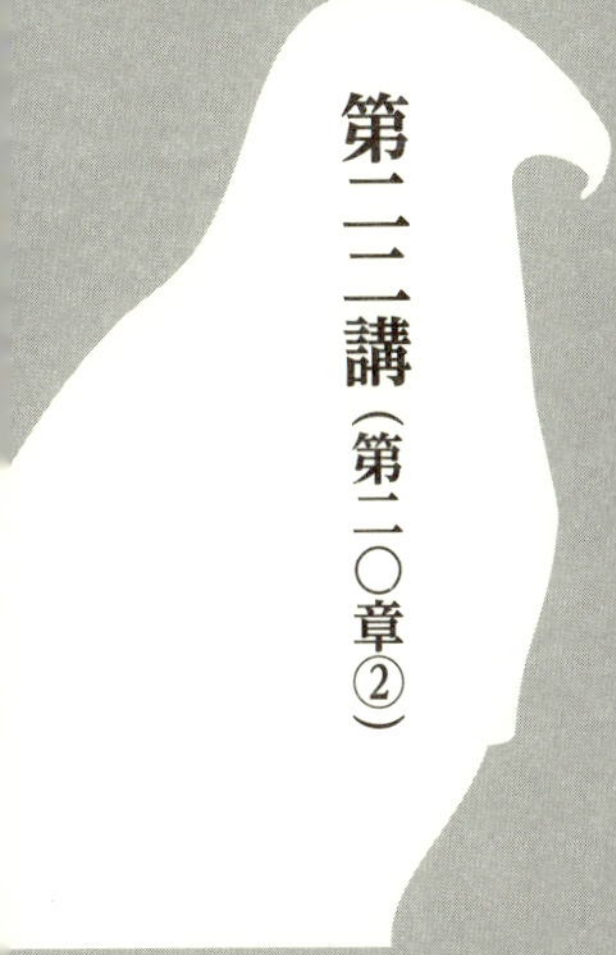

# 第二三講（第二〇章②）

If They Hung You II

今回の議論では、『マルタの鷹』のクライマックスをなす場面、つまりブリジッドがアーチャー殺しの犯人だと暴いたスペードが、彼女を警察に引き渡すと宣告し、なぜそうしなくてはならないかを説明する場面を見ていく。前回検証したように、スペードが優秀な探偵としてアーチャー殺しの謎を解いていくプロセスは、そのまま彼がブリジッドを信じられなくなるプロセスであった。探偵小説において女性が「被害者」なのは珍しくないし、[1] ましてや小説の発表年代に鑑みて、「ヒーロー」に愛される女性は善良であるという通念が根強いものであったはずだとすればなおさら、[2]『マルタの鷹』における犯人の意外性は、この作品が優れた探偵小説であると同時に——というより、まさにそうであるからこそ——そうした「通念＝イデオロギー」を覆すだけの文学性を備えていることの証左であるといっていいように思える。

ただし、こうした評価を与えようとするに際して肝要となるのは、ヒロインに対する主人公の「愛」である。仮にスペードが「非情」そのものの「マッチョ」なキャラクターであり、「金」や「色」のために——あるいは「正義」や「真実」のためにであっても、この文脈では同じだが——ブリジッドを利用していた／泳がせていただけであれば、彼女はただの「悪女」以上の存在とはなり得ず、スペードの「男らしさ」を——あるいはその「名探偵ぶり」を——引き立てるための道具でしかなくなってしまうはずだし、だとすれば彼女は小説の「ヒロイン」としての資格を持ち得ているとはいいがたくなってしまうだろう。

だがもちろん、この「講義」がこれまで他の何よりも繰り返し観察してきたのは、ブリジッドというファム・ファタールに対するスペードの「心」の揺らぎだった。したがって、『マルタの鷹』のクライマックスが、主人公とヒロインのあいだでの「愛」をめぐるやり取りとなっているのは、必然であるといわねばならない。「謎」が完全に解かれてしまい、ブリジッドという女性が「マルタの鷹」の模造品と同じくらい無価値であり、本物の「鷹（隼）」と同じように捕食性の生き物であり、[3] そして彼女を信じるべき理由がないという現実がどうしようもなく明らかになってしまったとしても、それは彼が彼女を愛していないことを意味するわけではないのだ。人は誰かを「理由」があって愛するわけではない――恋愛という場においては、「理由」とはいつも愛を殺すために召喚されるのである。

事実、というべきか、自分を逃がしてほしいというブリジッドの懇願に対し、スペードはそうできない「理由」をいくつも列挙する。とりわけはっきりと目につくのは、「こんなことをしても何の役にも立たないだろう。きみは俺のことを理解できないだろうが」という前置きをもって始まる（五八一）、七つもの「理由」を文字通り「列挙」する場面であり、そこで本稿としてもまずはそこから検討していきたい。

その場面においてスペードが最初に口にするのは、①「パートナーが殺されたなら、それについてどうにかすることになっている」、②「たまたま探偵業界に身を置いている」彼としては、組織の者を殺した人間を逃がしてしまっては具合が悪い、③探偵にとって、捕まえた犯罪者を逃がすなどということは「自然なことじゃない」という三つの理由である（五八一―八二、傍点引用者）。ここで注目したいのは、こういった説明が、「どうして逃がしてくれないのか」というブリジッドの問いに対してまともに答えるものとなっていない点である。つまり、それらは「私的」な問題を「公的」な理念へとスライド——あるいは棚上げ——しようとするものに見えるのだ。[4]

確認しておけば、そもそもこの説明の契機となっているのは、ブリジッドの「どうしてこんなことをわたしにしなくちゃならないの、サム？アーチャーさんは、あなたにとってそれほど——(Surely Mr. Archer wasn't as much to you as—)」という問いかけであった（五八一）。ダッシュとなっているところはおそらく"I am"もしくは"we are to each other"とでもいいかけていたのだろうが、スペードはそれを遮っている。つまり、「個人」としての関係性に訴えようとするブリジッドを制して、スペードはまず「男」としての規範①を、次いで「探偵」としての規範（②と③）を引き合いに出して説明しようとしているわけだ。[5] これはレトリカルな面においても確認され、例えば右の引用で傍点を付しておいた部分などは、スペードが自分の取ろうとしている行動の根拠を、自己の「外」に置こうとしていることを示すといっていい。とりわけ小説の前半において、彼がブリジッドとの関係を、あくまで「探偵」と「依頼人」のあいだの「ビジネス」的なものと見なそうとしていたのを、ここであらためて想起しておいてもいいだろう。

しかしながら、はっきりいってしまえば、こういったスペードの「説明」は、いまとなってはいかにも苦しまぎれのように聞こえる。このような「公的／無私（impersonal）」な言葉によって自己の行為を正当化するには、彼はあまりにも深くブリジッドとの関係に「個人」としてコミットしてきたのであり、そもそもここでブリジッドが彼と情を交わした「個人」としての関係性に訴えている以上、こうした「立派」な理念を持ち出してきても、それが彼女に対して説得性を持つはずがない。事実、

「まさか……そんなことが十分な理由になるって、わたしが信じるだなんて思ってないでしょ」と即座に一蹴されてしまうのである（五八二）。

このもっともな反論に対して、スペードは「俺が話し終わるまで待つんだ」とまたも遮り、④ブリジッドを逃がしてしまっては、彼には法の手から自分の身を守る術がもはやないという（五八二）。これはこの台詞だけ取り出してみれば、「金髪の悪魔」に相応しく「非情」な言葉であり、だからこそ説得的であるように聞こえるかもしれない。しかし、前回の議論で詳しく見たように、彼はブリジッドを逃がしてやれたともいっているのであり、したがってその「説得性」には疑問符が付かざるを得ないだろう。

もちろん、スペードのここでのポイントは、現段階においてはブリジッドを逃がしてやれなくなっているということなのだから、やはり④は「非情」で「説得的」であるといえるかもしれない。しかし、まさしくそれが「説得的」であるがゆえに、いささか引っかかるところが出てきてしまう。というのは、ブリジッドを警察に突き出すにはこの受動的な理由さえあればよく（他にどうしようもないのだから）、それを能動的に「選択」することを示す①～③の理由など持ち出さなくてもいいはずだと思えるからだ。だが、スペードは同趣旨のこと（保身のためには彼女を犠牲にしなくてはならないということ）をそれまでに少なくとも二度繰り返して述べているにもかかわらず（五八〇、五八一）、①～③の「立派」な理由を新たに持ち出してきたのであり、ここにおいて脱構築が生じてしまう。つまり、彼自身にとって①～③の「立派」な規範が空疎な「言い訳」でしかなかったのと同時に、④もやはり虚しい「言い訳」であると露呈してしまうのである。

そうした「露呈」をスペード自身が意識しているかどうかはわからない。ある批評家が指摘しているように、彼がいくつもの理由をあげるのは、動機を自分でもわかっていないからだといえるかもしれない。[6] それを本稿の文脈においてパラフレーズすれば、スペードが列挙を続けるのは、①〜④がブリジッドに対する——あるいは自分自身に対する——説明になっていないと、「心」のどこかで感じているからだということになるだろう。そう考えてみると、いくつもの「理由」を並べ立てている彼は、そうすることによって相手を追いつめているというより、むしろ自分自身が追いこまれているとさえいえるはずである。実際、その「追いこまれぶり」を示すかのように、彼は自分と彼女との「私的」な関係性に「理由」を及ばせるのだ。

スペードは、⑤ここでブリジッドを警察の手から逃がせば、彼女に弱みを握られてしまうし、⑥自分も彼女の弱みを握っている以上、彼女が彼をいつ始末しようとするかわからないと指摘する。これらの説明は、ハードな「騙し合い」を経験してきた探偵の、「非情」な判断を示しているとはいえるだろう（ガットマンが「稚児」ウィルマーに殺されたと知って、「奴はそれを予測しておくべきだった」と呟くことを想起しておいてもいい［五八四］）。[7] だがそれは、「きみを信用できると考えるべき理由がからっきしない」という（五八二）、やはり何度も繰り返してきた「心」の問題に根拠を置いているわけであり、その意味においては彼の主張に新たな説得性を付与するものではない。いや、そればかりか、恨み言を述べているようにさえ聞こえるのではないだろうか——「信じさせてくれ」と何度も頼んでいたのだから。

このように見てきて気づかされるのは、ここで列挙されている理由が、小説全体におけるスペードることを示すものとなっていることである。「探偵」として、あるいは「男」として「ハード」な行動規範を身に染みつけてきたスペードは、ブリジッドという「ファム・ファタール」と出会い、彼女を信じたいと思ってしまった。そういった「ソフト」な気持ちにつけこまれたという苦い意識が、⑦「百に一つでも、俺が間抜け(sucker)だときみに思われていたと考えるのは我慢できない」という(五八二)、規範も打算も何もない、極めて「私的」な「感情」の表出という形で噴出するのである。

⑦の言葉は、この最終章で幾度となく繰り返される「きみのために馬鹿を見るのはごめんだ(I won't play the sap for you)」というキーフレーズ的な台詞と、ほぼ同じ意味のものといっていいだろう。この台詞が「キーフレーズ」となっているのは、それがスペードのブリジッドに対する最後の言葉であることからも確認されるが(五八三)、まず注目しておきたいのは、それがまさしく過剰なほどに「反復」され、しかもそれが十分な「説明」になっていない「理由」の列挙の最後に出てくるという点である(それが最後なのは、そのあとに彼が八つ目をいいかけてやめることでむしろ強調されるだろう)。

第一〇章、彼がまさに「絶好調」であったとき、「あなたはいつも……なめらかな説明を用意しているのですね」というカイロの言葉に対して彼は「どもれるようになれとでも?」とワイズクラックで応じていたが(四七四)、有効な「説明」などできず、食いしばった歯のあいだから同じフレーズを繰り返すばかりの最終章のスペードは、吃音的な状態にまで追いこまれているように見える。この台詞が「キーフレーズ」となるのは、そういった彼の苦境を体現するからなのであり、決してそれが「タフ」な男/探偵の矜持を示す「決め台詞」であるからではないのだ。

もっとも、⑦の言葉は、右で「ほぼ同じ」と述べておいたように、「キーフレーズ」とはいくらか異なっているように見えるかもしれない。だが、注意しておきたいのは、スペードが「俺が間抜けだときみに思われていたと……」というようにブリジッドとの「関係性」に言及しておきながら（言及せざるを得なくなっている一方で）、それをそのように「考えるのは我慢できない」というように「自意識」の問題へと収斂させようとする（収斂させざるを得ない）という複雑なダイナミズムである。「きみのために馬鹿を見るのはごめんだ」という「キーフレーズ」は、それ自体としては⑦の台詞の後半だけ（つまり、「現在／未来」の時点で「我慢できない／しない」ということ）を意味するが、そこにはこれまでの経緯＝「関係性」が含まれているがゆえに、スペードの――どうしても「愛」を殺しきれない――苦境を体現するものとなっている。

　ここにおいて、スペードにとって「恋愛」の問題と「自意識」の問題が不可分であることがはっきりと印象づけられるのだが、その点を理解するためにも、この「講義」のイントロダクションにおいて引用した有名な場面をあらためて見てみよう。

> 彼は彼女の両肩をつかんでのけぞらせ、のしかかった。「俺がいっていることがわからないならそれでいい。それならこういうことにしておこう。俺がそうしないのは、俺のすべてがそうしたがってる――結果なんて糞くらえでやっちまえといっている――からなんだ。それに――くそっ、おまえが――きみが、俺がてっきりそうするだろうと当てこんでいやがるからなんだ。他の男どもに対して、そうするだろうって当てこんできたのと同じようにな」彼は彼女の肩から手を離し、

だらりと脇に垂らした。（五八三）

かつて触れておいたように、これはハメットが改稿の際に丸ごと書き加えた一節である。[8] 物語をここまで丁寧に読み進めてきた作者が（作者はもちろん、最初の読者でもある）、どうしてもこの場面を加筆せねばならないと気づかされたのだ。我々はその重い意味を受け止め、「ハードボイルド探偵の自意識とそれゆえの宿命的な悲哀が見事に描かれていることを『実感』として理解することができるようになっているだろうか――。

これまでの議論をふまえた上で、まず気づかなくてはならないのは、この言葉がほとんどストレートな「愛の告白」だということである。そのことは、「俺のすべてがそうしたがってる」という部分からだけでも明らかだろう。もっとも、既にスペードは、自分がブリジッドを「愛していると思う」とも、ブリジッドが彼を愛していると「知っているかもしれない」とも述べていたのだが、その折には（二回とも）即座に「だからどうしたっていうんだ（What of it?）」と付け加えていた（五八〇）。だが、それだからこそ彼女を逃がせないのだと述べるこの場面のスペードは、もう一歩先まで「心」に踏みこんで「愛」を告げているのである。

愛していると認めるからこそ彼女を刑務所に送りこむというのは、ロジックとしていささかわかりにくいかもしれないが、そうした決断の基盤とされているのが「そうしたいからこそそうしない」という「自意識」の問題である以上、それはスペードがここであげているもう一つの「理由」、つまりブリジッドが彼を他の男と同じように扱ってきたという点と繋がっているはずである。もちろんここで想起されるべきは、これまでの議論で何度も確認してきたように、「ファム・ファタール」という存在が、男のロマンティシズムをかき立て、「自意識」を捨てさせ、「夢」を見させるものであることだろう。この「講義」における議論も最終段階であるため、ここは論の重複を厭わず整理しておかねばならない。

ファム・ファタールが見せてしまう「夢」とは、平たくいえば、現在の自分は「本当の自分」ではないという「夢」であり、「現実」に妥協して生きている自分は「本当の自分」として生きていないという「夢」であり、そういった「本当の自分」は「特別な存在」であるという「夢」である。そういった「夢」とは、「他人」とは交換不可能な「自分／個人」なる存在を自明なものとする（ロマンティックな）近代的主体の中に、「欠落」として構造的に、そして宿命的に埋めこまれた「夢」であり、だからこそ本稿は、その「欠落」を埋められるのではないかという甘美な「夢」を与えるファム・ファタールを（黒いエナメルで隠された「マルタの鷹」ともども）、常に既に失われている「ファルス」的なものと見なしてきたわけだ。

サム・スペードというハードボイルド探偵の前に、ブリジッド・オショーネシーという女性はそのようなファム・ファタールとして現れた。ある論者達は、「読者は、スペードが鳥と女を手に入れることを望む。つまり、彼が父のペニスという力を獲得し、刺激的な夜の母を所有してくれること——女とそれを楽しむための手段を得ること——を願うのだ。これはエディパルな勝利という夢である」と指摘しているが、[9] このように「ロマンティック」な、すなわち「(何も欠けるところのない) 完璧な結末」は、通俗小説（＝「ロマンス」）の読者が期待するものであるのみならず、そのままスペード自身が押しつけられる「夢」であるといっていい。

重要なのは、こういった「夢」が「探偵」としてのアイデンティティとコンフリクトを起こすことである。実際、ブリジッドは一貫して、スペードの「探偵」としての「公的」な立場を頼るのではなく、彼に「個人的」な便宜をはかってほしいといい続ける――最初の依頼の場面からそうであり、逃がしてほしいという最後の場面までそうである。だからこそ、彼女はただの「依頼人」ではなく、ましてやただの「犯罪者」などでもなく、「ロマンティック」な部分を刺激するヒロイン／ファム・ファタールとなるのだ。彼女は彼の「男らしさ」を讃え、その「騎士道精神」に訴えかける。「夢」を見ないと決めている「探偵」スペードは、そうした誘惑にもちろん懐疑的ではある。だが、その強い「懐疑」は、彼がそうした誘惑に人一倍敏感であるという謂でもあるだろう。近代的自我を宿命的に抱える「人間」にとって、「あなたしか頼れる人がいないの」というその言葉／態度を、完全に信じないでいるのはどうしようもなく難しい――「夢」を見ないでいられると信じること自体もまた「夢」なのだ。

だからスペードはその「夢」を最後まで保持し、そしてその「夢」の崩壊を「私」という「眼」で見据える。彼は自分に対するブリジッドの態度が他の男達に対する態度と同じであったと――自分は「特別な存在」などではなく、交換可能な存在として扱われたと――認める。それを「認める」ことは、決して慰めになどならない。「夢」を見た自分に対する責任を取らねばならないからであり、そこに自意識の勝利などない。あるのはただ、苦々しくも虚しい敗戦処理だけである。だがそれでも、それを「認める」のが、傷ついた自意識を辛うじて担保する唯一の道なのだ。そして傷ついたあとでその道を選べる者だけが、「ハードボイルド探偵」と呼ばれるに値するはずなのである。

スペードにとって、ブリジッドを刑務所に送るのは敗北を認めるのと同義であり、敗北を認めるからには彼女を刑務所に送らねばならない。仮に彼女を「愛」という美名の下に逃がしてやるなら、それは「夢」が破れたことの否認になってしまうはずである。脆弱な自我を守るため、自分は彼女にとって「特別な人間」になり得たのだと、自己を欺く行為である。それは「夢」を見てしまった自分という人間の否定であり、さらにはそのような自分が彼女を愛したという事実までも否定することになってしまうだろう。だが、スペードが選んだ「敗戦処理」とは、起こったすべてを認めることであった。起こったことは、すべて起こったことなのであり、その一部を取り出して、それだけをなかったとするわけにはいかないのだ。

引用箇所が『マルタの鷹』という小説のクライマックスとなるのは、それが「敗戦処理」のクライマックスだからである。小さな「理由」をいくつ並べあげたところで、ファム・ファタールの耳には届かない。いやもちろん、どんな「理由」であれ届かないのかもしれない――結ばれることのない二人は、別れることもできないのだから。だがそうしたジレンマが、〈他者〉を愛するということの意味でもあり、そしてブリジッドはそのような〈他者〉であるからこそ、スペードをして愛の告白に至らせ、彼女を監獄に送りこませるのである。

スペードによる「敗戦処理」の虚しさ、あるいは愛したがゆえに逃がすことができないという自意識をあらためて確認するためには、彼が絞り出した「愛の告白」に対するファム・ファタールの最後の挑戦――「わたしを見て……そして本当のことをいって。もし鷹が本物で、お金をもらっていたとしたら、わたしにこんなことをした？」――を考えてみればいいだろう。この質問に対する「探偵」スペードの答は、自分は見かけほど腐っているわけではなく、悪名は商売に都合がいいというものであるのだが（五八三）、こうした「公式回答」が問題なのではもちろんない。

理解しなくてはならないのは、スペードがこの問いに「イエス／ノー」で答えられないということである。「ノー」、つまり金を手に入れていたらブリジッドを見逃していたというのなら、それは取りも直さず、彼女を愛していなかったことを意味してしまうはずである。そしてここから翻ると、問いの前提となっている「金を手に入れていたら」という仮定自体が「意味」を失っていると気づかされる。敗北を認めたスペードにとって、自分が彼女を愛していなかったという可能性など受け入れられないのと同様、「愛」か「金」という二者択一の「問題」など、可能性としても提起されてはならないのだ。[10]「大金は、秤の反対側に乗るアイテムの一つということにはなっただろうけどな」という台詞がいかにも取って付けたような印象を与えるのは、当然というしかない。もう一度書いておこう――起こったことは、すべて起こったことなのだ。「いまさらそんなことをいって何になるんだ」という彼の言葉は、その意味において倫理的なのである（五八三）。

したがって、ブリジッドの最後の「問い」に対しては、宙に浮かせることが「正答」となる。それが「正答」であるのは、結局のところ、このファム・ファタールが訊ねているのは、スペードが本当に彼女を愛しているのかという点だからである（事実、自分は見かけほど腐っていないという「公式回答」に対しては、彼女は無言で彼を見つめるばかりである）。もちろん、極めて皮肉なことに、そこまでいっても彼らはすれ違う。「わたしを愛しているなら逃がしてほしい」というブリジッドと、「きみを愛しているから逃がせない」というスペードは、どこまでも平行線を辿る以外にはない。ロマンティシズムと自意識の葛藤は、どこまでいっても止揚されないのだ。

けれども、それでいいのだろう——と、この小説の読者は思うだろう。「わたしを愛しなさい」というファム・ファタールの命令を、主人公は受け止められたのだから。刑事達が部屋に入ってくる直前、スペードと抱擁とキスを交わしながら、彼女が何を考えていたかはわからない。しばしば指摘されてきたように、ブリジッドは最後まで「謎」として残る登場人物であるのだし、[11] とりわけ彼女が彼を愛していたのかどうかは定かではない。[12] スペードの「ハードボイルド探偵」としての自意識が小説の主題である以上、これは当然ではあるだろう。だがそれでも——あるいは、だからこそ——この最後の抱擁場面に強く漂うメロドラマティックな雰囲気が、もしかするとスペードの「愛」がブリジッドに伝わったのではないかと感じさせもすることになる。それもまた、読者が見る「夢」の一つであるとわかっていても、である。刑事達が現れ、スペードが再びハードな現実世界で散文的に振る舞い始め、彼を逮捕するつもりでやってきたダンディをやりこめたりしていても、まだそうした「夢」の余韻は完全に消え去ってはいないだろう。

なるほど、当たり前ではあるが、余韻はいつまでも持続するわけではない。それでも、優れたエンターテインメント小説であれば、抜かりなくエピローグなどが配置され、少なくとも読者が書物を閉じるまではその余韻を持続させたりもするだろう。だから読者はここで、例えばブリジッドが死刑にならず、二十年後に出所してきてスペードと再会し……といった「夢想」にふけることさえ始めるかもしれない（もちろんスペード自身が「非情」に示唆するように、しばらくひどい夜を過ごしたあとでは悲しみも消えてしまうかもしれないのだが［五八二―八三］。

しかし、である。『マルタの鷹』はただの「優れたエンターテインメント小説」ではない。この小説を「クライマックス」に至るまで読んでいれば、誰でもそれくらいわかっている（と思っている）はずだ。だがそれでも、我々はこの物語の「エピローグ」を読んだとき、そのわかっていたはずのことを、再び思い知らされるだろう。そしてそれを思い知らされたとき、ハメットというジャンルの確立者が、既に「ハードボイルド探偵小説」の一つの極北へと到達していたと「実感」することになるのだ。

〔1〕 例えば、ジョン・T・アーウィンが指摘するように、ポーのデュパンものの三作はすべて女性が「被害者」で、その「被害」にはどれも性的な要素が絡んでいる。「性」を主体的に使って「犯人」となるブリジッドは、そうした図式をラディカルに崩しているといえるかもしれない。John T. Irwin, *The Mystery to a Solution: Poe, Borges, and the Analytic Detective Story* (Baltimore: Johns Hopkins UP, 1994) 237 を参照。
〔2〕 Symons 62 を参照。
〔3〕 Layman, The Maltese Falcon 22.
〔4〕 ある研究者は、これら三つを「探偵のコード」と呼び（ただし、後述するように、①は「探偵」としてというより「男」としてのコードだろう）、「ほとんどの批評家は、これらの主張を、小説全体を通してのスペードの真の動機であったと考え」、他の四つの理由を無視しがちであると指摘している。Metress, "Dashiell Hammett" 224–25. 228–29n41 も参照。
〔5〕 Marling, *The American Roman Noir* 137–38 を参照。

〔6〕 Paterson 143. また、別の研究者は、スペードとブリジッドの架空の会話を提示し、そのブリジッドに、スペードがこれほど多くの理由をあげるのは、「本当の理由」を隠すためであるといわせている。Gerry Brenner, *Performative Criticism: Experiments in Reader Response* (Albany: State U of New York P, 2004) 167.

〔7〕 Rivett 15 を参照。

〔8〕 D. Hammett, "The Maltese Falcon," *Black Mask* Jan. 1930: 53 を参照。

〔9〕 Bauer, et. al. 284.

〔10〕 ここでは詳しく論じることなどできないが、ハメットが『鳩の翼』に受けたとされる影響というものを（第一一講の注〔3〕を参照）、こうした「愛」と「金」の二項対立が崩れてしまう地平に求めることも可能かもしれない。

〔11〕 Raczkowski 651 を参照。

〔12〕 J. K. Van Dover, *Making the Detective Story American: Biggers, Van Dine and Hammett and the Turning Point of the Genre, 1925–1930* (Jefferson, NC: McFarland, 2010) 142 を参照。

# 第二三講（第二〇章③）

# If They Hung You III

本「講義」もついに最終回を迎え、残るは小説のエピローグにあたる場面だけとなった――ブリジッドを刑事達に引き渡した次の日、すなわち月曜の朝に、スペードが秘書エフィの待つオフィスに再び姿を見せる場面がそれである。この「エピローグ」は、一頁にもならないような極めて短いシーンであり、ジョン・ヒューストン監督による映画では省かれてさえいるのだが、『マルタの鷹』という「小説」にとっては、本質的に重要なものであるといっていい。この「最終回」も、議論の対象が「エピローグ」ではあっても気を抜かずに考察に取りかかることにしたい。

最初にあらためて強調しておきたいのは、いま述べたような最終場面の「枠組み」が、「探偵小説」の「エピローグ」としていかにも相応しく見えることである。「謎解き」を主要な関心事とする（伝統的）探偵小説は「秩序の回復」を目指すジャンルであるとの指摘は多く、[1] ある研究者はアガサ・クリスティの作品を例に、結末がときに恋人達が結ばれるものとなることをあげているが、[2] 事務所に入ってきたスペードがエフィに「おはよう、エンジェル」と声をかけたときの雰囲気は（五八四）、そういった「大団円」からさして遠くはないように感じられるだろう。

なるほど「宝」は偽物であったし、「お姫様」との関係は悲恋という形で終わってしまった。だが結局のところ、とうとう「事件」は「解決」されるに至り、そして新しい週が始まった――探偵スペードの人生に、再び「日常」が回帰したのである。エフィの役割に関して詳しく考察した第一四章に関する議論を想起していえば、小説の結末におけるスペードの「常態への復帰」が、「エフィのもとへの帰還」という形を取るのは自然だろう。危険な「ファム・ファタール」が妖しい光を放つ暗い夜の世界から、優しい「母」が温かく見守ってくれる明るい昼の世界へと、傷ついた「ヒーロー」はついに戻ってきたのである。

このように整理してみると、「エピローグ」に辿り着くまでの『マルタの鷹』は、見事なまでに美しく整った物語構成を備えており、エンターテインメント作品として、ほとんど非の打ちどころがないといっていいように思える。その直前の場面で、「ファム・ファタール」の誘惑から身を振りほどくスペードの苦渋に満ちた決断を見た読者としてはなおさら、主人公がこうして「母」の胸へと戻ってきたことを、それが作品の構造に照らせば予定調和であってもーーというより、まさに美しい予定調和であるからこそーー物語に相応しい結末として受け取る準備ができているのではないだろうか。

しかしながら、それがどれほど「美しい」ものであれ、予定調和は予定調和である。そして「予定調和」とは、通俗的な「ロマンス」にとっては力強い味方であっても、「小説」にとってはほとんど不倶戴天の敵なのだ。それはある出来事からその「出来事性」を、すなわちその「一回性」を奪う装置に他ならない。それは「起こったこと」が持つ「意味」を希薄化し、その事件を「よくあること」として忘却させてしまうのだ。だから例えば同時代作家E・S・ガードナーの『ビロードの爪』（一九三三）など、それが「ペリー・メイスンもの」の第一作であるという事実を除けば、誰も「特別」なものとしては記憶していないだろうーーが、それゆえにこの作品は、『マルタの鷹』の「エピローグ」が持つ意義を理解する上で、有益な参照枠となってくれるかもしれない。[3]

『ビロードの爪』においては、『マルタの鷹』同様、依頼人は彼女を愛した男達を利用し、探偵を性的に誘惑し、頼れる人はあなたしかいないといい、彼を共犯者として事件に巻きこむのも躊躇しない。秘書デラ・ストリートは（エフィとは異なり）この「ファム・ファタール」にメイスンが関わることを嫌い、上司への不信をあらわにしさえするのだが、事件の解決後、新聞で真相を――探偵の「正しさ」を――知った彼女は、どうして事情を説明してくれなかったのかと彼に訊ねる。そしてメイスンの「説明が必要だということ自体が辛かったんだ」という言葉を聞いて深く後悔し、「絶対に、絶対に、絶対に、わたしが生きている限り、あなたを二度と疑ったりはしません」と宣言する。[4] かくして自分が主人公を疑う「悪い母」であったことに対するデラの懺悔とともに、八十作以上に及ぶシリーズが始まるのだ。

こうした『ビロードの爪』の「エピローグ」から顧みるなら、ハメットが「スペードもの」をシリーズ化しなかった／できなかったのは当然といわねばならないし、[5] この事実はレイモンド・チャンドラーからロス・マクドナルドを経てロバート・B・パーカーへと至る優れた作家達がいわば「様式美」を追求し、「シリーズ化」に耐え得るような探偵の造型に意を尽くしていくうちに、「ハードボイルド探偵小説」というジャンルがハメットの切り拓いた可能性とは異なる方向へと発展していったことさえも示唆するように思われるのだが、ともあれ当面の文脈においては、そのシリーズ化の不可能性を、ハメットという「小説家」による「予定調和」からの完全なる離脱として、積極的に評価できるはずである。

近代という「ポスト叙事詩」の時代に生まれた「故郷喪失の形式」としての小説とは、「美しい予定調和」の不可能性という宿命を抱えている。『マルタの鷹』が真に卓越した作品となっている理由の一つは、それがこうした「宿命」に対峙し、その「予定調和の不可能性」を作品の強度として——あるいはほとんど「倫理」のようなものとして——表現していることにある。ファム・ファタールが見せる「夢」というものが、近代的主体が宿命的に抱える「欠落」を埋められるかもしれないという、実現不可能な夢だったことを思い出そう。そういった「夢」に破れたスペードの、「母」のもとへの「予定調和」的な帰還は、『ビロードの爪』とはまさしく正反対の結末へと至るのだ。

彼は頭を上げ、にやりと笑って、からかうようにいった——「きみの女の直感ってやつはたいしたもんだよ」

彼女の声は、顔に浮かぶ表情と同じく奇妙だった。「あなた、あんなことをしたの、サム——あの人に？」

彼は頷いた。「きみのサムは探偵さんなのさ」彼女を見る目は厳しかった。片方の腕を彼女の腰に回し、尻に手をあてた。「あの女は、本当にマイルズを殺したんだよ、エンジェル」彼は優しい声でいった。「こともなげに、あんな風にね」彼はもう片方の手で指を鳴らした。

彼女は痛みから逃れるように、彼の腕から身を振りほどいた。「やめて、お願い、わたしに触らないで」彼女はとぎれとぎれにいった。「わかってる——あなたが正しいってことはわかってる。あなたは正しいわ。でも、いまはわたしに触らないで——いまだけは」

スペードの顔は、襟と同じくらい白くなった。（五八四）

傷ついて帰ってきた探偵は、かくして「故郷」が失われてしまったことを決定的に悟らされる。この場面がなければ、『マルタの鷹』はまったく別の作品――正確にいうなら、別の種類の作品――になっていたに違いない。

この場面が持つ「意味」は、小説全体に関わる重層的なものとなっているのだが、わかりやすいところから考えていこう。まず、このシーンが与えるインパクトは、直接的にはエフィがスペードを拒絶するという事実によるだろう――小説を通して彼に献身的に尽くしてきた秘書が、「正しい」ことをして帰ってきた主人公を（しかもその「正しい」と思われる決断をするには、ほとんど小説一冊分の葛藤が必要であったのである）、その「正しさ」を認めながらも拒絶してしまうのだ。ある論者は、エフィを失ったことをスペードの「最大の喪失」と呼んでいるが、[6] 確かに一瞬にして顔色を失ってしまったスペードにとってはもちろんのこと、彼女の忠誠心を信じてきた読者にとっても、これはやはりショッキングな、そして極めてアイロニカルな結末であるといっていいだろう。

もっとも、その「アイロニー」を十分に理解するには、少し足を止め、エフィがどうしてスペードを拒絶するに至ったのかを考えてみなくてはならない。ある研究者は、この顚末について、スペードがロマンス（ここではいわゆる「ラヴロマンス」の意）を信じていないことに対するエフィの失望を表していると述べ、[7] 別の批評家は、スペードとエフィの関係が最終的に壊れてしまうのは、エフィが感情を知性に妥協させせられないためであると論じている。[8] こういった解釈は、エフィの「ナイーヴさ」を指摘するという点において間違っているとはいえないのだが、事態の深刻さに鑑みれば、問題はもう少し複雑であるように思える。

エフィの「ナイーヴさ」は、この場面でスペードがからかい気味に言及している「女の直感」という形でまず表面化しているといっていいだろう。この「女の直感」、つまりブリジッドに対する彼女のほとんど盲目的な信頼は、他の主要人物達が他人を信じないがゆえに彼ら自身が「信頼」しがたいキャラクターであったのと対比的であり、エフィという人物自身を「信頼」に値する「母」的なキャラクターとして読者に印象づけるものであった。〔9〕

しかしながら、そういった「母」エフィのブリジッドへの信頼は、結局はただの「ナイーヴ」な見方でしかなかったと判明する。それは取りも直さず、彼女の表明する「直感」というものが、とどのつまり、ブリジッドがそう見せているような「哀れを誘う女性（依頼人）」という「タイプ」（イメージ）に関してどう思うかを述べたものに過ぎなかったと明らかになったことでもあるだろう。〔10〕そこから翻ってみれば、むしろ「不信」を抱き続けたスペードの方が、ブリジッドを「タイプ」に簡単に還元され得ない「人間」として扱っていたとさえいえるかもしれない。

こうした観点からすれば、スペードはエフィの「ナイーヴさ」にいわば理不尽に裏切られたのであり、だとすれば、この「エピローグ」もまた、「現実」を生きるハードボイルド・ヒーローの「悲哀」なり「孤独」といったものを前景化するものに思えてくるかもしれない。実際、「きみのサムは探偵さんなのさ」という彼の言葉は、軽口めいているがゆえに読者の胸を重く打つだろう。

だが、このように胸を打たれた上で、それでも頭に浮かべなくてはならないのは、この「ナイーヴさ」を、エフィが（作者に与えられて）備えている資質として片付けられるのか——他ならぬスペード自身が、エフィを「ナイーヴ」な存在にとどめておき、その「ナイーヴさ」を利用し、それに依存さえしてきたのではなかったか——という疑問である。

既に（とりわけ第一〇章に関する議論で）示唆しておいたように、エフィの「女の直感」は、スペードが彼女の目からブリジッドの後ろ暗い面をほとんど完全に隠していたことと不可分の関係にある。エフィはブリジッドが（スペードの追及を遮断しようとして）自ら彼と性的関係を結んだ事実を知らないのだし、ましてや彼女が実は「犯罪者」としか呼びようのない存在であったことも（月曜の朝に新聞を読むまで）知らなかった。ブリジッドを信頼するエフィの「ナイーヴさ」は、そのようにしてスペードに「作られた」ものなのである。スペードは「現実」をエフィに見せないまま、ブリジッドを家に匿うように命じ、そして自らの「不信」を「宙吊り」にするために――つまり、ブリジッドへの「愛」を守るために――その「ナイーヴさ」につけこんできたのだ。

月曜の朝に新聞を読んだエフィが、自分がスペードに「つけこまれ」ていたことに、どの程度の痛みをもって気づいたのかはわからない。[11] ほとんど自覚がなくてもおかしくはない――第四章に関する議論で指摘しておいたように、スペードは（今回の事件に限らず）彼女をずっとパトロナイズしてきたはずなのだから。したがって、スペードがエフィを深く「信頼」してきたことと、彼が彼女を「ナイーヴ」な「母」として「作って」きたことは、同じコインの両面であるといえるのだが、そうであるとすればなおさら、「あなた、あんなことをしたの、サム――あの人に？」という彼女の言葉が、まことに切ないものに感じられてくるだろう。「あんなこと」としか彼女がいえないとき、その曖昧な表現には彼女が（これまでずっと）「つけこまれ」ていたという事実が含まれるように思えてしまうからであり、それでもこの「ナイーヴ」な「母」は、その自らの（作られた）アイデンティティに忠実に、「あの人に？」と付け加えるのを忘れないからである。

このように考えてくると、自分が「つけこまれ」ていたことに対する明確な自覚がエフィ自身にはなく、彼女がスペードのブリジッドに対する「正しい」行為に対して（右にあげた論者達が示唆するように）感情的に反応しているだけであったとしても、それでもこの「母」の「拒絶」は、彼女をパトロナイズしてきたスペードにとってはどうにも皮肉な因果応報といわざるを得ないはずだが、ここでさらに重要となってくるのは、その「皮肉な因果応報」の射程が、スペードとエフィの個人的な関係性にとどまらず、もっと遠くまで及んでいることだろう。

まず強調しておくべきは、この結末が、小説の「クライマックス」におけるスペードの「敗戦処理」に、皮肉な光をあてることである。もちろん、前回の議論で詳述したように、傷ついた自意識を辛うじて救出するためにブリジッドを監獄に送りこむのは、スペードにとって「勝利」などではあり得ない。だが、今回の冒頭で指摘したように、「エピローグ」に至る物語の展開は、それが「ファム・ファタール」の誘惑を断って「母」のもとへ帰還するという形を取ったとき、結局は「予定調和」ともいえるものになってしまったわけである。それについては、「ヒロイン」が「悪女＝犯人」であるという設定が、作品の発表時には型破りであったとしても、今日の読者にしてみればそれ自体としてはそれほど意外ではないという事実からも、いわば構造的に（非歴史的に）確認されるはずである。

したがって、「クライマックス」のあとに「エピローグ」が配され、エフィという「母」のもとに当然のように戻ってきたスペードは、まさしくその「母」／「エピローグ」のおかげで予定調和的に「ヒーロー」として物語の結末を迎えられるかのように見えたのだが、それはすなわち、ブリジッドという「ファム・ファタール」もまた、その「予定調和＝ロマンス」に回収されてしまいそうになったということでもあるだろう。つまり、ここにおいて「母」と「ファム・ファタール」というステレオタイプ的な〈非歴史的な〉二項対立が予定通りに「正しく」機能してくれれば、エフィとブリジッドの〈他者性〉を犠牲に、スペードの「ヒーロー性」がめでたく確保されるわけだ。

しかしながら、ハメットは「予定調和」を崩し、ここへきてその二項対立を、決定的に機能不全にしてしまう。それはしかも、スペード自身がエフィを「ナイーヴ」な「母」にとどめ、ブリジッドを信頼するように使嗾してきた結果として提示されるのだ。この「使嗾」はスペードがブリジッドを愛してしまった結果でもあり、だからこそこの結末は、「ファム・ファタール」の「勝利」を、そしてスペードの「敗北」を、あらためて確認させもするのだが、重要なのは、この「エピローグ」から振り返ると、スペードの虚しい「愛」が、そしてその苦い「敗戦処理」までもが、その「使嗾」を承けて「母」でいてくれたエフィに依存していたと気づかされることである。

常に目を見開き、自意識を守り抜くことが「ハードボイルド探偵」の矜持であり、義務でもあるとすれば、物語の「クライマックス」におけるスペードにはまだ「死角」があった――ファム・ファタールの誘惑に抵抗できれば、自分を無条件に受け入れてくれる秘書が待っているという、「母」に対する甘えがあったのだ。その場面において、スペードの脳裏にエフィの姿があったといいたいわけではない。そうではなく、ファム・ファタールへの愛を告白すると同時にその誘惑を退けるという「敗戦処理」に、「不信」を宙吊りにして――自意識を棚上げにして「夢」を見て――彼女を愛することを可能にしてくれた「母」への依存が常に既に入りこんでしまっていたのが問題なのであり、その意味においてエフィとは、「夢」に破れ「現実＝日常」を受け入れるスペードの敗北さえも「ハードボイルド探偵小説」という「男性用のハーレクインロマンス」として担保しようとする物語の——そして読者の——視座を仮託された存在だったのだ。[12]

だが、繰り返していえば、その「現実＝日常」とは、スペードが「作ったもの」であり、そのことをハメットは「ナイーヴ」なエフィによる拒絶を通して露出させ、そこから一歩先へと進む。この決定的な「一歩」こそが、『マルタの鷹』を「ハードボイルド探偵小説」というジャンルの極北へと至らせるのだが、そこではもはやこの小説を特定の「ジャンル」にあてはめようとすること自体が意味を失ってしまっているというべきかもしれない。少なくとも、我々が見てきたような地点にまで達した作品を、単に優れた「小説」と——あるいは一つの卓越した文学作品と——呼ぶのをためらうべき理由など、どこにもないように思われる。

しかし、このような「小説」としての『マルタの鷹』評価を確認するためにも、あと少しだけ物語の水準で議論を続けなくてはならない。右で論じたように、「エピローグ」においてエフィの「ナイーヴ」な拒絶が描かれたため、「クライマックス」でスペードの「夢」が破れるというドラマを、「ロマンティック」なものとして最終的に受け取り、そのほろ苦い余韻に浸り続けるなど——スペード自身にも、読者にも——できなくなったわけだが、その上で見ておく必要があるのは、「夢」に破れたスペードが帰ってきた「現実＝日常」がどのようなものかということである。

ここでも最初に重要となるのは、エフィの「拒絶」が起こったのが、彼女が「いつも通り」に「ナイーヴ」であったためだということだろう。つまり、エフィが象徴する「現実＝日常」は、それ自体としては何も変わっていないのである。だが、スペードの「ファム・ファタール」との運命的な出会いが――彼が「夢」を見てしまったことが――その「現実＝日常」の持つ「意味」を大きく変容させてしまった。あるいは、その「現実＝日常」の虚構性を、隠しようもなく露出させてしまったのだ――頭上から突然降ってきた梁のように。これは皮肉ではあるが、当然の事態でもある。というのは、スペードが「夢」を見てしまったのは、「夢」を見ない「ハード」な探偵として、それに相応しい退屈な「現実＝日常」を、彼自身が作り上げてしまっていたことを一因とするはずだからだ（そうした彼を責めるなど、おそらく誰にもできはしないにしても）。しかも、というべきか、そもそも「夢」に敗れた人間を「日常」が温かく迎えてあげるなどというのが、本来幻想に過ぎないだろう。「夢」とは――そして「現実」も――それほど甘くはないのだ。

そしてとどめを刺すようにして、ハメットは最後にアイヴァを再登場させる。小説の序盤、「三人の女」と題された第三章に関する議論で見ておいたように、スペードの「現実＝日常」は、「母」と「牝犬」というステレオタイプ的な二項対立によってわかりやすく象徴され、担保されていた。したがって、ここでも「母」に続いて「牝犬」が現れるのは、物語的には極めて自然であるという以外にないのかもしれないが――とにかく引用しておこう。

廊下に通じるドアのノブが音を立てた。エフィ・ペリンは身を翻して外のオフィスへと行き、後ろでドアを閉めた。そして再び戻ってくると、彼女は後ろでそれを閉じた。
彼女の声は小さく、平板だった。「アイヴァよ」
スペードは机に目を落とし、ほとんど目に見えないほど微かに頷いた。「そうか」と彼はいい、

身を震わせた。「わかった、通してくれ」　（五八四―八五）

これは先の長い引用箇所に続くところであり、そして小説の最後の一節である。これこそが、傷ついた「ヒーロー」として戻ってきたはずの男を迎える「現実」なのだ。

この小説において、スペードのエフィとアイヴァとの関係が、アイヴァを避けてエフィのところに逃げこむ、という一貫した構造を持っていたのを思えば、エフィに拒絶されてアイヴァを受け入れるという結末はそれ自体として十分に示唆的であるだろうが、さらに重要なのは、この場面が作品冒頭のシーンの反復として提示されていることである。ハメットがこうした円環構造を得意としているのはあらためて強調するまでもないはずだが、例えばエフィがスペードのオフィスで（外の部屋ではなく）彼を待っていたのは、彼女がオフィスにいる彼を呼びに来るという小説冒頭の場面を、ハメットが再現しようとしたためだと考えていいだろう。

そうした「反復」が前景化するのは、もちろん「差異」である。小説冒頭では、スペードのもとにやって来たのは「ファム・ファタール」であり、そこには何かが「始まる」といった予感が満ちていた（スペード自身はそのような期待など抱いていなかったにしても、である）。それに対し、結末で訪れるのは、唯一無二の絶対的に「オリジナル」な存在であるファム・ファタールのいわば「劣化コピー」としての「牝犬」なのであり（「オリジナル」と「コピー」である以上、どちらも「母」と二項対立をなすのは当然だろう）、そこにどうしようもなく漂っているのは、何かが「終わってしまった」という寂寥感ばかりなのだ。

この「差異」は「夢」と「現実」のあいだの落差であるといっていいだろう。だが、「夢」の象徴としての「ファム・ファタール」自身が結局は（「オリジナル」ではなく）「フェイク」に過ぎないと判明したという固い事実に鑑みるなら、その「落差」自体が「幻想」に過ぎないものであるともいえてしまうはずだし、身震いしながらアイヴァを招き入れるスペードは（そうした嫌悪感を示す肉体の反応が、エフィが彼に示したものでもあるというのは皮肉としかいいようがないだろうが）、[13] そのことをおそらくわかっている。

ファム・ファタールの誘惑を断ち、スペードは「秩序」を回復した。彼は「探偵小説」の主人公としての任務を果たしたのだ。だが、その結果がこれである。極めて皮肉なことに——今回の議論だけで、何度「皮肉」という語を使っただろう——「秩序」を回復した彼が手に入れた唯一のものがアイヴァなのだ。スペードが獲得するのを（読者が）望んだものが「ファルス」的なものであり、理想的な結末が「犯人」という「父」を倒し「お姫様」を得るというエディパルなものであったのを思い出してみれば、「秩序」を回復した彼が手に入れた「父の座」が、アーチャーの座っていた場所であったというのは、やはり皮肉という他ないだろう。ある論者が指摘するように、「アイヴァを手に入れることはアーチャーになることであり、それは自分自身を寝取られ男にすることである」。[14] 二人の探偵を「対比」させ、その「差異」を強調していたはずの第一章の末尾における、アーチャーに対するスペードの余裕ある皮肉な態度は、こうして彼自身に跳ね返ってくるのである。

第一章のスペードは、「非情」な探偵として「日常」を完全にコントロールしているように見えていた。しかし、物語を通して「秩序」を「回復」した結果がこれだということは、結局のところ、小説の冒頭で「金髪の悪魔」として登場してきたときから、パートナーの配偶者と「カラダ」だけの関係を持って「日常」と妥協していた彼は、女好きのアーチャーと変わらない、しがない探偵だったことを——スペード自身の目にも——どうしようもなく露呈させてしまう。いや、それどころか、彼に妻を寝取られてしまうような「引き立て役」としてのアーチャーがいてくれたおかげで、スペードの「日常」が担保されていたとさえいえてしまうのだ。このように見てくると、主人公の特権的な「男らしさ」は完全に脱構築されてしまったといっていいだろう。

このようにして、『マルタの鷹』の結末は、主人公と読者を物語の冒頭に連れ戻し、スペードから「ヒーロー」的なイメージを徹底的に剝ぎ取ってしまう。小説を丁寧に読んできた読者であればなおさら、この結末には啞然としてしまうかもしれない。我々が読んできた物語は、結局何だったのか。ここには何も残っていないではないか——。だが、この何も残っていない荒涼たる光景を目にして「啞然」とすることができた読者は、解放感を与えられてもいるだろう。「現実」から解き放たれるのではない。「現実」へと解き放たれるのだ。おそらくは、そうした「解放感」こそが、この「小説」を確かに読んだという「実感」なのである。

我々が読んできた『マルタの鷹』という小説は、「夢」を見ないと決めている人物が「夢」を見てしまい、その「夢」に裏切られ、空虚な「現実」へと戻っていく物語である。程度の差はあっても、そして自覚の差はあっても、これは近代的自我という桎梏から逃れられない人間が、日々経験していることだろう。我々は処世術を習得して散文的な現実と折り合いをつけるが、それでもささやかな「夢」を持たざるを得ない。ごく普通の人生においても、ときには運命的と思える出会いを経験するはずだし、「夢」に破れて自尊心を痛めつけられもすれば、心のよりどころを失ってしまうことさえあるはずだ。最善と思われる道を選んだとしても、それが大切な人を傷つけてしまい、取り返しのつかない結果をもたらしてしまうこともあるだろう。

だが、いずれにしても、起こったことは、すべて起こったことであり、手元に残る「現実」は、そうした「経験＝物語」を生きたという事実だけである。『マルタの鷹』という小説は、我々に「教訓」や「指針」といったものを与えてくれるわけではない。この小説は、ただそうした「現実」を読者に示すのである。そしてそれを見てしまった読者は、自分自身の「現実」が、自分としては否定したいと思うようなものであったとしても、既に深く肯定されていると「実感」するはずだ――事実、「ヒーロー性」を剝ぎ取られ、丸裸にされた「人間」として物語の冒頭に連れ戻されてしまったスペードの「現実」を、この小説を読んでしまった我々は、「否定」などできないはずなのだから。このような意味において、「金髪の悪魔」を主人公として登場させた『マルタの鷹』は――優れた文学作品だけがそうなり得るような――人間賛歌の書となるのである。

だから我々は、『マルタの鷹』という作品を、また最初から読み直すことができる。書かれているすべてを肯定し、何度でもサム・スペードの人生を追体験できる。すべてを肯定できるのだから、この「小説」をどのようにして――「冒険小説」として、「恋愛小説」として、「探偵小説」として、そして「ハードボイルド探偵小説」として――楽しむのも許されるだろう。主人公が最終的に「ヒーロー性」を剝ぎ取られた「人間」になってしまうとしても、というよりはまさにそれゆえに、その「ヒーロー」としての振る舞いに、胸を高鳴らせても構わない。「人間」とは誰しも「ヒーロー」になるのを宿命的に夢見る存在であり、そして何より、「ヒロイック」に振る舞ったことがない「人間」などいるはずがないのだから。

〔1〕 例えばある論者は、古典的探偵小説を混乱から「秩序」を守ろうとする試みと考え、ハメット作品を、そのヴィジョンの魅力と、その実現の困難を、ともに強調するものとして論じている。Sean McCann, *Gumshoe America: Hard-Boiled Crime Fiction and the Rise and Fall of New Deal Liberalism* (Durham: Duke UP, 2000) 102.
〔2〕 Scaggs 47.
〔3〕 以下の『ビロードの爪』に関しての考察を含め、Koichi Suwabe, "The Case of the Femme Fatale: A Poetics of Hardboiled Detective Fiction," *The Journal of the American Literature Society of Japan* 2 (2004): 55–72 を参照。
〔4〕 Erle Stanley Gardner, *The Case of the Velvet Claws* (New York: Pocket Books, 1940) 236.
〔5〕 ハメットは、後にエージェント（ベン・ワッソン）に説き伏せられて、高級誌に三つの「スペードもの」を書くが、どれも優れたものとはいえず、そこに出てくるスペードはほとんど没個性的でさえある。W. Nolan, *Hammett* 124 を参照。また、第三講の注〔9〕も参照のこと。
〔6〕 Ruehlmann 75.
〔7〕 Marling, *The American Roman Noir* 141.
〔8〕 Pattow 171.
〔9〕 例えばある批評家は、エフィは小説中で唯一、他人のために行動できる人物であり、それゆえに最も

道徳的な人物であると述べている。Cassuto 50を参照。

〔10〕 Wadia 182を参照。

〔11〕 アーウィンは、本稿とは違う観点からではあるが、エフィが自分とスペードの「個人的な関係性」ゆえにショックを受けたと示唆している。Irwin, *Unless the Threat of Death Is behind Them* 29を参照。

〔12〕 「男性用のハーレクインロマンス」とは、斎藤美奈子が用いた有名な表現。『あほらし屋の鐘が鳴る』（朝日新聞社、一九九九年）一一頁。

〔13〕 Hall 235を参照。

〔14〕 Marling, *Dashiell Hammett* 79.

# あとがき

文学研究の道を志して以来、このような本を書きたいとずっと思っていた。愛する小説を一冊取りあげ、それを自分がどのようにして読んでいるのかをそのままの形で提示する——いかにも凡庸に響くが、そうした「普通のこと」をしてみたかったのだ。この願望はおそらく、文学研究は「特別なこと」をするものではないと、私が信じていることに由来する。優れた小説には「面白い読み方」など必要なく、ただ「普通」に読めばいい——本書の原型である『Web英語青年』での連載（二〇〇九年四月〜一一年三月）を引き受けたときも、そう考えていた。『マルタの鷹』ほどの傑作なら、普通に読めばそれだけで面白さを伝えられるに違いない、という目算があったとはいえるだろう。

しかし、「普通に読む」のは、楽しくても楽な作業ではないとわかっていた。それは私にとって、あくまでアメリカ文学の研究者として読むことを意味するのだから。未知の語は辞書で調べ、先行研究を可能な限り読むといった、外国文学研究者として極めて「普通」の手続きを重ねていく過程をそのまま見せることは、私が何を学んできたかを（あるいは不勉強を）露呈させてしまうはずであり、その意識は初めて経験する連載形式の議論に、いっそうの緊張感を与えたと思う。そのような緊張感自体は、程度の差こそあれ、ものを書くときにいつも抱くものではある。だが、「普通に読む」姿勢を前面に出し、できるだけ多くの論点を包摂せねばと意識していたことは、研究者として日々おこなっている作業の意味を再確認させてくれた。研究者が「普通」のことをやればこの程度の議論は可能だという点で、本書が一定の水準を示せていればと願わずにはいられない。

ものを書いていると、ときどき怖くなることがある。小説を読んでいるとき、私は(誰でもそうだろうが)ABC……と、様々なことを考える。その「様々なこと」には、相矛盾していると感じられるものもあり、そうした諸点についてぼんやり考えているとき、研究者になってよかったとつくづく思う。だが、それについて書こうとすると、どうにも厄介なことになる。もっとも、論文という制度は、その「矛盾」を棚に上げるのを正当化してはくれる。Aについて論じることは、Bを捨てることでもある——議論にはリミッターが必要なのだから、Bについては別の機会に考えよう、というように。しかし、そうわかっていながらも、どうしてもそのリミッターを解除したくなるときがある。というより、私にとって優れた小説とは、リミッターを外せと命令してくるものなのだ。だから怖くなる。もう一歩でも足を進めてしまえば、戻ってこられないような気がするのだ。

だがそれでも、大丈夫、まだいける——と、根拠のない思いこみに身を委ね、賢明であることをやめ、とにかく進んでしまうときがあり、本書もそのようにして書かれている。それはただのロマンティシズム、あるいは蛮勇に駆られた愚行に過ぎないかもしれず、その点についてはご批判を待たねばならないが、いまは自分が決して孤独に進んできたわけではないことを感謝したい。実際、連載時から編集を担当していただいた星野龍氏の伴走なくしては、本書は生まれ得なかった。『マルタの鷹』を好きなだけ精読するようにという依頼の折に、星野氏がこのような結果を期待していたかはわからないが、ずっと書きたかった本を上梓するに至れたのは、ハメットという稀有な作家への愛を共有してくれる編集者がいてくれたからに他ならない。

論文を書くのは孤独な作業ともいわれるが、私自身は一度もそのように感じたことがない。これは優れた先達に恵まれてきたからであると信じている。したがって、お礼を申しあげるべき方はあまりにも多いのだが、とりわけ大学院に入ったばかりの私に精読の楽しさと厳しさを教えてくださったのは渡辺利雄先生であり、現在に至るまでエンターテインメント小説への敬意を忘れずにいられるのは平石貴樹先生のおかげである。本書に取り組んでいた三年のあいだ、両先生から受けた影響の大きさと重さを、私はあらためて何度も噛みしめることになった。

この「あとがき」では研究者としての立場を強調してきたが、本書はもちろん、『マルタの鷹』を読み継いできたミステリ・ファンの方々に向けても書かれている。連載中から様々な形でご支援をいただけたこと——例えばマイク・ハンバート氏には地図の転載をご快諾いただけたし、『ハヤカワミステリマガジン』には特集を組んでいただいた——は、ただ好きだからという理由でハメットを読んできた私にとって、まさしく身に余る幸運であった。そして何より、連載が始まって数ヶ月後、編集部に小鷹信光氏からファックスが届いたと聞いたときの驚きを、私が忘れることはないだろう。私のハメットへの関心は、長年にわたる小鷹氏の仕事なくしてはほとんど考えられないが、そのような方と知己を得られたばかりか、寛大にも、入手を諦めかけていた『ブラック・マスク』のコピーまでいただいてしまった。深い謝意とともに、本書は小鷹氏に捧げられる。

二〇一二年一月

諏訪部浩一

# 『マルタの鷹』語注

『マルタの鷹』本文の頁・行数はライブラリー・オヴ・アメリカ版（*Complete Novels* [New York: Library of America, 1999]）に基づく。さらに、最も普及していると思われるヴィンテージ版（New York: Vintage, 1992）の頁数を〈　〉内に付す。地図は60頁、間取り図は116頁を参照。

〈参照辞典略形〉***DAS:*** Robert L. Chapman ed., *Dictionary of American Slang*, 3rd edition（New York: HarperCollins, 1995）/ ***DSUE***: Paul Beale ed., *A Dictionary of Slang and Unconventional English*, 8th edition（London: Routledge, 2002）/ ***OED:*** *Oxford English Dictionary Online*（Oxford: Oxford University Press）/ ***RHHDAS***: J. E. Lighter ed., *Random House Historical Dictionary of American Slang*（New York: Random House, 1994, 1997）/ **クロノペディア:** ジョン・エイト著、江藤秀一・隈元貞広他訳『20世紀クロノペディア――基本知識辞典 新英単語で読む100年』（ゆまに書房、2001年）/ **ジーニアス:** 小西友七・南出康世編集主幹『ジーニアス英和大辞典』（大修館書店、2001年）/ **ランダムハウス:** 小学館ランダムハウス英和大辞典第2版編集委員会『小学館ランダムハウス英和大辞典 第2版』（小学館、1993年）/ **リーダーズ:** 松田徳一郎編『リーダーズ英和辞典 第2版』（研究社、1999年）/ **リーダーズ・プラス:** 松田徳一郎他編『リーダーズ・プラス』（研究社、1994年）

**序文（モダン・ライブラリー版）**

**964.26–27　The Whosis Kid**　1925年出版の「オプもの」。盗んだ宝石をいくつかのグループが奪い合うという筋立てが、「裏切りの物語」としての『マルタの鷹』に再活用されている。

**964.28　The Gutting of Couffignal**　1925年出版の「オプもの」。オプを肉体で買収しようとする犯罪グループの女は、もちろんブリジッド・オショーネシーを彷彿させる。

**965.8　Pinkerton's San Francisco office**　「ピンカートン」の正式名称は "Pinkerton National Detective Agency." Allan Pinkertonにより1850年に創業。ハメットは従軍のための中断（1918–19）を挟み、1915年から22年まで同社で調査員として働いた。

第 1 章

**391.18 〈3.16〉　Shoo her in, Darling**　shoo = to make the sounds and gestures that get *animals* or *fowl* to move along.[1]「客（美人）」が「動物」に喩えられている。スペードの「客（美人）」に対する態度が察せられる言葉。

**391.19–20 〈3.17–18〉　Effie Perine opened the door again, following it back into the outer office**　スペードの部屋の外側には、待合室を兼ねたエフィの部屋がある。"following it" となっているのは、スペードの部屋から見てドアが外開きのためである。

**394.19 〈7.2〉　Mr. Archer**　ロス・マクドナルドの探偵リュウ・アーチャー（Lew Archer）が、このスペードのパートナーの名をとって命名されたことはよく知られている——が、そうではなく、高校の教師に由来するという最近の説もある。[2]

**394.34–38 〈7.16–19〉　The embarrassment . . . a gloved finger.**　スペードの愛想のよさのおかげでリラックスしていたミス・ワンダリーは、アーチャーが現れたことでまた緊張する。

第 2 章

**398.10 〈11.10〉　He scowled at the telephone**　雑誌初出時には "He scowled thoughtfully at . . ." であったが、[3] "thoughtfully" が削除されたため、読者はスペードが「考えている」ことに能動的に気づかねばならなくなった。

**398.12 〈11.11–12〉　a sack of Bull Durham tobacco**　「ブル・ダーラム」は南北戦争後に世界最大規模の煙草工場を所有することになった W・T・ブラックウェル社のブランド。[4] 1921 年 3 月の手紙からは、ハメットが当時この煙草を吸っていたことがわかるし、[5] 探偵時代の彼が手巻き煙草を吸っていたことも知られている。[6]「サム」という自身のファースト・ネームを与えたことからも（彼の本名はサミュエル・ダシール・ハメット）推されるが、ハメットはスペードにある程度自分自身のイメージを重ねていたのかもしれない。398.18–28 の注も参照。

**398.16 〈11.16〉　Duke's *Celebrated Criminal Cases of America***　1910 年刊。著者 Thomas S. Duke はサンフランシスコ警察の警部であり、「警察公認」の同書は、全体の 4 分の 1 程度は同地の事件を扱っている。『影なき男』には同書からの長い引用がある。

**398.18–28 〈11.19–12.8〉　Spade's thick fingers made a cigarette . . .**　James A. Bonsack による紙巻き煙草を自動で巻く機械（「ボンサック」）の発明により（1881 年に特許取得）、20 世紀には手巻き煙草は廃れて／

時代遅れになっていた（そもそも、作中でもスペードしか手巻き煙草を吸っていない）。[7] 少し時代は下るが、チャンドラーの『長いお別れ』(1953) にも、まさしくブル・ダーラムを吸う警察署長が時代錯誤的な人物として戯画的に描かれている。ハメットがスペードにあえて手巻き煙草を吸わせたことについては、様々な解釈が可能だろう。

**398.29〈12.9〉 He picked up the pigskin and nickel lighter** 章冒頭の "something small and hard" (398.3) が、ここでライターであることがわかる。「豚革」は、再び『長いお別れ』から例をとれば、テリー・レノックスの超高級スーツケースにも用いられているものであり、安物ではない。

**398.33〈12.13〉 his body like a bear's** スペードが喩えられる熊がカリフォルニア州の「州動物」であることを指摘する批評家もいる。[8] 短編一作にしか登場しないが（『マルタの鷹』に先行する 1926 年の「殺人助手」)、「醜男探偵」アレック・ラッシュも熊に喩えられている。[9]

**399.9〈12.23〉 Where Bush Street roofed Stockton** "roof" (覆う) という語が使われているのは、立体交差／トンネルになっているため。トンネルを計画した人物 Michael M. O'Shaughnessy は、ブリジッドの名前の由来ともいわれる。[10]

**399.21〈12.34〉 as if it had been blown out** スペードがトンネルの上から見下ろしていると、自動車が「吹き飛ばされる」ように出てくる（銃口のイメージがあるかもしれない）。

**399.37–38〈13.15〉 *Burritt St.*** この小路に（地図③を参照)、現在では「ネタバレ」のレリーフ板があることはよく知られている。ハメットは 1926 年当時、半ブロック離れた Monroe St. のアパートに住んでおり、[11] その道（地図には通りの名が出ていないが、③からすぐ左上の小道）は現在では Dashiell Hammett St. と呼ばれている。

**400.35–36〈14.16–17〉 Webley-Fosbery automatic revolver. That's it. Thirty-eight, eight shot. They don't make them any more.** ウェブリー・フォズベリーの 38 口径は 1902 年のモデル。製造元（イギリスのW・J・ジェフリーズ社）は第 2 次大戦期までカタログに載せていたが通算数百丁しか売れず、それゆえにサーズビーが持つには価値があり過ぎるともいえる（ちなみに 1941 年の映画版では 45 口径とされたが、それならば "six-shooters" にしなくてはならなかった)。[12] また、サイズ的に 1 フィートを超えるはずで、携行するに難しいという指摘もある。[13] これらがハメットの知識不足によるものかどうかは、彼自身が書いた探偵小説の「24 則」の第 1 則にこの銃についての言及があるだけに、判断が難しいところである。[14]

**402.33–35 〈16.18–20〉 He dropped his hat . . . a tall bottle of Bacardi.** スペードのアパートは、作品執筆時におけるハメット自身のものに基づいている（間取り図を参照）。禁酒法下の当時、密造酒が 2 ～ 5 ドルであるとすれば、輸入されたものは 10 ドル程度。[15] スペードがバカルディというブランド名の入った（ラム）酒を飲むのは、彼が余分な出費をしても欲しいものを手に入れる男であることを示唆すると考える論者もいる。[16]

**403.5 〈16.28〉 Damn her** ここで罵られているのは、ミス・ワンダリーではなく、アイヴァ・アーチャー。

**403.24–25 〈17.13–14〉 there was a small elaborate diamond-set secret-society-emblem on his lapel** （秘密）結社は 19 世紀末に栄えたが、20 世紀に入って衰退した。[17] だが、とりわけ恐慌のため、1926 年からの 10 年間で秘密結社の会員は平均 36% 減少したといわれるものの、それでも 1930 年代半ばにおけるアメリカのロッジ／クラブの会員数は約五千万人であった。[18] ダンディが入っている「結社」はおそらく「地理的繋がり」による（時代遅れになりつつあった）組織・友愛会のようなものだろうが、ここには「個人」として「職業的繋がり」のみを持つスペードとの対比があるかもしれない。[19]

**403.40–404.2 〈17.29–31〉 "Did you break the news to Miles's wife, Sam? . . . How'd she take it?"** 後のダンディの台詞にあるように（406.25–27）、刑事達はスペードがアイヴァに会っていないことを知っている。したがって、ここでのポルハウスは、スペードが本当のことを話すかどうか試している。

**404.18–19 〈18.11–12〉 Turn the dump upside down if you want. I won't squawk—if you've got a search-warrant.** 相手が警察であっても、捜査令状がないなら（ないだろうから）勝手なことはさせないと主張している。ポルハウスの "You can't treat us that way" (404.39) という言葉と対比するとわかりやすい（"us" は警察のこと）。

**406.11 〈20.10〉 What's itching your boy-friend now?** boyfriend＝a male friend of a man—used disparagingly (*RHHDAS*). ダンディはこの単語に即座に反応し、スペードに突っかかる。

**406.30–35 〈20.29–33〉 I give you ten minutes. . . .** 地図を参照すると、ダンディが推測したスペードの経路は③→④→⑤→②ということになる。402.31–32 のあいだのスペードの行動が記されていないため、読者は一瞬この可能性を否定できないかもしれない（実際は、次行でいわれているように、スペードはサーズビーの居所を知らなかったはずである）。

**408.9 〈22.14〉 Lugar** ドイツ製、9ミリ口径の銃として有名。ちなみに（このルガーはそもそも発射されていないので関係ないが）、アーチャーを殺した銃は38口径であり、これは0.38インチ＝9.652ミリということになる。

**408.13 〈22.18〉 "Alone?"** こうしてサーズビーに同宿者がいないと確認されたことで、スペードはミス・ワンダリーの話（彼女の妹がサーズビーといるという話）が嘘ではないかと考えただろう。[20]

**408.31–32 〈23.1–2〉 I don't know that I'd blame you a hell of a lot—but** 雑誌版では、ダッシュの部分が "for dropping him," となっていた（drop=To kill someone, esp by shooting [*DAS*]）。[21] ダッシュが示唆する間は、スペードがサーズビーを殺したということを、ダンディが（口にはしないものの）意味していると考えていいだろう。

**408.38 〈23.7〉 They shook hands ceremoniously.** 雑誌掲載時には "ceremoniously" が "with marked formality" だったことなどに注目し、[22] ウィリアム・F・ノーランは「握手」も（煙草を巻くということとあわせ）スペードがこだわる「儀式」として数えている。[23]

**第3章**

**409.5–6 〈24.4–5〉 "She's in there." Her voice was low and warning.** この "She" が（ミス・ワンダリーではなく）アイヴァであることを、エフィの声の調子からスペードはすぐに察する。スペードとエフィの息のあった関係が察せられる箇所である。

**410.27–28 〈26.3–5〉 moving with easy sure-footed grace in black slippers whose smallness and heel-height were extreme.** ヒールの極めて高い靴を履きながらも、アイヴァ（という服喪の未亡人）の足取りは優雅であるということ。

**411.15–16 〈26.31–32〉 Her brown eyes were uneasy. Her voice was careless.** 何気なく振る舞おうとしているが、エフィの目には心配の色が出てしまっている。

**411.23 〈27.4〉 So you could marry her?** 前文のスペードの "She thinks I shot miles" を承けている。「彼女と結婚できるようにって？」。エフィはアイヴァが考えていることはわかるが、それは彼女の想像力のあり方がアイヴァのものと似通っていることを意味するかもしれない（事実、というべきか、彼女はアイヴァがスペードを手に入れるために夫を殺したと考える [412]）。

**411.37–38 〈27.17–18〉 He . . . put an arm around her slim waist, and rested his cheek wearily against her hip** "hip" は腰の左右に

張り出した部分の片方(『ジーニアス』)。ここでは性的な印象はそれほど強くない。

**412.21 〈28.4〉 Her smile held nothing but amusement.** アイヴァがアーチャーを殺したのではというエフィの疑念はシリアスなものであり、前後の “smile” をめぐる叙述に照らしても、ここは “*His* smile” であるべきところだろう。実際、雑誌掲載時には “His smile” となっていた。[24)]

**413.17 〈29.4〉 Look at me, Sam.** いかにも「母親的」な言葉であるが、同時に、例えば前頁でスペードの顔を覗きこもうとしているところなどもそうだが (412.17–18)、こうしたエフィの言動は、彼が自分には必ずしも本当のことをいわないことをよく知っているためとも考えられる。[25)]

**413.27–28 〈29.14–15〉 Have the *Spade & Archer* taken off the door and *Samuel Spade* put on.** スペードの「ハードボイルド」ぶりを示す言葉として有名。パートナーを亡くした彼が (コンチネンタル・オプと違って) 本質的に「孤独な探偵」であることが (再) 確認される場面でもある。[26)] また、タイミングを考えると、あれこれと構ってくる「母」に対して意地を張っているようにも感じられるかもしれない。

**414.36 〈30.23〉 She arrived last Tuesday** この日は木曜日だが、ここでいわれている火曜日はおそらく前週のこと (408 頁で、サーズビーは別のホテルに 1 週間 1 人で滞在していたことがわかっている)。『マルタの鷹』のクロノロジーについては、435.2–3, 494.6–19 の注も参照。

**414.36–37 〈30.23–24〉 She hadn't a trunk, only some bags.** トランクを持っていなかったことは、ミス・ワンダリーがそのホテルに長逗留するつもりがなかったことを示唆する。

**415.18 〈31.9〉 Miss Leblanc** フランス語で「白 (紙)」(blanc) を意味するこの名前は、「謎」の女が用いる偽名として (皮肉にも) 象徴的といえる。ただし、この名前に「黒」の「スペード」との対比を見たり、[27)] “Blanchfleur” というガラハッドを聖杯探求から逸脱させそうになった人物の名前との類似まで見たりするのは、[28)] それが一時的にしか用いられない 2 番目の偽名であることを思うと、いささか牽強附会という感じがする。

**415.19–23 〈31.10–14〉 When she had given him the memorandum . . . mashed it under his shoe-sole.** スペードがメモを燃やしてしまうのは、依頼人の居所に関する証拠を消すためだろう (ダンディが直前に事務所を訪れていたことを想起)。

## 第 4 章

**416.2 〈32.2〉 apartment 1001 at the Coronet**　このブリジッドの滞在場所は、1201 California Street に実在する "Cathedral Apartments" をモデルにしていると推測されている。[29] 地図⑦を参照。

**418.8–9 〈34.24–25〉 I thought maybe we wouldn't have to let them know all of it.**　スペードは、部分的には警察に話さざるを得ないと考えていた。それに対して、ブリジッドは自分のことは完全に秘密にしてもらいたいと訴える (418.20)。

**418.39–40 〈35.17–18〉 I do trust you, but—I trusted Floyd and—**　スペードのことは信用しているが、自分はかつてサーズビーを信用していたら裏切られてしまったので……と ("and" の後ろのダッシュで) ほのめかしている。ブリジッドの「サーズビーに裏切られた被害者」という自己言及は、420.37–38, 421.25–26 なども参照。

**420.8 〈36.27〉 It would be nearly a dozen blocks out of his way**　ブリジッドのセント・マーク・ホテル (⑥)、アーチャーの殺害現場 (③)、サーズビーの滞在場所 (⑤) については、それぞれ地図を参照。

**420.13 〈36.32〉 Union Square**　Geary, Powell, Post, Stockton という各通りに囲まれた広場。サンフランシスコに行って、この広場を目にしないことは難しい。「セント・マーク」のすぐ近くである。

**422.20 〈39.14〉 Go to them!**　直後に説明しているように、警察に行く必要などない (向こうからやってくる) ということ。

**423.16 〈40.16〉 The Remedial's**　"Remedial Loan" は実在の質屋。地図⑧を参照。

**423.32 〈40.30–31〉 *Wise, Merican & Wise***　"Wise" という名前はユダヤ系。会社名は、シド・ワイズが親の会社で働いていることを示唆する (ゴアズの小説でもそうした設定になっている)。

**425.19 〈42.24〉 This guy is queer.**　ここでエフィが "queer" という語を「同性愛者の」という意味で使っているとは考えにくいが (会話として不自然)、ハメットはその意味を意識していたかもしれない。形容詞としての用例は、*OED* では 1914 年が初出。『クロノペディア』では、初出例は 1922 年で、広く用いられるようになったのは 1930 年代になってからとされている。

## 第 5 章

**428 〈45〉 (Title)　*The Levantine***　雑誌初出時の章題は "Cairo's Pockets" であった。[30]「レヴァント (the Levant)」は「エーゲ海および地中海東岸の地方」。原義は「日の出る方角」(『ジーニアス』)、すなわち「オリ

エント」である。ある研究者は、「レヴァント人」が文学作品ではしばしば「フランス系かイタリア系で、ヨーロッパと近東のあいだで中間業者としての役割を果たす」人物として登場すると指摘し、例としてT・S・エリオットの『荒地』における「スミルナの商人」(ユージェニデス)を、「[カイロと]同じく同性愛者で、退廃の象徴として意図されている」人物としてあげている。[31)]

**429.31–32〈47.11〉 a much-visaed Greek passport** カイロのギリシア人としてのアイデンティティを、"Greek way" での性交(アナルセックス)と重ねる論者もいる。[32)] だが、カイロが同性愛者であることがほとんど自明である以上、わざわざそこまで読みこむ必要はないようにも思われる。

**429.38〈47.17〉 along its folds;** 雑誌版では、続けて "an American Express receipt for a package sent that day to Constantinople" とあり、そのあとのスペードとカイロの会話で、カイロの雇い主がコンスタンティノープルにいることが示唆されていた。[33)]

**429.39–40〈47.18–19〉 a ticket for an orchestra seat at the Geary Theatre** ギアリー劇場(1910年開設)の位置については地図⑫を参照。

**430.15〈47.33〉 the watch-case** 「懐中時計の側(がわ)」。このあたりの描写は、優れた探偵としてのスペードが、いかに徹底的に調べているかを示すものとなっている。

**431.13–14〈49.1〉 "I should sit around and let people come in and stick me up?"** 本論中でも触れたこの台詞は単行本化にあたって加筆されたもので、[34)] スペードの「タフ」なところがいっそう強調されることとなった。

**432.26〈50.14〉 What about his daughter?** スペードはとりあえずブリジッドのこととして訊ねている(カマをかけている)。それに対するカイロの "*He* is not the owner!" (432.28) は、まだしばらく小説には登場しないガットマン父娘を念頭に置いていると考えられる。

**433.13〈51.6〉 the Hotel Belvedere** 実在の "the Hotel Bellevue" に基づいているといわれる(どちらも「よい眺め」の意)。地図⑪を参照。

## 第6章

**434.3–4〈52.3〉 Well, they're paying for it** 解釈が難しい一節。普通に読むと近接未来で「奴らにはツケを払わせてやる」くらいの意味かと思われるが、これでは「奴ら」が誰を指すのかがよくわからない。したがって、この "they" がカイロとブリジッドを指すと考え、「奴らは金を払っているんだから」と文字通りに解釈することで、関与した一件に関

する倫理的な問題を「金」に還元しようとする態度だと解釈すべきかもしれない(そうすれば、この台詞が “the tone of one dismissing a problem” というようにして発されたことも理解しやすい)。

**434.16 〈52.16〉 Herbert's Grill** 実在のレストラン。地図⑩を参照。

**434.25 〈53.5〉 Marquard's restaurant** 実在のレストラン。Geary と Mason の角に位置し、当時は「美食家のためのレストラン」と宣伝されていた。[35)]

**434.35–435.5 〈53.15–19〉 Cairo murmured, "I'll see," . . .** カイロは尾行者に気づいていることを悟られないように、すぐにそちらに視線を向けず、いろいろと演技をしている。

**435.2–3 〈53.17〉 George Arliss was shown costumed as Shylock** ジョージ・アーリスはイギリスの俳優 (1868–1946)。慇懃な悪役で名演技を見せた (『リーダーズ・プラス』)。ギアリー劇場でアーリス主演の『ヴェニスの商人』が上演されていたのは 1928 年の 12 月 3 日 (月) から 12 月 15 日 (土) にかけてであり、[36)] これは『マルタの鷹』が「いつ」の物語なのかを特定する材料の 1 つとされてきた。

**435.33–35 〈54.11–12〉 Within half a dozen blocks of the Coronet Spade . . . into the vestibule of a tall brown apartment-building.** ブリジッドのアパートに向かうスペードが尾行を撒くために入ったこの建物は、1114 Sutter——Larkin と Sutter の角から 2 つ目、北側の建物——と推測されている。[37)]

**435.35–36 〈54.12–13〉 He pressed three bell-buttons together. The street-door-lock buzzed.** アメリカのアパートは、玄関ホールのドアロックを各部屋から解除する仕組みになっていることが多い。スペードが適当に 3 つドアベルを鳴らしたら、住人の誰かが (いささか呑気にというべきか) 玄関のロックを解除してくれたわけである。

**436.23 〈55.6〉 Most things in San Francisco can be bought, or taken.** 2 行前のブリジッドの “However did you manage it?” に対する応答で、スペードが公的権力の腐敗を当然のこととして受け入れていることを示す有名な台詞。[38)] 第 4 章で弁護士シド・ワイズと一緒に会いに行った人物に、ブリジッドから取った金 (の少なくとも一部) を渡したことが示唆されている。次項も参照。

**436.26–27 〈55.9–10〉 "I don't mind a reasonable amount of trouble," he said with not too much complacence.** 「トラブル」を避けるために賄賂を使ったことについて、スペードは満足しているわけではない (少しくらいの「トラブル」があっても、ブリジッドからの情報を得た方がいい、という意味の皮肉でもあるだろう)。

**437.1–2〈55.22–23〉 Schoolgirl manner . . . stammering and blushing and all that.**　この “stammering” については、第 1 章と第 4 章におけるブリジッドの会話でダッシュ（いいよどみ）が多用されていることが想起される。それが情報を相手に与えないための手段であると指摘する批評家もいる。[39]

**437.31〈56.12〉 You mean you talked to him?**　3 行前の、スペードの “I saw him tonight” という台詞への反応。ブリジッドは、おそらく少し苛立ちながら（それがスペードの狙いだったのだろうが）“saw” が「見た」という意味なのか、それとも「会った」ということなのかを訊いている。

**438.20–21〈57.2–3〉 She smiled, but when, instead of smiling, he looked gravely at her, . . .**　ブリジッドはスペードが微笑み返してくれるものと予期していた。

**438.32–34〈57.13–15〉 But you must've known or—or you wouldn't have mentioned it to me. You do know now. You won't—you can't—treat me like that.**　やや難しいが、「それについて自分に話したからには、知っていたに違いない」と（おそらく焦って）いってしまったブリジッドは、そのような事実があるはずがないことに気づいて、「いまはご存じだわ」とすぐ言葉を継いでいるのだろう。次の “you can't—” のダッシュは、“give it to him” などといいそうになったのを、何とか飲みこんだのかもしれない。

**438.39–40〈57.20〉 if I must bid for your loyalty**　421 頁において、サーズビーが自分に “loyal” ではなかったとして、ブリジッドが自分を被害者として提示していたことが想起される。

**439.20〈58.3〉 Christ! there's no sense to this.**　この “this” が何を指すのかは曖昧だが、ブリジッドにキスしたことと、彼女を助けようとしてしまっていることの両方を含むようなものだと思われる。

**441.11–12〈59.33–34〉 I thought your pretending to love me . . .**　アイヴァがこの段階でスペードの自分に対する態度が演技だったことに気づいたとする批評家もいるが、[40] 彼女がその後もスペードにつきまとう以上、これは単なる痴話喧嘩的な台詞と解釈しておくべきかと思われる。

## 第 7 章

**442.1–2〈61.1〉 his bedroom that was a living-room now the wall-bed was up**　“the wall-bed” は俗に “Murphy bed” とも呼ばれる、壁に収納できるベッド。スペードのアパートは「ワンルーム」である。[41] 間取り図を参照。

**442.21〈62.1〉 A man named Flitcraft** "Flitcraft" という名前に、"the craft of flitting" する人物という意味を読みこむ研究者もいる。[42]
**442.22〈62.1–2〉 Tacoma** ワシントン州西部の海港都市。
**443.8–9〈62.22–23〉 either was barely possible** 勘違いしやすいが、"barely" は否定表現ではない。ただし、雑誌掲載時には "of course either was possible" とされており、単行本化の際に、ハメットがフリットクラフトの失踪にわかりやすい「理由」があった可能性を低めようとしたことが窺われる。[43]
**443.22–23〈62.35–63.1〉 In 1927 I was with one of the big detective agencies in Seattle.** 小説における「現在」が 1928 年（12 月）なので、スペードが前年はまだ独立していなかったとわかる。ちなみに、ゴアズの『スペード＆アーチャー探偵事務所』では、この「フリットクラフト事件」がスペードのコンチネンタル探偵社における最後の仕事とされている。
**443.24〈63.2〉 Spokane** ワシントン州東部の都市。「スポーカン」と表記／発音されることもある。
**445.7–8〈64.25–26〉 but they were more alike than they were different.** オリジナル版ではここにあたる箇所は "and you could find more points of difference than of likeness between them" となっている。[44] つまり改稿によって、フリットクラフトが妻とした 2 人の女性の類似がより強調されたわけである。
**445.18–19〈65.1–2〉 I don't have to tell you how utterly at a disadvantage you'll have me, with him here, if you choose.** 「あなたがその気になれば、わたしをいくらでも不利な立場に追いこむことができる」ということで、ブリジッドは（3 行ほど下で説明しているように）そうした状況に自分がいることが、スペードへの深い信頼を示す証拠に他ならないとアピールしている。次項も参照。
**445.25〈65.8〉 Spade said, "That again!" with mock resignation.** スペードは、ブリジッドがスペードを信じているかどうかは問題とならないと述べている。問題は、スペードがブリジッドを信じられるかどうかであり、だから 4 行下で "Don't let's confuse things" ということになる。"mock" は続く語が「本物」ではないことを示す。例えば 447.34 の "a mock-placatory face" は、ブリジッドがカイロを本気でなだめようとはしていない（むしろからかっている）ことを意味する。
**446.34〈66.21〉 I was sure you would be [delighted to see me again], Joe** ブリジッドが「黒い鳥」の所在を知っているから、カイロは自分に会えて当然嬉しいだろう、といっている。なお、カイロのこと

を「ジョー」と呼ぶのはブリジッドだけである。[45] 知り合いをファースト・ネームで呼ぶのは、彼女に特徴的な振る舞いであるが、それについては次項も参照。

**447.3–4〈66.28–29〉 Sam told me about your offer for the falcon.** ブリジッドがスペードを「サム」と呼ぶのはここが初めて。カイロを相手に、自分がスペードと親しいのだと示威していると思われる。また、他人の前でそのように呼ぶことにより、スペードをファースト・ネームで呼ぶことを「既成事実化」しているとも考えられる。なお、「黒い鳥」が「鷹」であることが（書名を除けば）初めて示されるのはここである。

**448.8–9〈68.1〉 So you went back to him?** 名前が出てくるのは少し先になるが、ケミドフのこと。

**448.11–12〈68.3–4〉 I should have like to have seen that.** カイロが騙した相手のもとにぬけぬけと戻ったことを指している。

**448.15–16〈68.7–8〉 Why, if I in turn may ask a question, are you willing to sell to me?** 雑誌初出時は、文の終わりは "..., Brigid?" となっていたが、[46] 446.34 への注で述べたように、単行本においては、ファースト・ネームで呼ぶのはブリジッドに特徴とされる行為である。

**448.37–38〈68.28〉 "Or me," she said, "or you."** ややわかりにくいが、カイロがスペードを指さしているように見えることへのブリジッドの反応であることをふまえて解釈しなくてはならない。つまり、カイロの「指さし」が意図しているように見えることは、スペードが「G」の手先かもしれないということであり、それを承けてブリジッドは、そんなことをいえば自分も、あるいはカイロもそうであるかもしれないのだから、疑っていても埒があかないといっている。この解釈は、次行でカイロが "shall we add more certainly the boy outside?" といっていることで確認されることになる。

**449.3–4〈68.32–33〉 In a shrill enraged voice he cried: "The one you couldn't make?"** 雑誌版においては "In a shrill enraged voice he spoke a dozen words that were neither English, French, German nor Spanish" となっている。[47] これは雑誌の方が、単行本化するときよりも検閲（編集者による規制）が厳しかったことを示すよく知られた例。[48]

**449.24–25〈69.17–18〉 when you're slapped you'll take it and like it.** スペードがカイロを（「拳」で殴るのではなく）「平手」で叩くこういった場面に、スペードがカイロを「男」として認めていないことを読みこむというのは、アメリカ小説を読む際の常套手段である。[49]

**451.1–2〈70.33–34〉 There's talk going around that you and Archer's wife were cheating on him.** これはフィル・アーチャーが

話したことであるが、ただし刑事達がこのタイミングで訪問した直接の原因はアイヴァの通報。478–79 頁を参照。

第 8 章

**456.1–2 〈76.24–25〉 Miss O'Shaughnessy is an operative in my employ.** この点を除いて、以下のスペードの説明はかなり事実に即しており、それゆえに彼はこの（警察が真偽を確かめられない）嘘を突き通し、刑事達にブリジッドの住所を教えず、彼女を訊問させないようにすることができる。[50)]

**456.35–37 〈77.21–23〉 Spade spoke in an amused tone: "Go ahead, Cairo. . . . and he'll have the lot of us."** スペードが刑事達にする最初の説明はこうしてカイロへの警告として終わる。スペードが（最初から荒唐無稽の話をでっちあげるのではなく）カイロとサーズビーを結びつけるような話をあえてしたのは、警察の目をカイロ（とブリジッド）に向けさせることで、「犯罪者（達）」を牽制するためだったと推測される。

**457.7 〈77.31–32〉 we put it over nicely** 以降の話はもちろん「でたらめ」だが、その話をすることによって、最初の説明が「事実」だと示唆もしている。

**458.29 〈79.17〉 Don't be a sap** sap = a simpleton, a fool (*OED*).『マルタの鷹』で最も有名な単語の 1 つがこの "sap" だが、ここは雑誌掲載時には "damned fool" となっている。[51)] この改稿からは、単行本化の際にハメットがこの語を意識して鍵語にしようとしたことが窺えるだろう。

第 9 章

**461 〈82〉（Title） *Brigid*** 雑誌掲載時のタイトルは "*The Liar*" というもの。[52)] この章題を除いて（地の文では）ブリジッドは必ずフルネームで表記されるが、この点については「第一〇講」で論じる。

**462.8–9 〈83.22–23〉 "I'm sorry," she said, face and voice soft with contrition, "Sam."** ブリジッドがスペードにファースト・ネームで呼びかけるのはここが初めて。地の文をあいだに挟むことによって、「サム」という言葉が強調されている点にも注目したい。彼女がカイロの前でスペードを「サム」と呼んでいたことについては、447.3–4 に付した注を参照。

**462.32–33 〈84.11–12〉 She leaned back into the bend of his arm.** 肩に回された手に身体を預けることで、自分に都合の悪い話を避けようとしている。次項も参照。

**462.35 〈84.14〉 Do you need your arm there for that?** 本文中でも引用したこの言葉の趣意は、要するに「そんなところに手を回しておいて、野暮な話をするのはやめにしない?」ということである。この台詞をブリジッドは “playful insolence” をもって口にしているが、雑誌版では “friendly insolence” であった。改稿によって、恋愛遊戯的な性格を持つことがより明らかになっている。[53)]

**462.40–463.1 〈84.19–20〉 the alarm-clock perched atop the book saying two-fifty** この本は 398.16 に出てくる *Celebrated Criminal Cases of America* であることが、雑誌版では明示されている。[54)]「犯罪」にここで言及するのは「やり過ぎ」と考えて固有名を落としたのだろう。

**464.7–8 〈85.29〉 added brandy to it from a squat bottle** 雑誌版では “added to it Bacardi from a tall bottle” となっていた。[55)]「バカルディ」については 402.33–35 に付した注を参照。様々な種類の酒が出てくるのはハードボイルド探偵 (小説) らしいこだわりであり、ここはハメットが細部にわたって改稿したことを示す例の 1 つ。

**465.2–3 〈86.27–28〉 to heave a wild and unpredictable monkey-wrench into the machinery** 「かきまわし」というスペードの捜査方法を端的に示す表現である。次行の “the flying pieces” は、スパナが放りこまれることによって、壊れて飛び散ってくる機械の部品を指す。

**466.6 〈87.32〉 Marmora** 「マルマラ海 (the Sea of Marmora)」はトルコ北西部にある内海。コンスタンティノープル (イスタンブル) の南に位置するリゾート地である。

**466.19–20 〈88.10–11〉 that's why I came to you to get you to help me learn where the falcon was** カイロの前で像がどこにあるのかわかっていると述べていたことと矛盾する言葉である (448)。

**466.24–27 〈88.15–17〉 Spade squinted at her and suggested: “But you wouldn't have known . . . to sell it for?** サーズビーが払うといっていた金額よりも高値で売り払うあてもなく、ブリジッドが像を奪おうとしたことについて、スペードは訝しく思っている。フランク・マコーリフによるパロディ短編では、サーズビーから 750 ポンド=7,500 ドルを受け取るはずだったブリジッドが、カイロからの 5,000 ドルのオファーを受けようとするのは、売りさばき方を知らないためだろうとスペードにいわせている (もっとも、カイロと本気で取り引きしようとブリジットが思っていたかどうかがいささか怪しいことについては、第八講の議論を参照)。[56)]

**467.24 〈89.18〉 His eyes burned yellowly.** 以後の「改章」は 2 人の性交を示唆する。このようにして (例えば 1 行空けることによってほ

のめかすだけで）性交場面を具体的に描かないことを作品の「欠陥」や作家の「怠慢」と考えるのは、[57] ①時代背景を思えば酷だというべきだし、②むしろその時代の制約を逆手に取ったアンダーステートメントというモダニスト的技法が、主人公の感情を表に出さないハードボイルド小説においてとりわけ有為に用いられていると考えるべきだろう。

**第10章**

**468.5 〈90.4〉 He dressed in the bathroom.** ブリジッドを起こさないように浴室で着替えている。

**469.9–12 〈91.23–26〉 Then he unlocked the kitchen-window . . . as he had come.** 窓から侵入者が忍びこんだように偽装している。

**469.13–14 〈91.27〉 a store that was being opened** ロールパンなどの食料品を売る店が開店準備をしていることで、かなりの早朝であることが示唆されている。474.38–39 の注も参照。

**469.19 〈91.33〉 Young Spade bearing breakfast.** この台詞をウェルギリウスの（『アエネイス』における）“I fear the Greeks bearing gifts” という言葉をもじったものとして、スペードが密かにブリジッドに警告を発していると考える批評家もいる（が、穿ち過ぎた見方のように思われる）。[58] なお、“Beware (of) [fear] (the) Greeks bearing gifts” は「人の贈り物には注意しろ」ということわざ（『ジーニアス』）。

**470.1 〈92.19〉 *En Cuba*** 英語でのオリジナルは 1906 年の “Tu (You) Habanera” だが、1928 年（つまり小説中の「現在」）に “En Cuba” として流通した。[59] タイトルは “Cuba Is You” とされることも多い。[60]

**470.21–22 〈93.3–5〉 It’s bad enough . . . without bringing company.** 「連れがいなくても十分に体裁が悪い」といって、スペードの同伴を断っている。

**471.19 〈94.2〉 The fairy.** もちろんカイロのことを指す。fairy = an effeminate man who is a homosexual.—usu. used contemptuously (*RHHDAS*).「第五講」を参照。

**471.26 〈94.9〉 Baumes rush?** “Baumes Law” は 1926 年に定められたニューヨークの州法（名称は Caleb H. Baumes から）。4 度重罪を犯した者には終身刑を科すというもので、職業的犯罪者は州から逃げ出したといわれる。[61]

**472.2 〈94.24–25〉 you’re not in Romeville** “Romeville” は “Rumville” の崩れた形（16 世紀にはロンドンを指す語だった）。好ましくない人々が集まる大都市を指して用いられるが、ここではもちろんニューヨークのこと。[62]

**472.5–6 〈94.27–28〉 The boy spoke two words . . . the second "you."**　いうまでもなく、"Fuck you" といっている。ハメットが検閲を嘲っている例としてときに言及される箇所。[63)]

**472.17–18 〈95.5–6〉 "Hello, Sam," . . . "Hello, Luke."**　スペードが手をあげるとすぐやってくるこのホテル付きの探偵は、セント・マークのフリードとは異なり (414)、スペードとはファースト・ネームで呼び合う。このような書き分けにも注意しておきたいところである。

**472.34–35 〈95.20–21〉 Spade . . . wiped his damp forehead with a handkerchief.**　尾行者を難なく追い払ったように見えるスペードが、それなりに緊張していたことを示す描写。

**472.39 〈95.25〉 Oh, that one!**　雑誌版では "Oh, *her*." であった。有名な改稿例の 1 つである。[64)] 以下の 2 項も参照。

**473.2 〈95.28〉 What about him?**　472.39 におけるルークの反応を見ての質問。雑誌版ではルークの反応がより詳しく書かれていた ("I been watching him, but I ain't caught him doing anything he oughtn't to" と続けていう) が、[65)] それが省かれてしまったので少しわかりにくいかもしれない。

**473.3 〈95.29〉 I got nothing against him but his looks.**　同性愛者としての「見た目」が気に入らない。472.39 の反応 (雑誌版だとよりわかりやすい) に繋がっている。

**473.16–17 〈96.7–8〉 You can't know too much about the men you're working for**　この言葉をいうときにブリジッドのこともスペードの念頭にあったことは間違いないだろうが、雑誌版では "men" は "birds" となっていた。[66)] 改稿の結果「黒い鳥」のために働いているというニュアンスは消えたが、これはブリジッドと「黒い鳥」との象徴的結びつきが露骨になるのを避けたかったのかもしれない。

**473.36–37 〈96.26–27〉 If you pick a fight with her . . . I've got to throw in with her.**　言い訳ではあるが、状況からいってスペードがブリジッドの味方をせざるを得なかったことは確かだろう。

**474.38–39 〈97.32–33〉 She's been waiting since a few minutes after nine.**　ブリジッドはアパートの荒らされた状態を見て、すぐ駆けつけたと思われる。カイロにスペードが会ったのは「11 時 21 分過ぎ」(473.18) なので、スペードはホテルのロビーで 2 時間以上待ったことになる。またここからは、前の晩、夜食をとったのが「2 時 50 分」(463.1) よりもしばらくあとであったという事実に鑑みて、スペードがほとんど眠っていないことが推測されるだろう (469.13–14 の注も参照)。

**475.4 〈98.4〉 Get him for me.**　ポルハウスと連絡を取ろうとするの

は、前夜の件について探りを入れるためだろう。とりわけカイロの訊問について聞こうと思っていることは、476.5–9 からも推測される。

**475.25–32 〈98.25〉 SCREAM ROUTS BURGLAR. . . .**　この記事に出てくる建物が 1114 Sutter と推測されることについては、435.33–35 に付した注を参照。当時、そこでは 10 戸のうち 3 戸のアパートに女性が 1 人で暮らしており、それらの部屋が侵入されたとハメットはイメージしていたのかもしれない。[67)]

**第 11 章**

**478 〈101〉 (Title)　*The Fat Man***　雑誌掲載時の章題は "*Gutman*" であった。[68)]

**478.35–479.6 〈102.16–21〉 About Phil. . . . yesterday he went and told the police.**　ここで、451 頁におけるダンディによる訊問が、フィル・アーチャーからの訴えを聞いてのものであったとわかることになる。

**478.35–479.1 〈102.16–17〉 He's found out about—about you being in love with me**　ここで例えば "about me being in love with you" ないし "about us being in love [with each other]" といわないところにアイヴァの自己中心的な性格を読みこめるかもしれないが (次項も参照)、そのあとに "about my wanting a divorce" と続けているところを見ると (479.1–2)、スペードと自分の関係を強いものとしておきたかったと考えてもいいだろう。離婚の話が出ているという事実は、スペードとの関係が (少なくともアイヴァの観点からは) かなり深いものであることを意味する。

**479.3–4 〈102.18–20〉 Phil thinks we—you killed his brother because he wouldn't give me the divorce so we could get married.**　ここでのいい換え ("we—you killed") は、アーチャー殺しの嫌疑を (意識的にかどうかはともかく) スペードに押しつける自己防衛的な態度である。

**479.12–13 〈102.27–28〉 You ought to be . . . on your own account as well as mine.**　アーチャー殺しの嫌疑が彼女にもかかっていると示唆することで、スペードはアイヴァを牽制し、自分から遠ざけようとする。

**480.31 〈104.11〉 the Alexandria Hotel**　Sutter と Powell の角にある "Sir Francis Drake Hotel" か (地図⑬を参照)、Geary と Taylor の角にある "Clift Hotel" のどちらかに基づいているといわれている。[69)]

**481.10–11 〈104.28–29〉 smiled and said: "How do you do, Mr.**

**Gutman?"**　雑誌掲載時には "smiled, but said nothing" となっていた。また、続く段落 (481.12–17) は単行本化にあたって書き加えられたものである。[70] 加筆によって、両者が表面上は友好的な雰囲気で交渉に入ろうとしていることが、より強く感じられるものになったといえるだろう。

**483.38–39 〈107.25–26〉 I know the value in life you people put on it.**　雑誌版では "in life" は "in life and money" であった。[71]「金額」については不明なので修正されたのだろうが、彫像をめぐって「命」が失われていることが強調されることになったともいえるかもしれない。

**484.12 〈108.3〉 Ten thousand dollars.**　もちろん、カイロのオファーは 5,000 ドルだった。

**484.14 〈108.5〉 That's the Greek for you.**　Greek = a clever, or wily individual, esp. a professional gambler or swindler.—usu. considered offensive (*RHHDAS*). カイロの国籍もふまえて用いられている表現だと思われる。

**485.19–20 〈109.11–12〉 your humble servant, Casper Gutman, Esquire.**　"Esquire" が「中世の騎士志願者」であることは、「マルタの鷹」をめぐる歴史を (第 13 章で) 知ると興味深い符合に思えてくるが、ここは手紙の終わりに使われる表現でもあり、ガットマンがことさらにおどけているような印象を与える。

**486.1–3 〈109.32–34〉 I know exactly what that stuff is that they keep in the subtreasury vaults, but what good does that do me?**「国庫 (公庫) の支金庫に入っているものが何か (つまり、金だと) わかっていても仕方がない」ということで、財宝が「何」であるかを知っていることは、スペードよりもガットマンが優位にいることを意味しないといっている。

**486.12–13 〈110.7–8〉 The fat man paid no more attention to the glass's fate than Spade did**　暴力的に振る舞うスペードを前に平然としているガットマンは、この種の諍いに「場慣れ」していると思われる。[72]

**486.25–26 〈110.19–20〉 Keep that gunsel away from me**　"gunsel" は『マルタの鷹』における最も有名な語の 1 つ。*OED* には "A (naïve) youth; a tramp's young companion, male lover; a homosexual youth" という意味での用例としてあげられている。『ブラック・マスク』の編集者は、この語を "gunman" という意味だと誤解したといわれており、[73] その語を「ハメットがわざと誤用したのをうのみにして、「拳銃使い」の意味が広まってしまった」という説もある (ちなみに、*OED* では "An informer, a criminal, a gunman" という意味での初出は 1950 年)。[74] ただし、付言しておけば、*RHHDAS* では "(esp. among tramps) a boy; raw

youth.—used derisively" という（同性愛のニュアンスを持たない）意味における用例としてこの文が取り上げられ、"a gunman; thug" の意味での初出例は、1941 年の映画版における "Let's give them the gunsel" とされている（その場面は、小説では "gunsel" ではなく "punk" となっている [548]）。

**486.28–29〈110.22〉 I won't give him an even break.** この文章の前に雑誌版では "I'm afraid of him" という興味深い一文が入っているのだが、[75] それが単行本化にあたって削除されたのはやはり妥当というべきだろう。

## 第 12 章

**488.4〈112.4〉 He grinned at it and said, "Whew!"** ここで、前章における感情の爆発が演技であったことが理解できる。

**488.7〈112.6〉 the Palace Hotel** 実在するホテル。地図⑯を参照。

**491.20〈116.1〉 That fellow's dead.** 曖昧だが、本文中の解釈に示したように、"The only good Indian is a dead Indian" というクリシェを意識した表現だと思われる。「そんなやつ、生きちゃいないさ」という——つまり、「ハードでなくては生きていけない」という——文字通りの意味も含まれているだろう。

**492.11–14〈116.31–34〉 "Nobody followed her . . . after I got out."** 誰にも尾行されていなかった以上、ブリジッドが自分の意志で行方をくらましたとスペードは理解している。

**492.34〈117.19〉 the corner-stand** 雑誌版では、"the Post and Montgomery Street stand" と明示されていた。[76] スペードのオフィスのすぐ近くである。

**493.10〈117.33〉 a Ninth-Avenue-number** エフィの住居がある「九番街（ダウンタウンの九丁目通りではない）」は「サンフランシスコの山の手にあたる」エリア。[77] タクシーの経路から、おそらく "Golden Gate Park" の北側と思われる。ちなみに、雑誌版では "a Seventh Avenue number" となっていた。[78]

**493.17〈118.6〉 the Ferry Building** 実在するオフィスビルで、[79]「San Francisco の Market Street の東端に、海に面して立つ建物」（『リーダーズ・プラス』）。地図⑮を参照。

**493.40〈118.29〉 With the pink sheet outside, or one of the white?** 『コール』紙（初出は 414.5）は「ハースト系の午後版の日刊紙（ウィークデーは、午前発売が多かった）」。ページの色を訊ねているのは、それが「見出しに赤・青・緑のインクを使用」するものだったためだろう。[80]

**494.6–19〈119.1–13〉 His eyes ran . . . and rolled a cigarette.** 『コール』紙の1928年12月7日号が、ここでスペードが読むものと同じく38頁あり、さらに記事内容も酷似していることから、『マルタの鷹』のクロノロジーが1928年12月5日(水)から12月10日(月)までと推定されることになった。[81] 435.2–3への注も参照。

**495.13〈120.8〉 the gooseberry lay** gooseberry lay [or trick] = the stealing of laundry that has been left out to dry. *RHHDAS* に用例としてあげられている。『マルタの鷹』における有名な語の1つ。この若者がケチな犯罪しかやってこなかったのだろうとからかっている。[82] 雑誌版では "gooseberry" が "——" となっており、[83] ジュリアン・シモンズによれば、編集者が同性愛の含意があると誤解して削除したとされる。[84]

**496.3–5〈121.1–2〉 In each of Spade's hands . . . there was a heavy automatic pistol.** スペードがポケットの中に手を入れて銃を奪うこの場面は、若者が "impotent" と評されていることもあり (495.27)、明らかに去勢のイメージがある。この行動は半ばスペードの「鬱憤晴らし」のようにも思えるが、カイロからも銃を奪っていたこととあわせ、銃の種類を確認しているとも考えられる。実際、ここで「ずっしりとしたオートマティック・ピストル」が出てくることで、それがサーズビーを殺した銃——44口径か45口径とされていた (408)——であるという可能性が、強く示唆されることになる。

## 第13章

**498.1–3〈123.15–16〉 the Order of the Hospital of St. John of Jerusalem, later called the Knights of Rhodes and other things** 『リーダーズ』における「ヨハネ騎士団 [騎士修道会] (the Knights Hospitalers)」の項を見ておけば——「11世紀末 Jerusalem のベネディクト会の巡礼用救護所を本部として創設された騎士修道会; 正称は Knights of the Order of the Hospital of St. John of Jerusalem (エルサレム聖ヨハネ救護騎士修道会); 本部が1310年 Rhodes 島へ、1530年 Malta 島へ移ったため、それぞれ Knights of Rhodes, Knights of Malta とも呼ばれる」。

**498.14–17〈123.27–30〉 they were to pay the Emperor each year the tribute of one . . . falcon . . . to Spain.** 史実であり、ある研究書の記述を引用すれば、「ヨハネ騎士団はマルタ島を、カール5世 (後には後継者であるシチリア王) へ毎年1羽の鷹を贈ることで忠誠を誓い、手に入れた」。[85]

**498.40–499.3〈124.16–19〉 they hit on the happy thought . . . in**

**their coffers.** おそらくハメットの創作で、史実としては、少なくとも最初の年の貢ぎ物が「生身の鳥」であったことは間違いない。ピンカートン時代にハメットのパートナーだったフィル・ホールテンによれば、彫像のモデルはホールテンが持っていた、宝石をちりばめた頭蓋骨とのこと。[86)]

**499.10 〈124.26〉 Mr. Wells's history** H. G. Wells の *The Outline of History* (1920)——もしくはその縮約版である *A Short History of the World* (1922)——のこと。あるベストセラー・リストにおいては、同書は 1921 年と 1922 年のノンフィクション部門で 1 位、1923 年でも 6 位である。[87)] もちろん、ガットマンがいうように、同書に「マルタの鷹」に関する記述はない。

**499.23–24 〈125.3–4〉 the castle of St. Angelo** ローマの「サンタンジェロ城」のことかと思わされるが、文脈から考えるにマルタ島の「サンタンジェロ砦 (Fort St. Angelo)」のことだろう。

**499.37–38 〈125.15–16〉 Maybe it wasn't, but Pierre Dan believed it was, and that's good enough for me.** この言葉はガットマンの「事実」への強いこだわりを思うと奇妙に聞こえるが、それが実は「真実」を遠ざけるためのものであることが、ここで露呈しているといえるかもしれない。

**500.26 〈126.6–7〉 what it was under the skin** under the skin=「一皮むけば、本心は、内心では、腹の中では、ひそかに」(『ランダムハウス』)。比喩表現だが、もちろんここでは文字通りの意味がこめられている。

**501.35–36 〈127.19–20〉 a Russian general—one Kemidov—in a Constantinople suburb** ケミドフはロシア革命 (1917) で亡命したと思われる。「序文」で言及されている短編「クッフィニャル島の夜襲」にも、亡命ロシア貴族の犯罪者が登場する。[88)]

**502.4 〈127.27〉 I sent some—ah—agents to get it.** この "agents" はおそらくブリジッドとカイロを指す。リチャード・レイマンは、この 2 人をガットマンが選んだ理由は、ケミドフの性的嗜好がどうであっても満たせると考えたためだと示唆するが、[89)] むしろ (あるいは、それと同時に) この 2 人がカップルになり得ないことが重要だったとも考えられる。いずれにしても、このあたりのガットマンの説明により、第 9 章におけるブリジッドの話——自分はサーズビーとカイロの手伝いをしただけというもの——が、やはり嘘らしいとわかってくることになる。

**502.11–13 〈127.33–128.1〉 I don't see . . . except by right of possession.** トートロジー的だが、所有していること自体が所有する

権利を与えるといっている。

**503.6–8〈128.32–34〉 He turned . . . and held his own aloft.** スペード自身が後に気づくように (506)、ガットマンが薬を盛ったのはこの場面においてと思われる。ガットマンの長話を、スペードに盛った薬が効くまでの時間稼ぎと考える研究者もいるが、[90] 本文中でも示唆したように、スペードが現在影像を持っていないことが明らかになるまで、ガットマンが薬を盛る理由はないはずである。

**504.16–17〈130.9–10〉 He laughed thickly . . . "God damn you."** この場面においてさえも「笑う」ことで、スペードは「余裕」を見せようとしている。

**504.23〈130.16〉 "Wilmer!"** 拳銃使いの名前は、ここで初めて明らかになる。なお、ガットマン以外の人物が彼を名前で呼ぶことはほとんどない。

**504.29–31〈130.22–24〉 The boy . . . over his heart.** ウィルマーがスペードの正面に立たず、右手がコートの内側に入っている (おそらく銃を取り出せるようにしている) のは、スペードをかなり警戒しているためだろう。

**504.37–38〈130.30–31〉 The boy drew his right foot far back and kicked Spade's temple.** ある批評家は、この小説が 1 人称で語られていないため、薬を盛られてこめかみを蹴られるとき、スペードの死が可能性として理解されると述べている。[91] スペードが物語の半ばで死ぬというのは実際にはあり得ないというしかないが、確かに 3 人称で語られることによって (しかもシリーズものではないので)、スペードの「安全」は不確実なものとなっているとはいえるだろう。

**第 14 章**

**505〈131〉(Title) *La Paloma*** スペイン語で「鳩 (the dove)」を意味する。『マルタの鷹』を『鳩の翼』の影響のもとで書いたとハメットが述べたことを想起させられるかもしれない (第一一講の注〔3〕参照)。同名の有名な曲があることや、[92] この語が「売春婦」の意味も持つことも指摘されているが、[93] そこまでハメットが意識していたかはともかく、鳥の名前にしたのは意図的だろう。

**507.2–3〈133.17–18〉 You didn't get any word from the O'Shaughnessy?** 先にエフィにブリジッドを見つけたかと訊かれているのだから、ここでスペードがあらためてエフィにブリジッドから連絡があったかと訊ねるのはやや不自然なようにも感じられる。この不自然さが生まれてしまったのは、506.16–17 のやりとりが (第一四講の注〔3〕

で述べておいたように）単行本化に際して加筆されたことによるのだろう。

**507.28〈134.7〉 Yes, or ridiculous.** スペードがガットマンの話を鵜呑みにしてはいないことを示す言葉。[94)]

**508.11–12〈134.29〉 the fat man's secretary, Wilmer Cook** ウィルマーのラスト・ネームはここで明らかにされる。彼がガットマンの「秘書」とされているのは、彼らの（信頼）関係が、スペードとエフィのそれと対比されることを示唆するだろう。

**508.12–13〈134.30–31〉 his daughter Rhea, a brown-eyed fair-haired smallish girl of seventeen** ガットマンに娘がいるという情報は、ここで読者を不意打ちする。リアという「娘」の存在が持つ意味に関する考察は「第一七講」に譲るが、十七歳という彼女の年齢が、ガットマンが「マルタの鷹」を追いかけている期間と一致するのは偶然ではないはずである。

**508.14–15〈134.32–33〉 the Gutman party had arrived at the hotel . . . ten days before** この日は 12 月 8 日（土）であり、したがって「10 日前」は 11 月 28 日（水）になる。ブリジッドがコロネットのアパートを借りたのは 11 月 30 日（金）あたりであることを思うと（469）、ガットマンがかなり早い段階でサンフランシスコ入りしていることがわかる。

**508.34〈135.17〉 I'm willing to go all the way with you** go all the way=To do the utmost; make a special effort (*DAS*). この言葉に同性愛的なニュアンスを読み取れるとする論者もいるが、[95)] カイロに対するルークの侮蔑的な態度に鑑みると、そこまで読みこめるかは疑問だろう。

**509.22–25〈136.7–10〉 His bathroom-cabinet . . . carefully treed shoes.** 身なりに対するカイロの強い関心を、カリカチュア的に示す描写。

**511.9〈138.2〉 8:05 A.M.—La Paloma from Hongkong.** 順番がおかしい（8 時 7 分着と 8 時 17 分着の船がこれより前に記載されている）のはハメットのミスだろうか。ちなみに Pan Books 版（1975）では順序が「修正」されており、Permabook 版（1957）や Vintage 版（1972）では時刻が「午前 8 時 25 分」とされている。次項も参照。

**511.34〈138.25〉 He called a fifth number** ここが "a fourth number" となっていないのも、ハメットの不注意と思われる。前項にあげた 3 つの版では、それぞれ「4 つ目の番号」と「修正」されている。

**512.24〈139.18–19〉 our ferry-boat** エフィはバークレーへの往復にフェリーを利用している。サンフランシスコからバークレー方面へと伸

びる San Francisco-Oakland Bay Bridge が完成するのは 1936 年である。

**第 15 章**

**513〈140〉(Title)** ***Every Crackpot*** 雑誌掲載時のタイトルは "*Officials*" というもの。[96] ポルハウスがこの章においては「ポルハウス」と表記される（他章においては基本的に「トム」である）のは、このオリジナルの章題に示唆されるように、検事ブライアンと並んで「官憲」という立場で登場しているからだと思われる。

**513.2〈140.2〉 the States Hof Brau** 実在のレストラン。地図⑰を参照。

**514.25〈142.7〉 Sure, there you are.** ここの "there you are" は「それで済みだ」(『リーダーズ』) くらいの意味。スペードが例の銃をイギリスで見ただけであるなら、アーチャーを殺した銃はサーズビーの部屋で見られたものに間違いないことになり、この件に関してスペードの容疑は晴れる（ので、次行のスペードの台詞がある)。

**515.11〈142.32–33〉 the Egan mob** セントルイスのギャング団。1900 年頃に William "Jellyroll" Egan によって組織され、1920 年までは反組合運動に関わっていたが、やがて酒の密造や宝石泥棒に手を染めた。[97]

**515.14–15〈143.1〉 Fallon got him sprung** William J. Fallon は "the Great Mouthpiece" として知られたニューヨークの刑事専門弁護士。[98]

**515.16–17〈143.2–3〉 another twist that had given him the needle** 前文に続き、ここでも「若い女 (twist)」が投獄の原因になっていることで、サーズビーの女運の悪さ——あるいは、彼が女に弱い男であること——が強調されている（スペードが後に言及する [576])。[99]

**515.17〈143.4〉 Dixie Monahan** おそらくシカゴの弁護士／密造酒業者 J. K. Monahan のこと。[100]

**515.19–20〈143.6〉 Nick the Greek** Nicholas Andrea Dandolos は 1920 年代にシカゴで有名だった賭博師。[101]

**517.20–22〈145.10–12〉 Mrs. Spade didn't raise any children dippy enough to make guesses in front of a district attorney** スペードには母親はもちろん、兄弟姉妹が 1 人はいることを示唆する言葉だが、彼らへの言及があるのはここだけである。

**520.7–8〈148.1–2〉 I heard that Thursby took Monahan out to the Orient and lost him.** サーズビーとモナハンが東洋に渡ったことについては、スペードは第 4 章でブリジッドから噂話として聞いている (421)。

**520.32〈148.23〉 Arnold Rothstein** 1919 年のワールドシリーズで八百長を画策したとされる賭博師。[102]『グレート・ギャツビー』の登場人

物 Meyer Wolfshiem のモデルとしても知られている。

**521.17–18〈149.12〉 on certain constitutional grounds** 黙秘権を保証する合衆国憲法修正第5条への言及（次行のスペードの台詞も同様）。後の「赤狩り」の時代、共産党との関係を問われたハメット自身がこの権利を行使しようとする。

**521.34–36〈149.26–28〉 He rose . . . "Getting this all right, son? Or am I going too fast for you?"** この場面におけるスペードが、単に感情を爆発させているわけではなく、むしろ状況をコントロールしていることを示唆する（「笑いどころ」の）一節。[103]

**522.2–3〈149.33–34〉 You've tried it before . . . a good laugh all around.** ここからは、スペードの地方検事との関係が、もともと「敵」に近いものであることがわかる。

## 第16章

**523.1〈151.1〉 the Hotel Sutter** 実在のホテル。Sutter と Kearny の角に位置する。[104] 地図には載っていないが、ワイズのオフィス（地図⑨）の近くである。

**523.34–524.1〈152.14–15〉 I haven't got to do anything** エフィ（という「母」）の "You've got to find her" (523.32) という言葉に反発した（「息子」的な）台詞。

**524.37–38〈153.14–15〉 she knows where to come for help when she thinks she needs it** この言葉が「スペードがここに座って何もしないでいる」ことに関するエフィの非難に対する言い訳であることと、ここで使われている語が "go" ではなく "come" であることから、ここはブリジッドの行動一般に関する指摘というよりも、"where" がスペードのところ（オフィス）を指していると考えるべきだろう。

**526.19〈155.1〉 What do you know about that!** (Well,) what do you know (about that)?＝「《主に米話》《驚きを表して》まさか、おやまあ」（『ランダムハウス』）。したがって、必ずしもスペードの意見を訊ねているわけではない。カイロがトランクを残していったことに理由があるとすれば、時間稼ぎということだろうか。

**526.31〈155.14〉 *The La* is a lousy combination** 冠詞の重複（"la" はスペイン語における定冠詞の1つ）を指摘している。

**527.2–3〈155.22–23〉 They spent the time from then till meal-time in his cabin and she ate with him.** パロマ号から移動しなかったのは、そこが安全だとブリジッドが考えたためか。4時から夕食までの時間、彼女とジャコビのあいだに何らかの性的な行為がなされたとい

う可能性もあるだろう。

**527.11–13〈155.30–32〉 they had a row and somewhere around eleven o'clock that night a gun went off there, in the Captain's cabin.** この銃声が誰のものだったのかについては、直井明による詳しい考察がある。[105] ただし、直井の議論では撃ったのはジャコビであるという見解に傾いているが、大方の読者は拳銃使いのウィルマーが（例えば威嚇のために）発砲したという印象を受けるのではないだろうか。

直井によれば、「ジャコビが自分のキャビンから出てきて、室外で乗組員と会ったというのが意味ありげである。おそらく、室内でブリジッドがガットマンたち三人にジャコビの拳銃を向けて監視しているのを見られたくなかったのではないか」ということだが、[106] 船長が侵入者に銃を向けても（極端なことをいえば、撃ち殺しても）さしたる問題とはならないはずである。

したがって、むしろ「逆に、ブリジッドが拳銃をつきつけられ、人質になっていた可能性も考えられるが、それでも交渉は銃声のあと、さらに一時間も続いているのだから、勝負はついていなかった」という方が妥当に思われる。[107] この段階では「勝負はついていなかった」としても、後にガットマンが説明するように、結局侵入者達は「説得」（という名の脅迫）に（一応は）成功するのであり（561）、一貫して彼らが「脅迫者」の立場にいたと考える方が自然だろう。

**527.28–30〈156.13–15〉 It was discovered . . . late this morning. The chances are it got started some time yesterday.** この "late this morning" は、普通は「昼近く」という意味になるが、出火がおそらく前日のこととされ、それでいて翌日の昼近くまで発見されないというのは、火事の被害の大きさに鑑みるといささか奇妙なことに思える。したがって「遅れて今朝になって」と解釈したくなるところだが、それでも午前6時過ぎにオフィスに戻ってきたスペードから財宝の話を聞いて、エフィがバークレーへと向かったときにはまだ火事は発見されていなかったことは確かである。

**528.19–21〈157.8–9〉 Holding himself stiffly straight, not putting his hands out . . . he fell forward as a tree falls.** この "stiffly straight" という描写（がペニスを連想させること）から、「性」と「死」を結びつける論者もいるが、[108] ジャコビがブリジッドに誘惑されたことが明らかな以上、わざわざ指摘する必要はないかもしれない。ちなみに、雑誌掲載時には "stiffly" という語は用いられていなかった（"Holding himself straight, rigid, and not putting his hands out . . . ."）。[109]

**529.27〈158.15–16〉 He couldn't have come far with those in him.**

ガットマンが後に説明するところでは、ブリジッドのアパートから来た(562)。スペードのオフィスまで歩いて辿り着けたとは思えないので、おそらくタクシーを用いたのだろう。[110]

**532.4〈160.33〉 You're a damned good man, sister** エフィの有能なところについては「男性としてジェンダー化される」ということで、[111] 性差別的だとしてしばしば問題にされる箇所ではあるのだが、今日的な基準をこうした台詞1つに厳密にあてはめることにどの程度の有効性があるのかは、判断が難しいところである。例えば、エフィが秘書として有能に働くのはこの場面に限られないが(そもそも、この場面は死体を前にして動顛した彼女を、スペードが叱咤激励するシーンであるのだが)、そういった他の場面では彼女が「男性」としてジェンダー化されているわけではない。

## 第17章

**533.6〈161.6–7〉 the Pickwick Stage terminal in Fifth Street** 実在したバスの発着所。[112] 地図⑲を参照。

**533.8〈161.8〉 *M. F. Holland*** この "M. F." が "Maltese Falcon" を指すと推測する論者もいる。[113] ただし「マルタの鷹」という表現は(小説のタイトルを除けば)第19章におけるガットマンの台詞が初出であり(563)、したがって、ここでは(スペードというより)作者自身が「遊び心」を発揮していると考えるのが妥当だろう。一方、"Holland" についてはよくわかっていないとされているが、[114] これは "Hope Our Love Lasts And Never Dies"(『リーダーズ・プラス』)の頭字語と思われる。*DSUE* の巻末付録における "Lovers' Acronyms or Code-Initials" の項を参照すると(こちらでは "here our love lies and never dies" となっているが、意味はほぼ同じ)、こうした表現は "Mostly lower and lower-middle class, and widely used by Servicemen: C.20; perhaps also late C.19. *Usu. at the foot, or on the envelop, of letters*" とされており(強調は引用者)、ここから「封筒に書く」という形式が相応しいとわかる。その「意味」が極めて皮肉に相応しいことは指摘するまでもないだろうし、スペードがこれを書いていることにペーソスを読みこむことも可能だろう。

**533.26〈162.6〉 Ma' me wa'!** 次行に "Spade made her walk" とあることから、このリアの舌足らずの言葉が "Make me walk!" であると推定される。雑誌版では "Ma'e me wal'!" となっていて、よりわかりやすかった。[115]

**535.5–6〈163.19–20〉 "Yes." Now she was no farther from the final consonant than *sh*.** "Yes" [jes] の語尾がしっかり発音できてい

ないということだろう。

**535.28–29〈164.5〉 Bur-Burlingame . . . twenty-six Ancho**　「バーリンゲーム」は「California 州西部、San Francisco 湾西岸の住宅都市」(『リーダーズ・プラス』)。サンフランシスコからは南方にあたり、だからスペードはタクシーの手配をするときに “To go *down* the peninsula” といっている (537.8、強調は引用者)。「アンチョ」という通りはおそらく架空のものと思われる。

**536.4〈164.19〉 swear you won't . . .**　「医者を呼ばないで (Swear you won't call the doctor)」といおうとしている。

**536.38–39〈165.15–16〉 Spade went to the Pacific Telephone and Telegraph Company's station . . . and called Davenport 2020.**　実在の電話会社で、“Bell System” の一部だった。スペードが呼び出している番号は、警察にかけたときのものと同じ (511.21)。

**537.14–15〈165.30–31〉 He went to John's Grill, asked the waiter to hurry his order of chops, baked potato, and sliced tomatoes**　“John's Grill” は 63 Ellis Street にある実在のレストラン。[116] 地図⑳を参照。開業は 1908 年で、1976 年からは 2 階が “Maltese Falcon Dining Room” とされており、[117] ハメットのファンには有名な場所である。チャールズ・ウィルフォードによれば、ここでスペードが食べているメニューは、当時は 50 セントだったとのことである。[118] なお、緊急時に食事をしているのはやや不思議な感じもするが、おそらくスペードは (ハメットの他作品における探偵達のほとんどと同様) 車の運転をしない人物として設定されており、その理由の 1 つとしては、ハメットにとって、従軍時代に運転する救急車を横転させてしまった経験が、トラウマになっていたことをあげられるかもしれない。[119]

**538.38〈167.21〉 San Mateo**　「サンマテオ」は「California 州西部、San Francisco 湾南西岸にある市」(『リーダーズ・プラス』)。バーリンゲームからは 3 キロほど南東に位置する。

**540.13–14〈169.3–4〉 A funny thing happened . . . this evening**　雑誌版では “this evening” のところが “a couple of hours ago” となっており、スペードの捜索が 2 時間程度かかったことが示唆されていたが、[120] 単行本化にあたってはそのあたりのことは曖昧にしておく方がよいと判断したのだろう。

**541.11〈170.2〉 O'Gar**　オガーは短編「スペードという男」(1932) でもダンディの部下として名前が出てくる。『デイン家の呪い』を含む「コンチネンタル・オプ」シリーズに繰り返し登場する刑事と、おそらく同一人物と思われる。

**542.10–11 〈171.5–6〉 "You've been waiting?" he asked.** 無駄足を踏まされたことにはブリジッドが関与している（積極的にかどうかは不明だとしても）ため、彼女がアパートの下で待っていたことについて、スペードはおそらく不審に思っている。[121]

**542.29–30 〈171.22〉 Black pistols were gigantic in his small hands.** 拳銃が「ファルス」の象徴であるとして、「小さな手」が「巨大な拳銃」を持っているこの場面を、「現実」と「象徴」の落差を示す例として解釈する研究者もいる。[122]

## 第18章

**543.28 〈173.6–7〉 Cairo chose the armchair by the table.** カイロがアームチェア、ガットマンがロッキングチェアに座り、ウィルマーが入口に立つことで、ソファーに座るスペードとブリジッドは完全に包囲されることになる。アパートの間取り図を参照。

**544.1–3 〈173.14–15〉 That daughter of yours has a nice belly . . . too nice to be scratched up with pins.** 前章のリアに対する「紳士的」な振る舞いがあるために、読者にはこの「非情」な言葉が「演技」の一環だと推測できる。また、この台詞は単に「非情」というだけではなく、ガットマンがリアの傷のことを知っているかどうか探りを入れながら、同時に自分が状況（リアの行動が演技だったこと）を把握していることをアピールするためのものでもあるだろう。[123]

**546.10–11 〈175.25–26〉 from what we've seen and heard of you** カイロと同様（431）、ガットマンもスペードの「評判」をある程度知っていることを示唆する言葉。雑誌版では "I" になっていたところを "we" に書き換えたのは、[124] これから壊されようとしているガットマン一味の「絆」を、さり気なく強調する工夫といえるかもしれない。

**546.30–31 〈176.9–10〉 I've had to tell everybody from the Supreme Court down to go to hell** スペードの事務所がさして繁盛しているように見えないことを思うと、「最高裁からこっち……」という言葉は「はったり」めいているかもしれないが、[125] 公権力に対して "go to hell" というのは、スペードには特徴的な身ぶりである（この表現は 424.12–13 にも出てくる）。

**549.13–14 〈178.31–33〉 He lowered his head . . . and asked: "How?"** ここでのガットマンは、「演技」を忘れてスペードの話を促している。549.33 で再び "How?" と訊ねるところなどは、スペードの「演技」的な反応（"How what?"）と対比的であり、ガットマンがスペードの提案をかなり前向きに検討していることが露呈している。

**554.38 〈184.32–33〉 Don't do that, Wilmer.**　カイロがウィルマーをファースト・ネームで呼ぶのはここが最初（にして最後）。以後のカイロの振る舞いから、カイロとウィルマーが過去に恋人関係にあったと考える論者もいるが、[126] そもそも既に触れたように（第一一講の注〔13〕参照）、ウィルマーが同性愛者であるという主張は根拠に乏しい。ましてや、カイロと関係があったという憶測については、カイロが第 6 章で尾行者（ウィルマー）を知らないといっていることと矛盾する（435）。それが嘘であったとしても、それならば第 7 章で、サンフランシスコにガットマンが来ているというブリジッドの示唆に対して疑うような態度を示している事実などと（448）、整合しないはずである。

**第 19 章**

**558.15 〈188.25–26〉 You're a fine lot of lollipops!**　lollipop = an effeminate male, esp. a homosexual (*RHHDAS*). この "lollipop" という語には "a very gullible person; sucker" という（ジェンダー的にニュートラルな）意味もあるが、ここは「次はどうするんだ。跪いてお祈りでもするのか」という言葉が続いていることからも、ガットマン達の「男らしさ」の欠如をなじるニュアンスが入っていると思われる。

**560.37–38 〈191.17–18〉 He was quite determinedly loyal to Miss O'Shaughnessy.**　第 4 章でブリジッドがサーズビーについて "if he had been loyal" と述べていたことが想起されるだろう（421.25–26）。

**561.9–11 〈191.28–30〉 Well, Cairo, as you know, got in touch with me—I sent for him—after he left police headquarters the night—or morning—he was up here.**　警察に一晩中取り調べられたというカイロの言葉が（474）、嘘であることは既に確認されていたが（516）、そのときの行動はここで明らかになる。

**561.22–23 〈192.4–6〉 Jacobi did not know what it was, of course. Miss O'Shaughnessy is too discreet for that.**　ジャコビが事情をまったく知らないまま協力していたことは、ブリジッドが事情をまったく知らせないままにスペードの協力を求めていたことを想起させる。

**561.28–29 〈192.11〉 we had persuaded Miss O'Shaughnessy to come to terms**　この「説得」（562–63 にかけて頻出する表現）が実質的には「脅迫」である（ブリジッドの「折り合い」はその結果ということになる）ことについては、527.11–13 に付した注を参照。

**563.28 〈194.14–15〉 there's only one Maltese falcon.**　"Maltese falcon" という表現が出てくるのはタイトルを除けばここだけである。

**564.29–30 〈195.19–20〉 Unless you want a three-story drop**　こ

こでスペードの部屋が 4 階にあるとわかる――彼のアパートは（ハメット自身が住んでいた）891 Post の 401 号室と推測されている。[127] 地図②を参照。

**565.6〈195.34〉 "You won't take my word for it?"** take a person's word (for it) =「〈人の〉言うことを真に受ける［信じる］」（『ランダムハウス』）。この台詞の背景には、「紳士」は女性の言葉を信じるものだという考え方がある。

**567.16–17〈198.10–11〉 Gutman said: "Ten thousand dollars is a lot of money." / Spade said: "You're quoting me . . ."** スペードが小説の序盤で繰り返し口にした "Five thousand [dollars] is a lot of money" (426, 438) という台詞をガットマンは聞いていないので、ここで念頭に置かれているのは "That's a hell of a lot of dough" という言葉だろうか (503)。

**568.11〈199.8–9〉 The course of true love.** ウィリアム・シェイクスピアの『真夏の夜の夢』からの引用句（"The course of true love never did run smooth" [I. i. 134]）。もちろんライサンダーとハーミアの「スムーズにいかない」恋愛は最後にはめでたく成就することになるため、この引用をスペードの自己言及として深読みするのは難しいだろう（カイロの「求愛」を皮肉るときに、自嘲がなかったとは断言できないにしても）。同様に、この引用によってスペードが自身の「恋愛観」をブリジッドに示そうとしているという解釈も、[128] かなり強引なように思われる。

**569.26〈200.24–25〉 He whistled two lines of *En Cuba*, softly.** "En Cuba" は 470.1 で既出。これはスペードの部屋で朝を迎え、シャワーから出てくるブリジッドが口笛で吹いていた歌であり、現在の状況との対照が皮肉に感じられるところである。

**571.10〈202.12〉 You've had *your* little joke.** 1,000 ドル札を手のひらに握りこんでいたガットマンの "I must have my little joke every now and then" (566) という台詞を承けての言葉。

**571.19–22〈202.20–22〉 You and your stupid attempt to buy it from him! . . . You let him know it was valuable and he found out how valuable and made a duplicate for us!** 第 13 章でガットマンが話していた、彼がケミドフから（「熱意のあまり、いくぶんそそっかしく」）彫像を買おうとして果たせなかったことへの言及 (501–02)。

**571.22–23〈202.22–23〉 No wonder we had so little trouble stealing it!** この "we" は（ガットマンの「使者」として赴いた）カイロとブリジッドのことを指す。502.4 に付した注を参照。

**571.23–24〈202.23–24〉 No wonder he was so willing to send me off around the world looking for it!** 像を盗み出した張本人にそれを取り戻すようにケミドフが依頼することが、そもそも不自然だったということ（横取りするかもしれないのに――ということだし、実際カイロはそうしようとしている）。448.11–12 の注にあげたブリジッドの言葉も参照。

**572.2–5〈203.5–8〉 If I must spend another year on the quest . . . that will be an additional expenditure in time of only . . . five and fifteen-seventeenths per cent.** 1 を 17 で割っている（0.05 が商となり、0.15 余る）。

**572.27–31〈203.28–31〉 He brought his right hand from behind him. . . .** スペードに気づかれることなくピストルを取り出すガットマンは、薬を盛るエピソードや、1,000 ドル札を隠すエピソードに続いて、その「騙し」のテクニックを発揮する。

**573.20–21〈204.22〉 I leave you the *rara avis* on the table as a little momento.** rara avis = That which is seldom found, a rarity; an unusual, exceptional, or remarkable occurrence or thing (*OED*). ラテン語を英語に直訳すれば、もちろん "A rare (species of) bird" (*OED*) となる。見事と形容することさえ憚られるような決め台詞である。

**第 20 章**

**575.7–8〈206.19–20〉 We're sitting on dynamite** 同じ表現が 577.30–31 でも用いられている。1 人称複数（we）を主語としているのは、自分とブリジッドが運命をともにしていると示唆し、彼女の「告白」を促そうという戦略。

**575.24–25〈207.1–2〉 I began to be afraid that Joe wouldn't play fair with me** 575.35–36 の "I didn't know whether I could trust [Thursby]" もそうだが、ブリジッドは他人を信用せず、それゆえに自分から先に裏切るという行為を繰り返す。これは逆の観点からすれば、自分が裏切りを繰り返すような人間であるから他人のことも信じられないということであるが、そうした彼女の姿は、第 12 章におけるスペードが弁護士ワイズとのやり取りで見せた疑心暗鬼の様を想起させる。

**577.39–40〈209.21〉 How did you know he—he licked his lips and looked—?** 現場を見ていたかのように説明して聞き手を驚かせるのは、「名探偵」が推理を開陳する場面の定型である。

**579.7–8〈210.30–31〉 From the first instant I saw you I knew—** 「一目惚れ」=「運命の出会い」に関する常套句。

**581.30–33〈213.24–27〉 Miles . . . was a son of a bitch. . . . You didn't do me a damned bit of harm by killing him.** ゴアズの『スペード&アーチャー探偵事務所』ではスペードとアーチャーは知り合ってからパートナーになるまでが長いように書かれているが、この箇所から察するに、やはり2人の関係は短かったと考える方が妥当だろう。

**581.39–582.1〈213.33–34〉 When a man's partner is killed he's supposed to do something about it.** 雑誌掲載時は "In my part of the world when your partner is killed you're supposed . . ." となっていた。[129] "In my part of the world" が削られることで、ここでのスペードが（「探偵」というより）「男」としての規範を理由にあげている印象が強くなったといえるだろう。

語注への注

1）Walter James Miller, *Dashiell Hammett's* The Maltese Falcon*: A Critical Commentary* (New York: Monarch, 1988) 50.

2）この点（58）を含め、マクドナルドのハメットとの関係についての簡潔なエッセイとして、Tom Nolan, "Hammett and Macdonald," *Clues* 23.2 (2005): 51–63 を参照。

3）Dashiell Hammett, "The Maltese Falcon," *Black Mask* Sept. 1929: 11.

4）上野堅實『タバコの歴史』（大修館書店、1998年）180–81頁を参照。

5）Hammett, *Selected Letters* 9.

6）Phil Haultain, "We Never Sleep," Layman, *Discovering* The Maltese Falcon 45.

7）上野 181–83頁、Rashna Wadia Richards, "Loose Ends: The Stuff That Movies Are Made of," *Arizona Quarterly* 63.4 (2007): 100 を参照。

8）Marling 131.

9）Dashiell Hammett, *Crime Stories and Other Writings* (New York: Library of America, 2001) 488.

10）例えば Marling 112, 135 を参照。

11）Julie M. Rivett, "On Samuel Spade and Samuel *Dashiell Hammett*: A Granddaughter's Perspective," *Clues* 23.2 (2005): 12.

12）Peter P. Gills, "An Anomaly in *The Maltese Falcon*," Layman, *Discovering* The Maltese Falcon 320–21.

13）小鷹『サム・スペードに乾杯』31頁。

14）Hammett, *Crime Stories* 910.

15）Layman, *Dashiell Hammett* 73.

16) Rita Elizabeth Rippetoe, *Booze and the Private Eye: Alcohol in the Hard-Boiled Novel* (Jefferson, NC: McFarland, 2004) 54.

17) 例えば、海野弘『秘密結社の世界史』(平凡社新書、2006年)を参照。

18) 綾部恒雄『アメリカの秘密結社——西欧的社会集団の生態』(中公新書、1970年) 28–29, 108–09頁を参照。

19) Marling 139–40を参照。

20) Miller 26, 59を参照。

21) Hammett, "The Maltese Falcon," *Black Mask* Sept. 1929: 17.

22) Hammett, "The Maltese Falcon," *Black Mask* Sept. 1929: 17.

23) William F. Nolan, *Dashiell Hammett: A Casebook* (Santa Barbara: McNally and Loftin, 1969) 62–63.

24) Hammett, "The Maltese Falcon," *Black Mask* Sept. 1929: 20.

25) Gregory 110.

26) Dennis Porter, "The Private Eye," *The Cambridge Companion to Crime Fiction*, ed. Martin Priestman (Cambridge: Cambridge UP, 2003) 100を参照。

27) Rashna Wadia, "So Many Fragments, So Many Beginnings, So Many Pleasures: The Neglected *Detail*(*s*) in Film Theory," *Criticism* 45.2 (2003): 189.

28) Paul P. Abrahams, "On Re-Reading *The Maltese Falcon*," Layman, *Discovering* The Maltese Falcon 241; Marling, *Dashiell Hammett* 78などを参照。

29) Herron 113–15; Layman, The Maltese Falcon 181を参照。

30) Dashiell Hammett, "The Maltese Falcon," *Black Mask* Oct. 1929: 41.

31) Miller 69.

32) Layman, The Maltese Falcon 72.

33) Hammett, "The Maltese Falcon," *Black Mask* Oct. 1929: 43, 44.

34) Hammett, "The Maltese Falcon," *Black Mask* Oct. 1929: 44.

35) Joe Gores, "A Foggy Night," Layman, *Discovering* The Maltese Falcon 142.

36) Layman, The Maltese Falcon 19.

37) Gores, "A Foggy Night" 139.

38) Shulman 211.

39) Marling, *The American Roman Noir* 134; *Dashiell Hammett* 81.

40) Gregory 104.

41) Herron 99.

42) Miller 38.

43) D. Hammett, "The Maltese Falcon," *Black Mask* Oct. 1929: 51.
44) D. Hammett, "The Maltese Falcon," *Black Mask* Oct. 1929: 52.
45) Marling, *The American Roman Noir* 131.
46) D. Hammett, "The Maltese Falcon," *Black Mask* Oct. 1929: 54.
47) D. Hammett, "The Maltese Falcon," *Black Mask* Oct. 1929: 54.
48) Symons 66.
49) Jan-Christoph Prüfer, *Hardboiled Hollywood: Traces of American Heroism and Cultural Change in the Portrayals of the Detective Hero in* The Maltese Falcon *and* The Big Sleep (Saarbrücken: Verlag Dr. Mueller, 2007) 56.
50) W. Miller 85 を参照。
51) D. Hammett, "The Maltese Falcon," *Black Mask* Oct. 1929: 59.
52) D. Hammett, "The Maltese Falcon," *Black Mask* Oct. 1929: 60.
53) D. Hammett, "The Maltese Falcon," *Black Mask* Oct. 1929: 61.
54) D. Hammett, "The Maltese Falcon," *Black Mask* Oct. 1929: 62.
55) D. Hammett, "The Maltese Falcon," *Black Mask* Oct. 1929: 62.
56) Frank McAuliffe, "The Maltese Falcon Commission," *Men and Malice: An Anthology of Mystery and Suspense by West Coast Authors*, ed. Dean Dickensheet (Roslyn, NY: Ellery Queen Mystery Club, 1973) 215.
57) 青木雨彦『課外授業――ミステリにおける男と女の研究』(講談社文庫、1980 年) 193–94 頁における、ジェイムズ・M・ケインの『殺人保険』(1935) に関する評価を参照。
58) W. Miller 89.
59) Layman, The Maltese Falcon 181. 同書の 45–46n3 も参照 (全体の歌詞も英文で載っている)。
60) Abrahams 244.
61) Layman, The Maltese Falcon 181.
62) Layman, The Maltese Falcon 182.
63) W. Miller 88–89.
64) Dashiell Hammett, "The Maltese Falcon," *Black Mask* Nov. 1929: 35. W. Nolan, *Dashiell Hammett* 65 などを参照。
65) D. Hammett, "The Maltese Falcon," *Black Mask* Nov. 1929: 35.
66) D. Hammett, "The Maltese Falcon," *Black Mask* Nov. 1929: 35.
67) Gores, "A Foggy Night" 139–40.
68) D. Hammett, "The Maltese Falcon," *Black Mask* Nov. 1929: 38.
69) Herron 138–39, 145–46 を参照。
70) D. Hammett, "The Maltese Falcon," *Black Mask* Nov. 1929: 40.

71)　D. Hammett, "The Maltese Falcon," *Black Mask* Nov. 1929: 41.
72)　W. Miller 94.
73)　W. Nolan, *Dashiell Hammett* 64–65.
74)　小鷹『サム・スペードに乾杯』110 頁。
75)　D. Hammett, "The Maltese Falcon," *Black Mask* Nov. 1929: 43.
76)　D. Hammett, "The Maltese Falcon," *Black Mask* Nov. 1929: 46.
77)　小鷹『ハードボイルドの雑学』104 頁。
78)　D. Hammett, "The Maltese Falcon," *Black Mask* Nov. 1929: 46.
79)　Layman, The Maltese Falcon 182.
80)　各務 227 頁。
81)　Layman, The Maltese Falcon 17–20.
82)　W. Miller 95 を参照。
83)　D. Hammett, "The Maltese Falcon," *Black Mask* Nov. 1929: 47.
84)　Symons 66. また、W. Nolan, *Dashiell Hammett* 64 も参照。
85)　Gilles C H Nullens『正統と異端——第二巻：テンプル騎士団とヨハネ騎士団』高橋健訳（無頼出版、2007 年）84 頁。
86)　W. Nolan, *Hammett* 89.
87)　Hackett 43–47.
88)　Torgerson 211, 211n8 を参照。
89)　Layman, The Maltese Falcon 25.
90)　Abramson 308–09.
91)　Dooley 103.
92)　Rivett 14. この曲は 19 世紀後半のメキシコで流行したものであるが、例えばエドワード・アンダソンの『俺達と同じ泥棒』という 1937 年出版のノワール小説で言及されており、当時のアメリカではよく知られていたと思われる。*Crime Novels: American Noir of the 1930s and 40s*, ed. Robert Polito（New York: Library of America, 1997）355.
93)　Layman, The Maltese Falcon 72.
94)　Nate Pritts, "The Dingus and the Great Whatsit: Motivating Strategies in Cinema," *Midwest Quarterly* 47.1（2005）: 74 を参照。
95)　Gregory 193n9.
96)　D. Hammett, "The Maltese Falcon," *Black Mask* Dec. 1929: 74.
97)　Layman, The Maltese Falcon 182.
98)　Layman, The Maltese Falcon 182.
99)　W. Miller 47 を参照。
100)　Layman, The Maltese Falcon 182.
101)　Layman, The Maltese Falcon 182.

102）Layman, The Maltese Falcon 182.
103）Luhr 317 を参照。
104）Layman, The Maltese Falcon 182.
105）直井明『本棚のスフィンクス――掟破りのミステリ・エッセイ』（論創社、2008 年）53–61 頁。
106）直井 59 頁。
107）直井 59–60 頁。
108）Wolfe 114.
109）D. Hammett, "The Maltese Falcon," *Black Mask* Dec. 1929: 83.
110）それでも（大口径の銃で何発も撃たれていることを思うと）不自然に感じられることを含め、直井 258–59 頁を参照。
111）Smith 159. Cooper 26; W. Miller 110 なども参照。
112）Layman, The Maltese Falcon 182.
113）R. Miller 252.
114）Rivett 14 を参照。
115）D. Hammett, "The Maltese Falcon," *Black Mask* Dec. 1929: 85.
116）Layman, The Maltese Falcon 182.
117）Herron 166.
118）Charles Willeford, "Hammett's San Francisco: On the Trail of Sam Spade," Herron, *The Dashiell Hammett Tour* 11.
119）W. Nolan, *Hammett* 14–15 を参照。
120）D. Hammett, "The Maltese Falcon," *Black Mask* Dec. 1929: 89.
121）Marling, *Dashiell Hammett* 73 を参照。
122）Herman 206.
123）Rippetoe 53 を参照。
124）Dashiell Hammett, "The Maltese Falcon," *Black Mask* Jan. 1930: 32.
125）Rivett 15 を参照。
126）Donald J. Pattow, "Order and Disorder in *The Maltese Falcon*," *Armchair Detective* 11（1978）: 171; Seals 74 などを参照。
127）Herron 97–98 を参照。
128）W. Miller 122.
129）D. Hammett, "The Maltese Falcon," *Black Mask* Jan. 1930: 53.

# 文献一覧


Abrahams, Paul P. "On Re-Reading *The Maltese Falcon*." Layman, *Discovering* The Maltese Falcon 237–49.

Abramson, Leslie H. "Two Birds of a Feather: Hammett's and Huston's *The Maltese Falcon*." Layman, *Discovering* The Maltese Falcon 306–13.

Abresch, Peter E. *The Faltese Malcom: The Story of the Second Maltese Falcon*. N.p.: n.p., 2008.

Allen, Virginia M. *The Femme Fatale: Erotic Icon*. Troy: Whitston, 1983.

Auster, Paul. *Oracle Night*. New York: Henry Holt, 2003.

Bailey, Frankie Y. "History of American Policing." *The Oxford Companion to Crime and Mystery Writing*. Ed. Rosemary Herbert. New York: Oxford UP, 1999.

Baldwin, Faith. *The Office Wife*. Philadelphia: Triangle Books, 1945.

Bauer, Stephen F., Leon Balter, and Winslow Hunt. "The Detective Film as Myth: The Maltese Falcon and Sam Spade." *American Imago* 35.3 (1978): 275–96.

Bazelon, David T. "Dashiell Hammett's 'Private Eye.'" Layman, *Dashiell Hammett* 173–83.

Berger, Arthur Asa. *Popular Culture Genres: Theories and Texts*. Newbury Park: Sage, 1992.

Boon, Kevin. "In Debt to Dashiell: John Huston's Adaptation of *The Maltese Falcon*." *Creative Screenwriting* 4.2 (1997): 99–115.

Brenner, Gerry. *Performative Criticism: Experiments in Reader Response*. Albany: State U of New York P, 2004.

Cain, James M. *Three by Cain: Serenade, Love's Lovely Counterfeit, The Butterfly*. New York: Vintage, 1989.

Cassuto, Leonard. *Hard-Boiled Sentimentality: The Secret History of American Crime Stories*. New York: Columbia UP, 2009.

Chandler, Raymond. *Later Novels and Other Writings*. New York: Library of America, 1995.

——. *The Simple Art of Murder*. New York: Vintage, 1988.

——. *Stories and Early Novels*. New York: Library of America, 1995.

Cooper, Stephen. "Sex/Knowledge/Power in the Detective Genre." *Film Quarterly* 42.3 (1989): 23–31.

Defino, Dean. "Lead Birds and Falling Beams." *Journal of Modern Literature* 27.4 (2004): 73–81.

Delaney, Bill. "Hammett's *The Maltese Falcon.*" *Explicator* 58.4 (2000): 216–18.

——. "Hammett's *The Maltese Falcon.*" *Explicator* 63.3 (2005): 167–69.

Dijkstra, Bram. *Evil Sisters: The Threat of Female Sexuality in Twentieth-Century Culture.* New York: Henry Holt, 1998.

——. *Idols of Perversity: Fantasies of Feminine Evil in Fin-de-Siecle Culture.* Oxford: Oxford UP, 1988.

Dooley, Dennis. *Dashiell Hammett.* New York: Frederick Ungar, 1984.

Doyle, Arthur Conan. *The Complete Sherlock Holmes.* Vol. 2. New York: Doubleday, 1930.

Edenbaum, Robert I. "The Poetics of the Private Eye: The Novels of Dashiell Hammett." Madden 80–103.

Emery, Vince. "Hammettisms in *The Maltese Falcon.*" Layman, *Discovering* The Maltese Falcon 254–58.

——, ed. *Lost Stories.* By Dashiell Hammett. San Francisco: Vince Emery, 2005.

Faulkner, William. "Elmer." Ed. Dianne L. Cox. *Mississippi Quarterly* 36 (1983): 337–460.

——. *Sanctuary.* New York: Vintage, 1993.

——. *The Sound and the Fury.* New York: Vintage, 1990.

Fitzgerald, F. Scott. *The Great Gatsby.* New York: Scribner, 2004.

Forster, E. M. *Aspects of the Novel.* San Diego: Harvest, 1985.

Gale, Robert L. *A Dashiell Hammett Companion.* Westport, CT: Greenwood P, 2000.

Gardner, Erle Stanley. *The Case of the Substitute Face.* New York: Ballantine, 1987.

——. *The Case of the Velvet Claws.* New York: Pocket Books, 1940.

Giles, Paul. *Virtual Americas: Transnational Fictions and the Transatlantic Imaginary.* Durham: Duke UP, 2002.

Gills, Peter P. "An Anomaly in *The Maltese Falcon.*" Layman, *Discovering* The Maltese Falcon 319–21.

Gores, Joe. "Author's Note." *Hammett.* New York: Ballantine, 1976. 254–62.

——. "Dashiell Hammett." Layman, The Maltese Falcon 118–36.

——. "A Foggy Night." Layman, *Discovering* The Maltese Falcon 132–42.

——. *Spade and Archer.* New York: Knopf, 2009.

Gregory, Sinda. *Private Investigations: The Novels of Dashiell Hammett.* Carbondale: Southern Illinois UP, 1985.

Grella, George. "The Wings of the Falcon and the Maltese Dove." *A Question of Quality: Popularity and Value in Modern Creative Writing*. Ed. Louis Filler. Bowling Green: Bowling Green U Popular P, 1976. 108–14.

Hackett, Alice Payne. *Fifty Years of Best Sellers 1895–1945*. New York: R. R. Bowker, 1945.

Hall, Jasmine Yong. "Jameson, Genre, and Gumshoes: *The Maltese Falcon* as Inverted Romance." Layman, *Discovering* The Maltese Falcon 229–37.

Hammett, Dashiell. *Complete Novels*. New York: Library of America, 1999.

——. *Crime Stories and Other Writings*. New York: Library of America, 2001.

——. "The Maltese Falcon." *Black Mask* Sept. 1929: 7–28; Oct. 1929: 41–64; Nov. 1929: 31–52; Dec. 1929: 69–91; Jan. 1930: 29–54.

——. *The Maltese Falcon*. New York: Permabook, 1957.

——. *The Maltese Falcon*. New York: Vintage, 1972.

——. *The Maltese Falcon*. London: Pan Books, 1975.

——. *The Maltese Falcon*. New York: Vintage, 1992.

——. *Nightmare Town*. New York: Vintage, 2000.

——. *Selected Letters of Dashiell Hammett: 1921–1960*. Ed. Richard Layman with Julie M. Rivett. Washington D. C.: Counterpoint, 2001.

Hammett, Jo. *Dashiell Hammett: A Daughter Remembers*. Ed. Richard Layman with Julie M. Rivett. New York: Carroll and Graf, 2001.

Haultain, Phil. "We Never Sleep." Layman, *Discovering* The Maltese Falcon 43–46.

Haycraft, Howard, ed. *The Art of the Mystery Story: A Collection of Critical Essays*. New York: Universal Library, 1947.

——. *Murder for Pleasure: The Life and Times of the Detective Story*. New York: D. Appleton-Century, 1941.

Hellman, Lillian. *Scoundrel Time*. Boston: Little Brown, 1976.

Hemingway, Ernest. *The Complete Short Stories of Ernest Hemingway*. New York: Scribner, 2003.

——. *The Sun Also Rises*. New York: Scribner, 2006.

Herman, David J. "Finding Out about Gender in Hammett's Detective Fiction: Generic Constraints or Transcendental Norms?" *The Critical Response to Dashiell Hammett*. Ed. Christopher Metress. Westport, CT: Greenwood P, 1994. 205–27.

Herron, Don. *The Dashiell Hammett Tour: Thirtieth Anniversary Guidebook*. San Francisco: Vince Emery, 2009.

Horsley, Lee. *The Noir Thriller*. Hampshire: Palgrave Macmillan, 2009.

Irwin, John T. *The Mystery to a Solution: Poe, Borges, and the Analytic Detective Story*. Baltimore: Johns Hopkins UP, 1994.

——. *Unless the Threat of Death Is behind Them: Hard-Boiled Fiction and Film Noir*. Baltimore: Johns Hopkins UP, 2006.

James, Henry. *The Wings of the Dove*. Ed. J. Donald Crowley and Richard A. Hocks. 2nd ed. New York: Norton, 2003.

Kelly, David. "Critical Essay on *The Maltese Falcon*." *Novels for Students* 21 (2005): 198–201.

Ketner, Kenneth Laine. Introduction. *Chance, Love, and Logic: Philosophical Essays*. By Charles Sanders Peirce. Lincoln: Bison Books, 1998. v–xiii.

Kissack, Terence. *Free Comrades: Anarchism and Homosexuality in the United States, 1895–1917*. Oakland: AK P, 2008.

Knox, Ronald A. "A Detective Story Decalogue." Haycraft, *The Art of the Mystery Story* 194–96.

Lawson, Brian. *Chasing Sam Spade*. N.p.: Booklocker.com, 2002.

Layman, Richard, ed. *Dashiell Hammett*. Detroit: Gale, 2000.

——, ed. *Discovering* The Maltese Falcon *and Sam Spade: The Evolution of Dashiell Hammett's Masterpiece, Including John Huston's Movie with Humphrey Bogart*. Rev. ed. San Francisco: Vince Emery, 2005.

——, ed. The Maltese Falcon. Detroit: Gale, 2000.

——. "*The Maltese Falcon* at Seventy-Five." *Clues* 23.2 (2005): 5–10.

Leacock, Stephen. "Murder at $2.50 a Crime." Haycraft, *The Art of the Mystery Story* 327–37.

Levin, James. *The Gay Novel in America*. New York: Garland, 1991.

Lewis, Sinclair. *Main Street*. San Diego: Harcourt Brace Jovanovich, 1989.

Luhr, William. "Tracking *The Maltese Falcon*: Classical Hollywood Narration and Sam Spade." Layman, *Discovering* The Maltese Falcon 313–19.

McAuliffe, Frank. "The Maltese Falcon Commission." *Men and Malice: An Anthology of Mystery and Suspense by West Coast Authors*. Ed. Dean Dickensheet. Roslyn, NY: Ellery Queen Mystery Club, 1973. 210–48.

McCann, Sean. *Gumshoe America: Hard-Boiled Crime Fiction and the Rise and Fall of New Deal Liberalism*. Durham: Duke UP, 2000.

Macdonald, Ross. "Ross Macdonald on Hammett." Layman, The Maltese Falcon 42.

McGurl, Mark. "Making 'Literature' of It: Hammett and High Culture." *American Literary History* 9.4 (1997): 702–17.

Madden, David, ed. *Tough Guy Writers of the Thirties*. Carbondale: Southern

Illinois UP, 1968.
Malin, Irving. "Focus on *The Maltese Falcon*: The Metaphysical Falcon." Madden 104–09.
Marcus, Steven. Introduction. *The Continental Op*. By Dashiell Hammett. New York: Vintage, 1992. vii–xxix.
Margolies, Edward. *Which Way Did He Go?: The Private Eye in Dashiell Hammett, Raymond Chandler, Chester Himes, and Ross Macdonald*. New York: Holmes and Meier, 1982.
Marling, William. *The American Roman Noir: Hammett, Cain, and Chandler*. Athens: U of Georgia P, 1995.
——. *Dashiell Hammett*. Boston: Twayne, 1983.
Menon, Elizabeth K. *Evil by Design: The Creation and Marketing of the Femme Fatale*. Urbana: U of Illinois P, 2006.
Metress, Christopher. "Dashiell Hammett and the Challenge of New Individualism: Rereading *Red Harvest* and *The Maltese Falcon*." Layman, *Discovering* The Maltese Falcon 216–29.
——. "Reading the Rara Avis: Seventy-Five Years of *Maltese Falcon* Criticism." *Clues* 23.2 (2005): 65–77.
Miller, D. A. *The Novel and the Police*. Berkeley: U of California P, 1988.
Miller, R. H. "The Emperor's Gift, or, What Did the Knights Give the Emperor?" Layman, *Discovering* The Maltese Falcon 249–54.
Miller, Walter James. *Dashiell Hammett's* The Maltese Falcon: *A Critical Commentary*. New York: Monarch, 1988.
Niles, Blair. *Strange Brother*. New York: Liveright, 1931.
Nolan, Tom. "Hammett and Macdonald." *Clues* 23.2 (2005): 51–63.
Nolan, William F. *Dashiell Hammett: A Casebook*. Santa Barbara: McNally and Loftin, 1969.
——. *Hammett: A Life at the Edge*. New York: Congdon and Weed, 1983.
Parker, Robert B. *Ceremony*. New York: Dell, 1987.
Paterson, John. "A Cosmic View of the Private Eye." Layman, The Maltese Falcon 137–47.
Pattow, Donald J. "Order and Disorder in *The Maltese Falcon*." *Armchair Detective* 11 (1978): 171.
Peltier, Josiane. "Economic Discourse in *The Maltese Falcon*." *Clues* 23.2 (2005): 21–30.
Place, Janey. "Women in Film Noir." *Women in Film Noir*. Ed. E. Ann Kaplan. New ed. London: British Film Institute, 1998. 47–68.

Poe, Edgar Allan. *The Selected Writings of Edgar Allan Poe*. Ed. G. R. Thompson. New York: Norton, 2004.

Polito, Robert, ed. *Crime Novels: American Noir of the 1930s and 40s*. New York: Library of America, 1997.

Porter, Dennis. "The Private Eye." *The Cambridge Companion to Crime Fiction*. Ed. Martin Priestman. Cambridge: Cambridge UP, 2003. 95–113.

Praz, Mario. *The Romantic Agony*. Trans. Angus Davidson. 2nd ed. New York: Meridian, 1956.

Pritts, Nate. "The Dingus and the Great Whatsit: Motivating Strategies in Cinema." *Midwest Quarterly* 47.1 (2005): 68–80.

Prüfer, Jan-Christoph. *Hardboiled Hollywood: Traces of American Heroism and Cultural Change in the Portrayals of the Detective Hero in* The Maltese Falcon *and* The Big Sleep. Saarbrücken: Verlag Dr. Mueller, 2007.

Queen, Ellery. "The Detective Short Story: The First Hundred Years." Haycraft, *The Art of the Mystery Story* 476–91.

——. "Meet Sam Spade," *A Man Called Spade and Other Stories*. By Dashiell Hammett. New York: Dell, [1950]. 3–6.

Rabinowitz, Peter J. "'How Did You Know He Licked His Lips?': Second Person Knowledge and First Person Power in *The Maltese Falcon*." Layman, The Maltese Falcon 147–66.

Raczkowski, Christopher T. "From Modernity's Detection to Modernist Detectives: Narrative Vision in the Work of Allan Pinkerton and Dashiell Hammett." *Modern Fiction Studies* 49 (2003): 629–59.

Reilly, John M. "Sam Spade Talking." Layman, *Discovering* The Maltese Falcon 203–09.

Richards, Rashna Wadia. "Loose Ends: The Stuff That Movies Are Made Of." *Arizona Quarterly* 63.4 (2007): 83–118.

Rippetoe, Rita Elizabeth. *Booze and the Private Eye: Alcohol in the Hard-Boiled Novel*. Jefferson, NC: McFarland, 2004.

Rivett, Julie M. "On Samuel Spade and Samuel Dashiell Hammett: A Granddaughter's Perspective." *Clues* 23.2 (2005): 11–20.

Ruehlmann, William. *Saint with a Gun: The Unlawful American Private Eye*. New York: New York UP, 1974.

Sayers, Dorothy L. "The Omnibus of Crime." Haycraft, *The Art of the Mystery Story* 71–109.

Scaggs, John. *Crime Fiction*. London: Routledge, 2005.

Seals, Marc. "Thin Man, Fat Man, Union Man, Thief: Constructions of

Depression-Era Masculinities in *Red Harvest* and *The Maltese Falcon*." *Storytelling* 2.1 (2002): 67–79.

[Shaw, Joseph T.] "To Our Readers." *Black Mask* Dec. 1929: 91.

Shokoff, James. "The Feminine Ideal in the Masculine Private Eye." *Clues* 14.2 (1993): 51–62.

Shulman, Robert. "Dashiell Hammett's Social Vision." Layman, *Discovering* The Maltese Falcon 209–16.

Skenazy, Paul. "The 'Heart's Field': Dashiell Hammett's Anonymous Territory." *San Francisco in Fiction: Essays in a Regional Literature*. Ed. David Fine and Paul Skenazy. Albuquerque: U of New Mexico P, 1995. 96–110.

Smith, Erin A. *Hard-Boiled: Working-Class Readers and Pulp Magazines*. Philadelphia: Temple UP, 2000.

Suwabe, Koichi. "The Case of the Femme Fatale: A Poetics of Hardboiled Detective Fiction." *The Journal of the American Literature Society of Japan* 2 (2004): 55–72.

Symons, Julian. *Dashiell Hammett*. San Diego: Harcourt Brace Jovanovich, 1985.

Thompson, George J. "Rhino." *Hammett's Moral Vision*. San Francisco: Vince Emery, 2007.

Thurber, James. *Lanterns and Lances*. New York: Time, 1962.

Todd, Ellen Wiley. *The "New Woman" Revised: Painting and Gender Politics on Fourteenth Street*. Berkeley: U of California P, 1993.

Torgerson, Douglas. "The Image of the Maltese Falcon: Reconsidering an American Icon." *European Journal of American Culture* 26.3 (2007): 199–215.

Trotter, David. "Theory and Detective Fiction." *Critical Quarterly* 33.2 (1991): 66–77.

Van Dine, S. S. "Twenty Rules for Writing Detective Stories." Haycraft, *The Art of the Mystery Story* 189–93.

Van Dover, J. K. *Making the Detective Story American: Biggers, Van Dine and Hammett and the Turning Point of the Genre, 1925–1930*. Jefferson, NC: McFarland, 2010.

Wadia, Rashna. "So Many Fragments, So Many Beginnings, So Many Pleasures: The Neglected Detail(s) in Film Theory." *Criticism* 45.2 (2003): 173–95.

Wells, H. G. *The Outline of History: Being a Plain History of Life and Mankind*. Rev. Raymond Postgate. 2 vols. Garden City, NY: Garden City Books,

1949.
Whitfield, Raoul. *Death in a Bowl*. New York: Quill, 1986.
Willeford, Charles. "Introduction: Hammett's San Francisco: On the Trail of Sam Spade." Herron 7–11.
Willett, Ralph. *The Naked City: Urban Crime Fiction in the USA*. Manchester: Manchester UP, 1996.
Wilson, Edmund. *Classics and Commercials: A Literary Chronicle of the Forties*. New York: Vintage, 1962.
Wolfe, Peter. *Beams Falling: The Art of Dashiell Hammett*. Bowling Green: Bowling Green U Popular P, 1980.
Wrong, E. M. "Crime and Detection." Haycraft, *The Art of the Mystery Story* 18–32.

青木雨彦『課外授業——ミステリにおける男と女の研究』講談社文庫、1980年。

綾部恒雄『アメリカの秘密結社——西欧的社会集団の生態』中公新書、1970年。

上野堅實『タバコの歴史』大修館書店、1998年。

内田隆三『探偵小説の社会学』岩波書店、2001年。

海野弘『秘密結社の世界史』平凡社新書、2006年。

大藪春彦『野獣死すべし』新潮文庫、1972年。

岡本勝『禁酒法＝「酒のない社会」の実験』講談社現代新書、1996年。

荻野美穂『生殖の政治学——フェミニズムとバース・コントロール』山川出版社、1994年。

奥出直人『アメリカン・ポップ・エステティクス——「スマートさ」の文化史』青土社、2002年。

——『トランスナショナル・アメリカ——「豊かさ」の文化史』岩波書店、1991年。

各務三郎『わたしのミステリー・ノート』読売新聞社、1983年。

笠井潔『探偵小説論序説』光文社、2002年。

——『模倣における逸脱——現代探偵小説論』彩流社、1996年。

加藤幹郎『映画　視線のポリティクス——古典的ハリウッド映画の戦い』筑摩書房、1996年。

クラカウアー、ジークフリート『探偵小説の哲学』福本義憲訳、法政大学出版局、2005年。

小鷹信光『サム・スペードに乾杯』東京書籍、1988年。

——『ハードボイルドの雑学』グラフ社、1986年。

斎藤美奈子『あほらし屋の鐘が鳴る』朝日新聞社、1999 年。

シービオク、T・A、J・ユミカー=シービオク『シャーロック・ホームズの記号論――C・S・パースとホームズの比較研究』富山太佳夫訳、同時代ライブラリー、1994 年。

ジョンソン、ダイアン『ダシール・ハメットの生涯』小鷹信光訳、早川書房、1987 年。

絓秀実『探偵のクリティック――昭和文学の臨界』思潮社、1988 年。

諏訪部浩一「「新しい女」という他者――『プラスティック・エイジ』と『種』をめぐって」『多言語・多文化社会へのまなざし――新しい共生への視点と教育』赤司英一郎、荻野文隆、松岡榮志編、白帝社、2008 年。153–67 頁。

――「解説」『ガラスの鍵』ダシール・ハメット、池田真紀子訳、光文社古典新訳文庫、2010 年。425–41 頁。

高橋哲雄『ミステリーの社会学――近代的「気晴らし」の条件』中公新書、1989 年。

高山宏『殺す・集める・読む――推理小説特殊講義』創元ライブラリ、2002 年。

巽孝之『ニューヨークの世紀末』筑摩書房、1995 年。

塚本哲也「日本語版監修者序文」『カール五世とハプスブルク帝国』ジョセフ・ペレ、遠藤ゆかり訳、創元社、2002 年。1–4 頁。

常松洋『大衆消費社会の登場』山川出版社、1997 年。

直井明『本棚のスフィンクス――掟破りのミステリ・エッセイ』論創社、2008 年。

Nullens, Gilles C H『正統と異端――第二巻：テンプル騎士団とヨハネ騎士団』高橋健訳、無頼出版、2007 年。

野崎六助『北米探偵小説論』青豹書房、1991 年。

橋口倫介『十字軍騎士団』講談社学術文庫、1994 年。

花田清輝『花田清輝著作集 I』未来社、1964 年。

久田俊夫『ピンカートン探偵社の謎』中公文庫、1998 年。

廣野由美子『ミステリーの人間学――英国古典探偵小説を読む』岩波新書、2009 年。

福田邦夫『ミステリーと色彩』青娥書房、1991 年。

ブロッホ、エルンスト『異化』船戸満之他訳、白水社、1997 年。

別府恵子「ハードボイルド探偵小説と真理の探究――二〇世紀タフ・ガイたちの世界」『探偵小説と多元文化社会』別府恵子編、英宝社、1999 年。89–112 頁。

ベンヤミン、ヴァルター『ボードレール他五篇――ベンヤミンの仕事 2』野

村修編訳、岩波文庫、1994 年。

ボワロ=ナルスジャック『探偵小説』篠田勝英訳、文庫クセジュ、1977 年。

前田彰一『欧米探偵小説のナラトロジー——ジャンルの成立と「語り」の構造』彩流社、2008 年。

宮本陽一郎「資本主義の黒い鳥——『マルタの鷹』の経済学」『文学アメリカ資本主義』折島正司、平石貴樹、渡辺信二編、南雲堂、1993 年。119–34、302–03 頁。

山田勝『孤高のダンディズム——シャーロック・ホームズの世紀末』早川書房、1991 年。

渡辺利雄『講義アメリカ文学史 補遺版』研究社、2010 年。


〈装丁図版〉

*Northern California*, April 1972, by Tomas Sennett (National Archives and Records Administration)

Early Webley-Fosbery .455 Automatic Revolver serial No 689. © Bob Adams

USS San Francisco (CA-38) entering San Francisco Bay under the Golden Gate Bridge, December 1942. (Naval Historical Center)

*Falco rusticolus* (Johann Friedrich Naumann, *Naturgeschichte der Vögel Mitteleuropas*, 1905)

# 索　　引

固有名以外の事項に関しては、まとまった考察がある箇所、何らかの批評的視座を与える箇所を示した。配列は五十音順。

## 《著者紹介》

**諏訪部 浩一**（すわべ　こういち）　1970年生まれ。上智大学卒業。東京大学大学院修士課程、ニューヨーク州立大学バッファロー校大学院博士課程修了（Ph.D.）。現在、東京大学文学部・大学院人文社会系研究科准教授。専攻はアメリカ文学。著書に『ウィリアム・フォークナーの詩学——1930-1936』（松柏社）、共著に『アメリカ文化入門』（三修社）などがある。

KENKYUSHA

〈検印省略〉

『マルタの鷹《たか》』講義《こうぎ》

二〇一二年三月一日　初版発行

著　者　諏訪部《すわべ》　浩一《こういち》
発行者　関　戸　雅　男
発行所　株式会社　研　究　社
〒一〇二—八一五二
東京都千代田区富士見二—十一—三
電話（編集）〇三—三二八八—七七一一
　　（営業）〇三—三二八八—七七七七
振替　〇〇一五〇—九—二六七一〇
http://www.kenkyusha.co.jp
装　丁　清水良洋(Malpu Design)
印刷所　研究社印刷株式会社

定価はカバーに表示してあります。
万一落丁乱丁の場合はおとりかえ致します。


ISBN 978-4-327-37731-1　C0098
Printed in Japan